für Silva

für Petra

Barbara Hundgeburt

Weiß

Roman

Bibliografische Information der Deutschen Nationalbibliothek:
Die Deutsche Nationalbibliothek verzeichnet diese Publikation in der Deutschen
Nationalbibliografie; detaillierte bibliografische Daten sind im Internet über
http://dnb.d-nb.de abrufbar.

Das Werk einschließlich aller seiner Teile ist urheberrechtlich geschützt.

1. Auflage: Juli 2022
Lektorat: Katrin Scholler
Umschlaggestaltung: Rose Bernfeld
unter Verwendung einer Grafik von **Bernhard Beyer**

© Kid Verlag
Kid Verlag | Samansstr. 4 | 53227 Bonn
www.Kid-Verlag.de

Druck: WIRmachenDRUCK GmbH | 71522 Backnang
Printed in Germany

ISBN 978-3-949979-03-3

„Aller Anfang ist Poesie."

Odysseas Elytis (Schriften zur Kultur und Lyrik)

Die Personen in diesem Roman sind erfunden. Ebenso erfunden sind alle Ortsnamen und die Orte selbst in der Eifel, wobei ich mich jedoch von den Ergebnissen meiner Recherchen zur Historie der Eifeldörfer habe inspirieren lassen.

I

Verwundert betrachtete ich die Hände auf dem Lenkrad, meine Hände. Der Wagen stand.

Wie plötzlich erwacht, wie hochgspült aus Wirbeln eines Traums, hatte ich die Bremse getreten, das Auto an den Fahrbahnrand gelenkt und tatsächlich jetzt den Eindruck eines Erwachens, obwohl ich doch schon eine Weile gefahren war.

Ein Ortseingangsschild war eben vorbeigeglitten, ein Ortsname darauf, der mir bekannt erschienen und jetzt schon wieder entfallen war; nur Reste von schwarzen Zeichen flimmerten noch schwach auf gelbem Grund vor meine Augen und waren nicht zu entziffern. Mit dem Namen des Flüsschens, dem die Straße in ihrem Verlauf folgte, war der Ortsname verwandt; aber beides war unwichtig, keines Bemühens, keiner Konzentration jetzt wert.

Schmutzstreifen, sah ich, zeigten meine Hände, unter den Fingernägeln saß Schwarzes, Flecken von Asche oder Staub oder Erde überzogen die Arme, ach, auch die Kleidung, die ich jetzt nicht rasch würde reinigen können, und ich war doch unterwegs zu einem Ziel: einem Spiel, das ich mir hatte ansehen wollen, einem Theater-, einem Puppenspiel? Ich suchte den Titel, suchte Schriftzeichen, dringender als eben – wollten sie sich nicht schon verstärken auf meinem Erinnerungsbildschirm, die schwarzen Senkrecht- und Waagerechtstreifen, die Bögen, zu Schrift, zu Worten und gleich mir entgegenstrahlen? – nicht „Jedermann", nicht „Doktor Faustus", denn sie, wie viele andere, gehörten an die Peripherie meines plötzlichen Erwachens. Nein, ein Name, ein Wort hatte in mir gelagert, seit Längerem schon und wie ein unerhört wichtiger Termin, und gleich, gleich würde ich es finden, nur wenige Schritte oder eine kleine Strecke weiter noch, durch ein Hinweisschild, ein Plakat vielleicht mit dem Wort, das mich rief, das sich gemeldet hatte wie ein über Jahre vergessener Freund, der mich eben an unsere heutige Verabredung erinnert, mit solcher Eindeutigkeit und Dringlichkeit gerufen hatte, dass ich jetzt hier war, am Rand der Straße, mit schmutzigen Händen, schmutziger Kleidung, die zudem schlechte Kleidung war, gut genug für schmutzige Arbeit, zu schlecht, um das Haus zu verlassen; aber darauf hatte ich überhaupt nicht geachtet. Und noch immer nicht hatte ich die Schwelle dieses Augenblicks, die Schwelle des Erwachens, ganz verlassen. Noch hatte, was hinter mir lag und mir wie ein düsterer Traum erschien, sich nicht von mir gelöst, den nächsten Schritt wusste ich nicht.

Umhüllt von der Karosserie meines Autos, die inzwischen auf den Sitz emporgezogenen Beine mit den Armen umschlingend, den Kopf zwischen die Knie gesenkt, so zusammengerollt und gefaltet, die ungewissen, sich verweigernden Schriftzeichen vergessend, sah ich vor mir, wohin ich so plötzlich aufgebrochen, wo ich bisher noch nicht gewesen war; wie eine Erinnerung enthüllte sich das Kommende, drüben, nahe diesem oder dem nächsten Ort müsste es sein: der weite Sandplatz im Dunst einer Nachmittagssonne, eine gezimmerte Bühne, in Breite und Höhe auch für ein Schauspiel geeignet, und der noch geschlossene Vorhang, samten, in üppigen Falten fallend, altrot.

Schon empfand ich das Gefühl der Erwartung, mein Atemanhalten, bevor gleich der Vorhang sich öffnen würde, und streckte mich im Sitz und blickte um mich. Ich kannte doch diesen Ort, aber jetzt erschienen mir die Bilder um mich her wie gemalte, entrollte Kulissen, in die ich zufällig hineingesetzt war: Geradeaus verlief die Straße (graue und braune kurze Pinselstriche, schwarze Flecken dazwischen), bis ihre Biegung einen weiteren Blick verwehrte, rechts stiegen Häuser den Hang hinauf (Dächer, Fenster, Türen, verschiedenfarbig mit breitem Quast stilisiert), links begrenzte eine Mauer aus dunklem Stein (auf Kartonflächen gemalt) die Sicht, einzelne Kreuze, antennengleich, ragten darüber – und ich öffnete die Wagentür und verließ das Auto, überquerte die Straße und folgte dem Verlauf der Mauer, fühlte ihren Stein, rau und porös, an meinen Fingern, Asphalt und Schotter des Straßenrands unter den Schuhen und fand ein niedriges hölzernes Tor, das mich, als ich es öffnete, an ein Stück Gartenzaun erinnerte, und ging weiter zwischen Gräbern, die sich blumenbeetgleich über einen sanft gewölbten Hügel verteilten. Kreuze, Marmor- und Sandsteine dazwischen erschienen wie zufällig hingesetzte schöne Skulpturen im dunstigen und sonnigen frühen Nachmittagslicht.

Eine Frau kam mir entgegen, mit gleichmäßigem, aber wie verzögertem Schritt, als wisse sie nicht, wie lang ihr Weg noch sei, und ich merkte, dass sich mein Schrittrhythmus dem ihren angepasst hatte.

Als sie sich niederließ auf einer Bank, setzte auch ich mich, setzte mich neben sie, als sei dies verabredet oder wortlos gefordert, ohne dass es ein Zeichen des gegenseitigen Einverständnisses bei der Begegnung unserer Augen gegeben hätte. Keiner sprach. Eher als Empfindung als durch Betrachtung nahm ich etwas Feines, eine klare Gewissheit, an ihr wahr, eine bewusste, innere Haltung, die auch ihr Äußeres, ihre Mimik, Gestik, die Art ihrer Kleidung, bestimmte, und mehr ratlos als beschämt – denn jetzt konnte ich mich überhaupt nicht mehr besinnen, aus welcher Tätigkeit heraus ich vorhin aufgebrochen war – hielt ich den Blick gesenkt auf den Schmutz an meiner Kleidung, an Händen, Armen und sah nicht auf.

Auch sie schien nach stiller Prüfung an mir etwas wahrgenommen zu haben, denn sie entnahm einer Mappe, die sie bis jetzt mit flachen Händen auf ihren Knien gehalten hatte, einige Seiten der Papiere, die oben aufliegenden, wie mir schien, reichte sie hinüber zu mir, und ich ergriff sie, weil die Eindeutigkeit ihrer Geste mir keine andere Möglichkeit ließ, als sie zu ergreifen, obwohl ich doch, meinte ich, gar nicht hierhin gehörte, hier an ihre Seite, hier auf diese Bank zwischen Gräbern und Blumen, sondern, wenn überhaupt irgendwohin (und nicht an eine Arbeit in Asche, Staub, Erde), auf einen Sandplatz mit einer Bühne, deren rotsamtener Vorhang sich gleich, gleich schon, öffnen würde.

Noch immer in der Gewissheit, dass ich nicht gemeint sein könne, senkte ich den Blick auf die Seiten in meiner schmutzigen Hand und las. Ich las

‚Die Nachricht kam am Abend.'

und senkte die Hände und blickte auf. Ein meergrüner Streifen Himmel hinter den Kronen von Büschen und Bäumen war das Ufer des Himmels, der sich in der Höhe auswusch zu blassem Blau.

So lange hatte ich nicht mehr gelesen.

Früher – mir war, als schaute ich in eine tief liegende Dunkelheit, die sich langsam erhellte, als enthüllte das Dämmerlicht Truhen oder Schatullen, die Wertvolles bewahrten – früher waren manchmal Worte aus einer Buchseite gleichsam in mich hineingesprungen, über Blut- und Nervenbahnen wie über Zündschnüre gelaufen, hatten mich geweckt, gerufen, teilzuhaben an einem Leben, das verhieß, nein, nicht nur faszinierend, viel, viel mehr noch zu sein, wenn …, wenn …

Hier blieb das Dunkel undurchdringlich; aber dies hatte ich damals gewusst und wusste es auch jetzt noch genau: Nicht nur hier (in mir) wie dort (im Text) wirkten Worte, sondern viel weiter; und ich suchte die alten Lauflinien meiner Gedanken.

Vornübergebeugt saß ich, denn gleich würden sie sich öffnen unter meinem Blick, die Deckel von Schatullen, Truhen in den Kellern meiner Erinnerung, und ich spannte die Muskeln, verengte die Augen, spähte in die Tiefe, als ein Klang mich erreichte.

Worte waren gesprochen worden. Die Frau neben mir hatte sie ausgesprochen, und der Klang hing noch in der Luft, schwang mit in dem lichten Gewebe dieser unwirklichen Nachmittagsstunde; meine Spannung verfloss. Ich hob den Kopf, horchte, ob der Klang sich mir noch zu Lauten forme, die Laute zu Worten.

Aber ähnlich wie vor dem Flimmerspiel der Streifen und Zeichen, die ich eben versucht hatte zu entziffern, wartete ich wohl umsonst, und seltsam: Als ich mich zurücklehnte, meine lauschende Suche aufgegeben hatte, das Holz der Bank am Rücken spürte, die Beine jetzt übereinanderschlug, die Arme anhob, um sie bequem auf der Rückenlehne zu lagern, vernahm ich ein Wort, einen Bruchteil nur aus einem Zusammenhang von Wörtern – oder hatte sich ihr Zusammenhang zu diesem Bruchteil kristallisiert? – „…heim…", klang es, aber so, als sänge die Luft, als wären Teilchen, winzige Saiten, in ihr angeschlagen und zum Klingen gebracht worden. Und als hätten umherirrende Abschnitte von Linien oder Zeichen ihren jeweiligen Platz gefunden, stand das Wort geschrieben in der sonnendurchwirkten Luft und wanderte mit, wohin ich auch blickte.

Kühles und Kälteres traf meine Haut.

Immer noch vernahm ich den Klang des eben Gesprochenen, den Klang der Stimme dazu, in deren Hintergrund, meinte ich, etwas schwang wie ein Schleier oder ein im Wind sich bewegender Vorhang, der eine Geschichte verbarg, deren Atem ich zu spüren glaubte. Schauer durchliefen mich.

Und jetzt, eben jetzt, im Zauber der Stunde, der Stimme, im Atemstoß der geahnten Geschichte, war ich, dachte ich, wirklich erwacht.

II

Zugleich stand wieder, wie nebenan hingesetzt, mein eigentliches Ziel, die Bühne auf dem Sandplatz, vor meinen Augen: Der regelmäßige Faltenwurf des geschlossenen Vorhangs war in Bewegung geraten, als hantiere dahinter die Regie noch in Eile; ein gedämpftes Scharren, Flüstern, Rumoren konnte ich hören und blickte dahin, wo sich die Vorhangteile in der Mitte trafen; sie blieben geschlossen.

Eine Spanne Zeit, schien mir, hatte ich gewonnen oder einen Raum aus Zeit, rund wie ein Ballon, in dessen neutralem Inneren mir, eben erwacht, jede Möglichkeit offenstand der Entscheidung, also aufzustehen von der Bank, hinunterzugehen zur Straße und zu Fuß oder mit dem Auto den Weg zu suchen zu Bühne und Sandplatz oder zu bleiben – hier auf der Bank, neben dieser Frau, deren innere Gefasstheit, ja Gewissheit, mir jetzt erschien wie ein eindeutig durch eine Formel bestimmbares Element, dessen Tausende winzige Partikel mitschwangen, mitschwebten in Blütenduft und Licht über Blumen und Gräbern und in ihrer Feinheit für mich etwas beinahe zwingend Anziehendes hatten – also zu bleiben und das Blatt in meiner Hand zu heben und die folgenden Zeilen zu lesen.

Und jetzt, im Nachempfinden jenes Augenblicks im Ballon geschenkter Zeit, wende ich mich, Leser, an dich. Du wirst sie erfahren, die Geschichte, die der Vorhang im Hintergrund der Stimme verbarg. Alles wirst du erfahren, was ich erfuhr, gleich, denn da die Webfäden der einen Geschichte in die Geschichten Anderer reichen, darf keine Verwirrung entstehen. Vorsichtig, behutsam muss ich jeden Faden anheben, betrachten und zurückgleiten lassen an seinen Platz und auf das Aufleuchten des nächsten warten. Schon wölbt sich vor mir die Innenseite meines Zeitballons, und jetzt, mit meinem nächsten Schritt, öffnet sie sich wie von magischer Hand be-

rührt, etwas glänzt auf, nichts anderes, meine ich, bleibt mir übrig als zu warten, was es mir zeigt.

Noch spürte ich die Seiten in meiner Hand, aber nicht die weiteren Zeilen waren es, die meine Aufmerksamkeit auf sich zogen, der eben gelesene Satz war es, der mich rief.

‚Die Nachricht kam am Abend.'

Licht und Luft dieses Nachmittags, die Stimme – nicht sie hatten mich geweckt, sie waren ein freundlicher Empfang nach etwas anderem gewesen, das vorher geschehen war: Die eben gelesenen Worte, ihr Klang und Widerklang in mir, hatten begonnen, Licht in das Dunkel meiner Erinnerung zu werfen.

Da lagen sie gehäuft, Dinge in stillem Glanz, der eine Satz hatte die Riegel gelöst, ein Satz nur, eine kleine Anzahl von Wörtern, reichte von dort, von einer anderen Geschichte, bis hierher, in meine vergessenen Räume, und Einzelnes stieg schon auf aus der Tiefe, Bilder, die sich weiteten zu belebten Szenen:

Die Lampe erhellt nur den Tisch in der Mitte des Kinderzimmers, die Dämmerung ringsum weitet den Raum. Sechs oder sieben Jahre alt ist das Mädchen – bin ich –, das den Tisch umwandert und Klängen nachhorcht von Worten, die eben der Vater vorgelesen hat aus einem schmalen, in blaues Leder gebundenen Band, der ihn begleitet hatte durch die Jahre des Kriegs, und das Kind wollte plötzlich allein sein, weil etwas in ihm geschah, dem es jetzt nachspüren, das es wahrnehmen will, ohne angeblickt oder befragt zu werden. Einige Worte sind nämlich – welch wunderliches Erlebnis! – unter seine Haut gekrochen, und dort sprühen und strahlen sie, laufen, rennen umher auf Linien, Straßen oder Wegen im Innern des Kindes, schlendern und bleiben, strahlen dauerhaft und still, und das Kind möchte spielen mit den neuen Gefährten.

Ein Glücksgefühl ist es, spielen zu dürfen, denn sonst wagt das Kind nicht zu spielen, weil der Vater krank ist nach dem Krieg und die Mutter mit ihm leidet und beide einen Kummer tragen, über den nie gesprochen wird in diesem Haus, und sie das Kind hüten wie eine gefährdete, letzte Kostbarkeit. Es umwandert den Tisch, das Kind, umwandert den Lichtschein der Lampe über dem Tisch und blickt sie an, diese Freunde, die das Kind anblicken, nacheinander ihre Namen nennen.

Im Rhythmus seiner Schritte um den Tisch, auf der Kreisspur wandernd zwischen Lichtschein und Dunkel, in einem Raum im Innern des Kindes, in dem die genannten Namen klingen, beginnt das Kind das Spiel mit den neuen Gefährten: Es ruft einen der Namen auf, ein Gesicht wendet sich ihm zu, es blickt in Augen, blickt länger, blickt tiefer, die Tiefe ist groß, so groß ist die Tiefe, dass beide Augen dann wie ein Auge sind, dann wie ein See. Darin schwimmen Bilder, Töne heben sich daraus, die suchend übers Wasser fließen, zueinanderfinden, Klänge werden, Worte. Andere Namen ruft das Kind, andere Bilder kommen, Klänge, Worte und – seltsam – ungerufen solche, die, wie vom Spiel magnetisch angezogen, sich dazu in diese Reihen fügen.

Seinen Tisch, das Licht umwandernd, begleitet von der Dämmerung in der Tiefe des Raums, prüft das Kind die Plätze der Worte in den Reihen, fragt und lauscht, nimmt ein Stück Papier, einen Stift, schreibt sie auf, die Worte, schaut und lauscht und schreibt. Dann ist das Spiel zu Ende, denn die Augen ihm gegenüber beginnen, sich zu schließen, die Blicke zu verlöschen, Ruhe und Dunkelheit legen sich über die Seen, aber das Kind hat alle Sterne darin, alle Blicke, alle Sterne dieses Abends, nach oben gehoben. Sie liegen in seiner Hand auf einem Stückchen Papier.

Sterne, meint es, begleiten es hinüber ins Zimmer zu den Eltern, aber die Augen dort blicken anders als die Augen der Gefährten, auch sie weiten sich, aber wie in Schrecken, wie in Angst, um schließlich zu erkalten – Warnung ist es, Ablehnung dann und auch, so spürt es das Kind, eine verzweifelte, hilflose Liebe dahinter, und es merkt sich dieses Gefühl und verlässt, vorsichtig rückwärts gehend, den Raum, nur noch bemüht, die Sterne in seiner Hand, ihren stillen Glanz, ihre Ordnung zueinander zu schützen.

Das Gefühl der Freude aber an den Gefährten, am Spiel, ist später, im dunklen Zimmer, wieder in ihm, bevor es schläft, und eine Trauer dahinter – eine tiefschwarze Wand.

Allmählich verwusch sich die Folge der Bilder, glitt zurück an ihren Platz in der Vergangenheit, die nicht mehr Vergessenheit war, und ich wollte aufschauen, wieder wahrnehmen, was mich umgab (Blumen, Gräber, Sonnendunst, neben mir diese Frau), als sich aus der Tiefe schon andere Konturen hoben, Lichter, Schatten:

Ein unzerstörbares Eigentum ist dem Kind das Spiel geworden, eine eigene Heimat, ein Haus. Notizblöckchen, Zettelsammlungen, Schulhefte, alles, was die Ergebnisse dieses Spieles enthält, liegt in einem verschließbaren Schrankfach im Zimmer des Internats, das es jetzt seit Kurzem besucht. Im Dorf und seiner Umgebung gibt es keine Höhere Schule.

Zehn oder elf Jahre alt ist das Kind, die Mathematiklehrerin hat eben begonnen, Wert und Sinn des Gleichheitszeichens zu erklären, anders, meint es, als der Lehrer in den ersten Volksschuljahren dies tat, und es ist dem Kind, als spräche die Lehrerin, diese große, schlanke Frau mit dem grauen Haar, den grauen Augen, nur zu ihm.

Es kennt sie, diese Frau, die ihr Elternhaus im gleichen Dorf hat wie es selbst, das ärmliche Haus einer armen Familie, die es dennoch fertiggebracht hat, die Tochter ihren Weg gehen zu lassen. Das Kind fühlt sich ihr verbunden, hier, in der fremden Stadt, obwohl es früher, außer einem nachbarschaftlichen Gruß, keine Verbindung gab.

Über das mathematische Gesetz der Gleichheit spricht die Lehrerin, und sie spricht so, dass das Kind auf eine andere Weise als sonst zu lauschen beginnt. Die Worte und ihr Sinn berühren Saiten in ihm, die in der Schule meist ruhen und schweigen.

Immer neue Zahlen und Zeichen setzt die Lehrerin an die Tafel, immer ist der Wert der Elemente auf der einen Seite, sagt sie, dem Wert gleich der Elemente auf der anderen Seite, sie scheint wie beflügelt, ihre Gedanken eilen von Gebiet zu Gebiet, in einer anderen – höheren – Tonlage bewegt sich die Stimme, bewegt sich freudig und leicht, als folge sie einer Melodie, die in all dem klingt, wovon sie spricht. Namen nennt sie, fremd und schön, Namen für die fremden, schönen Zeichen, Namen auch von jenen, die dies dereinst schon dachten, schrieben, vor Hunderten, vor Tausenden von Jahren, „als sich der Blick des Menschen", sagt die Lehrerin, „zu den Sternen hob."

Es schaut und lauscht, das Kind, die weißen Kreidezeichen auf der schwarzen Tafel erscheinen ihm wie Noten dieser Melodie und die Gleichheitszeichen wie kleine, feine Notenlinien, weil diese so wie jene Ordnung gebend wirken in den Räumen ihrer Zeichen; und als jetzt die Stimme von der Gültigkeit mathematischer Gesetze in Musik und Sternenkunde spricht und von einer Harmonie der Sphären, steigt in dem Kind ein Glücksgefühl auf, ein Staunen durchflutet es, es ist ihm, als öffnete sich ihm der Blick in etwas sehr Klares, sehr Schönes, in den weiten Raum der Ordnungen, Harmonien, der ihm gar nicht fremd erscheint, sondern nur heller beleuchtet, den es ahnt und empfindet seit damals, als im Rhythmus seiner Schritte um Tisch und Lampe Worte zu ihm traten ‚aus tiefen Seen‘, denkt es, ‚oder hohen Himmeln – Heimat jeglicher Sterne‘.

Fast die gesamte Fläche der Tafel ist beschriftet, die Lehrerin wendet sich um zu den Kindern, immer noch scheint sie wie beschwingt, ihre Miene strahlt Heiterkeit aus, tief in ihren Augen liegt ein glückliches Leuchten, und als Blick und Blick sich begegnen, weiß das Kind: Auch die Lehrerin hat eben gespielt, ihr Spiel, das ihr Freude ist, Heimat.

Aber ihr Spiel ist nicht ein geheimes, und dieses Erkennen treibt das Kind, das die warnenden Augen der Eltern nicht zu vergessen vermag, zurück in seinen einsamen Raum, dessen Wände gemacht sind aus Trauer, in dessen Tiefen es leuchtet.

Während der Unterricht nun seinen gewohnten Lauf nimmt und während das Kind sein verborgenes Glück betrachtet und durch eine mathematische Aussage eine zusätzliche Freude verspürt an seinem Spiel, schlägt es – unbemerkt, meint es – das Mathematikheft auf, die letzte Seite, und zeichnet und schreibt und malt und probiert und prüft das Ergebnis. Was es sich eben notiert habe, fragt die Lehrerin und tritt hinzu, schaut und nimmt das Heft, tritt zurück, betrachtet, was sie dort findet, und blickt dem Kind in die Augen. Auch das Kind schaut. Es schaut in Augen, die nicht Schrecken, Warnung, Ablehnung sind, nein, es sind Augen der Güte, der Freude, und sie erinnern es an die Augen der Spielgefährten, die tiefer und tiefer werden, je länger es schaut.

Schön sei das, sagt die Lehrerin, legt das Heft zurück auf den Tisch, legt ihre Hand auf den Kopf des Kindes, fast weint es, das Kind, in diesem neuerlichen, bisher unbekannten Glücksgefühl: Die Lehrerin, ein anderer also, ein anderer Mensch, hat etwas von seinem Spiel wahrgenommen, hat es widerklingen lassen in sich und eine Antwort gegeben mit seinen Augen, seiner Geste, seinen Worten. Eine Verbindung gibt es jetzt von Mensch zu Mensch, von dort nach hier, von hier nach dort, ein Gleichheitszeichen, denkt das Kind. Unten auf der Seite des Heftes, als Ergebnis seines Schreibens, Probierens, Zeichnens steht: WORTE=ORTE zum Wohnen.

Auch dieses Bild sank in die Tiefe, deren Grund mir grau und verkrustet erschien ähnlich erkalteter Lava, nur noch wenige winzige Einschlüsse blitzten kurz auf in den Strängen des Gesteins.

Eine seltsame Trauer ergriff mich, die ich mir nicht erklären konnte – eine Wehmut vielleicht, als ich noch ins Dunkle schaute, aber da leuchtete, nah jetzt, der eine, der eben gelesene Satz wieder auf vor meinen Augen. Kurz nahm ich noch wahr, dass die Gestalt neben mir in stiller Haltung verharrte, als wäre kaum Zeit vergangen seit eben, als ein Wortstück, als „…heim…" sich schrieb in die Lüfte über den Gräbern, und vergessen oder zumindest in weiteste Ferne gerückt war das eigentliche Ziel meines Weges, meiner Fahrt, am dringendsten rief mich, was da lag in meiner Hand.

Nun, Leser, folgt, was ich las. Ich gebe es wieder, was ich las; die Blätter sind nicht in meinem Besitz. Doch es ist so – obwohl ich las und die Frau neben mir nur wenige Worte sprach –, dass ich jetzt wieder die Stimme von damals zu hören meine, die Klänge der Worte, die Melodie ihrer Folge.

III

Die Nachricht kam am Abend. Weiß und golden war der Himmel über den Dächern des Dorfs, schwarz das Gitterwerk des Geästs ringsum.

Leise, behutsam, sehr deutlich sprachen sie, die beiden, die ihr Fahrzeug vor dem Gartentor abgestellt und an die Haustür geklopft hatten, und sie begannen wieder und wieder von vorn, bis die immer gleichen Sätze, die immer gleichen Stimmen Friederikes Bewusstsein erreichten. Der Abendhimmel verlor sein Gold und sein Weiß und ließ ein nebliges Grau aufziehen, das rasch wuchs, sich verdichtete und über sie kam als schnelle, von den Blitzen der Nachricht durchzuckte, unaufhaltsame Front – ihr Mann Konrad war tot – eine Landstraße bei Münster – war tot aus dem Auto geborgen worden – ein Fremdverschulden sei ausgeschlossen – Die beiden Polizeibeamten konnten sie eben noch halten, bevor sie fiel.

Sie nahm die Gestalt der Freundin an der einen Seite des Bettes wahr und deutlicher – wie ein soeben wiederholtes Versprechen – deren Zuverlässigkeit und beistehende Liebe. Zuverlässigkeit und ruhige Aufmerksamkeit, so war ihr, traten auch von der größeren Gestalt an der anderen Seite zu ihr, ja, der gute Freund, der Arzt war es, der dort saß. Sie wollte ihre halb geöffneten Lider so gern wieder schließen, wollte in Bewusstlosigkeit sinken, als am Fußende des Bettes sich etwas erhob, das einer drohenden Wolke glich, die alles enthielt, was Gefahr für sie hieß, und sie zwang sich, zu erkennen, was dort saß, dunkel im abgedunkelten Raum, zwang ihre Augen, das sich ballende Gewölk zu durchdringen, und – ach, ihr Mann, ihr geliebter Mann war es, der da saß, ja, jetzt erkannte sie die Gestalt.

Still und aufmerksam saßen der Freund, die Freundin, beide vornübergeneigt, und diese zugewandte Aufmerksamkeit machte, dass sie die Stimmen, die leisen, eindringlichen, geduldigen Stimmen wieder vernahm, so, als hätten sie nicht aufgehört, ihre Nachricht zu wiederholen – ihr Mann war tot – war tot aus dem Auto geborgen worden – eine Landstraße bei Münster – und eine Erinnerung an zwei andere Stimmen meldete sich dazu wie aus großer Ferne, Konrads Stimme neben ihr, hier im Haus in Holweis in der Eifel, und am Telefon seiner Mutter Stimme in Münster: Der Vater sei in ein Klinikum gebracht worden, sagte die Mutter; er käme sofort, sagte Konrad. Die Stimmen schwiegen, ein Rauschen umfing Friederike, dann eine Stille, eine große Stille, in die sie sank.

Aber die leisen, eindringlichen, geduldigen Stimmen mit ihrer Nachricht sprachen weiter in ihr, und die Wolke am Fußende ihres Bettes türmte sich drohend, schon gewitterte es darin mit Tausenden gelber Blitze oder gelber Insekten, giftiger Insekten, die explosionsartig zerstäubten und sich so zu Milliarden vermehrten. Die Angst rief sie zurück und rief sie, zu der Gestalt im Hintergrund ihres Zimmers zu schauen, die dort in unveränderter Haltung saß, und ‚Nein' beschloss sie, Wolke und Gewitter und Gefahr, sie waren unwirkliche Gespinste einer Phantasie ihres Schreckens, und beschloss, beschloss tief in ihrem Innern, dass er es war, ihr Mann, der geliebte, der vertraute Mann, aber nicht jener, sein Bruder, der ein Jahr ältere, ihm im Äußeren so sehr gleichende Bruder, den sie immer gefürchtet hatte, ihres Mannes wegen, ihrer Liebe wegen.

So schlief sie ein.

Meine Hände, die das Papier hielten, senkten sich. ‚Ja', dachte ich und dachte mich so tief hinein in das Ja, dass das eben tief unten in den Gewölben wiederentdeckte Gefunkel noch einmal erstrahlte, ‚ja, es gibt sie, diese Sätze. Es gibt Sätze, die eine Geschichte, eine ganze Geschichte, gleichsam in ihren Armen halten. Wie ein einziges Ein- und

Ausatmen sind sie, und in diesem einen Atem bewegen sich schon die Millionen der Moleküle, der Atome – Wörter, Buchstaben, Zeichen – des Ganzen. Gleich werde ich mehr erfahren, aber alles, was folgt, wird in die Arme dieses Satzes gehören.'

Wie der Klang weniger Noten eines musikalischen Motivs das ganze Stück zu charakterisieren vermag, hatten wenige gelesene Worte eine Geschichte eröffnet, aber zugleich, zugleich! hatten sie Saiten angeschlagen in mir, so wie es in der Kindheit gewesen war, und wie früher spürte ich den Impuls, der in mir pochte und sprühte, der mich rief – ach, nur noch ein kleiner Schritt war zu tun, dass ich wüsste, wohin er mich rief, wo dieses kurz empfundene Glück mir bliebe – und dort, das wusste ich jetzt bestimmt, fände ich auch das verschüttete Lager, das meine Gedanken über die Wirkung von Worten verwahrte.

Bevor aber Trauer oder Wehmut über mich kamen, sprach neben mir die Frau. „Serresheim", sagte sie, „Friederike Serresheim", und sagte es so, als wiederhole sie schon einmal Gesagtes. Dabei neigte sie leicht den Kopf, reichte mir nicht ihre Hand.

‚...heim...', dachte ich und sah auch wieder das vorhin vernommene Wortstück in der sonnendurchwirkten Luft über den Gräbern und sagte: „Maria", und wunderte mich, dass ich nur meinen Vornamen nannte und spürte einem Gefühl nach, das vielfältig war, denn ‚...heim...', das war einst bei Vater und Mutter gewesen, aber auch deren fremder Blick auf die Wortsterne in der Hand des Kindes, und war eigentlich nur das Spiel selbst gewesen, das Spiel mit den Gefährten, Freunden, das „geheime", das „heimliche" Spiel.

‚Aber was geschieht hier', dachte ich und hätte in fahriger Bewegung beinahe die Blätter fallen lassen, ‚was geschieht in dieser Stunde, auf dieser Bank, neben dieser Frau, dass ein Wort mich trifft wie durch Brechung vervielfachtes Licht, vervielfachter Klang? Haben die Facetten ihrer Geschichte und die meiner Geschichte etwas gemeinsam?'

Den Schmutz an mir, die schlechte Kleidung nicht mehr beachtend, senkte ich den Blick auf die Seiten und hörte mich fragen: „Was geschah dann?", und die Frage klang wie gesungen, stellte ich zu meiner Verwunderung fest, so als träte ich ein in ein anderes Spiel, als machte ich gleichsam einen Schritt über einen Bühnenrand in ein anderes Stück, in dem über Leid und Freude nicht sprechend, sondern singend berichtet wurde, und blickte, um einer unerklärlichen Erregung, einer gespannten Erwartung in mir nicht zu viel Raum zu geben, vorbei an dem stillen Gesicht und hinüber zu der bewaldeten Horizontlinie im Westen, hinter deren gezacktem Zaun ich mein Dorf vermutete.

So langsam, als bemesse Friederike jeden Zoll ihrer Bewegung, hob sie ihre Hände, öffnete nochmals die Mappe auf ihren Knien, entnahm ihr den Stapel der Papiere und reichte ihn, wieder mit eindeutiger Geste, hinüber zu mir. Und ich, als hätte ich eine wortlose Weisung erhalten, nahm die Blätter entgegen, lenkte den Blick schon auf die ersten Zeilen und nicht dorthin, wohin ich noch hatte schauen wollen: auf den Vorhang drüben und ob er sich öffne.

IV

„Die Burg", auch „Burgwaechter", hieß das Haus, ein Anwesen eigentlich, das Konrad und Friederike Serresheim 1980, sechs Jahre vor Konrads Tod, in jener Region der Eifel erworben hatten, die von Wanderern oder Wochenendgästen als „lieblich" oder „freundlich" bezeichnet wird, weil die Hänge hier sanft abfallen, die Täler, von Bächen durchzogen, sich dehnen und das Licht aus dem weiten Himmel darüber dies alles berührt.

Am Morgen, am Abend liegen Schatten an den Hügeln, weiten Mänteln gleichend, die Reitern von den Schultern fallen, Tuch in Variationen von Schwarz: im Frühjahr, im Sommer von kraftvollem, samtenem Hell- oder Dunkelgrün unterlegt; über Schnee in ein Blau sich steigernd, das dem Morgen-, dem Abendblau in der Höhe entgegenstrebt; in den Wochen davor und danach durchzogen von brüchigen Fäden aus altem Gras in Gold und Braun, Silber und Grau – zerschlissener Brokat auf dem schlummernden Körper der Erde.

Anton Burgwaechter war einundfünfzig Jahre alt, als er 1967 entschied, sich einen Wohnsitz zu schaffen außerhalb der Stadt, in diesem Landstrich, und hier das Grundstück oberhalb des Dorfes Holweis von der Gemeinde erwarb.

Ein Jahr später hatte der Hang unterhalb seiner Höhenlinie einen jungen Hügel aufgeworfen in Weiß und Schwarz und an dessen rechter Flanke einen graubraunen Felssporn in die Höhe getrieben – so beschrieb in seiner bildreichen Sprache der Pfarrer von Holweis das neu entstandene eingeschossige Wohnhaus mit dem zwar niedrig gehaltenen, aber dennoch turmähnlichen Anbau aus Bruchstein, dem Baustein der alten Eifelhäuser, an seiner Seite; und tatsächlich hatte Burgwaechter seinem Architekten die Anweisung gegeben, das Haus in seiner Linienführung in die der Landschaft einzufügen, in das sanfte Auf und

Nieder der Wiesen und Felder und der benachbarten Höhenzüge ringsum mit den hier und dort aus dem Grün hervorragenden Felsnasen.

Das weißverputzte, schiefergedeckte Wohnhaus war hoch in den Hang gesetzt, dessen oberer Saum, kraut- und grasbewachsen, nur wenig über der Dachlinie des Hauses lag und abends, im westlichen Licht dahinter, wie die flüchtige Federzeichnung einer Rahmenlinie erschien, die sich nach Süden, nach Norden hin in den schwarzen Schattenrissen von Busch- und Baumwerk verlor. Das zog sich beiderseits des Anwesens den Hang hinab – Mischwald, durchzogen von Wildwechselpfaden – bis an einen schmalen, mit Schotter befahrbar gemachten Weg und den Bachlauf daneben, der den Holweisern seit Jahrhunderten als natürliche Grenze für eine Besiedlung gegolten hatte.

Jahrzehnte zuvor, in der Zeit, in der große Stürme noch keine Namen erhielten, war im November, am Abend des Martinstages, ein Unwetter aufgekommen, hatte mit seinen ersten Böen aus Schneeregen und Wind das Häuflein Menschen um St. Martin in den „Saal" (der eigentlich nur ein Zimmerchen war) des Gasthofs getrieben, hatte das Pferd scheuen und steigen lassen vor einem vorbeiwirbelnden Männerhut und hatte hiermit das Leben eines Jungen – Georg, damals zehn Jahre alt – auf einen Weg gelenkt, der ein anderer war als der von den Eltern geplante. Vom Huf des Pferdes getroffen, war Georgs Hüfte gebrochen, war viel zu spät ärztlich behandelt worden, sodass der Junge den bäuerlichen Hof später nicht hatte übernehmen können, aber zeit seines Lebens dem Sturm, dem Pferd dankbar war, da er, erst „hinkender", dann „heiliger" Georg genannt, bald begann, Kunstwerke zu schaffen aus Holz. Als älterer Mann wurde er Burgwaechters Freund.

Der Wind war zum Sturm geworden, der Sturm zum Orkan. Im „Saal" hatte es die Menschen nicht gehalten, sie waren zu ihren Häusern gehastet, als sollte ihr Dortsein die Dächer, die Fenster, die Türen, die Tore beschwören, der Wucht der wütenden Hiebe standzuhalten; niemand schlief. Am Morgen hatten sie es gesehen: In der Breite der besiedelten Fläche hatte der Sturm in den bewaldeten Hang gegenüber, im Westen, eine Schneise gemäht, in die, als das Bruchholz abtransportiert war, der Ziegenhirte Sommer um Sommer seine Tiere trieb.

1956, dreißig Jahre später, hatten im „Restaurant", dem früheren „Saal" des Gasthofs von Holweis, vier Fremde gesessen, den Wirt beim Mittagessen nach vier Einzelzimmern gefragt, zwei Doppelzimmer erhalten, waren von einem schmalen Kind – einem dreizehn- oder vierzehnjährigen Mädchen – hinauf in die erste Etage und wieder hinunter in den Gastraum begleitet worden, wo sie es gebeten hatten, noch einmal den Wirt herbeizuholen, weil sie ihn wegen des baumlosen Hanges befragen wollten. Da liege kein Segen auf dem Land, hatte das Kind, wegen der Wichtigkeit seiner Information die Scheu vor den vier Herren mit Anstrengung überwindend, in ernstem, fast mahnendem Ton geäußert, ihr Onkel, der Wirt, wisse mehr.

Der Wirt, der nicht befangen war durch ein in Dorfgemeinschaften übliches, über Generationen gewachsenes Misstrauen Fremden gegenüber, in dessen Adern zudem von seiner Großmutter her italienisches Blut umlief, der jenen Holweisern, die abends an der Theke standen, kein „echter", kein „wirklicher" Holweiser war, sondern „der Italiener", dessen Vornamen „Antonio" sie auf „Toni" verkürzt hatten, der Wirt also hatte die vier Personen am Tisch mit einem kurzen Blick ins Auge gefasst, auch ihr ungewöhnliches Kartenmaterial, das zwischen den Gläsern und Tellern lag, und war orientiert: Diese da führten nichts Falsches im Schilde; was es anderes war, würde er bald wissen. Über deren Frage an das junge Mädchen war er schon informiert, hatte nun die Geschichte jenes Martinsabends erzählt und von den Besuchern erfahren, dass sie Geologen, Paläontologen seien, Wissenschaftler der Universität Bonn, die sich für die in dieser Region der Eifel vorkommenden Schätze an Fossilien interessierten und demnächst möglicherweise mit weiteren Kollegen, auch Studenten, wiederkommen wollten.

Als Antonio dem Mädchen eben zugeflüstert hatte, dass sich ihm bald zwei Wünsche erfüllen könnten – in der ersten Etage weitere Gästezimmer einzurichten und das vom Großvater übernommene „Schusters Eck" umzubenennen in „Taverna Antonio" –, da war der Bürgermeister des Dorfs in die Gaststube getreten, sozusagen wie gerufen und zur Verwunderung des Besuchs aus Bonn, denn durch nichts war zu bemerken gewesen, dass der Wirt eine Nachricht ausgesandt hätte; hier schien ein eigenes Netzwerk der Kommunikation tadellos zu funktionieren.

Professor Eichinger, der Älteste in der kleinen Gesellschaft, hatte sich selbst und die anderen – seinen Assistenten, zwei Studenten – vorgestellt, ihr Interesse an den fossilen Vorkommen hier im Bereich der sogenannten Eifeler Meeresstraße erwähnt (wobei er dieses Mal den Begriff „Schätze" vermied), hatte währenddessen sein Gegenüber betrachtet und bei sich festgestellt, dass dieser Mann gar nichts Landmännisches an sich hatte; dieser kleine, korpulente Mensch mit seinem gleichsam hüpfenden Blick hätte ein subalterner Beamter in einer städtischen Behörde sein können. Eichingers ausgesuchte Höflichkeit und sein bescheidener Ton hatten die beabsichtigte Wirkung erzielt. Wie erhofft hatte sich der Bürgermeister großmütig gegeben, die Fremden in Holweis willkommen geheißen und seiner jedweden Hilfe versichert, während (wie Antonio es später seiner Nichte erklärte) er in seinem Kopf schon rechnete, welcher Profit sich für ihn, fürs Dorf hieraus ergäbe.

An diesem Abend hatte es an der Theke in Antonios „Taverna" viel Gelächter gegeben über die Gelehrten, verdeckt noch, denn die hatten sich eben erst nach oben in ihre Zimmer zurückgezogen. Antonio hatten die Fremden gefallen. Während er die Gäste bedient hatte wie jeden

Abend, waren hinter seiner gleichmütigen Stirn die Pläne für die „Taverna" in fantastische Dimensionen aufgestiegen.

Oben in dem Zimmer, das Eichinger mit seinem Assistenten teilte, hatte er an diesem Abend nicht mehr an versteinerte Organismen gedacht, die der kleinen Wandergruppe stellenweise fast vor die Füße gerollt waren, sondern an jene, denen er heute Nachmittag ebenfalls auf seinen Wegen begegnet war, die auf diesen kalkhaltigen Böden wuchsen, sich wiegten; und über die Vielfalt ihrer Gestalten und Farben und Namen wanderten seine Gedanken zu einer kleinen Feierstunde in der vergangenen Woche.

Ein neuer Kollege war in sein Amt berufen worden, Biologe, dessen Antrittsrede gar nicht fachspezifisch ausgerichtet gewesen war, die vielmehr das Eine mit dem Anderen verbunden, jedes gleichermaßen hatte aufleuchten lassen; einmal war der Begriff „Schönheit" gefallen, und Eichinger hatte über das kluge alte Gesicht des südamerikanischen Kollegen Arkanaz ein Lächeln laufen sehen – der Anerkennung, Überraschung, Freude –, ein gutes Willkommen für den Menschen da am schmalen Rednerpult, der Anton Burgwaechter hieß, den er, Eichinger, vielleicht einmal bitten würde, ihn zu begleiten, hierhin nach Holweis, in diese Landschaft, zu dieser Flora.

V

Feiner Kies bedeckte den Weg vor meinen Füßen. Das saubere, aschgraue Band verlief in leichtem Bogen, verlor sich zwischen den Gräbern hinter hellem Grün und zartem Bunt, erschien wieder am Fuß einer sanften Steigung, traf sich mit einem breiteren dort – oder war es ein anderer Weg, der sich dem verband?

Holweis, dachte ich, das lag nur acht Kilometer entfernt von meinem Dorf, dem Heimatdorf, in das ich zurückgekehrt war nach all den Jahren, und ich sah wieder den Vater, die Mutter da sitzen, im Wohnzimmer, nach dem Krieg, in ihrer Erstarrung aus Traurig- und Hilflosigkeit, sah mich, das Kind, in den Räumen, zum kleinen Schatten verblasst, von Wortsternen begleitet.

In schneller Folge jetzt warfen sich andere Bilder mir entgegen, als blätterte eine fremde Hand im Kalender meines Lebens:

Das Haus hat kleine Zimmer. In den Zimmern ist wenig Licht. Ein Zimmer heißt „Marias Zimmer", nicht „Kinderzimmer".

Heute bin ich vier Jahre alt geworden, jetzt ist es Abend. Beim Frühstück hat mein Vater gesagt, dass vor fünf Jahren um diese Zeit der Krieg beendet gewesen sei, der Krieg, von dem ich nur weiß, dass er meinen Vater sehr krank gemacht hat und ein großes, gefräßiges Gespenst ist, das sich aus vielen Familien im Dorf seine Beute holte.

Mein Besuch zum Geburtstag – Julia, das gleichaltrige Nachbarkind und seine Mutter – ist wieder fort, und fort war auch nach dem gemeinsamen Waffelessen eine ungewohnte Gelöstheit, Heiterkeit meiner Eltern, die über die Pläne und Gedanken zum heutigen Tag – wir haben selten Besuch – eine aufgeregte Vorfreude gezeigt hatten.

Aber dann, als das Kaffeegeschirr abgeräumt war und als Julias Mutter (mein Vater hatte sie eben nach ihrem noch nicht heimgekehrten

Mann befragt), als Julias Mutter nun, vielleicht abgelenkt durch uns miteinander flüsternde Mädchen, für einen unglückseligen Augenblick vergaß, was auch ich immer wieder vergesse, und die Frage meines Vaters gar nicht beantwortete, sondern nur bemerkte, welches Glück es für die Kinder meiner Eltern sei, den Vater wieder im Hause zu haben, und als sie das soeben Bemerkte am liebsten wieder zurückgenommen hätte und ein schreckliches Schweigen eintrat, in dem auch wir Kinder verstummten, da verfloss die heitere Miene auf den Gesichtern meiner Mutter und meines Vaters und wich der Maske der beherrschten Bitternis bei ihr, dem verschleierten Ausdruck eines ergebenen Rückzugs bei ihm in die weiten Räume seiner traurigen Ratlosigkeit. Die Nachbarin hatte sie gekannt, sie, Luise, meine ältere Schwester, die starb, kurz bevor ich zwei Jahre alt wurde, deren Bild ich von der Fotografie im Schlafzimmer meiner Eltern her kenne, deren Tod den Kummer in ihre Gesichter gezeichnet hat.

Heute bin ich vier Jahre alt geworden, es ist Abend, ich liege schon zum Schlafen in meinem Zimmer, das meine Eltern nicht „Kinderzimmer", nur „Marias Zimmer" nennen. Im dunklen Zimmer liege ich und schaue ins Dunkel und schaue zum Fenster. Im offenen Fenster liegt der Himmel, der ganze Himmel, schön und dunkel und groß.

Schon schlugen sich andere Blätter meines Kalenders auf:

Das Schulhaus der Volksschule im Dorf hat einen Klassenraum für alle Mädchen und Jungen.

Er, Martin, ist ungebeugt. Seine Hosen, seine Jacken sind kaum geflickt, meist zu groß, zu weit, sodass sie seinen Körper lose umgeben und im Schwingen, Fallen oder Geworfenwerden die Gewissheit seiner raschen Bewegungen zu einem zugleich deutlichen wie verborgenen Spiel werden lassen. Er ist zehn, in der vierten Klasse, im Schulzimmer sitzt er in der fünften Bank wie ich, aber an der Wandseite des Raums, wo die Jungen sitzen, während mein Platz in der Bankreihe am Fenster ist, in der für die Mädchen. Vorn in den Bänken sitzen die jüngeren, nach hinten hin die älteren Schüler.

Zwischen Martin und mir liegt der Mittelgang, den der Lehrer schreitend dauernd durchmisst, hin- und zurückpendelnd zwischen Pult und hinterer Wand – ein alter Bär zwischen den Stäben seines Käfigs, denke ich manchmal, und wie der Bär besitzt er in seiner Gefangenschaft doch Waffen: Zähne und Krallen und Kraft bei jenem dort; ein hartes Stöckchen, harte Hände, Körperkraft hier.

Ich sehe, wie Martin sich duckt, wie er springt, über die Bank setzt, er scheint durch den Raum zu gleiten, nein, nicht zur Tür, die ist schon von innen verschlossen, zum Fenster vielleicht – aber da ist der Lehrer schon bei ihm. Martin versucht, den Schlägen die volle Kraft zu nehmen, indem er sich sacken lässt, er ist jetzt ganz bewusst, ohne Angst, richtet sich auf, die Kleider fallen in ihre Ordnung, der Kopf ist erhoben, das Gesicht entspannt; er ist Sieger, ich weiß es, Sieger im Bärengehege.

Drei Wochen lang habe ich auf dem bis dahin immer freien Platz neben Martin in seiner Bank gesessen, obwohl ich erst im dritten Schuljahr bin. Ohne eine Erklärung hatte der Lehrer den Platzwechsel angeordnet, er hoffte wohl, hierdurch bei Martin etwas zu bewirken, das ihm mit Schlägen nicht gelang: dass vielleicht etwas übergehen würde von dem stillen, ordentlichen, fleißigen kleinen Mädchen an den ungebärdigen größeren Jungen, der nicht zu beeindrucken war, der selten ein Heft, selten Schulaufgaben hatte, im Unterricht sprach, wann und zu wem er wollte, ohne die Stimme zu heimlichem Flüstern zu senken, dessen Leistungen, wenn er es wollte, viel zu gut waren, um ihm mit Nichtversetzung drohen zu können.

Der Platzwechsel war also vor drei Wochen geschehen, und ich hatte meinen Eltern nichts davon erzählt, und Martin veränderte sich. Er hatte den Schreck in meinen Augen gesehen, meinen unterdrückten Schrei gehört, als er aufgesprungen war, um über den hinter ihm Sitzenden herzufallen, hatte im Sprung seine Bewegung gebremst und sich wieder auf seinen Platz sinken lassen; er hatte Hefte, manchmal auch Hausaufgaben. Manchmal wagte ich es jetzt, während der Schulstunde mit Martin zu flüstern, und manchmal sah ich beim alten Bären zwischen den tiefen Mundfalten so etwas wie ein winziges Lächeln.

Heute hat mich der Lehrer auf meinen früheren Platz geschickt, jetzt ist es Nachmittag. Ich bin allein zu Hause und gehe durch die Zimmer und gehe in die Schmiede, in den Anbau hinter dem Wohnhaus, an den Arbeitsplatz meines Großvaters, den ich nicht kennengelernt habe, und wandere um die Tische, Bänke, Geräte, weil ich in den Zimmern der Eltern nicht sein will, denn nicht der Lehrer, das weiß ich, die Eltern haben den Platzwechsel bewirkt, als sie heute pünktlich zur Pause ins Schulzimmer traten, mit dem Lehrer sprachen und ihm das gaben, das mir gehört, das mir gehörte seit gestern, als alle Kinder in der letzten Schulstunde malen durften. In der lärmenden Unruhe hatte sich der Lehrer ans Pult gesetzt, ich hatte die Buntstifte in die Mitte des Tisches gelegt, weil Martin keine Buntstifte hatte, und als sich unsere Hände berührten, fiel etwas aus Martins Hand in meine Hand.

In der Schmiede ist der Raum gefüllt mit goldbraunem Licht. Ich setze mich in den Korbstuhl neben dem Fenster. Es ist warm. Der Ring hatte einen roten Stein. Im Lärm des Schulzimmers hatten wir still nebeneinander gesessen, wir waren gemeinsam aus dem Schulhaus, über den Schulhof gegangen. Auf der Straße erst hatte ich ihn angeblickt. „Bis morgen, Martin"; „Maria, bis morgen", und er war die Straße hinuntergegangen, aufrecht, mit seiner alten Tasche unter dem Arm.

Sie sollten die Freude mit mir teilen, meine Eltern, die stillen, so oft traurigen Eltern, und der Ring hatte vor ihren Augen auf meiner Hand gelegen, golden und rot wie meine Freude, wie ihre Freude gleich.

Dann war der Ring fort gewesen und nicht mehr auf meiner Hand, und ich weiß nicht, wer von beiden ihn mir genommen hat, und weiß nicht, was sie sprachen, die Stimmen verflossen zum Rauschen, ich sah nur ihre Gesichter und sah, dass sich die Mienen ihrer Gesichter dauernd veränderten, als probierten sie verschiedene Masken aus: die Maske des Besserwissens, der Überlegenheit; die Maske der guten Sitte, der Tugend; die Maske des Trostes, des Zuspruchs; die Maske der Sorge um mich. Etwas würgte und stieg in meiner Kehle auf, groß wie ein Schrei, aber nur ein hustendes Schluchzen löste sich. Ich hörte ihre matter werdenden Stimmen noch, als ich mich wie blind und sprachlos durch die Diele und in mein Zimmer tastete. Später wurde die Haustür geschlossen, Schritte entfernten sich, ich war allein.

Ich schließe die Augen im warmen goldbraunen Licht, denke, ich möchte schreien und toben können wie Martin; aber auch Martin hat heute Morgen nicht getobt. Ich konnte spüren, nachdem der Platzwechsel angeordnet war, wie er sich bezwang, als er in meine ungläubigen Augen geblickt hatte; ich konnte spüren, wie er Kraft in sich sammelte, um sich über das zu erheben, das eben geschah. Dann hatte diese Kraft ein Wort gefunden, ein Wort für ihn und für mich, das er leise aber deutlich in mein verstörtes Gesicht sprach: „Bis morgen, Maria", obwohl noch zwei Unterrichtsstunden vor uns lagen, ein Wort, das nur noch meine Antwort brauchte: „Martin, bis morgen", ein Zauberwort, denke ich, das die feinen goldenen Lichtpartikel überall in die müde alte Luft hier schreiben.

Wie alle Kinder hier aus dem ländlichen Bereich, die ein Gymnasium besuchen, wohne ich seit der Sexta, der fünften Klasse, im Internat in der Stadt. Es sind für mich jetzt, 1965, die letzten Tage dort, ich stehe in den mündlichen Prüfungen zum Abitur.

»Hay golpes en la vida, tan fuertes ... Yo no sé! / ...« („Es gibt Schläge im Leben, so hart ... Ich begreife es nicht! / ..."). Wieder trafen mich Worte, gestern war es, im Spanischunterricht am Abend, die Worte einer anderen Sprache diesmal, und als hätte ich es nie vorher erlebt, war ein Beben, ein Staunen in mir und wechselwirkend ein Erstaunen über dieses Erbeben und dazu eine tiefe Freude daran, dass dies geschah. ‚Obwohl', dachte ich, ‚diese Worte so stark sind und schrecklich, spüre, sehe ich auch ein Leuchten darin, ein Leuchten aus tiefem Schwarz, als liege hinter dem hier Genannten, den „schwarzen Boten", („heraldos negros"), etwas anderes – ein geheimer Glanz.

Später, am Abend, dachte ich darüber nach, warum die Worte mich derart erfassten, und fand als Antwort nur, dass es die Schönheit der Sprache bei César Vallejo ist, dass die richtigen Worte an ihren richtigen Plätzen stehen, denn in meinem Leben, meinte ich, gab es doch nicht solche Schläge, solch starke Schläge.

An diesem Samstagmittag bin ich nach Hause gefahren, habe aber zuerst den Weg aus dem Dorf hinaus in die umliegenden Wiesen und Felder gewählt, greife jetzt unter die Riemen meiner Schultertasche und finde nach erster Eile in einen gleichmäßigen Schritt. Die Zeile, der Titel aus Vallejos Gedicht begleiten mich, gleiten in die Bilder von Erinnerungen, die sich aus ihren Nischen lösen, zueinander fließen. Oben am Waldrand finde ich die morsche Bank unter den Bäumen wieder; ihr Holz an meinem Rücken ist warm an diesem sonnigen Frühlingstag, dessen luftige Schleier die Welt von hier oben weit machen, so weit.

Nichts habe ich meinen Eltern davon erzählt, dass ich zu den Fremdsprachen im Gymnasium (Englisch, Französisch, Latein) in Abendkursen außerhalb der Schule seit der Obersekunda Spanisch lerne, das Geld für den Unterricht nachmittags als Platzanweiserin in einem der Kinos der Stadt und als „Kegeljunge" bei einem Damenkegelverein verdiene.

Von der Mathematiklehrerin, der Direktorin der Schule, habe ich nichts erzählt, obwohl meine Eltern sie doch seit jeher kennen, nichts von ihrer stillen, freundlichen Zuwendung zu mir, die ich spüre seit jener Mathematikstunde damals.

Ich habe nicht von meiner Ratlosigkeit und Trauer gesprochen, als ich vier Wochen nach der Einschulung ins Gymnasium bei meinem ersten Besuch wieder zu Hause im Dorf von den früheren Mitschülern erfuhr, dass Martins Vater, nachdem seine Frau ihn verlassen hatte, mit den Kindern zu seiner Schwester gezogen ist, und verschloss in mir die Hoffnung auf ein Wiedersehen aus Furcht vor einem neuerlichen schrecklichen Maskenspiel, verschloss auch, dass Hoffnung und jenes Wort, unser Zauberwort, mit den Wochen und Monaten und Jahren in der Tiefe der Schatten verschwanden, die einen Raum um mich bilden, eine verschattete Höhle der Einsamkeit, die seltsamerweise von zu Hause mitgewandert ist in die neue Schule, die Stadt und mich überall hin begleitet.

Und ich hüte für mich allein bis heute ein anderes Wort, das ein anderes Leuchten hat, das von der Mathematiklehrerin kam, als ich zum zweiten Mal zum Wochenende nach Hause fuhr, mittags, an einem Samstag, und sie sich im Zug neben mich setzte und nach dieser Fahrt mit dem Zug, der regionalen Bahn und dem Bus an dessen Halteplatz gegenüber der Kirche mit mir ausstieg und stehen blieb und hinunter schaute zu mir und sagte: „Bis Montag, kleine Maria", und ich schließlich hervorstieß, obwohl mir meine Verwirrung beinahe den Atem nahm: „Frau Direktorin, danke, bis Montag." Sie lächelte, ging, sie trug die Schultasche in der Hand. „Bis Montag, kleine Maria" – neue Leuchtpartikel auf meinen Höhlenwänden.

Sie sagt immer noch „kleine Maria" zu mir, auch heute beim Abschied, jedoch nur hier, beim Abschied an der Bushaltestelle im Dorf.

Am Waldrand ist das Licht- und Schattengeflirr aus Buchen- und Kiefernkronen über mir wie der Wechsel von Wärme und Sorge in den Augen der Lehrerin während der heutigen Fahrt. Sehr ernst, sehr liebevoll hatte sie sich mir zugewandt mit Fragen, Vermutungen, die sie bewegten: Sie habe den Eindruck, dass ich gehetzt und rastlos sei in meinem Lernen; wegen der bevorstehenden mündlichen Prüfungen brauchte ich mir doch keine Sorgen zu machen; vielleicht belaste mich der außerschulische Fremdsprachenunterricht, das Geldverdienen dafür, zu sehr; vielleicht gäbe es anderes, das mich triebe zu einer Perfektion im Bereich der Sprachen. Aber zu all dem hatte ich nur ratlos schauen können, verwirrt auch wieder durch die Güte, die Liebe in ihren Augen. Ihre Frage, ob sie mit meiner Mutter sprechen solle, beantwortete ihr mein erschrockener Blick – nein, sie verstand, das war nicht der Weg.

Lichter und Schatten hier oben am Waldrand – die Augen der Lehrerin – Vallejos Zeilen – Bilder der Erinnerung, die zueinander fließen –

Mit den Fremdsprachen kommen in der Schule andere Hefte, Kladden, Schachteln zu den geheimen und gehüteten hinzu, sind nicht geheim, sondern enthalten Merkzettelsammlungen zu Vokabeln, Grammatik, Idiomatik.

Seltener werden Jahr um Jahr die Besuche meiner Eltern im Internat, seltener meine Besuche bei ihnen. Seltener wird mein Spiel mit den Worten. Mir fehlen die Schutzwände des Alleinseins dafür, die alle gleichsam die Wände sind des Zimmers am Abend, als das Kind den Tisch, den Schein der Lampe umwandert, aber auch diese sind doch nur die Wände eines stillen Raumes in mir für die Begegnung mit den Gefährten. Immer seltener lege ich ein Blatt, ein Stück Papier zu den anderen in mein Schrankfach, so behutsam dann, als sei es ein – von einem Unbekannten mir anvertrautes – seltsam kostbares Stück. Mein stiller Raum bleibt über immer größere Zeitabschnitte verdunkelt wie ein verschlossenes Zimmer in einem alten Haus, aber wenn – wie im Spanischunterricht gestern Abend – Sätze, Wörter mich beben lassen, erwacht in seiner Stille ein klingendes Widerspiel, von dem ich meine, dass es mich ruft, das aber auch zugleich meine Hilf-, meine Ratlosigkeit nur verstärkt, denn irgendwann in den ersten Jahren im Internat, im Hin und Her in den Korridoren und Gängen zwischen Klassenzimmern und Internat, treffe ich eine Entscheidung, beschließe, dass die Sprachen nicht „fremde" Sprachen sein sollen für mich, sondern andere Seen, Meere, in deren Tiefen und Strömen und Strudeln und stillen und rauschenden Wassern ich mich bewege, und denke zuerst noch dann und wann an die stillen Seen der Kindheit, die tiefen, stillen Seen, aus denen Worte steigen, und lasse sie weiter und weiter hinter mir, die ruhigen Seen, die keine Ufer haben, nur Tiefe, und bewege mich fort in die fremden, die neuen Gewässer, eher spähend als schauend, eher erobernd als empfangend.

Vor einem Jahr ist mein Vater gestorben, mein stiller Vater, der so gern las, immer las, der im vierten Kriegsjahr so schwer verwundet worden war, dass er nicht mehr in seinem Lehrerberuf hatte arbeiten können und 1944 mit meiner Mutter nach mehreren Lazarettaufenthalten von der Stadt, in der sie gelebt hatten, vor den Bombenangriffen zurückgekehrt war in das Elternhaus meiner Mutter hier im Dorf, wo bald darauf meine Schwester Luise und nach zwei Jahren ich zur Welt kamen. Im Jahr meiner Geburt starb meine Großmutter, zwei Jahre später Luise.

Mir fällt jetzt wieder ein, dass ich weder von der Seite meiner Mutter, noch von der meines Vaters Großeltern gekannt habe; meine Großeltern väterlicherseits starben bei einem Bombenangriff, der Vater meiner Mutter war heil aus dem Ersten Weltkrieg zurückgekehrt zu seiner Familie, seiner Schmiede und schon im ersten Jahr des zweiten Krieges gefallen.

Ich verlasse meinen Platz unter den Bäumen, aber ihr Licht- und Schattenspiel scheint mich zu begleiten, als ich mich wieder dem Dorf zuwende: die Augen, die Miene der Lehrerin – da drüben das stille Haus und „Marias Zimmer" darin – ich werde Sprachen studieren, Russisch, Spanisch – „Hay golpes en la vida – Los heraldos negros", diese schönen, schrecklichen Zeilen –

Und hier: „Die Nachricht kam am Abend." Die Klänge der erinnerten wie die der gelesenen Worte hallten wider in mir, und ich dachte: ‚Ich sitze auf einer Bank, wie damals im Frühjahr, im Jahr meines Abiturs, und ich bin wie damals berührt von Worten, die Kammern aufschließen in meinem Herzen, den Worten dieser Frau neben mir.'

Die Gräber, die Blumen lagen im sonnigen, dunstigen Nachmittagslicht. Der Himmel war von durchsichtigem Blau, das sich aus seinen Höhen herabließ auf die weite Erde, als nähme sein Vorrat niemals ein Ende, und die Grüntöne der Hecken, Büsche und Bäume ringsum miteinander verwusch. ‚Und da drüben', dachte ich, ‚hinter dem Waldrand, da liegt wahrscheinlich mein Dorf – von dort kam ich doch eben, warum kam ich her, was geschieht hier mit mir?'

Fortgewischt waren meine Kalenderblätter. Mein Herz pochte. Ein anderes Bild stand nah und deutlich vor meinen Augen: Die Bühne auf dem Sandplatz hatte ihren Vorhang geöffnet, das Spiel hatte begonnen.

Ähnlich, lieber Leser, wie die Klänge, wie die Worte zu dem Kind hintraten, näherten an jenem Tag sich Bilder („Bühne", „Sandplatz" usf.). Sie erinnern mich an solche Träume oder Traumzustände, die noch lange Zeit nach dem Erwachen im Gedächtnis bleiben: Hinweis aus dem Unbewussten, der uns innehalten, schauen, staunen, uns besinnen lässt. Nicht mehr Worte hierzu.

Das Spiel hatte begonnen.

VI

Der große Vorhang gab den weiten Raum der Bühne frei, deren unbeleuchtete Tiefe sich auszudehnen schien in die Tiefe der über dem Sandplatz beginnenden Nacht. Sie war unbeleuchtet, die Bühnentiefe, aber es lief ein Weben durchs Dunkle, das alle Zeit vergessen und mein Herz ruhiger werden ließ.

Zorn und Enttäuschung zerrannen, ja, ich hatte ihn versäumt, den ersehnten Augenblick, wenn der große Vorhang endlich in Bewegung gerät, wenn das Zucken in seinen Falten sich den schweren Stoffbahnen mitteilt, sie in sachte Schwingung versetzt, sich langsam Falte an Falte legt und sich ebenso unaufhaltsam in mir eine Öffnung vollzieht für zwei, drei Stunden des Schauens, die zwei, drei Jahre zu sein scheinen oder mehr, wenn die Maße des Bühnenraums wachsen, Meter um Meter und um viel mehr, sich hindehnen zu mir und die Menschen darin die Worte sind, die Worte Menschen, wenn ich dann weiß, dass sie mich meinen, mich, und wenn ich – wenn auch ich – Weiter liefen sie nicht, meine Gedanken, wieder war diese Wand erreicht aus undurchdringlichem Dunkel. Aber so still, so gelassen war dort drüben das Fluten, das Weben, dass alles Wollen, alle Erwartung in mir verstummten; es war wie ein Schlaf ohne Traum, wie das Namenlose vor dem Beginn aller Schöpfung. Vielleicht ‚schwebte', wie es die Worte der Genesis sagen, ‚der Geist Gottes über der Tiefe'; vielleicht würde nach Ewigkeiten ein Werden beginnen.

Schreckliches war geschehen: Indem ich noch immerfort schaute und indem in die weit ausgebreitete Ruhe in mir der Gedanke an eine Schöpfung getreten war, hatte anderes, wie durch einen bösen Streich dahin gehext, den Bühnenraum eingenommen, beherrschte schrill und scheußlich sein Bild und hatte das stille Fluten beiseite und zurück und in tiefere Dunkelheit treten lassen.

Dabei hatte ich nicht den Eindruck eines Nacheinanders des Geschehens dort, sondern eines Zugleichs, in dem sich einmal das eine, einmal das andere zeigte, so als sei jedes immer dort im Raum der Bühne gewesen.

Ein lieblos gezimmertes Gestellchen war in die Mitte des Bühnenbodens gesetzt, die billige Behauptung einer Puppenspielerbühne, grell beleuchtet, das Gestänge – Üppigkeit vortäuschend – verkleidet mit Stoffbahnen in schillernder, aufdringlicher Farbigkeit. Aus einem Lautsprecher plärrte Musik, die das von einem Tonband abgespielte Palaver zu den Hantierungen der Puppengestalten eher zerriss als untermalte. In alberner Geschäftigkeit agierten die unschönen Figuren, die keinesfalls aus der Werkstatt eines Puppenspielers kommen konnten, eine jeweils herausgearbeitete eigene Persönlichkeit vermissen und an Massenproduktionen denken ließen für sogenannte Vergnügungsparks.

Empörung, Ratlosigkeit, Ekel wechselten ab in mir vor dem Spektakel da oben, das sich in der Darstellung banaler Streitigkeiten, übler Gemeinheiten, boshafter Schadenfreude gefiel und sich präsentierte im grellen Licht, mit schriller Musik, als gäbe es kein Geheimnis, keine Verborgenheit, kein Vermuten, keinen Traum.

Ein Stich bitteren Mitleids durchzuckte meine Empörung, denn das überschwängliche Getue der Gestalten verwies ja auf ihr hilfloses Ausgeliefertsein an den armseligen Fadenzieher im Dunkel, der dies hier marktschreierisch zur Schau stellte: ein Szenario aus den Kulissen der Hölle auf Erden. Als ich mich verwunderte über meinen Gedanken des Mitgefühls und mich über diese Verwunderung wiederfand auf dieser Bank an diesem seltsamen Nachmittag, spürte ich eine leichte Berührung, hörte meinen Namen, „Maria", hatte sie gesagt, die Frau neben mir, und hatte ihre Hand auf meinen Arm gelegt, „Maria", aber mir schien es ein Echo zu sein von weit her, und die Berührung war so gewesen, als sollte ich sacht aus einem Schlaf geweckt werden.

Als ich aufblickte, stand sogleich um mich geschrieben wieder dieses Wort in den Lüften, „…heim…", so unmissverständlich mich regelrecht rufend mit seinem Geflimmer, dass mir etwas im Herzen wehtat. So oft hatte ich es gehört, so oft gesprochen, früher, bevor es anderen Begriffen gewichen war. In die kleinen Gassen im Dorf, in die niedrigen Häuser, in die warmen Küchen, an die Mittags-, die Abendbrottische gehörte es, überall dahin, wo Wärme war, Zuflucht und Trost. „Kinder, geht heim", „Komm bald wieder heim", „Heim will ich nur", und für das kleine Mädchen war es das Haus, in dem schon die ihm unbekannten Großeltern gelebt hatten, an deren Seite es sich gern gelehnt, deren Hände es so gern auf den Schultern, dem Haar gespürt hätte. Das Haus mit dem Zimmer am Abend, in das die Sterne eintraten, war dieses „…heim…" und war das geheime Haus im Innern des Kindes für sein Spiel, das ihm alles ist, was einem Kind ein Spiel bedeutet: Hingabe und Leidenschaft, Enttäuschung und Trauer, Freude und Glück.

Traurigkeit kam plötzlich über mich, und ich suchte den Grund und konnte nichts dafür finden als dieses trostlose Spektakel da oben. Aber sie war von weither gekommen, die Traurigkeit, und war an diesem sonnendurchwirkten Nachmittag nun über mir wie der große Schatten eines sehr fernen Gegenstands.

Ich blickte in die Augen mir gegenüber, die auf mir ruhten, wartend und mit dieser Gewissheit, die sie von Beginn an unserer Begegnung ausgestrahlt hatten, und lenkte meinen Blick, als hätte ich soeben eine Ermahnung erfahren, wieder auf das, was ich zu lesen begonnen hatte. Zugleich war ein winziger Funke in mir erwacht, die Ahnung einer Gewissheit, dass etwas geschah in dieser Begegnung, das ich noch nicht hätte benennen können, wohl aber spürte wie eine leise Erregung. Ich las:

Sechs Jahre waren vergangen, bis Anton Burgwaechter 1962 zum ersten Mal eine der Exkursionen begleitete, die Eichinger seit seinem ersten Besuch in Holweis regelmäßig mit seinen Studenten unternahm.

Anton Burgwaechter hatte innerhalb dieser sechs Jahre Amelie gefunden, die Frau, die er geliebt und verloren hatte. Vergessen hatte er den ersten Reisebericht Eichingers nicht; zwischen den Worten der wissenschaftlichen Informationen schwang, spürte er, eine unbestimmbare Heiterkeit, die in ihm Saiten berührte, Saiten, die in der Begegnung mit Amelie eine Musik in ihm hatten erklingen lassen, die ihn noch immer, drei Jahre nach ihrem Tod im Januar 1959, begleitete, nicht wie Erinnerung, sondern wie dauernder Nachhall, der wehtat und den er nicht verlieren wollte.

Es war im ersten Jahr seiner Lehrtätigkeit an der Universität in Bonn gewesen, da war er in den Mittagsstunden zum Rhein und flussaufwärts gelaufen bis dorthin, wo zu jener Zeit das Ufer noch unbefestigt war, die Wellen über flache Sandbänke, über Kiesel liefen und das Wurzelwerk von Sträuchern und Weiden umspülten. Er mochte es, sich in gleichbleibend aufrechtem Gang in die Dichte der hängenden Zweige hinein und langsam durch sie hindurch zu bewegen und ihre biegsamen Finger an Schultern und Stirn und Schläfen zu spüren. Das war nicht eine weichliche Seite an ihm, Anton Burgwaechter trug die tiefe Überzeugung in sich, dass alles mit allem verbunden sei, ja, dass auf feinsten Bahnen ein Austausch mannigfaltiger Informationen stattfände, von hier nach dort und von dort nach hier, eine Überzeugung, in der er sicher ruhte, jenseits aller wissenschaftlichen Dialektik.

Über ihm in der Weide, im grünen Geflirr aus Schatten und Licht, schimmerte Helles. Er blieb stehen unter den tief hängenden Zweigen, jetzt selbst fast verborgen, und blickte hinauf. Er meinte, dies dort oben auf solche Weise betrachten zu müssen, wie er es gewohnt war, ein ihm unbekanntes Phänomen zu betrachten – beobachtend, entdeckend, erkennend – , aber dann wusste er, dass es nicht so war; er wusste es in dem Augenblick, als sein Innerstes in seltsam vibrierende Schwingung geriet, die Schwingung ihn durchschauerte, als sich Klänge erhoben in ihm und fügten zu jener Musik, die ihn nicht mehr verließ. Dabei war er überhaupt nicht verwirrt durch die helle Erscheinung dort oben im Geäst des Baumes, aber ein Staunen durchflutete ihn, als er schaute, in ein helles Gesicht schaute, über sehr helles, sehr feinlockiges Haar, dessen duftiges Gewirr ihn an Blütenstände denken ließ von Holunder, über ein helles Kleid schaute, das einen Riss im Saum zeigte, und in hellblaue große Augen jetzt, weil dieses Geschöpf, ein Buch, einen Stift an sich pressend, seinen Sitz im Geäst verlassen hatte und ihm gegenüber stand in der grünen Flut der Zweige.

Immer wieder geschah es bei ihren weiteren Begegnungen, dass Anton Burgwaechter beim Anblick des hellen Haargewirrs der Gedanke anflog an Holunder, und manchmal, wenn er allein war und an sie dachte, geschah es, dass er sich verwunderte, weil ein Geruch ihn streifte aus diesem seltsam süß duftenden Blütengewebe wie ein Zauber aus geträumten Tagen.

Burgwaechter war jetzt zweiundvierzig Jahre alt, Amelie zweiundzwanzig. An dem Tag ihres Kennenlernens war sie unterwegs gewesen zur Pädagogischen Akademie, die im Norden der Stadt nahe am Rhein lag, zu Fuß war sie unterwegs gewesen vom Bonner Süden her, am Flussufer entlang gelaufen und hatte diesen Baum erklettert, um ungestört lesen zu können, die Literatur, die sie, jetzt im fünften Semester, verwenden würde für ihre schriftliche Examensarbeit zur ersten Lehrerprüfung.

Es war fraglos für beide, dass sie sich wiedersehen, bald, dass sie beisammen bleiben würden. Beide waren sie sich sicher, von einer Macht der Schicksalslenkung zueinander geführt worden zu sein – Amelie aus der Gläubigkeit heraus ihres Katholizismus, Burgwaechter aus seiner Bewusstheit von einer allem innewohnenden Gesetzmäßigkeit. Er hatte sie gefunden in den Weidenzweigen, sie hatte sich finden lassen von ihm, der durch den grünen Vorhang ihres Verstecks zu ihr gekommen war, und wollte mit ihm, diesem klaren, aufrechten Menschen, in ein Leben treten jenseits des Vergangenen, das für sie früher, im elterlichen Zuhause, düster und trostlos gewesen war.

Amelie war der Besuch einer höheren Schule durch ihre ausgezeichneten Leistungen gelungen, die ihre Lehrer immer wieder veranlasst hatten, dem Widerstand der Eltern entgegenzutreten, die von ihrer Tochter einen baldigen Eintritt ins Arbeitsleben erwarteten. Eher aus Ratlosigkeit als aus Überzeugung hatten sie Jahr um Jahr den Argumenten der Lehrer nachgegeben – ratlos auch angesichts der Energie in diesem schmalen Geschöpf, dessen Blick unbeirrbar auf etwas gerichtet zu sein schien in der Ferne, dessen Gesicht ein Lichtschein umgab von hellstem Blond – dies war ihr Kind, aber so anders, so unerreichbar.

Viel hatte Burgwaechter über Amelies Eltern, die im Ruhrgebiet lebten, nicht erfahren; ihr Vater war Bergmann gewesen und der Staublunge wegen, der Bergarbeiterkrankheit, schon früh in den Rentnerstand getreten, ihre Mutter arbeitete im eigenen Haushalt, denn es gab noch vier jüngere Geschwister, und verdiente als Reinmachfrau ein wenig zur Rente ihres Mannes hinzu. ‚Amelie' hatten die Eltern das erste Kind in Anlehnung an den Vornamen der Großmutter väterlicherseits genannt, die als Eigentümerin eines winzigen Häuschens am Stadtrand als wohlhabend galt.

Diese wenigen Koordinaten ergaben nun keineswegs ein geschlossenes Hintergrundbild über ihre Kindheit, geschlossen erschien ihm jedoch diese trostlose Düsternis, welche die ihm bekannten Merkpunkte in Amelies Leben überflutet zu haben schien, die ihre Augen, ihre Stimme überflutet hatte eines Abends, als sie tonlos von einem Abend sprach vor zwölf Jahren, dem Freitag vor dem ersten Advent. Seit Ostern besuchte Amelie das Gymnasium und hatte, um ungestört für die erwartete Englischarbeit am folgenden Tag lernen zu können – der Samstag war damals ebenfalls Schultag – die jüngeren Geschwister aus dem gemeinsamen Kinderzimmer hinaus und zu den Eltern in die Wohnküche geschickt, hatte sich sogleich über ihre Vokabeln gebeugt, um das bereits Gelernte zu sichern, hatte aber dazu noch das Lehrbuch aus der neben der Wohnungstür schon bereit gestellten Schultasche holen wollen und war stehen geblieben im dunklen Flur, denn aus der Küche kamen Worte, Worte über sie, Amelie.

Wer hatte sie zuerst gesprochen? Der Vater, die Mutter? Wer sie wiederholt, sie bestätigend wiederholt vor den Kindern? Jetzt sprachen diese sie nach, die Worte der Eltern, in dreistem Triumph: „Die ist anders als wir. Die gehört nicht zu uns. Die ist bestimmt im Krankenhaus nach der Geburt vertauscht worden." Jede Wiederholung war ein weiterer Hieb gewesen für das zehnjährige Kind im dunklen Flur, und jeder Hieb hatte es ihm eingeprägt, tiefer und tiefer, hatte besiegelt, dass es fremd war in dieser Familie, fremd und ungeliebt.

Die Englischarbeit am folgenden Tag war ein Wirrwarr aus falschen Antworten gewesen, aber von der Lehrerin nicht benotet worden, denn Amelie hatte nach Abgabe ihres Heftes noch im Klassenzimmer das Bewusstsein verloren und eines folgenden hohen Fiebers wegen, dessen Ursache sich niemand erklären konnte, viele Tage in der Schule gefehlt.

Schmaler, entschlossener war das Kind zurückgekehrt in sein Leben. Ihm bisher unbekannte Heiterkeiten, die sich steigern konnten zu Ausfällen von Übermut, überfielen es. Denn in den Tagen des Fiebers, der Rekonvaleszenz hatte sich in Amelie das bisher ungewisse Bild einer Lebenslandschaft geklärt und wies nun Gebiete aus, Grenzen: Außer den dunklen Seen der Trauer, deren Ufern sie fern zu bleiben hätte, gab es Landschaften, Straßen in deutlicher Helligkeit.

Sie hatte sich nach der Krankheit nicht erinnern können an ihre Träume in dieser Zeit, aber ihr war, als hätte sie es geträumt, ihr Lebensziel, dessen Bilder ihr jetzt immer deutlicher vor Augen traten. Sie würde Lehrerin werden, eine gute Lehrerin, sie würde ganz besonders jenen Kindern beistehen, die durch ihre Familien in Not gerieten. Sie würde unabhängig sein; sie wusste: Die Englischlehrerin, die Biologielehrerin, sie lebten allein, niemanden brauchten sie, der sie versorgte.

Wenige Tage nach der Rückkehr in den Unterricht hatte Amelie in der Schulmesse vor den Ferien der weihnachtlichen Botschaft eine neue Aufmerksamkeit geschenkt. Ihr war, als sei mit dem Kind in der Krippe auch sie neu geboren; die Geburt Jesu verband sich mit ihrem eigenen Leben, das Wunder der Erlösung war nicht nur vor nahezu zweitausend Jahren geschehen, es geschah noch heute und an ihr. Die Jahre bis zu ihrem Abitur überstand Amelie mit den Bildern vor Augen aus den letzten beiden Wochen dieser Vorweihnachtszeit.

Als Anton Burgwaechter an diesem Abend Amelie bis zum Haus ihrer Zimmerwirtin, das südlich von Bonn, in Friesdorf, einem Ortsteil von Bad Godesberg, lag, begleitet hatte, da öffnete auch er ihr sein Herz, nicht um über Vergangenes zu sprechen, sondern über Gegenwart und Zukunft. Sie waren den Weg von ihrem Treffpunkt am Rhein zu Fuß gegangen, am Ufer des Stroms entlang und schließlich durch immer engere Straßen und Gässchen, und die Frage, die er ihr schon bald nach ihrem Kennenlernen hatte stellen wollen, sprach er jetzt aus; in ihre hellen Augen hinein stellte er seine Frage.

Die beiden Menschen, die sich auf so eigentümliche Weise zueinander gebracht fühlten, sie würden heiraten; sie würden heiraten noch vor Amelies Examen; sie würden in Bonn in seinem Elternhaus leben.

Aber Amelie war gestorben.

Sie starb an einem Freitagabend im Januar, am Abend nach der standesamtlichen, am Tag vor der kirchlichen Trauung. Es hatte an diesem Morgen zum ersten Mal in diesem Winter ein wenig geschneit.

Als Anton Burgwaechter am Freitag der folgenden Woche im wirbelnden Weiß neben dem offenen Grab auf dem Friedhof stand und über ein Weiß blickte, das heute, nach einer Woche starken Schneefalls, nahezu ununterbrochen war, und als er meinte, in dem wirbelnden und in dem ruhenden Weiß jetzt die Spitzen zu sehen und jetzt die Seide von Amelies Hochzeitskleid, da streifte ihn Blütenduft, der Duft von Holunder, und als eben der Pfarrer den Segen sprach und Anton Burgwaechter über seinen gefalteten Händen die Augen schloss und Tränen über seine Wangen liefen, sah er Amelie, die seitwärts hinter ihm stand und ein weißes Kleid trug, nicht ihr Hochzeitskleid, sondern dies, das sie trug an dem Tag, als sie aus den Weidenzweigen herab zu ihm gekommen war, und er sah ihre Augen, die auf ihm ruhten in Liebe. Der Schmerz verebbte, und Friede zog ein in sein Herz. Es war ihm, als sei der Raum um ihn – hier im Schneegewirbel, am Grab – von innerer Weite durchstrahlt, als gebe es keine Grenzen der Wahrnehmung mehr, und als sei er eben erwacht, um dies zu erkennen. Amelie war hier, ihre Augen ruhten auf ihm. So wirklich war das Bild vor seinen geschlossenen Augen, dass er nun aufschauen und um sich blicken musste und die Bestätigung des Gesehenen erwartete in den Gesichtern ringsum. Holunderblütenduft über Schnee, Amelie im weißen Kleid mit dem Riss im Saum – wunderbar war dies, und er würde das Beglückende widergespiegelt sehen auf den Gesichtern der Menschen am Grab.

Ein Staunen erhob sich in ihm, als er in die gleichen Mienen schaute, nein, nichts hatte sich hier verändert, nichts hatten sie bemerkt von dem, das geschehen war, und als er wieder schaute und abseits und auf der anderen Seite des Grabes ein Häuflein Menschen erblickte, das wie aneinander Schutz suchend zusammengedrängt dort stand, da wusste er, dass dies Amelies Familie war, die Eltern und die vier jüngeren Kinder, und erkannte in einem jähen, tiefen Erschrecken, dass er bestätigt fand, was er vermutet hatte – welches die eigentliche Ursache gewesen war für Amelies Tod.

Hiervor war sie geflohen, vor diesen stumpfen Gesichtern, diesen stierenden Augen, diesen Mienen aus sturem Trotz war sie geflohen in die Sphären ihrer plötzlichen Heiterkeiten, ihres Übermuts.

Bald nach ihrem Kennenlernen hatte Anton Burgwaechter dies bemerkt: Eine Erinnerung an die Zeit ihrer Kindheit, ein Telefonat mit der Familie, einer der seltenen Wochenendbesuche hatte Amelie unweigerlich zurückgeholt in die Düsternis der Verzweiflung, der Trauer, sogar der Scham, wenn die Familie ihr, der anderen, dreist und deutlich ihre Geringschätzung zu verstehen gab. Dann ergriff Amelie schon den kleinsten freundlichen Anlass, um sich in nahezu ekstatische Heiterkeitszustände zu katapultieren, an deren Intensität Burgwaechter ablesen konnte, wie tief eine Verletzung gewesen war.

Durch Amelies Zimmerwirtin hatte er es erfahren:

Vor einer Woche, nach der Stunde im Standesamt und nach einem gemeinsamen Mittagessen mit den beiden Trauzeugen und Anton Burgwaechters Eltern, die Amelie lieb gewonnen hatten, war sie gemeinsam mit der Zimmerwirtin, die ihre Trauzeugin geworden war, in das Haus in Friesdorf zurückgekehrt und war in der geöffneten Tür ihres Zimmers stehen geblieben. Der kleine Raum lag in stillem Glanz, der von dem schmalen weißen Kleid mit dem schönen Spitzenschal auszugehen schien, dem Kleid für die kirchliche Trauung am morgigen Tag. Das hatte die Zimmerwirtin, bei der sie seit Beginn ihres Studiums wohnte, genäht – es war ihr Hochzeitsgeschenk für Amelie; gemeinsam hatten sie die Stoffe aus dem Fundus ihrer früheren Schneiderinnenwerkstatt ausgewählt.

Wie ein stilles, freudiges Versprechen leuchtete dort am dunklen Schrank das helle Kleid, und Amelie, die immer noch im Türrahmen stand, dachte, dass sie nicht mehr zu fliehen brauchte, fort von Spott und Schmach, dass sie seit beinahe drei Jahren, seit ihrer Zeit hier in dem kleinen alten Haus umgeben war von anderem, das sie zu spüren, anzunehmen hatte lernen dürfen: der unbeirrbaren, warmherzigen Liebe der älteren Frau. Amelie fühlte es in ihrem Innern, dass ihr eigenes gefrorenes Herz sich aufgetan hatte in diesem wundersamen Raum der Zuneigung.

Der helle Schneestaub draußen vorm Fenster und hier der matte Glanz des Kleides, sie waren in ihrer Feierlichkeit, dachte Amelie, die Zeichen ihres Versprechens, und morgen in der Kirche – und dies war ihr wichtiger als der amtliche Vorgang heute – würde sie ihrem Mann ihr Versprechen der Liebe geben und würde später sich ganz ihm geben, würde einem Mann sich geben, zum ersten Mal in ihrem Leben.

Sie betrat es nicht, das Zimmer; die Freude, der Friede, die sie erfüllten, dehnten sich aus in ihr, ließen ihre Gedanken wandern und zurück sich wenden und weiter zurück bis zur elterlichen Wohnung, und immer noch war Friede in ihr, und jetzt würde sie anrufen dort und würde es ihnen sagen.

Ich hatte tatsächlich geschrien. „Nein, Amelie!", hatte ich geschrien und erschrak nicht über den Schrei und starrte entsetzt in das gleichbleibend ruhige Gesicht der Frau neben mir – ausgelöscht war die mich bisher begleitende Verwunderung über unsere Begegnung – ich stammelte, keuchte: „Tu es nicht – du darfst nicht – sie werden nicht –", denn die Wortsterne meiner Kindheit, der Ring in Rot und Gold, die Augen, die Gesichter meiner Eltern kreisten in wirrem Knäuel vor meinen Augen umeinander, in rasender Fahrt, im drohenden Licht des

Steins, als stehe dieser rote Planet des Schreckens, der Verletzung, der Angst kurz vor seiner Feuer und Verheerung bringenden Explosion.

Ich zitterte, meine Haut überzog sich mit Kälte, kein Gedanke kam mir daran, dass ich hier aus einem fremden Leben las; neben mir hatte die Frau sich abgewandt und blickte über die Gräber.

VII

Zitternd ergab ich mich dem, das geschah. Dies sollte nun also von mir gelesen werden, es sollte so sein, und ich rückte die Blätter, die auseinandergeglitten waren, wieder zusammen und streifte mit keinem Gedanken mehr meine eigenen Absichten, die mich auf diesen Weg geführt hatten.

Ihre Nachricht, dachte Amelie, würde die Eltern spät erreichen, aber sie hatte es nicht von ihnen berühren lassen wollen, dieses zögernd wachsende Glück, sie hatte es wachsen lassen in der Sicherheit ihres Herzens, und nun wuchs es darüber hinaus, das ganze Zimmer hier hatte es eingenommen, berührte die Flocken vorm Fenster, reichte hinüber in die Nähstube der Zimmerwirtin und bis dahin, wo Anton Burgwaechter war und sein Elternhaus, und wuchs und dehnte sich weiter.

Nicht die, dachte Amelie, die in der niedrigen Küche, den niedrigen Zimmern saßen, würden die Finger ausstrecken nach dieser sich immer weiter ausdehnenden Helle und sie durch eine Berührung ins Dunkle stürzen, sondern entgegengesetzt würden die Kräfte wirken. Der Friede, die Liebe würden übermächtiger sein, würden die auf sie weisenden Finger senken und ruhen lassen, würden einen Schimmer, einen freundlichen Schein tragen in die Düsternis dieser Herzen.

Die Zimmerwirtin, die morgen die Braut zum Traualtar führen würde und im Beisein ihrer Nachbarin, die eben an die Tür geklopft hatte, an Verschönerungen ihres eigenen festtäglichen Kleides arbeitete, hatte eine immer beängstigender werdende Unruhe in sich gespürt. Amelie sollte jetzt bei ihnen sein. Sie hatten gemeinsam Tee trinken wollen, aber der eigentliche Grund für diese Verabredung war ein anderer gewesen: Die ältere Frau hatte in den vergangenen drei Jahren, stärker aber in den vergangenen Tagen, das sie untrüglich warnende Gefühl, dass Amelie nicht nur immerfort ihre gütige, sondern auch eine wachsame Liebe benötigte.

Als sie nach kurzem Anklopfen, auf das ihr nur ein schwaches Ja antwortete, die Zimmertür öffnete, lag der Raum schon in winterlicher Dämmerung, kein Licht brannte, auf dem Fußboden, den Rücken an die Bettkante gedrückt, saß das Kind – wahrhaftig ein Kind, durchfuhr es die Frau – schmal und blass, in krampfhaft aufrechter Haltung und hielt etwas Weißes an seinen Körper gepresst.

Dies also war Amelies Kindheit gewesen, und sie, die ältere Frau, sie hatte es ja gewusst, ohne dass Amelie jemals davon gesprochen hätte, und jetzt war sie wieder da, diese Kindheit, aus dem Raum der Vergangenheit hatten böse Klauen sich ausgestreckt bis hierher, bis in den heutigen Tag hinein. Zwischen trockenem Schluchzen und aufs höchste angestrengter Beherrschung fielen endlich gestammelte Worte, deren Zusammenhang sich der Frau, die sich neben dieses Kind auf den Fußboden gesetzt hatte und es in ihren Armen hielt, bald ergab: Getragen von der Freude in ihrem Herzen hatte Amelie die Telefonnummer gewählt, aber kaum, dass die Eltern erfahren hatten, dass ihre Tochter am kommenden Tag kirchlich heiraten würde, waren Vorwürfe, Beschimpfungen auf sie niedergegangen, denen ihre leiser und leiser werdenden Einwürfe – sie „müsse" nicht heiraten; sie werde nach dem Examen wie geplant arbeiten; sie könne bald monatlich eine Geldsumme schicken – nicht standzuhalten vermocht hatten und waren wohl auch in dem wachsenden Tumult mehrerer Stimmen am anderen Ende der Leitung untergegangen. Gemeine, obszöne Begriffe waren gefallen und schließlich der Satz, dass die Eltern „die undankbare, schamlose Tochter" nicht wiederzusehen wünschten.

Amelie begann sich zu fassen, als sie bemerkte, dass das Weinen eines Menschen neben ihr nicht aufhören wollte, dass sie gleichzeitig von diesem Menschen befühlt und gestreichelt wurde, und die so oft erprobte Übung zur Rückgewinnung innerer Stärke und inneren Widerstands gelang ihr auch jetzt.

Vor ihrem Fenster war es nun vollends dunkel geworden.

Sie half der Älteren auf die Füße, die nahm das zerdrückte Kleid an sich, um es noch einmal aufzubügeln und bemerkte, während sie sich nun beide dem Nähzimmer zuwandten, nicht, dass der Bogen des Widerstands in Amelie mehr und mehr an Spannung gewann, verstand – selbst noch verstrickt in den miterlebten Kummer – die Alarmzeichen nicht: Amelies plötzlich heiteren Plauderton im Gespräch mit der Nachbarin, ein zu helles Lachen, die Unruhe ihrer Gebärden.

Wie seit Tagen besprochen, stand Amelie an diesem Abend vor ihrem Fest das Badezimmer zur Verfügung, und während die Zimmerwirtin wieder am Nähtisch arbeitete, die Nachbarin in der Küche „Schnittchen schmierte" für ein gemeinsames Abendbrot, hörten sie, dass Amelie Wasser einließ in die Badewanne, hörten Musik für einen Moment, weil Amelie in ihrem Zimmer das Radio ein- und wieder ausgeschaltet hatte, hörten sie umherlaufen in ihrem Zimmer, im Flur, im Bad und dass dessen Tür nun geschlossen wurde; und saßen wieder beisammen am Nähtisch und hörten, dass Amelie sang in der Badewanne und hoben die Augen, um sich zuzulächeln und erstarrten in ungläubigem Erschrecken, weil jetzt dazu Instrumente erklangen, eine andere Singstimme jetzt, dann ein Schrei. Im gleichen Augenblick erlosch in der Wohnung das Licht.

Durch die beiden Frauen hatte Anton Burgwaechter, der kurz nach ihrem Anruf bei ihnen gewesen war, an diesem Abend und in den folgenden Tagen in Bruchstücken erst, dann immer ausführlicher, mehr und mehr erfahren aus den Stunden dieses Nachmittags, den letzten Stunden in Amelies Leben. Diese Mosaiksteine hatten sich ihm zu einem immer vollständiger werdenden Bild zusammengesetzt, dessen Muster er bald erkannt und wiedererkannt hatte.

Seit damals, als das Kind Amelie aus seinem Fieber und seinen Träumen erwacht war, seit es ein Ziel gesehen und eine Strategie entwickelt hatte, seinem Leben Glücksmomente zu geben, hatte es unbeirrt diesen Weg verfolgt. Ein zugefügter Schmerz war von Amelie beantwortet worden mit dem raschen Sprung auf eine andere Ebene, die versprach, ihr Anlass zu sein zu Freude, zu Heiterkeit. Dies war ein „Dennoch" oder „Trotzdem", und es waren zugleich Fluchten davor, den Schmerz anzunehmen, sich ihm zu stellen. Mit beängstigender Energie versetzte sie sich in Zustände ungebändigter Fröhlichkeit, die, je tiefer ein Schmerz gewesen war, umso höhere Sphären erreichte. So tief war dieses Mal die Verletzung gewesen, dachte Anton Burgwaechter, der Schmerz so groß, ihre Flucht so verzweifelt, so ekstatisch, so folgenschwer, dass Amelie nun –

Er blickte in die Gesichter dort drüben auf der anderen Seite des Grabes, und Hass stieg in ihm auf und stieg in seine Augen, und er meinte zu sehen, dass die da zusammenrückten in ihrem Trotz, und als er meinte, den Anblick dieser Mienen nicht mehr aushalten zu können, war ihm, als bewege sich zwischen diesen Gestalten etwas Lichtes wie ein schmales, weiß schimmerndes Nebelband – nicht Amelie, wie er sie eben gesehen hatte, aber wie der Gedanke ‚Amelie' – umkreise, streife jeden, schließe die Phalanx ihrer Körper ein wenig auf, und sein Hass verfloss. Gestern erst hatte er sie angerufen, sie über den Tod ihrer Tochter, den Termin der Trauerfeier informiert, in kürzester Form den Hergang des Unfalls geschildert: Amelie habe am Abend des vergangenen Freitags das Radio aus ihrem Zimmer ins Badezimmer getragen, es dort angeschlossen und eingeschaltet, im Badewasser sitzend ein Handtuch gegriffen, es zu sich herüber gezogen, Handtuch und Radio hätten sich im Wasser befunden, der Stromschlag habe sie getötet.

Es wurde Anton Burgwaechter plötzlich bewusst, dass sich diesseits und jenseits des Grabes zwei Gruppen von Menschen befanden und dass die eine wie die andere Gruppe sich Amelies Familie nannte. Hier standen er und seine Eltern, die Amelies Zimmerwirtin in ihre Mitte genommen hatten, und Eichinger, sein Trauzeuge, und dessen Frau hielten abwechselnd in aufmerksamer Besorgtheit den Arm der Nachbarin; drüben standen Eltern, Brüder und Schwestern. Deren Mienen hatten sich nicht verändert, immer noch glomm abweisender Trotz in ihren Augen, drückte ihre Haltung Abwehr aus. Niemand hatte mit ihnen bisher gesprochen. Kam denn nicht ein Hass auf ein Anderssein, dachte er, aus eigener Verzweiflung und der tiefsten Angst, deren Ursachen zu erforschen? Liebte einer dort drüben sich selbst und war fähig zu lieben? Dies, das sie demonstrierten, erschien wie ein hilfloser Eigenschutz, und so tat er den ersten Schritt und ging hinüber zu ihnen und nannte seinen Namen und reichte jedem die Hand, und jeder, tatsächlich jeder, stieß ruckartig und mit Anstrengung, als gehorche er widerwillig einem Befehl, die eigene Hand nach vorn und ließ sie drücken, ohne den Händedruck wiederzugeben, und Anton Burgwaechter wandte sich ab und blieb stehen am Grab. Schnee fiel weitum und fiel auf den Sarg, und Amelie trug ihr Hochzeitskleid, und dann stand Eichinger neben ihm, um ihn zu halten.

Etwas Kühles lief über mein Gesicht wie schmelzender Schnee; ich weinte. Sie war geflohen und gestorben. Mir war, als stürbe auch ich.

Ich sah Amelie vor mir, wie Anton Burgwaechter sie vor sich gesehen haben mochte, wie sie im Badezimmer ihr Fest zelebrierte, das den Schmerz überstimmen würde, das sie auf Fontänen herbeigezauberter Freude in blendende Höhen warf, deren Leuchtfeuer den Blick in die Tiefe verstellten, sah, wie sie das Radio postiert hatte auf dem Rand der

Wanne, wie sie sang, zur Musik jetzt die Arme, die Beine schwang, das Wasser in turbulente Bewegung versetzte, nach dem Handtuch griff …

Es fiel mir so leicht, mich hineinzuversetzen in Amelie, den Schritt nicht nur nach-, sondern auch mitzuvollziehen, diesen Schritt, diesen Sprung auf das Hochseil eines trügerischen Glücks, und ein Missklang in mir – hervorgerufen durch die Banalität der Umstände ihres Todes – fand in dieser schwindelerregenden Höhe seine Entsprechung, seine Antwort: als hätten jene, vor denen sie floh auf ihr Hochseil, dort oben schon triumphierend auf sie gewartet, um sie herabzustoßen.

Noch immer war mir, als würde ich oder etwas in mir zergehen auf dem stillen Weg in ein Sterben, und was Sterbenden widerfahren soll, widerfuhr auch mir: Vor meinen Augen lag als breites Band der Weg meines Lebens bis hierher, bis zu einer Bank zwischen Blumen und Gräbern.

Woher ich gekommen war heute Morgen, sah ich, von welcher Arbeit ich aufgestanden war, denn eine auf dem Band umherwandernde runde Lichtscheibe verwandelte das kleinste Merkmal in ein Ereignis, bis ich seine Facetten betrachtet hatte, und ruhte nun wartend auf dem Bild des Kindes in den Korridoren der Schule, des Internats, als läse sie meine innersten Fragen und wiese mich auf die Merkpunkte hin. Wie ein helles Auge blickte das Licht mich an und war zugleich, meinte ich, wie gespiegelt, ein helles Auge in mir, als seien Frage und Antwort eins.

In den Korridoren der Schulzeit treffe ich meine Entscheidung, wende mich ab von dem, das mich liebt, das ich liebe, trenne mich von den Freunden, den Spielgefährten, die Worte emportrugen aus der Tiefe.

Denn sie treten nicht ein in die Klassen-, die Schlaf-, die Aufenthaltsräume des Internats, in ihr Geflüster, ihr Weinen, ihr Lärmen und Lachen, nein, sie verbergen sich, meine scheuen Gefährten, im Dunkel warten sie oder bei Tag hinter Vorhängen, Schränken, in Nischen, in den Nestern aus Buchsbaum- und Buchenblättern in den Grünanlagen um Schule und Internat. Sie warten, so wie ich warte, auf Zeiten der Stille, aber es kommen nicht solche Zeiten.

Trauer und Einsamkeit lassen meine Leistungen in den Schulfächern sinken, ich ziehe mich zurück von den Mitschülerinnen, die sich im Schul- und Internatsleben eingerichtet, Freundschaften geschlossen, Gruppen gebildet haben; fremder werden sie mir, werde ich ihnen.

Im Lehrerkollegium gibt es nur zwei Herren, den Studienrat für Kunsterziehung und Geschichte, der ein Verwandter der Direktorin ist, und seit einem Jahr einen jungen Lehrer für Deutsch und Latein, in dessen breitflächigem Gesicht große Augen strahlen, staunen, träumen. Bei der Behandlung der Arbeits-, der Aufsatzthemen, die er uns Schülerinnen stellt – „Bei Nacht" oder „Wolken" oder „Ein Augenblick" – spüre ich ähnliche Freude, Leidenschaft wie in meinem schönen Spiel, und manches Mal hebt er die Sprache meiner jeweiligen Arbeit hervor, sodass in solchen Momenten die Kluft zwischen den anderen und mir noch tiefer erscheint, und als er in einer Deutschstunde die Herkunft des Wortes „Barbar" erklärt mit „der Fremde, der nicht Griechisch spricht", sagt leise, aber noch verstehbar im Klassenzimmer, eine spöttische Stimme: „So wie Maria!", und in meiner Brust ist plötzlich ein mächtiger Pfahl aus Eis gewachsen, der nur noch einen dünnen Atem vorbei lässt.

Der Lehrer lächelt ein wenig und lässt viele Sekunden vergehen, lächelt noch immer und blickt alle an, blickt mich an und sagt es sehr langsam, sehr deutlich: „Maria dort aus dem Land der Träume, wo man die Sprache der Träume spricht", und sagt: „Das sind Zeilen aus einem Gedicht. Aus welchem?" Niemand weiß es, und er nennt einen nächsten Begriff und erklärt dessen Herkunft. Langsam löst sich die Spannung in meinen Schultern, ein wenig schmilzt ab von dem Eis.

Aber nach Unterrichtsschluss bin ich am langsamsten in den Fluren, bleibe zurück, bis ich allein bin, bleibe in der Stille, die, ich weiß, immer bedroht ist von lachenden, lärmenden Kindern, sich öffnenden, sich schließenden Türen, den Schritten einer Lehrerin, eines Lehrers – meine Stille, nie wieder werde ich sie finden, ihre großen und schönen Räume, die nur mir und ihnen gehören, die in der Tiefe der Dunkelheit ihre Augen aufschlagen zu einem Leuchten, das sich schwebend bewegt, sich mir nähert.

Nie wieder werde ich sie finden. Die Verzweiflung ist schwarz und wächst und wächst – ich bin allein, heimatlos und allein. Bevor die Verzweiflung, das schwarze Tier, das auf meinen Schultern, auf meinem gebeugten Rücken sitzt, mich umkrallt, sein riesiges Maul aufreißt, seine riesigen Zähne in mein Gesicht, meine Glieder schlägt, fährt ein Wille in mich hinein, der Wille nach Rettung, nach Überleben, und mein Körper gewinnt Kraft; Spannung erwacht in Nerven und Muskeln, meine Knie senken, die Fersen heben sich, und ich stoße mich ab mit den Füßen, schnelle hoch, meine Haut reißt sich im Sprung ab von dem einstigen Kind, flattert in leeren Lappen, die sich im Sprung zur Körperform fügen, rot noch und brennend vor Schmerz, den jetzt schon Eisiges kühlt – eisiges Wasser des schmelzenden Pfahls in meiner Brust – ein anderes Ich will ich sein – bin ich – ich bin –

Meine Füße spüren anderen Boden unter den Sohlen. Das Land vor mir mit seinen Hügeln und Häusern, seinen Wiesen und Wolken, mit Gewässern und Getier ist das gleiche wie zuvor, dennoch fremd, denn es ist von einer Glasur überzogen, der Glasur der Erstarrung, einerlei jetzt, dies will ich nicht denken; und ich weiß es, ich brauche nicht hinzuschauen: Das Untier, das schwarze, es stirbt, dieses Pfeifen, das ist sein letzter Atem, und neben dem sterbenden Tier steht ein Kind, auch dies sehe ich, ohne hinzublicken, das ich meine zu kennen, sehr lange zu kennen, und erinnere mich doch nicht. Ein Kind, ein Mädchen steht da, ein Bild ist es wie eine alte Fotografie, aber nicht in Tönen von Braun; vornehmlich dunkle, zueinander fließende Töne von Blau sind es, die große Tiefe haben, die ich wahrnehme und nicht verstehe. Es schaut, das Kind, es schaut zu mir mit stillem Blick, es ist allein.

Ich aber setze an zum ersten Schritt hinein in die Landschaft, deren Farben durch die Glasur eine schillernde Starre angenommen haben; das Eis hat seine Arbeit getan, kein Schmerz ist in mir, die Entscheidung ist da. Neue Gebiete dehnen sich vor mir, erwarten mich schon, erwarten mich dringend, ich spüre es, denn ihre Ungeduld springt über zu mir. Ich will gehen, will laufen, doch seltsam – es ist mir, als müsse ich das Gehen, das Laufen, die Koordination meiner Gliedmaßen lernen, mein Wille erreicht sie nicht, sie gehorchen mir nicht, so sehr ich mich mühe, mir ist, als weiche der Weg vor mir zurück. Mutlosigkeit befällt mich, aber nein!, etwas greift in meine Gelenke: Knie und Füße winkeln, Schultern bewegen, Kopf und Augen heben sich zum Blick auf das Land, dessen gläserner Glanz mir schon vertraut ist. Das Gehen ist leichter, ich muss mich nur den Befehlen fügen, die mich da in Bewegung versetzen, den wortlosen Weisungen, mich ihnen ganz überlassen, dann geht es schneller und schneller hinein in die neuen Gebiete, die meine Entscheidung mir öffnet. Sprachen werde ich lernen, ja, mehr Sprachen, als die Schule sie bietet, werde Wörter und Wörter sammeln, die Strukturen der Sprachen beherrschen, Länder bereisen, ihre Menschen sehen, hunderte, tausende Menschen, und obwohl mich Erregung ergreift, bleibt mein Innerstes kühl, das Eisige wirkt noch immer, nichts in mir brennt, und der Flur im Schulhaus ist leer, nur ich stehe da, an demselben Platz auf den braun marmorierten Fliesen. Kein Untier ist da, kein Bild in Tönen von Blau.

Das Licht erlosch auf dem Erinnerungsstrang, aber ich wusste noch: Gleich wird das Kind dort durch den braunen Flur mit den hellgelben Wänden laufen, wird schneller laufen, bis es die anderen Mädchen erreicht, wird muntere Worte rufen, sie werden antworten, alle lachen, nein, sie, die anderen, werden lachen, und das Gesicht des Kindes wird folgsam ihr Mienenspiel übernehmen, denn dies, das zuvor seine Glieder in Bewegung versetzte, dirigiert schon jeden Muskel und hat die Leitstelle übernommen in seinem Hirn.

VIII

Dunkel lag über meiner Erinnerung, aber ich sah noch im letzten Licht, dass etwas wie Silber darüberlief, das waren meine Tränen, die ich weinte, die ich auf dieses Stück meines Lebens weinte, einen erkalteten Lavastrang, dessen Erstarrung sich durch den silbernen Glanz seltsam verschönte, und seltsam war, dass meine Trauer beim Anblick der Tränen sich von mir löste, dass ich hinzublicken vermochte auf das Starre und auf das Fließende darüber und ein Gefühl der Versöhnung empfand und mich nicht mehr verwunderte über den Schmutz an meinen Armen, Händen und Kleidern, denn ich wusste, woher ich kam: Seit dem frühen Morgen hatte ich im Stall hinter dem Haus geräumt, hatte endlich die Kohlenreste, die übrig geblieben waren nach einem langen Winter, zu einem Häuflein zusammengetragen, hatte die dicken Spinnenweben an Fenstern und Wänden entfernt und Staub fortgefegt – in dem kleinen Stall hinter dem Haus, das einmal das Haus der Mathematiklehrerin war.

Im Oktober des vergangenen Jahres hatte mich die Nachricht über ihren Tod erreicht, in Uruguay, wo ich in der Niederlassung einer kleinen niederländischen Firma, je nach deren Auftragslage, Übersetzungsarbeiten verfertigte, gegen bescheidenes Honorar, denn die Zeiten der profitablen Stellenangebote waren für mich vorbei, waren Geschichte, der ich nicht nachtrauerte. Als Dolmetscherin hatte ich fast alle Kontinente kennengelernt und tausende Menschen, das Geld war mir zwischen den Fingern zerronnen, auch das aus dem Verkauf des Elternhauses nach dem Tode meiner Mutter; ich achtete nicht darauf, wo es blieb, es kamen immer wieder neue Aufgaben, neue Länder, neue Menschen, aber dann kamen weniger Anfragen, weniger Aufträge, und das Fremde, der fremde Befehl, der einst die Herrschaft im Hirn des Kindes übernommen und mich seitdem getrieben hatte durch all die Jahre, verlor seine Kraft.

Nur allmählich registrierte ich eine Ermüdung meines Denkens, meiner Bewegung. In den letzten Jahren hatten mich zuweilen Gedanken gestreift, wie es denn weitergehen sollte in meinem Leben, aber befasst mit ihnen hatte ich mich nicht. Hinter mir lag in grellem Licht die Strecke meines Lebens, das mir trotz seiner rasenden Fahrt so starr, so eingefroren erschien wie damals das erste Landschaftsbild im gläsern schillernden Glanz nach dem Sprung des Kindes in die Entscheidung, und vor mir lag nichts als ein undurchdringliches Grau.

Der Brief mit der Nachricht war, in schon unsicherer Handschrift, von jenem Verwandten geschrieben, der in der Internatsschule ebenfalls unterrichtet hatte und noch immer in seinem Haus in der Stadt dort lebte. Die Mathematiklehrerin hatte damals nicht weit von der Schule eine eigene schöne Wohnung besessen, auf die Wochenenden „im Häuschen" aber selten verzichten mögen, bis zuletzt, ich wusste es durch unsere niemals unterbrochene Korrespondenz. Das kleine alte Haus, das als Heizquelle nur einen Kohleofen besaß, der kleine Stall, der Garten mit seinen Blumen, seinen Obstbäumen, den Beerensträuchern am Zaun waren ihr immer als ein guter Ausgleich erschienen zu einem Leben in der Stadt. Schön war der Blick aus den rückwärtigen Fenstern über die weiten Wiesen bis zum Waldrand hinüber, aus dem in der Dämmerung zögernd das Rotwild trat.

Dem Brief beigefügt war das Schreiben eines Notars, der mich bat, in einer Erbschaftsangelegenheit (es folgte ein Aktenzeichen) persönlich in seiner Kanzlei zu erscheinen. Ich war zurückgekehrt.

Aber erst jetzt, nach meinen Tränen, begriff ich, welch ein Geschenk mir zugefallen war. So sehr hatte die sausende Fahrt durch die Jahre meinen Blick blind, mein Gefühl taub werden lassen, dass ich in der Kanzlei wortlos, emotionslos die Verlesung des Testaments hinnahm,

hinnahm, dass dieses persönlichste Geschenk der Lehrerin mir zugedacht war, mir dazu aus ihrem Vermögen ein Sparbuch zufiel, ‚zur Erhaltung des Hauses', wie es hieß.

Etwas in mir begann sich zu lösen, ein sehr altes Gefühl erwachte in mir; ich sah sie vor mir, die Mathematiklehrerin, an der Bushaltestelle im Dorf, sah sie neben mir stehen im Schulzimmer mit meinem Heft in der Hand, meinte, die Berührung zu spüren auf meinem Haar, und das eben in mir Erwachte begann, freundlich und warm, durch Muskel-, Sehnen- und Nervenstränge zu gleiten, erreichte den Kopf und die Glieder, ich spürte es unter der Haut, und unter der Haut meines Gesichts erweckte es langsam und sanft Abläufe einer Bewegung, die sich unaufhaltsam meinen Gesichtszügen mitteilte als solch ein Lächeln, wie es empfangene Liebe hervorruft. Aus Liebe hatte sie dies alles verfügt, hatte nichts erwartet dafür von mir, mich von ihrer Entscheidung nicht unterrichtet, und ich sah sie in jener Mathematikstunde, als sie von der Harmonie der Sphären sprach, sah in ihren Augen das Glück, das sie empfand und nicht zu verbergen suchte, sah, wie sie sich vor der Tafel bewegte, vor der Vielfalt der Zahlen und Zeichen und sah, dass sich die Tafel allmählich entfernte in eine große Weite und jetzt keine Tafel mehr war, sondern nur noch Raum, in dem sich die weißen Kreidezeichen bewegten wie zu einer Melodie, und mit ihnen in die Ferne gezogen war die Gestalt der Lehrerin; nur noch ihre Augen sah ich, die auf mich schauten. In dem schwebenden Tanz der Zeichen strahlten sie in Gewissheit, in Freiheit, in Liebe und meinten mich, ja, meinten mich, und so stark war die Berührung des Blickes, dass ich aufstöhnte wie unter einem jäh sich lösenden Schmerz und in plötzliche Bewegung geriet, sodass mir beinahe wieder die beschriebenen Blätter entglitten wären.

Indem ich sie griff und hielt, war nicht mehr die große Weite, aber der Nachmittag um mich her wieder da, und in seine lichtdurchwirkte Luft hatten sich eben Worte gedacht und geschrieben, schöne Worte, wie ich meinte, und waren schon erloschen, als ich sie mit den Augen hatte festhalten wollen. Denn der große Schatten zog über mich hin, wie es zuvor schon geschehen war, und unter seinem Rand schimmerten – wie unter dem Rand einer Wolkendecke – nur noch matt und verstümmelt die Schriftzeichen dieser Worte, die ich nicht mehr zu entziffern vermochte und die nun erloschen. Welche waren es nur gewesen? ‚Harmonie', ‚Harmonie der Sphären' vielleicht? Oder ‚Liebe', ‚aus Liebe'?

Mein Blick fiel auf den Schmutz an meinen Händen, auf meine schlechte Kleidung. Im Stall hinter dem Haus hatte ich gearbeitet. Es war einmal ihr Haus gewesen. Sie war achtundneunzig Jahre alt geworden. ‚Kleine Maria' – so hatte sie mich nach meiner Schulzeit nicht mehr genannt, so begann ihr Brief an mich, den ihr Verwandter mir ausgehändigt hatte, ihr letzter Brief.

Nur wenig Zeit, schien mir, war vergangen. Wie schnell Gedanken liefen, Bilder sich entfalteten! Amelies Geschichte hatte an meine Geschichte gerührt, hatte mich zum Weinen gebracht. Was würde geschehen, wenn ich weiterlas? Was würde aufsteigen aus den Blättern, die diese Frau neben mir auf der Bank eben erst in meine Hände gegeben hatte? An ihrer Haltung hatte sich überhaupt nichts verändert, und um mich der Magie dieser Nachmittagsstunde zu entziehen, überlegte ich, dass ich jetzt ein Wort an sie richten oder weiterlesen oder zum Auto gehen könnte, um ins Dorf und nach Hause zu fahren oder in eine andere Richtung. Eine andere Richtung – schon stand ungerufen die Szenerie der Bühne auf dem nahen Sandplatz vor meinen Augen, und alle gedachten möglichen Entscheidungen waren nichtig geworden.

Dort sank der Nachmittag in den beginnenden Abend, einen Abend etwa wie in der Zeit der Tag- und Nachtgleiche. Das Bühnenbild hatte sich völlig verändert. Vorbei war der Spuk der Scheußlichkeiten. Einen hohen, auf dem Bühnenboden senkrecht aufgerichteten Rahmen umspannte eine Leinwand oder helle Folie, die von einer Lichtquelle im Hintergrund mäßig beleuchtet war. Schatten bewegten sich darauf, feine Linien, die wie zögernd in das Helle traten – hingedachte Elemente, die vor die Linse einer frühen Sonne glitten, sich bald hier verbanden, dort sich trennten, anders wieder fügten.

Aus dem Reichtum aller Möglichkeiten, aller Zeit entwarf ein Geist wie im Spiel müßig, freudig, eilig oder zögernd Skizzen zu Erscheinungsformen aller Art, alle Theorien der allmählichen Entwicklung ganz missachtend, und alle in den weiten Raum gedachte Linienführung glitt ins Licht, warf seine Schatten auf den weißen Schirm.

Freude, Heiterkeit erwachten, breiteten sich aus in mir – auch mir gehörte alle Zeit. Nein, ich brauchte nicht mehr zu weinen, nicht mehr zu eilen. Nichts ging verloren. Und nicht die Bühne dort drüben war es, die mich jetzt rief, sondern die Geschichte, die mir hier in die Hand gegeben war.

Lieber Leser, bist du noch da?
Eben sah ich dich noch. Oder war es nicht eben?
Ach – du lächelst. Schön, dass du lächelst. Schön, dass du da bist.
Ich will weitererzählen. Ich will weitererzählen, weil du da bist.

IX

Antonios Gasthof lag an der östlichen Seite des Dorfs; weiter hinaus gab es nur noch einen Hof, den des „heiligen Georg", und auf einer leichten Anhöhe im Nordosten ein Jagdhaus.

In Antonios Familie, die seit Generationen in dieser Region lebte, hatte es immer wieder Mitglieder gegeben, die ihre Heimat verließen, nicht um sich im nächsten Ort, in der nächsten Stadt anzusiedeln, sondern um sich überm Meer in den Ländern anderer Kontinente ein neues Leben aufzubauen; und wenn Antonio zurückschaute in die Geschichte, so fand er gleich Albert, den jüngeren Bruder seines Vaters, in Ostafrika vor, als Bruder bei den „Weißen Vätern", einer römisch-katholischen Missionsgemeinschaft (deren Name sich von dem weißen Ordensgewand herleitet). Albert war 1920, ein Jahr vor Antonios Geburt, einem Familienmitglied aus früherer Generation gefolgt, Jakob, seinem Onkel väterlicherseits, der – bereits in seiner Schulzeit gefördert und unterrichtet vom Holweiser Pfarrer – in den letzten zwei Jahrzehnten des 19. und den ersten beiden des 20. Jahrhunderts in dieser Mission tätig gewesen, später, an Malaria erkrankt, dort auch gestorben war.

Auswanderungen verzeichnete im neunzehnten Jahrhundert nahezu jedes Dorf in der Eifel. Die Bevölkerung war derart verarmt, dass Menschen verhungerten, in kalten Wintern in ihren kalten Stuben erfroren. Auch in Antonios Familie gab es Überlieferungen, die davon erzählten, wie damals Brote zum je halben Teil aus Mehl und Kartoffeln gebacken und Kräuter, Wurzeln oder erfrorene Kartoffeln für eine dünne Suppe ausgekocht wurden, sofern man Brennholz noch fand, denn die Wälder waren bis zur Mitte des Jahrhunderts durch die Eisenindustrie mit ihrem Bedarf an Grubenholz für die Bergwerke und Holzkohle für die Verhüttung weitgehend abgeholzt. Raubbau am Wald hatte die ländliche Bevölkerung jedoch auch selbst betrieben, denn es war üblich gewesen, durch Brandrodung neues Ackerland zu gewinnen und die Asche als Düngung dem Boden zuzuführen. Diese Bewirtschaftung ermöglichte zwar den Anbau von Feldfrüchten über drei Jahre, danach aber lag das Land fünfzehn Jahre lang brach, weil die Böden ausgezehrt waren. Die Kühe, die Schafe, die auf den mageren Höhen ihr Futter suchten, blieben mager und wurden auf die Flächen der Waldrodung getrieben, wo sie sich über die Schösslinge hermachten und neuen Baumaufwuchs verhinderten.

Antonios Urgroßmutter, Johanna Schuster, 1835 geboren, die eine starke, kerngesunde Frau gewesen war, hatte an ihre Kinder und Kindeskinder noch weitergegeben, was sie wusste aus der Zeit ihrer Jugend und aus den Erzählungen ihrer Eltern und Großeltern, deren Lebensraum zu Zeiten der kriegerischen Auseinandersetzungen im 19. Jahrhundert Durchzugsgebiet gewesen war für preußische und französische Truppen und auch unter Besatzung gestanden hatte. Übergriffe marodierender Truppenteile waren nicht selten gewesen, und da galt es, das Wenige, das man besaß, in Sicherheit zu bringen, listenreich und wachsam zu sein, sich aber der Übermacht gegenüber als ahnungslos oder einfältig, ja, als „strohdumm" darzustellen. Erfolge, hatte Johanna Schuster gern erzählt, wurden später in mancher Stube wohl ähnlich gefeiert wie ein Sieg an der Kampfeslinie der gegnerischen Heere. Als das linksrheinische Gebiet nach der napoleonischen Zeit „Preußische Rheinprovinz" geworden war und die kahlen Höhenzüge mit Nadelbäumen, dem „Preußenbaum", aufgeforstet werden sollten, wehrte man sich gegen diesen drohenden Verlust der ohnehin mageren Weideflächen, indem die jungen Bäumchen bei Nacht und Nebel wieder ausgerissen wurden oder mancher gewitzte Bauer das angelieferte Saatgut für die Aufforstung in den Backofen steckte, um es auf diese Weise keimunfähig zu machen – ein mit der Zeit jedoch erfolgloses Unterfangen, zumal von weither Beamte in das „preußische Sibirien" versetzt wurden. Als diese dann jedoch von den Hungersnöten und deren verheerenden Auswirkungen auf die Gesundheit der Bevölkerung nach den Jahren der Missernten berichtet hatten und finanzielle und materielle Hilfe eintraf, wich die gänzliche Ablehnung der neuen Autorität einem – allerdings skeptischen – Wohlwollen. Die strategischen Gründe für die Hilfsmaßnahmen waren ja auch, wie Antonios Urgroßmutter es erklärt hatte, damals jedem Familienvater, jedem jungen Mann in der Eifel klar erkennbar, denn das linksrheinische Gebiet galt als Bollwerk gegen Frankreich im Westen, und von den zu rekrutierenden Männern war nur ein geringer Prozentsatz aufgrund der Unterernährung heerestauglich gewesen.

Fünf Kinder waren aus der Ehe des Alois Schuster und seiner Frau Johanna, Antonios Urgroßeltern, hervorgegangen (wenige für die Verhältnisse der Landbevölkerung damals; zehn, zwölf Kinder zu haben war durchaus nicht selten); als Erwachsene lebten später jedoch nur noch zwei auf dem Hof der Eltern in Holweis: der älteste Sohn Wilhelm und Hermann, der jüngste, Antonios Großvater. Jakob, der zweite Sohn, wirkte als Missionar in Ostafrika, das dritte Kind, ein Mädchen, war im Kindesalter gestorben, und Helene, die zweite Tochter, war mit ihrem Mann, Michael Gebauer, ausgewandert nach Kanada, wo sie ein Stück Land erwarben, ein Holzhaus bauten, Schafe züchteten, einen Holzhandel betrieben und nach dem ersten, in Holweis geborenen Kind noch fünf kräftige Söhne bekamen, sodass in späteren Generationen der Familienname „Gebauer" zwischen Carrot Creek, Alberta, und Vancouver nicht selten war. Wie auch in den Staaten des Mittleren Westens von Nordamerika kostete dort das Land nur einen Bruchteil des Preises, der in der alten Heimat üblich war; ganze Familien wanderten aus: Das Nachbardorf, wusste Antonio, hatte bis zum Ende des neunzehnten Jahrhunderts ein Drittel seiner Einwohner und Holweis fünf von zweiunddreißig Familien an die „Neue Welt" verloren.

Als Helene Anfang 1890 geheiratet hatte, war ihr Bruder Hermann neunzehn Jahre alt und seit zweieinhalb Jahren Geselle bei einem Schreiner im acht Kilometer entfernten Mürlen, das mit über eintausend Einwohnern in den umliegenden Dörfern „die Stadt" genannt wurde, obwohl es Stadtrechte nicht besaß. Als Lehrling hatte der Junge bei seinem Meister in Haus und Hof geholfen: Das Ehepaar hatte zu Beginn der Lehrzeit acht Kinder, sieben Mädchen und einen Jungen, im Alter von zwei bis zwölf Jahren; hinzu kam, wie in nahezu jedem Haus, die Arbeit im Obst- und Gemüsegarten und die mit dem Vieh, also den Kühen, einigen Schweinen und Schafen, den Hühnern. Hermann hatte in der kleinen Werkstatt gearbeitet, dort auf einem Sack, gefüllt mit Spreu und Stroh, seinen Schlafplatz gehabt und als Geselle eine durch einen Vorhang abgetrennte winzige Kammer neben der Küche erhalten, als ein neuer Lehrling aufgenommen worden war. Er hatte sein Herz an Caroline, die älteste Tochter seines Meisters und Hauswirts, verloren. Sie war zwei Jahre jünger als er, also zwölf gewesen, als er als Lehrjunge ins Haus gekommen war, ein dunkelhaariges, fein gewachsenes, stilles und arbeitsames Mädchen. Im Laufe der vergangenen Jahre hatte er ihr etliche kleine Dinge geschenkt, selbst angefertigte Kästchen und Figürchen aus Holz, denn er war geschickt und einfallsreich.

Es war Caroline, die im Sommer 1890, am Abend ihres achtzehnten Geburtstags, das bisher von keinem der beiden jungen Leute Ausgesprochene in Worte fasste, und sie sprach behutsam und sanft und erklärte ihm, dass sie seine Gefühle wohl bemerkt habe, sie aber nicht erwidere, sie wolle der Kirche dienen und das Elternhaus bald verlassen, gemeinsam mit dem Pfarrer würde sie den Eltern in den nächsten Tagen ihre Entscheidung mitteilen.

Am Ende dieses Tages wurde der junge Mann in eine weitere Trauer geworfen, als gegen neun Uhr abends vor der Schreinerei ein Fuhrwerk hielt, das ihn zurückholte nach Holweis. Am Mittag war nach einem Sturz vom Scheunendach sein Vater gestorben.

Am nächsten Morgen wanderte Hermann in aller Frühe nach Mürlen zu seinem Arbeitsplatz, und nach durchwachter Nacht am Totenbett bewegte mancherlei sein ungeschütztes junges Herz. Zwei Menschen waren fortgegangen aus seinem Leben, und wenn er auch Caroline gleich wiedersehen würde, so wäre sie doch in weiter Ferne; es würde so sein, als habe sich zwischen sie und ihn eine gläserne Wand gestellt. In seinem Herzen waren Verzweiflung und Schmerz und – unangetastet – seine Liebe zu ihr. Und wenn das Bild seines Vaters ihm vor die Augen trat, war Trauer in seinem Herzen, war Ratlosigkeit in seinem übermüdeten Hirn, aber darüber erhob sich ein Friede, so groß, dass jede Verwunderung darüber in ihm fehlte. Angstvoll hatte er am Abend zuvor, kurz vor Mitternacht, das Haus betreten. Es war nicht ein alter Mensch gestorben, nicht einer, der durch Krankheit schon lange gelitten hätte, sondern sein Vater, sein starker, stets gesunder Vater, in seinem sechsundfünfzigsten Jahr.

In seiner Angst, dem Unausweichlichen gleich zu begegnen, hatte er die Beileidsbezeugungen der Nachbarn kaum wahrgenommen und hinübergeblickt zur Stube, deren Tür offen stand. Seine Schritte waren ihm schwer geworden, gleich würde er hintreten ans Totenbett, würde niederknien. Aber er war stehen geblieben vorn in der Stube, die anders zu sein schien, als er sie kannte und ihm wie ein Kirchenraum war, in dem das Licht zweier Kerzen die Wände kaum mehr erkennbar und den Raum grenzenlos machte.

Verwunderung ergriff ihn, denn dort auf dem Totenbett, dies war nicht mehr sein Vater, dies war doch nur sein Kleid, sein Mantel, den er abgestreift und fallen gelassen hatte, aber hier, in der von Lichtpartikeln durchwebten Dunkelheit, hier war sein Vater, überall hier und ganz nah – und jetzt hier, auf dem Weg nach Mürlen, in der frühen Morgendämmerung, fiel es ihm ein, wie seltsam, wie überflüssig es ihm erschienen war, niederknien zu sollen an diesem Bett, viel lieber, das wusste er bestimmt, wäre er umhergegangen im Raum und hätte seinen Vater gespürt, bei jedem Schritt, bei jeder Bewegung, mit jeder Pore und jedem Atemzug, und indem er dies dachte, wusste er, dass sein Vater jetzt bei ihm war und ihn begleitete auf seinem Weg. Seine Trauer würde bleiben, aber die Ratlosigkeit wich von ihm – er war begleitet. Er spürte, dass diese Erfahrung tröstlicher für ihn war als die Worte des Pfarrers in der vergangenen Nacht, denn die fraglose Gläubigkeit seiner Kindheit lag hinter ihm; er war bald zwanzig Jahre alt, er war ein Mann, und er hatte seine erste Liebe verloren.

In der Nacht hatte er mit seiner Schwester gesprochen, denn sie hatten beide nicht alle Stunden bis zu seinem frühen Aufbruch am Totenbett verbracht, und Helene hatte ihm anvertraut, dass ihr Mann mit ihr auswandern wolle nach Kanada. Er war ihren Eltern als Schwiegersohn nicht willkommen gewesen, denn Michael Gebauer war der Sohn des Schullehrers aus dem Nachbardorf, und ein Lehrergehalt war damals äußerst gering. Aber der junge Mann hatte im vergangenen Herbst, am Festtag des Schutzpatrons des Dorfes, so schön auf der Geige gespielt und beim Spiel immer nur in ein Paar Augen gesehen, in ihre Augen, und als sie nun Tag um Tag und Nacht für Nacht seinen Blick vor sich sah, da hatte sie gewusst, dass es die Liebe war, die sie am Tag wie im Traum umhergehen und in der Nacht kaum schlafen ließ. Schließlich hatten sich die Eltern der Verbindung nicht mehr widersetzt, denn Michael würde mit Helene in Holweis leben, es gäbe also eine weitere männliche Arbeitskraft auf dem Hof, und Enkelkinder aus der Ehe des Ältesten stellten sich anscheinend nicht mehr ein. Das Haus hatte für die sich gewiss bald vergrößernde junge Familie an seiner westlichen Seite einen Anbau erhalten, der tatsächlich ein – wenn auch sehr kleines

– eigenes Häuschen war mit Küche und Kammer und Obergeschoss, durch das der Rauchabzug führte.

Dies war nicht üblich, aber möglich geworden durch Helenes und Hermanns Bruder, durch Jakob, jenen Missionar in Ostafrika. Ein Armutsgelübde abzulegen wurde von den Mitgliedern der Gemeinschaft nicht verlangt, und „Bruder Jakobus" hatte im vergangenen Jahr während eines Aufenthalts in Holweis verfügt, dass sein Erbteil am Hof zugunsten seiner Familie verkauft werden solle; dafür würde er – auf Lebenszeit der Missionsarbeit verpflichtet – während seiner Besuche in der Heimat bei seiner Familie stets kostenlos aufgenommen und versorgt werden. Jakob hatte gewusst, dass seine Eltern und Geschwister Entbehrungen auf sich genommen hatten, um das Lehrgeld für Hermann bezahlen zu können, dass dessen Ausbildung zum Meister noch stärkere Einschränkungen erfordern würde. Da seine eigene Arbeitskraft hier fehlte, es auch bisher keine Kinder gab, die für allerlei Tätigkeiten hätten eingesetzt werden können, lebte dauerhaft ein Knecht auf dem Hof, ein zweiter wurde zu Zeiten höheren Arbeitsaufkommens herangezogen.

„Ein guter Stern", hatten die wohlwollenden Stimmen im Dorf gemeint, müsse über dem Verkauf des Grundstücks gestanden haben, „einen Pakt mit dem Teufel" hatten es die Neider genannt, dass bald nach Jakobs Verfügung ein wohlhabender Kaufmann aus Koblenz, ein Jäger, sich eben zu dieser Zeit in der Region nach einem Stück Land umgeschaut hatte, um dort ein Jagdhaus errichten zu lassen, wovon Alois Schuster durch einen Kameraden aus Mürlen erfuhr, der außer seiner Schmiede auch ein Pferd und eine einspännige Personenkutsche besaß, mit der er an Wochenenden Fahrgäste (wie auch diesen Kaufmann) beförderte. „Der Städter" hatte den für die ländlichen Bereiche hoch angesetzten Preis auch zu Alois Schusters eigenem Erstaunen gar nicht verhandelt, hatte er doch zu seiner Zufriedenheit ein am Dorfrand gelegenes, leicht ansteigendes Grundstück erworben, dessen nördliche Seite ein Waldstreifen begrenzte.

Wie gut es sich gefügt hatte, dachte Hermann während seiner morgendlichen Wanderung, dass der Vater dieses Geschäft, durch das er seine Familie zusätzlich versorgt wusste, noch hatte abschließen können. Friede hatte auf den Zügen des Toten gelegen, Friede hatte den halbdunklen Raum der Stube erfüllt.

Helene und ihr Mann, so hatten es die Geschwister letzte Nacht vereinbart, würden der Mutter gegenüber nicht von ihren Auswanderungsabsichten sprechen, jetzt noch nicht, sie würden die Verwirklichung ihrer Pläne auf einen späteren Zeitpunkt verlegen müssen – bis Hermann zurückkehren würde auf den Hof. Michael, hatte Helene ihrem Bruder versichert, würde festhalten an seinem Vorhaben, aber Verständnis zeigen, zumal seine Frau in einem halben Jahr ihr erstes Kind zur Welt bringen würde.

Michaels Vater hatte vor etwa dreißig Jahren die vakante Stelle eines Lehrers im Nachbardorf übernommen und die Wohnung über dem Klassenzimmer im Schulhaus bezogen. Michael war kein „Fremder" (das Nachbardorf, sein Geburtsort, lag nur vier Kilometer entfernt), aber er war kein Holweiser, und seine Eltern, wusste man im Dorf zu erzählen, hatten früher „irgendwo an der Mosel" gewohnt, und dies war für Manchen so weit fort wie die nicht sichtbare Seite des Mondes. Zwischen Nachbardörfern bestanden zudem häufig Rivalitäten, deren vielerlei Ursachen weit zurückreichten und immer wieder in tatsächlichen, in erdachten oder falsch verstandenen Begebenheiten Ausdruck fanden: Etwas, das es in jenem Ort gab oder sich ereignete, das konnte und durfte im Guten wie im Argen nicht dem gleichen, das in diesem geschah.

Helenes Mann galt im Dorf als armer Schlucker, der nichts mitgebracht hatte als die Geige, die sein Vater ihm zur Hochzeit geschenkt hatte. Nach seinen Volksschuljahren war er im Amt in Mürlen zum Schreiber ausgebildet worden und hatte dort noch zu Beginn seiner Ehe gearbeitet, bis sein Schwiegervater ihm bedeutet hatte, dass er ihm als Arbeitskraft auf dem Hof wichtiger sei. Michael hatte sich darein gefügt. Obwohl der schlanke junge Mann in der Schreibstube gearbeitet hatte, besaß er doch ausdauernde körperliche Kraft; jeden Arbeitstag war er früher die acht Kilometer nach Mürlen und die gleiche Strecke wieder nach Hause gelaufen und hatte nur an manchen Tagen im Winter, wenn die Wege zu hoch verschneit gewesen waren, bei einem Kollegen aus dem Amt übernachtet.

Manchem Holweiser erschien er als sonderbar, dieser junge Mann, den ihre derben Späße nicht zornig machten, der auf ein geringschätziges Wort mit Verwunderung reagierte und sie anschaute, als blicke er tief in sie hinein und durch sie hindurch auf ein anderes Wesen oder in eine andere Welt, sodass manchen Spötter ein seltsames Unbehagen ergriff, das ihn sich ratlos abwenden ließ. Helenes Mutter, die ihren Schwiegersohn bald begonnen hatte zu schätzen, hatte dies „eine Unverwundbarkeit" genannt, das dieses neue Familienmitglied wie ein schützendes Kleid umgab.

Helene hatte ihrem Bruder in der vergangenen Nacht von einem Frühlingsabend erzählt aus den ersten Tagen ihrer Ehe: In Michaels Familie war an Sonntagabenden ein wenig musiziert und gesungen worden, und der Vater hatte ihm zur Hochzeit seine Geige geschenkt, damit sich diese Tradition in der jungen Familie fortsetze. Als nun die ungewohnten Klänge zum ersten Mal durch die Fenster drangen, da hatte es ein Auf- und Niederwandern vor dem Haus gegeben, in Gruppen zogen sie vorbei, kehrten wieder, blieben bei einer Begegnung wie durch Zufall stehen, und weitere kamen und blieben, und immer noch geschah gar nichts anderes, als dass die Musik erklang. Dies aber, dass aus dem Haus keine Reaktion erfolgte, ließ die auf der Straße ungeduldig und dreister werden, und, wie üblich, schickten sie die Kinder vor, die mit lärmenden Gesängen jene hinter den Fenstern vor die Tür bringen sollten.

Tatsächlich öffnete die sich, aber anstatt des erwarteten oder erhofften Gezeters erklang weiterhin das Geigenspiel, denn Michael hatte sich auf die Türschwelle gesetzt und dabei die Menschen ihm gegenüber mit seinem „unverwundbaren Blick" so seltsam angeschaut, dass deren Stimmen unsicher wurden. Auch dies schien Michael sonderbarerweise nicht zu bemerken, vielmehr nickte er einladend dem Jungen zu, der ihm am nächsten stand und eben noch am lautesten eine unerkennbare Melodie eher gebrüllt als gesungen hatte, fragte ihn: „Meinst du dies?" und summte und spielte ein Kinderlied und nickte dem Kind wieder so freundlich und ermutigend zu, dass es zu ihm trat und, ein wenig befangen jetzt, einige Liedzeilen mitsummte oder -sang, und nun wollten die anderen Kinder nicht nachstehen im neuen Mut und kamen näher und sangen jedes sein Liedchen. Drei Halbwüchsigen aber erschien dies als ein Verrat, sie zischten es den Kleinen zu: „Verräter!", rannten herbei, entrissen Michael seine Geige und wirbelten die Beute über ihren Köpfen herum wie eine Trophäe.

Michael stand auf von der Stufe, trat sicher und rasch herbei, jeder sah es und verstand es als eindeutig: Er würde hier, an dieser Stelle, in diesem Augenblick, bereit sein, sein Leben zu lassen für seine Geige. Schon hatte er sie gefasst, abgelegt auf der Schwelle, wandte sich wieder, trat sehr dicht an die drei heran, die sich, Bestätigung suchend, umblickten nach den Übrigen auf der Straße, deren Mienen ihnen aber keine Ermutigung mehr verhießen. Michael hatte sich nicht umgeblickt, nicht eine Spur seiner Entschlossenheit hatte ihn verlassen.

Obwohl er wusste, dass es im Dorf und auch in den Nachbarorten ringsum als etwas Außergewöhnliches galt, eine Geige zu besitzen, war es überhaupt nicht der materielle Wert des Instruments, den er hier verteidigte. Er verteidigte den Wert der Freiheit. Er hatte noch niemals darüber nachgedacht, aber er wusste es jetzt, als er in die dummdreisten Gesichter blickte und als zugleich vor seine Augen das Gesicht seines Vaters trat, das die Zeichen aller Mühsal, aller erlittenen Demütigungen verlor, wenn er mit dem Bogen die ersten Striche führte über die Saiten, wenn sich die Klänge erhoben.

So dicht vor seinen Gegnern stehend, blickte Michael nicht mehr durch sie hindurch, er musterte die drei Gesichter genau, registrierte ein Zucken der Wangen, eine Verkrampfung der spöttisch oder trotzig verzogenen Münder, ein zu häufiges Blinzeln der Augen und sah – überrascht von dieser Erkenntnis – Unsicherheit, sah Angst und spürte, dass sie eine andere Angst war als die vor körperlicher Überlegenheit. Etwas ihnen Unbekanntes war es, wovor sie sich fürchteten: ein Wille, der über ihr Begreifen ging; und diesem Willen hatten sie nichts entgegenzusetzen als ihre eigene Leere und, schlimmer noch, die unbewusste und deshalb noch schrecklichere Angst vor der Leere, die sie mit derartigen Ausfällen überwinden zu können meinten.

Hatte aber Michaels erste Überraschung sich lösen und äußern wollen in einem Lachen, so hatte sein plötzliches Erkennen dieser Leere in ihren Augen – wie er es Helene später geschildert hatte – ein Gelächter in ihm ersterben lassen und war einer ihm unbegreiflichen Trauer gewichen, die sich in ihm ausgedehnt, dann zu Mitleid gewandelt habe.

Dieses Erkennen, das seine Augen den vor ihm Stehenden mitgeteilt hatte, machte, dass die drei schrittweise wichen, sich, nur noch einige Schmähworte hervorstoßend, zurückzogen hinter die Reihen der Übrigen, aus denen sich soeben gemächlich ein alter Mann nach vorn schob, im Brummton fragte, ob Michael auch dieses oder jenes Volkslied kenne, und der ergriff als Antwort seine Geige und spielte eines der Lieder und spielte all die anderen Melodien, deren Titel ihm zugerufen wurden, setzte sich auch nicht wieder, sondern ging umher, stellte sich zu diesem und jenem, der ihm soeben wieder einen Titel genannt oder eine Liedzeile vorgesungen hatte.

Als es dämmerte, zogen sich die meisten zurück zu ihren Häusern, hatten Michael noch einmal zugenickt oder ein knappes, anerkennendes Wort gefunden, einige blieben, traten, als es auf der Straße dunkel zu werden begann, ein in die Küche, saßen da noch lange beisammen, trafen sich, wie zufällig, am folgenden Sonntag wieder am Haus, und mancher hatte eine Kleinigkeit zum gemeinsamen Verzehr in die Jackentasche gesteckt.

Die Besuche an den Sonntagnachmittagen und -abenden wurden Gewohnheit. Eine kleine Stammgruppe von vier bis sechs Holweisern fand sich regelmäßig ein, manche kamen zuweilen vorbei, wie auch Helenes Eltern oder ihr ältester Bruder mit seiner Frau.

Aber dies, hatte Helene ihrer Erzählung in der letzten Nacht hinzugefügt, dass ihr Mann mehr und mehr akzeptiert worden war im Dorf, dies würde seinen Entschluss auch in Zukunft keinesfalls ändern, nein, er war jung, geschickt, kräftig, er war sparsam (das Meiste seines Lohnes als Schreiber hatte er zurückgelegt); erst drüben, in der Neuen Welt, würde er eigenes Land besitzen, mit der Arbeit seines Kopfes und seiner Hände seine Familie ernähren und würde – wiewohl hier die Familie ihn nun schätzte – nicht nachstehen müssen hinter dem Wort der Älteren in Helenes Familie. Vielleicht, hatte Helene vermutet, war an jenem Abend damals im Frühling, als er den für ihn kostbarsten Besitz verteidigte, das Gefühl der Freiheitsliebe in sein Bewusstsein getreten, hatte in der Folgezeit immer mehr Macht erhalten über seine Gedanken, hatte ihn Pläne durchspielen lassen, bis er bei dem einen Plan blieb und sich mit dessen Verwirklichung befasste, nicht verbissen, nicht fanatisch, spielerisch eher, aber im Wissen um ein entscheidendes Spiel.

Als Hermann sich der Worte seiner Schwester zu ihrer Ehe, zu ihren Plänen erinnerte, des glücklichen Aufleuchtens in ihren Augen, da musste er innehalten im Wandern und sich niedersetzen am Weg. Er weinte, und vor seine Augen traten die Bilder aus dem ersten Abend im Haus des Meisters:

Die ganze Familie, der Geselle und er, der Lehrling, hatten rund um den Holztisch in der Küche gesessen, in dessen Mitte der große schwarze Topf mit den Bratkartoffeln stand. Nach dem Tischgebet waren alle hergefallen über das gute Essen, jeder hatte mit seiner Gabel hineingelangt in den Topf so schnell er nur konnte, und er, er hatte noch nicht ein Stücklein im Mund gehabt, weil er an der Ecke des Tisches und also weit fort saß von dem heißen, duftenden Abendessen und es nicht gewagt hatte, aufzuspringen, sich über den Tisch zu werfen, wie es die anderen taten. Da hatte Caroline ihre Schürze genommen, den Topf gegriffen und hinüber geschoben zu ihm, von den gierigen Händen fort, und hatte die anderen so ernst angeschaut und ihre stillen Augen auf ihn gerichtet und nicht von ihm gewandt, bis er zu essen begann, er allein. Alle hatte sie gemahnt mit ihrem ruhigen, steten Blick, aber in sein vierzehnjähriges Herz war wie ein Stern vom Himmel die Liebe gefallen.

Die Morgendämmerung erhellte sich, im Osten unterbrachen Lichtstreifen die hochstehende Wolkendecke. Hermann trocknete sein Gesicht mit den Händen. Nicht nur um Caroline, auch um den Vater hatte er geweint; die eine und die andere Trauer, sie waren jede so unfassbar groß, und überhaupt unfassbar war, was seit gestern geschehen war, seit gestern, seit Carolines achtzehntem Geburtstag – da hatte sie ihn beiseite genommen und so ruhig gesprochen zu ihm, und am Abend, da war das Fuhrwerk aus Holweis gekommen –

In drei Tagen, dachte er, würde er zur Beerdigung wieder nach Holweis wandern und am nächsten Morgen wieder nach Mürlen, und indem er über das Land schaute, über die sanften Wellen der Hügel und Täler, war es ihm, als würden diese Wellen immer weiterrollen, weit über den sichtbaren Horizont hinaus, und würden ihn tragen, ihn mit sich führen wollen, nicht zu anderen Kontinenten, wie seine Schwester und ihr Mann es planten, aber über fernere Straßen, zu ferneren Orten. Sein Meister hatte eines Abends in der Werkstatt von früheren Zeiten des Handwerks gesprochen, von den Zünften, von den Gesellen- und Wanderjahren; drei Jahre und einen Tag (dies war die vorgeschriebene Zeit) war ein Geselle, der sich auf die Meisterschaft vorbereitete, unterwegs gewesen, um bei anderen Meistern und in anderen Städten, die mehr als fünfzig Kilometer entfernt sein mussten vom Heimatort, zu arbeiten und hinzuzulernen. Handwerkerinnungen kamen zu den Zünften hinzu; Wanderschaft war nicht mehr Vorschrift, aber noch immer hoch angesehen.

Hermann hatte bisher nicht daran gedacht, selbst „auf die Walz" zu gehen, aber jetzt, im Anblick dieser Hügel und Täler, dieses in die Ferne rollenden grünen Meeres, und in der schmerzlichen Erinnerung an die Ereignisse des vergangenen Tages, trat dieser Gedanke zu ihm, sprang ihn an aus den Baumwipfeln in der Ferne, schnellte aus den Lichtstreifen am Horizont in sein Hirn, traf sein Herz, wenn er eben wieder an Caroline gedacht, wieder das Totenbett seines Vaters vor sich gesehen hatte, und erfasste ihn mehr und mehr, sodass er sich erheben musste von seinem Platz am Weg und gehen musste, um seine wachsende Unruhe zu bezähmen, um die immer geschwinder sich entwickelnden Ideen auf geordnete Pfade zu bringen.

Als Hermann sich dem Ortsrand von Mürlen näherte und eben darauf vorbereitete, gleich nicht nur seiner Arbeit in der Werkstatt, sondern auch Caroline zu begegnen, traf ihn der Gedanke, dass er die vergangenen vierundzwanzig Stunden dieses Jahres 1890 niemals würde vergessen können. Nur für einen Augenblick noch, meinte er, müsse er innehalten, und er blickte von der Anhöhe aus hinab auf das Städtchen, das mitten in der weiten Talmulde so friedlich da lag; jedes Dach schien sich dem freundlichen Morgenlicht entgegen zu breiten, und drüben, auf der anderen Seite des Tals, liefen die Zeilen der Baumwipfel in die Ferne.

Es war der letzte Tag im August. In einer Woche würde er zwanzig Jahre alt werden.

X

Drei Jahre später, einige Tage vor Heiligabend des Jahres 1893, kehrte Hermann Schuster, Antonios Großvater, nach Holweis zurück. Seine Familie wusste es schon: Im Gepäck lag sein Meisterbrief, mit ihm reiste Antonia, seine junge Frau.

Seine Wanderschaft hatte ihn zu den Städten im süddeutschen Raum geführt und Ende des zweiten Jahres nach Bergamo. Bei seinem Meister in Mürlen hatte er es gelernt, die Gegenstände des alltäglichen Gebrauchs anzufertigen, also Tisch und Stuhl, Truhe, Bank, Bett, oder herzustellen, was beim Bau eines Hauses notwendig wurde: Fenster, Türen, Fußböden. Alles war mit Sorgfalt und solide gearbeitet, gedacht für Generationen, zweckmäßig, schmucklos. Jetzt hatte er Gelegenheit gehabt, seine Liebe zum Detail und zur kunstvollen Ornamentik im Möbelbau für die Häuser einer wohlhabenden Bürgerschaft umzusetzen. Während des zweiten Jahres seiner Wanderschaft hatte ihn der Meister in Freiburg seinem Bruder in Bergamo empfohlen, der sich dort vor Jahren niedergelassen und verheiratet hatte. Als hätte sich in Hermanns Leben etwas schicksalhaft wiederholen und zum Guten führen wollen, war aus Zuneigung zu dessen Tochter Antonia Liebe geworden. Bevor er Bergamo verlassen hatte, um im dritten Jahr wieder im Süddeutschen zu arbeiten, hatten sich die jungen Leute einander versprochen. Hermann war nach abgelegter Meisterprüfung zurückgekehrt nach Bergamo, um Antonia heimzuführen.

Nach der Hochzeit zu Anfang des folgenden Jahres bezogen Hermann und seine Frau jenen an das elterliche Haus gesetzten Anbau, der für Helene und Michael errichtet worden war; die hatten Holweis im vergangenen Spätsommer mit ihrem zweijährigen Sohn verlassen. Hermanns Mutter, stolz auf den erfolgreichen Sohn, überließ ihm die Stube und die beiden Kammern dahinter als Werkstatt. Die Mutter, der

Bruder und seine Frau schliefen nun im Obergeschoss; die Küche, der Mittelpunkt des Hauses, war, wie üblich, der gemeinsame Aufenthaltsraum.

Hobelbank, Werkbank, Holzböcke, alles baute Hermann selbst, fertigte Werkzeuge an, sein alter Meister aus Mürlen schenkte oder verkaufte ihm manches oder verwies ihn an befreundete Schreiner. Nach vier Jahren beschäftigte Hermann zwei Gesellen und einen Lehrling – was von der Familie einst als Nebenerwerb zur Landwirtschaft gedacht war, wurde Haupteinnahmequelle. Die Landwirtschaft wurde in diesem Jahr verkleinert, indem die Schafe verkauft wurden, der Schreinerbetrieb vergrößert: Der südlich hinter dem Wohnhaus freistehende, geräumige Schafstall mit dem Heuboden darüber, der durch eine Innentreppe zugänglich war, wurde 1898 Schreinerei – eine gute Entscheidung innerhalb der Familie, denn bald darauf erhielt Hermann den Auftrag zur Fertigung neuer Kirchenbänke. Das Wohnhaus wurde in demselben Jahr zur östlichen Seite hin vergrößert, indem die Scheune zum Wohnbereich für Mutter, Bruder und Schwägerin umgebaut und ein neuer Scheunenraum in der eifeltypischen Langhofbauweise an den ehemaligen angebaut wurde. Der Bereich der früheren Werkstatt im Haus mit den beiden Kammern dahinter wurde Wohnraum für Hermann, seine Frau und ihre beiden Kinder.

Bis zu Michaels und Helenes Auswanderung waren die Besuche einiger Holweiser am Sonntagnachmittag Tradition geworden. Es war musiziert, aber auch Karten gespielt und geredet worden. Die neue Frau, die „Italienerin", deren süddeutscher Dialekt (vom Vater her) sich mit Italienischem mischte, und der junge Schreinermeister würden gewiss, darüber war man sich einig gewesen im Dorf, dies nicht fortführen wollen, aber nach gewisser Zeit der Unentschlossenheit, des Zögerns hatten sich einige gefunden, die wieder, wie damals, als zum ersten Mal Michaels Geige erklungen war, wie zufällig am Haus erschienen waren, und da war es Antonia gewesen, die hinausgetreten war zu ihnen und sie eingeladen hatte in die kleine Stube, freundlich und ein wenig scheu, und eben diese Mischung in ihrem Wesen hatte die Leute für sie eingenommen. Sie waren nicht mehr regelmäßig, aber doch häufig erschienen, um hier wieder wie früher beisammenzusitzen. Hermann war dies recht gewesen, er hatte gesehen, wie sehr seine Frau die Geselligkeit erfreute, und wer von diesen Besuchern eine Wiege, einen Sarg oder ein Möbelstück für die Spanne Zeit, die zwischen Wiege und Sarg liegt, benötigte, der würde es bei ihm fertigen lassen.

Der Umgang mit mancherlei Besuchern war Antonia nicht fremd: In Bergamo hatte sie im Gasthaus ihres Onkels, das neben dem väterlichen Betrieb lag, geholfen, die Gäste zu bewirten. Als die neue Schreinerei eingerichtet, die Erweiterung des Wohnhauses abgeschlossen, die Wohnräume bezogen waren, schlug Antonia ihrem Mann vor, die Besuche der Holweiser zu einer weiteren Einnahmequelle werden zu lassen und die kleine Stube, die nicht mehr als Wohnraum diente, als Gaststube einzurichten, die sie und ihre Schwägerin Ursula führen würden. Nach kurzem Zögern (Antonia erwartete ihr drittes Kind) stimmte Hermann dem Vorschlag zu, auch seiner Schwägerin wegen, deren Augen, aus denen die stille Betrübnis über ihre Kinderlosigkeit sprach, jedes Mal aufleuchteten, wenn die beiden Frauen über ihren Plänen beisammensaßen. Aus Helenes und Michaels einstigem „Häuschen" wurde 1899 das „Schusters Eck", das aber niemand im Dorf so nannte: Irgendjemand hatte das Zimmerchen liebevoll-spöttisch „Der Saal" getauft, und bei dieser Bezeichnung blieb es.

Die beiden Frauen waren Freundinnen geworden. Antonias Lebensfreude, ihre Zurückhaltung der Älteren gegenüber, ihre Geschäftstüchtigkeit belebten die Schwägerin, und als hätte diese nun nach all den Ehejahren auf die Entfachung ihres nahezu erloschenen Lebensfunkens gewartet, wurde sie in ihrem achtunddreißigsten Jahr zum ersten

Mal schwanger und gebar am ersten Tag des neuen Jahrhunderts und einige Monate, nachdem Antonia einer Tochter, Rosemarie, das Leben geschenkt hatte, ebenfalls ein Mädchen, das Alwine genannt wurde.

Die vier Kinder im Haus wuchsen heran, aber Rosemarie war nicht wie andere Kinder. Sie lernte es spät zu sprechen, sprach auch dann nur einzelne Wörter, begriff kaum oder langsam, hielt sich meist in der Küche auf, blickte mit freundlichen Augen umher, weinte ausdauernd und still, wenn etwas starb – ein Vögelchen, eine fremde Katze – und wurde geliebt von ihren Eltern und der gesamten Familie auf dem Hof; die Brüder verteidigten ihre Schwester mit Worten, Fäusten und Füßen, wenn sie Rosemarie boshaft geneckt oder angegriffen sahen. In der einklassigen Schule erhielt Rosemarie mit vierzehn Jahren von dem ratlosen Lehrer ein Schulabgangszeugnis mit dem Vermerk, dass sie die Lernziele der zweiten Klasse erreicht und sich stets freundlich und hilfsbereit verhalten habe.

Antonia und ihre Schwägerin betrieben die Gaststube an den Wochenenden, die Kinder gingen zur Schule, halfen in der kleinen Landwirtschaft, die Mädchen auch in der Küche. Hermanns ältester Sohn, nach dem Großvater Alois genannt, ging beim Vater in die Lehre, der zweite, Albert, berührt und fasziniert vom Lebensweg seines Onkels Jakob, verpflichtete sich als Bruder bei den „Weißen Vätern". Als Meister arbeitete Alois mit dem Vater in der Schreinerei. Als er zwei Jahre nach Kriegsende, 1920, Marianne heiratete, hatte er bereits für seine zukünftige Familie den ehemaligen Heuboden über dem Schreinerbetrieb als Wohnraum ausgebaut.

Alois' Großmutter Johanna starb neunundachtzigjährig 1924, in demselben Jahr auch ihr ältester Sohn Wilhelm. Dessen Witwe, Ursula, bewohnte jetzt mit ihrer Tochter Alwine und deren kleinem Mädchen den einst zur Wohnung umgebauten ehemaligen Scheunenraum allein. Alwine hatte, eben neunzehn Jahre alt geworden, im letzten Kriegsjahr geheiratet und war Witwe geworden, bevor ihr Kind geboren war. Herrmann und Antonia lebten weiterhin in der mittleren Stube und den beiden Kammern, zusammen mit ihrer Tochter Rosemarie.

Vier Kinder wurden Alois und seiner Frau Marianne geboren, zwei Söhne und zwei Töchter. In Anlehnung an den Namen der Großmutter wurde der erste Sohn Antonio genannt, der zweite war wieder ein Johannes. Beide Mädchen verließen Holweis, als sie in Familien in Nachbardörfern einheirateten. Antonio war drei, Johannes zwei Jahre alt, als ihre Urgroßmutter Johanna starb.

Wieder erlernte ein Sohn bei seinem Vater das Handwerk, aber es war nicht der älteste, sondern Johannes, der sich schon als Kind, wenn auf dem Hof nicht andere Arbeiten anfielen für ihn, am liebsten in der Werkstatt aufgehalten hatte.

Antonio verband nicht nur die Ähnlichkeit ihrer Namen mit seiner Großmutter; er war gesellig wie sie und geschäftstüchtig. Er liebte die kleine Stube, den „Saal", den Pegel der Stimmen darin, der auf- oder abflaute je nach der Art der gegenseitigen Mitteilungen, der Gespräche, die er mit freundlichem Gleichmut verfolgte, so wie seine Großmutter es tat, die der Meinung gewesen war, dass die Menschen überall gleich wären und dass da kein Unterschied sei, ob eine Gaststube in einem Stadtviertel von Bergamo oder in Holweis stehe. Früh stand für Antonio fest: Er würde Gastwirt werden.

Als die Brüder während des Zweiten Weltkriegs an die Front berufen wurden, hatte Antonio schon seine Lehre als Koch abgeschlossen, Johannes die Gesellenprüfung bestanden; beide kehrten 1945 nach Kriegsende heim.

In diesem Jahr starb, fünfundsiebzigjährig, ihr Großvater Hermann Schuster. Am Abend eines Arbeitstages, der für ihn gewöhnlich noch immer zehn bis zwölf Stunden umfasste, hatte er sich noch einmal vollständig umgekleidet „für einen Abendspaziergang", wie er es seiner

Frau zugerufen hatte, doch vor dem Haus musste seine Kraft ihn verlassen haben. Ein Nachbar hatte ihn still auf der Bank sitzen sehen, ihn angesprochen und Antonia herbeigerufen, aber ihr Mann lebte nicht mehr. Am späten Abend, als Hermann aufgebahrt in der Stube lag, in die er vor fünfundfünfzig Jahren, aus Mürlen kommend, am Tage des Todes seines Vaters so zögernd eingetreten war, fielen Antonia die Worte des Nachbarn ein: „Er sieht aus, als wollte er auf Wanderschaft gehen."

Zu Weihnachten kam im gleichen Jahr Besuch aus Bergamo, kam „über Schleichwege" wegen der Besatzungszonen, wie man augenzwinkernd erklärte, obwohl so bald nach Kriegsende deren Verwaltung noch nicht lückenlos durchorganisiert war. Es war das erste persönliche Kennenlernen von Mitgliedern beider Familien, denn über die Jahre hatte es nur brieflichen Kontakt gegeben, und fotografische Aufnahmen waren gesandt worden, seit reisende Fotografen über Land zogen.

Es kamen Antonias jüngerer Bruder mit seiner Frau und die Schwester mit ihrem Mann. Sie brachten ein kleines Mädchen mit, Rosetta, ein Jahr alt, das Kind einer Großnichte Antonias, die vor wenigen Wochen gestorben war und deren Mann – Arbeiter im Schienenbau für die Eisenbahn – sich selten bei seiner Familie aufhalten konnte. Als die Verwandten Anfang des neuen Jahres wieder abreisten, blieb Rosetta in Holweis. Gemeinsam hatten die Familien es so beschlossen.

Für Antonia bedeutete das Kind eine lebendige Bindung an ihre Familie in Bergamo, ebenso wie für Antonio, der sich seiner Großmutter und ihrer Herkunft am stärksten von allen Enkeln verbunden fühlte und ebenfalls die Gabe besaß, zunächst, was ihm begegnete, vorbehaltlos mit Freundlichkeit zu betrachten oder anzunehmen.

Eine Person im Haushalt hätte das kleine Mädchen keinesfalls wieder fortgelassen. Für Rosemarie war es ein Geschenk, das aus den Weiten des gütigen Himmels kam: Ähnelten sich nicht ihre Namen? Wiederholte sich hier im Hause nicht, was ihr die Weihnachtsgeschichte erzählte? Für ein Kind wurde ein Stall oder ein Haus gesucht, und die Tür ihres Herzens stand offen. Rosetta hatte Einzug gehalten in dessen Kammern in dem Augenblick, als ihr, Rosemarie, von den fremden Menschen, die aus einem fernen Land gereist kamen, das kleine Mädchen in die Arme gelegt worden war. Dass die Ankunft des Kindes, die Ähnlichkeit der Namen ein Wunder seien, das Der Höchste hier in Holweis habe geschehen lassen, hatte sie dem Pfarrer erzählt, der sich darauf jedoch nicht hatte einlassen wollen, aber sie, Rosemarie, nur ein wenig verwundert über die Freudlosigkeit dieses Mannes, wusste es sicher, dass ihr der Himmel dieses Kind als Weihnachtswunder gesandt hatte.

Nach den Vorgaben der Besatzungsmacht musste Rosetta adoptiert werden, und dies geschah durch Johannes, Antonios jüngeren Bruder, der sich zu Beginn des folgenden Jahres, 1946, verheiratete und überhaupt keine praktische Verpflichtung mit der Adoption einging, da doch Rosetta ihrer aller Kind war, das im Kinderbett neben Rosemarie schlief, von der sie zwischen Küche, Gaststube und Gemüsegarten umhergetragen wurde.

Die Gaststube führte noch immer Antonia, 75 Jahre jetzt alt, mit Alwine, der verwitweten Tochter ihrer inzwischen verstorbenen Schwägerin. Aber Antonias Tochter Rosemarie, obwohl ihr Buchstaben und Zahlen vor den Augen zerrannen, galt ihnen als die Seele der kleinen Wirtschaft. Sie besaß einen ausgeprägten Sinn für Schönheit und Ordnung. Alle Gegenstände wurden durch sie fortwährend gesäubert oder blank geputzt und immer wieder geduldig mit leichten Handgriffen an den rechten Platz gerückt, als folgte sie sicher einer inneren Weisung.

Zehn Jahre später, 1956, zu der Zeit, als Professor Eichinger und seine Mitarbeiter zum ersten Mal die Gaststube betraten, war diese bereits erweitert worden, indem zu den daneben liegenden Kammern ein Durchbruch geschaffen und durch einigen Umbau somit ein weiterer Raum entstanden war, den eine Aufschrift am oberen Teil des Türrahmens als „Restaurant" bezeichnete. Alle Bereiche im Obergeschoss des Hauses waren ausgebaut, Antonio hatte sich über der Gaststätte eine Wohnung eingerichtet, zwei Fremdenzimmer standen zur Verfügung. Antonia, seine Großmutter, war 1951 achtzigjährig gestorben. Johannes, Antonios jüngerer Bruder, hatte die Meisterprüfung abgelegt, führte in dritter Generation die Schreinerei, die sein Großvater Hermann gegründet hatte, und lebte mit seiner Familie in einer Wohnung über dem Betrieb.

Antonio war Gastwirt. Den Gedanken einer Umbenennung der Wirtschaft in „Taverna Antonio" hatte er verworfen. Das „Schusters Eck" präsentierte seinen Namen (den die Holweiser durch ihre Bezeichnung „Der Saal" weiterhin ignorierten) jetzt auf einem farbigen Schild über der Tür. Es bot durch Alwine und ihre Tochter, die eine Hauswirtschaftsschule besucht hatte, an sechs Tagen in der Woche auch Speisen an, blieb beseelt durch Rosemarie, die bei aller Arbeit, die sie zu tun fand, ihre Rosetta kaum aus den Augen ließ – jenes junge Mädchen, das Eichinger in der Gaststube wegen des westlichen Hanges angesprochen hatte.

XI

Erst sechs Jahre nach seinem ersten Besuch gelang es Eichinger 1962, seinen Freund Anton Burgwaechter zu einem gemeinsamen Aufenthalt in Holweis zu überreden. Bei Antonio wurden die beiden neu eingerichteten Einzelzimmer für drei Übernachtungen gebucht. Die lagen, wie die beiden Doppelzimmer, im Dachgeschoss.

Unten im Haus, in dem einst umgebauten ehemaligen Scheunenraum, lebte Alwine mit ihrer Tochter, die Stube neben der Küche bewohnte Rosemarie mit Rosetta, achtzehn Jahre jetzt alt, mit Rosettas zweijährigem Sohn Siegfried, von dem selbst in der Familie niemand wusste, wer dessen Vater war, der aber von allen Familienmitgliedern angenommen worden war, so wie Rosetta vor siebzehn Jahren.

An Antonios Begabung, in freundlichem Gleichmut die unglaublichsten Bemerkungen oder geäußerten Ansichten seiner Wirtshausgäste kommentarlos im Raum stehenzulassen, verhallten auch während Rosettas Schwangerschaft und nach der Geburt des Kindes die Ratschläge derer, die ihm während dieser Zeit „gute" Ratschläge zuflüsterten. Sein Denken und Fühlen ging über Holweiser Grenzen hinaus. Seine Großmutter hatte den Mut gehabt, ihres zukünftigen Mannes wegen ihr Land und ihre Familie zu verlassen, der Großvater den Willen und die Kraft, seiner Frau in ihrer neuen Heimat auf jede Weise beizustehen; die Gastwirtschaft war dafür ein sichtbares Zeugnis. Sein Großvater hatte verstanden, dass seine Frau damit ihre eigene Position im Dorfleben hatte einnehmen wollen. Sie war keine Frau gewesen, die still im Hintergrund blieb; es war ihr gelungen, ihre Wünsche an das Leben zu verwirklichen – hier in Holweis. Weil sie dieses Leben so fraglos liebte, war jede demonstrierte Ablehnung der „Ausländerin", der „Fremden" an ihrer inneren Stärke schließlich zerschellt.

Antonio wusste es sehr sicher: Er würde Rosetta mit ihrem Kind nicht „dahin schicken, woher sie gekommen war", wie es mancher abends an der Theke ihm geraten hatte, und vielleicht hatte einer von jenen, die am lautesten wurden, dafür seinen eigenen gewissen Grund? Wenn er seinem Gegenüber prüfend, still und lang genug in die Augen blickte, zog Unsicherheit über dessen eben noch rot erhitztes Gesicht. Wusste der mehr als Antonios Familie?

Wie seine Großmutter stand auch Rosetta unter dem Schutz einer Familie, deren Schicksal den Holweisern bei Summierung der Ungewöhnlichkeiten als erstaunlich galt: Da gab es die Brüder bei den „Weißen Vätern", Helenes viel betuschelte Wahl ihres Ehemanns, ihre Auswanderung, Hermanns konsequenten Weg bis zur Meisterschaft, seine Frau aus Bergamo (nicht aus Mürlen, nicht aus Ober- oder Unterniebach!), Antonia als eigentliche Gründerin der Gastwirtschaft, Rosemarie in ihrer Eigenartigkeit, Rosetta als einst adoptiertes Mädchen und nun ihr Kind. Und es gab die Schreinerei seit Generationen, die jetzt Arbeitsplatz war für zwei Lehrlinge und vier Gesellen; die Gaststätte gab es, die einzige im Dorf, deren beide Stuben zumeist gut besucht waren, die Fremdenzimmer seit einigen Jahren. Dies alles, Antonio wusste es, war im Gedächtnis des Dorfes verwahrt und wirkte, hatte er zuweilen gedacht, möglicherweise gleichsam magnetisierend auf jene, die regelmäßig seinem Haus zustrebten. Aber unabhängig von Gaststube oder Schreinerei, von Gästen oder Kunden – Rosetta und ihr Kind würden bleiben! Antonio war sich sogar sicher, dass er Rosetta selbst dann nicht „aus dem Haus gejagt" hätte, wenn sie nicht ein Mitglied der Familie, sondern eine Hilfskraft im Haus, in der Landwirtschaft oder der Gaststätte gewesen wäre. Sie war kein leichtfertiges Mädchen, sie bewies täglich ihre Dankbarkeit, nicht in demütiger, sondern in natürlicher, freudiger Art und Weise; sie war scheu den meisten Menschen gegenüber, schön war sie, schön ihre Gestalt, ihr braunes Haar, die getönte Haut.

Als Anton Burgwaechter 1962 zum ersten Mal Holweis besucht, das „Schusters Eck" kennengelernt und Eichinger dort bereits zum zwölften Mal übernachtet hatte, war Antonio einundvierzig Jahre alt, nach einer unglücklichen Liebe noch Junggeselle, und galt in der Familie, für Rosetta und vor sich selbst, als Rosettas „Vater", eher als sein Bruder, der das Kind adoptiert hatte. Nicht nur sein Gleichmut ließ vieles an den Menschen gelten. Wenn er am Sonntagmorgen jene nächtlichen Zecher, die ihm ihre Ratschläge zugeraunt hatten, mit geneigtem Kopf, mit demonstrativ gesammelter Miene, mit dem Gebetbuch unter dem Arm hinwandern sah zur Kirche, zu jenem Ort, in dem das Gebot der Nächstenliebe verkündet wurde, dann verwunderte er sich noch immer, wie sich Gegensätzliches in einem menschlichen Herzen zu bewegen vermochte. Er liebte einige, nicht alle Menschen, aber nahezu alle respektierte er; sie hatten doch alle, so wie er selbst, ihre eigene Geschichte, ihre eigenen, meist familiären, Vorbilder, und ähnlich wie seinem Großonkel Michael war es ihm manches Mal so, als blickte er bei den garstigsten in tief verwundete Seelen.

Antonio hatte Anton Burgwaechter bei dessen erstem Besuch aufmerksam ins Auge gefasst, die leicht gebeugte Haltung, die beginnende Erschlaffung der Züge registriert und hatte erkannt, dass diese Merkmale, die er zunächst für Müdigkeit, für Überarbeitung gehalten hatte, etwas anderes waren, das ihm bekannt erschien: Ein Leid trug dieser Mann mit sich, vermutlich sehr lange schon, und trug es, als könne er sich eines anderen Lebens kaum mehr entsinnen. An sich selbst registrierte Antonio mit Verwunderung, dass er durch seine Betrachtungen eine innere Verbundenheit mit diesem Gast empfand.

Er sah ihn während der drei Tage nicht häufig. Dieser Mann schien die Gaststuben nicht zu lieben, bald nach einer Mahlzeit erhob er sich, um in sein Zimmer hinaufzugehen. Die Holweiser hatten registriert, dass das Auto, das Eichinger fuhr, hier nicht bewegt wurde, dass aber ausgiebige Wanderungen der beiden Fremden stattgefunden hatten. Eichinger hatte Antonio gegenüber seinen Begleiter kurz als Kollegen bezeichnet. Vielleicht, so hatte man am Abend an der Theke vermutet, waren dem nun die Fundstellen der Gesteinsbrocken präsentiert worden, die von den Wissenschaftlern mit Freude und Interesse betrachtet, von den Bauern aber bei der Feldarbeit seit Generationen verwünscht wurden. Oder hatte dieser Mann andere, eigene Pläne? Antonio wurde ermahnt, besser zuzuhören.

Am Sonntagmorgen umwanderten die beiden Freunde in weit ausholenden Schleifen das Dorf. Oben, auf dem Kamm des einst durch den Sturm verwüsteten Hanges, legten sie ihre Jacken ins Gras und setzten sich. Hatte der Verlauf ihres Weges im Hirn des Biologen eine Entsprechung gefunden? Anton Burgwaechter erschien der Ausschnitt des Landes, auf das er schaute, wie eine große, grünblättrige Blüte und der Wanderweg, den er und der Freund gegangen waren, wie deren Umrisslinie. In der Mitte der Blütenform lag das Dörfchen mit seinen Dächern in Schwarz und Rot und dem Weiß der Häuserwände, und wie der Stempel aus einer Blüte ragte der Kirchturm über die Dächer hinaus. Indem Burgwaechter an eine Blume dachte, fiel ihm der Name einer Pflanze ein, die Grüne Nieswurz, deren grüne scheinbare Blütenblätter tatsächlich ihre Kelchblätter sind, und indem er an Namen von Pflanzen dachte, trat in seine Gedanken ein anderer Name, der des Dorfes dort unten, „Holweis". Aber dieser Name, dieses Wort – das war – das war doch ein Duft, das waren nicht Dächer, Mauern, Gassen, das war ein kleines Wehen, heiter und leicht, aus weiß gewirkten Blütenständen –

Eichinger hatte etwas gesprochen. Von einem Haus hatte er gesprochen, und jetzt wiederholte er es: „Hier oben müsste man ein Haus bauen. Hörst du mich?" Er blickte in Burgwaechters Augen und sah, dass darin ein wenig zu viel Feuchtigkeit schwamm. Es gab keinen Händedruck, keine überflüssigen Worte. „Ach so", sagte er, und das genügte unter Freunden.

Eichingers folgende Aufenthalte in Holweis mit seinen Mitarbeitern oder Studenten begleitete Burgwaechter nicht. Nach dem gemeinsamen Ausflug blieb er zunächst dem Landstrich fern. Etwas war ihm dort sehr nah gewesen, ein Anhauch der Erinnerung an Amelie und der Trauer um etwas Ungelebtes. An einem freien Nachmittag oder an einem Tag seiner Wochenenden unternahm er mit dem Auto Fahrten in die Eifel, schaute sich Dörfer an, Städtchen, stieg manchmal aus dem Wagen aus und lief einige Schritte, wenn es rings umher bis zum Horizont nur noch das Grün der Hänge und Täler gab, das Frieden in seine Seele senkte, und umfuhr sorgsam die Holweiser Region, an die er ungewollt so häufig dachte.

Erst fünf Jahre später, 1967, besuchte er Holweis wieder, setzte das Auto aber außerhalb des Ortes ab, ging den Weg noch einmal, den er an jenem Sonntagmorgen mit Eichinger gegangen war, und ließ sich auch dort nieder im Gras, wo er damals mit dem Freund gesessen hatte.

Nun war er wieder da.

Es war nicht wie ein Wiedererkennen des Ortes. Anton Burgwaechter spürte ohne Verwunderung, dass etwas in ihm diesen Platz in den vergangenen fünf Jahren nicht mehr verlassen hatte. Eine tiefe Ruhe spürte er. Alles war gut, so wie es war, so wie es kam. Er meinte, seines Freundes Stimme zu hören: „Hier müsste man ein Haus bauen", aber es war schon seine eigene Stimme, die in ihm klang wie der Nachhall eines Glockengeläuts. Er horchte darauf, es blieb, eindeutig, selbstverständlich. Es war so, als hätten sich die vernommenen Klänge schon eingelagert in jede Spur seines Wesens, als stimmten innere Strukturen miteinander überein.

Im Frühsommer des folgenden Jahres, 1968, verbrachte Anton Burgwaechter ein erstes Wochenende in seinem „Haus am Hang", wie Eichinger es genannt hatte. Für Wochenendaufenthalte war es zunächst gedacht, für Urlaubstage während der Semesterferien. Sein Hauptwohnsitz blieb das Haus in Bad Godesberg, in dessen Erdgeschoss seine inzwischen betagten Eltern lebten.

Während des Hausbaus und der Gestaltung des Grundstücks hatte er Holweis nur zu unvermeidbaren Terminen besucht und danach sogleich wieder verlassen. Der Bonner Architekt war beauftragt worden, ihm das Haus „schlüsselfertig" zu übergeben und für alle Gewerke in der Region ansässige Handwerksbetriebe zu verpflichten. Zum Richtfest hatte er erscheinen müssen und war gemeinsam mit seinen Eltern angereist; ihre Gegenwart wäre für ihn genügend Grund, zeitig wieder aufzubrechen, weil die älteren Herrschaften wieder nach Hause gebracht werden müssten. Weil denen aber die muntere Stimmung am Bau gefiel, war es doch schon dunkel geworden, als Burgwaechters Wagen aus Holweis hinaus und über die Landstraßen rollte und die Eltern sich wunderten über ihren einsilbigen Sohn. Nur als sein Vater während der Heimfahrt hatte wissen wollen, wie es möglich geworden wäre, dieses ungewöhnlich schöne, exponiert liegende Grundstück zu erwerben, hatte er knapp Antwort gegeben: In einem Gespräch mit dem Bürgermeister hatte Eichinger die Pläne seines Freundes angesprochen; in einer bald darauf angesetzten Gemeinderatssitzung war das Land als Bauland ausgewiesen worden. Wie jedes Mal, wenn Burgwaechter zu seinem Anwesen befragt wurde, war eine freundliche Maske geistiger Abwesenheit über sein Gesicht gefallen, die seine Eltern, seine Freunde an ihm bereits kennengelernt hatten.

Heute, an diesem Samstagvormittag seines ersten Wochenendes hier, hatte er einen Stuhl in den Winkel zwischen Hauswand und Turm gesetzt, hielt auf dem Schoß ein Buch, in dem er nicht las, und blickte in das Licht und das Grün dieses Frühsommertags. Ja, dachte er, er hatte sich richtig verhalten. Indem er sich zurückgehalten hatte in seinen Antworten auf die vielerlei Fragen, war es ihm gelungen, auch die eigenen Gedanken zu zügeln, die immer wieder dem Willen zu entgleiten und in eine Zukunft an dem neuen Ort zu eilen wünschten. Seit seinem ersten Besuch in Holweis war ein stilles, tiefes Wissen in ihm gewachsen, dass ihn hier etwas erwarte, etwas, das noch ein Geheimnis war, das nicht vor der Zeit angerührt werden durfte, das in sein Leben gehören würde, so notwendig wie für einen Schwimmer nach dem Tauchgang die natürliche Luft zum Atmen. Im Innersten frei zu bleiben galt es für eine noch nicht benennbare, noch nicht denkbare Begegnung. Er wäre über eine eigene, selbst bestimmte Grenze gegangen, wenn er über das Geheimnis nachgedacht hätte. Es war hier. Es war in allem, das ihn hier umgab: im Grün der Hänge ringsum, in dem hellen Himmel darüber, in den Büsche und Bäume durchstreifenden Lüften, den Melodien der Vogelstimmen – sie verwahrten es, das Geheimnis, bis seine Augen es fänden.

Tiefe Ruhe zog in ihn ein, er lehnte sich zurück im Stuhl. Seine Hände fühlten das Buch auf seinem Schoß. Die Sonne war aus dem Geäst eines Baumwipfels hervorgetreten. Sie blendete ein wenig. Sein gesenkter Blick fiel auf die untere Gartenmauer. Er schaute. Sein Herz pochte.

Anton Burgwaechter schaute, und sein Herz pochte. Ein zartes, feinlockiges Blond bewegte sich über den Steinen der unteren Gartenmauer. Ein helles Gesicht erschien und verschwand.

Langsam erhob er sich aus seinem Stuhl und schaute noch immer und legte sein Buch hinter sich und sah im Geflirr des Sonnenlichts die Konturen der Dinge überdeutlich gezeichnet – die unregelmäßig behauenen Mauersteine, die Latten, das Schloss des Gartentors, das Geäst und Blattwerk der Büsche und Bäume, die dort unten ihr Grün über den Holweiser Bach hin neigten – so deutlich, dass ihm jedes wie vereinzelt und nur gehalten erschien von den zitternden Lichtpunkten, Lichtflächen in diesem Augenblick. Und so schwer, so fremd war ihm sein Körper, als sei alle Bewusstheit über Bewegungsabläufe in ihm erloschen, und als sich nun Fuß vor Fuß setzte, geschah dies, als sei er getragen, bis in jeden Muskel, jeden Nerv, jede Zelle, jeden Gedanken hinein getragen, von einer Kraft, die überhaupt nicht körperlich war, sondern wie ein unbegreifliches, nicht irdisches Element, das ihn durchdrang und umgab, ihn hielt und führte, zu dem hellen Blond, dem hellen Gesicht hin führte. Doch den Namen, ihren Namen, dachte er nicht, verbot sich, ihn auch nur zu denken, verbot sich, ‚Amelie' zu denken, denn dies, dass sie ihm so deutlich erschien wie damals am Grab, das war nicht wieder geschehen in diesen neun Jahren, und seine Furcht vor einem wieder erwachenden Schmerz war jetzt so groß, dass sie jeden seiner Schritte schon im Ansatz hemmte und dass der Weg über die Wiese und den Hang hinunter sich eher zu dehnen als zu verkürzen schien. Diese Verzögerung seiner Bewegung aber ließ die ihn haltende und vorwärts drängende Kraft dermaßen in ihm wachsen, dass er meinte, sie wüchse über ihn hinaus und wüchse weiter und müsse sich jetzt schon dem mitteilen, das auf der anderen Seite der Steine saß, sich mitteilen als Magie oder Zauber, so dass es dort reglos verharrte, nicht fortsprang oder sich verbarg im Gebüsch, sondern blieb, im Bann der wirkenden Kräfte.

Indem sich Anton Burgwaechter nun doch seiner Gartenmauer näherte und indem er dieses bemerkte, vollzog sich eine Wandlung in ihm. Er war noch immer ein aufrechter Mann mit klarem, gewissenhaftem Geist; nach Amelies Tod aber war im Laufe der Monate und Jahre im Ausdruck seines Blicks, seiner Miene eine Veränderung eingetreten, die nicht er selber, nur seine engsten Freunde und seine Eltern wahrgenommen hatten; ‚etwas Unerfülltes' hatte Eichinger dies genannt, das sich wie ein Schleier über das Gesicht seines Freundes gelegt hatte.

Nun, im Bewusstsein, dass gleich das Rätsel der hellen Erscheinung gelöst sein würde, verfestigte sich in ihm die ihn bis hierher führende Kraft. Sein Körper gewann Spannung, seine Miene Klarheit und Entschlossenheit, in seine Augen trat Neugier – die überraschte, erfreute Neugier des Wissenschaftlers, der dem Reichtum seines Wissens ein bis jetzt unerklärliches Phänomen gegenüber gestellt sieht. Er glich wieder dem zweiundvierzigjährigen Mann, der Amelie am Flussufer in den Weiden gefunden hatte, als er die letzten Schritte tat, als er sich über die Steine beugte und am Fuß der Mauer, zwischen die Sträucher gekauert, ein Menschlein fand, ein Kind, einen Knaben.

Ernste, große Augen blickten in seine Augen, feinlockiges Blond umrahmte ein helles Gesicht, und als Anton Burgwaechter seine Hand hinunter reichte, „Komm" sagte und dem Kind über die Steine half, wusste er mehrere Dinge zugleich: Er wusste, dass dieser heutigen Begegnung nun viele folgen würden und dass sein Herz diesem Kind entgegenschlug, er wusste und spürte es, dass tief in seinem Innern ein Licht erwacht war, das brannte still, und seine sanfte Wärme erweckte etwas in ihm, nicht Vergessenes, aber Begrabenes, erweckte die Liebe in ihm.

Als er sich nun aufrichtete, war es ihm, als ginge auch in dem Kind Ungewöhnliches vor. Der Junge – war er sechs, war er acht Jahre alt? – stand dicht neben ihm und schob seine Hand in die große Hand, in Burgwaechters Rechte, gar nicht zögernd, auch nicht eilig; diese Geste, empfand Anton Burgwaechter, geschah natürlich, aus der Freiheit eines Geistes oder Herzens. Er schaute nieder auf das helle Haar und schaute auf seine eigene rechte Hand, in der die linke des Kindes lag, ‚als hätten wir', dachte er, ‚einen gemeinsamen Weg vor uns.'

Das Kind hatte noch nicht gesprochen, dies war seltsam, und indem Anton Burgwaechter nun sprach, begann er auch zu gehen und nahm nicht den Weg zum Haus hinauf, sondern wandte sich zu der Wiese hin, die das Haus weitläufig umgab und eher eine Wiesenlandschaft war mit ihrem Baum-, Strauch- und Wildblumenbewuchs; nur um die halbkreisförmige Terrasse waren Beete angelegt mit Lavendel, Malven, Rosen und Phlox und Gartenkräutern dazwischen; vor dem Fenster seines Arbeitszimmers im „Turm" wuchs Holunder.

Er sprach über das hier Augenscheinliche: Er nannte und erklärte die Namen der Wiesenblumen, und er tat dies so, als mache er jedes dieser vielfarbigen, vielgestaltigen Wesen mit dem Kind bekannt, als stelle er jedes ihm vor, indem er etwa sagte: „Diese junge Dame heißt Wiesenstorchschnabel. Sie trägt diesen Namen, weil die Form ihrer Früchte einem Storchschnabel gleicht." Bei jeder solcher persönlichen Vorstellung entspannten sich die fest verschlossenen Lippen des Kindes, es entspannte sich das zarte, ernste Gesicht und schien dabei noch heller zu werden, als grüße das Kind das Pflanzenwesen ihm gegenüber, und Anton Burgwaechter verstand, dass dieses Kind einen Grund hatte zu schweigen, und er wusste, dass er warten würde, bis er ihn erführe.

Während er also sprach oder schwieg, war etwas anderes in ihm tätig, eine Fähigkeit, die Menschen zu eigen ist, denen ein ihnen begegnendes Phänomen wichtiger ist als sie selbst, die Fähigkeit, Dinge in Selbstvergessenheit still zu befragen, in Demut, bis auch die Frage vergessen und nichtig ist und andere Sinne als die der Sinnesorgane Botschaften jenes Wesens erhalten. Hinter den verschlossenen Lippen des Kindes, so verstand Anton Burgwaechter es, türmten sich dessen Fragen, vielerlei Fragen, auch die zum hier Nächstliegenden (die Pflanzen, Käfer, Schmetterlinge, die Vögel im Garten), und Burgwaechter gab seine Antworten – wie bei der Nennung des Namens der Teufelskralle: „Nein, ich denke nicht, dass es einen Teufel gibt"; oder der Glockenblume: „Ja, ich würde sie auch gern einmal läuten hören"; oder des Schachbrettfalters: „Ich werde dir mein Schachspiel zeigen, ja, ich glaube, wir werden es dann auch zusammen spielen." Während dieses Hinweisens und Erzählens löste sich die Hand des Kindes aus seiner Hand;

aber das Band zwischen ihnen, das entstanden war, als das Kind über die Mauer geblickt und Anton Burgwaechter sich aus seinem Stuhl erhoben hatte, war so stark geworden, dass sie beide diese Berührung nicht mehr brauchten.

Sie hatten die Terrasse erreicht. Als Anton Burgwaechter sich auf die Stufen setzte, setzte sich auch das Kind. Es saß nah neben ihm. „Und du", sagte er, „du hast auch einen Namen." Das Kind geriet in unruhige Bewegung, die es mühsam und mit großer Anstrengung zu unterdrücken versuchte, bis es schließlich „Si – si – si – si – si – si" sagte. Augenblicklich war Burgwaechter orientiert: Eine Sprechstörung, das Stottern, lag hier vor in diesem kleinen Wesen neben ihm, und er senkte den Blick nicht vor der Verzweiflung in den zu ihm aufgeschlagenen Augen, er blickte nicht in eine andere Richtung – er schaute ruhig in diese Augen, aufmerksam hatte er jeder Silbe gelauscht. Das Kind schwieg erschöpft, bis sein Atmen ruhiger wurde. „Siegfried", sagte es leise. „Alles ist wichtig", sagte Anton Burgwaechter, „alles, was du mir erzählen wirst, ist wichtig." Das Kind erschauerte wie vor etwas Unglaublichem, kaum mehr Erhofftem, und Burgwaechter saß neben ihm, aufmerksam und wartend. Als der Junge sich gefasst hatte, erhob er sich, und auch Anton Burgwaechter stand auf von den Stufen.

(Siegfried, hatte Friederike hier in ihren Aufzeichnungen vermerkt, würde ihr nach Konrads Tod als junger Rechtsanwalt und Mitarbeiter in einer renommierten Kanzlei in Trier in Klugheit und in ausgezeichneter Rhetorik beistehen nach dem, das Philipp, ihr Schwager, ihr angetan hatte.)

„Dein Besuch hat mich sehr gefreut", sagte Burgwaechter, als sie das Gartentor erreicht hatten, „sehen wir uns morgen?" Wieder durchlief ein Schauer den schmalen Körper, dass es Burgwaechter schien, als würde alles Stoffliche an diesem Kind zerspringen und zerstäuben und gleich fortgetragen werden von einem Wind, aber es musste ein heilsamer, ein Glücksschauer gewesen sein, denn Siegfrieds Gesicht war so heiter entspannt wie bei der Begrüßung der Lebewesen im Garten. Jetzt stand er aufrecht und ruhig da auf dem Weg vor der Gartenmauer, senkte und hob den Kopf und meinte damit ein Nicken, das Burgwaechter genau so verstand, und offenbarte dabei ein anderes Gesicht, ein Gesicht mit ernsthaft gesammelter Miene, als bestätige er diesem Mann, der ihm zuhören wollte, ein Bündnis für ein ganzes Leben, und drehte sich in geschwinder, sicherer Bewegung mehrmals auf der Ferse um sich selbst – ‚als würde ein Uhrwerk neu aufgezogen', dachte Anton Burgwaechter – und lief und hüpfte den Weg entlang.

Anton Burgwaechter blickte ihm nach. Als er das Kind nicht mehr sah, stieg er hinan zum Haus, rüstete sich für eine Wanderung aus, also mit festem Schuhwerk, Windjacke, Schreibzeug, verließ sein Grundstück durch die Pforte im oberen Zaun und warf noch einen Blick hinüber zum Dorf. In welchem der Häuser und Häuschen dort drüben war dieses Kind, war Siegfried, zu Hause?

Obwohl ich nicht weiterlas, hielt ich den Blick gesenkt. Dies war seltsam: Wie viele Seiten waren es schon, die Friederike Serresheim gefüllt hatte mit Burgwaechters Geschichte und mit der Geschichte einer Familie in einem Flecken dieser Region, deren Name auch innerhalb der Grenzen dieses Landes manchem unbekannt war? Und dieser Atemhauch, den ich nach dem Lesen ihrer ersten Worte gespürt hatte, dieser kalte Atemhauch – hatte nach Konrads Tod mancher dieser Menschen ihr Leid zugefügt, mancher ihr beigestanden?

Seltsam war auch, meinte ich, dass Friederike in ihrer Niederschrift die zeitliche Abfolge der Geschehnisse nicht beachtete. Ich war mir sicher, dass ihr dies nicht aus Unachtsamkeit unterlaufen war, und – mir gefiel diese Erzählweise. Es war so, als blicke Friederike aus der Höhe auf vielerlei Gegenstände und folge in deren Betrachtung allein einer inneren Stimme. Es war wie ein Spiel, keinesfalls ein leichtfertiges, unbedachtes, vielmehr ein Spiel, dem sie sich hingab in Leidenschaft, Demut, Wahrhaftigkeit. Für einen Moment trat Maria, das Kind, vor meine Augen; es trug aus der Tiefe gehobene Wortsterne auf seiner Hand.

Als ich ohne zu lesen weiterhin niederschaute, hob sich wieder ungerufen und nicht erwartet das Bild der Bühne auf dem Sandplatz vor meine Augen, jetzt mit einem anscheinend ganz üblichen Theatergeschehen.

Der Bühnenraum war nun voll genutzt. Einen Wald stellten die Kulissen dar, und sie waren so aufgebaut, dass ein mäßiges Licht aus nicht sichtbaren Leuchtkörpern in der Höhe nur auf die Baumkronen fiel, während das mittlere wie auch das untere Stockwerk des Waldes im Schatten lag. Blattlos häufte sich zwischen den Stämmen abgestorben wirkendes Unterholz.

Es herrschte Stille. Es sang nichts, es knackte kein Ast; kein Geräusch, auch nicht von einem Tonträger etwa, untermalte die Szene. Nichts bewegte, nichts regte sich. Doch bannte das Bühnenbild den Betrachter zu dauerndem Schauen, denn die Reglosigkeit, das Schweigen gewannen mehr und mehr Macht, und ich meinte, langsam kröche, zögernd noch, aber unaufhaltsam, Angst durch das starre Holz, und ich heftete meinen Blick an ein Gewirr schwarzen Astwerks im rechten Teil der Bühne, die mir kaum noch als Bühne erschien.

Denn im Dunkel hinter den Stämmen, da ging es doch weiter, da ging es doch tiefer hinein in den Wald, in die Schrecken einer schweigenden Schwärze, und hier vorn, zwischen dem wirren Geäst, da gab es Deckung, da konnte, da musste sich etwas verbergen. Ich schaute nicht mehr, ich starrte, vermutete schon gleitende Schatten, ließ rasch meinen Blick hinüberlaufen nach links, starrte da ins Gebüsch, mir war, dass, je länger ich starrte, meine Augen Dinge bannten ins Unterholz.

Dort erkannte ich Helles, ahnte es eher, so matt war das Weiß – was wollte es werden? – denn es war so, als erschaffe das Ding sich unter meinem starrenden Blick. Deutlicher zeigte es sich, zeigte sich als abgerundete, niedrige Form; eine Oberfläche aus geflochtenem Korb erkannte ich, Räder am Boden. Ein Kinderwagen stand da, stand, wie ich es im Augenblick des Erkennens wusste, lange schon, obwohl ich ihn eben erst wahrgenommen hatte, stand allein, abgeschoben hierhin, wenn überhaupt eine menschliche Hand ihn jemals berührt hatte, ein Kinderwagen altertümlicher Art wie aus der Kriegs- oder Vorkriegszeit, aus weißlichem Korbgeflecht, mit niedrigen Rädern. Das hoch gestellte Verdeck war dem weiten freien Platz vor der Bühne zugekehrt und ließ keinen Einblick zu in seinen Innenraum.

Die Stille, die Reglosigkeit hielten immer noch an, sandten stumme Impulse, die sich niederließen in mir, sich verdichteten zu dem Bewusstsein einer Gefahr, die dort lauerte hinter den Stämmen, den Ästen, und ihre Boten der Angst ausschickte, die wie aus Leimfäden gemacht näher und näher kroch, eine Atem nehmende Angst um dies, das verborgen war in dem Wagen, etwas, dessen Herz pochen wollte, jetzt nur unhörbar pochte, um die Schemen der Bedrohung ringsum nicht zu ihrer Gestalt zu erwecken.

Aber meine Augen suchten sie, die Schemen, suchten sie um des Stückchens geahnten Lebens willen, das atmen, wachsen, sich aufrichten wollte, und mein Blick glitt nach rechts ins Unterholz und heftete sich an die Schwärze der Äste, die Blöcke der Schatten.

Sie erschienen als Schemen, als Wesen dann in gelbem, braunem oder gestreiftem Pelz, in geschmeidigem, lautlosem Gleiten, die Fleischfresser, mit gewaltigen Pranken, Krallen, Zähnen, die breiten Gesichter dem hellen Fleck gegenüber zugewandt, mit glänzenden schwarzen, im Wittern sich kräuselnden Lefzen. Zugleich mit ihrem Erscheinen erhob sich vorn in der Mitte der Rampe in hellem Mantel die Gestalt einer

Frau, den Rücken dem leeren Sandplatz zugekehrt, der sich ohne Gestühl oder Bänke hindehnte bis zu dem ihn umfassenden Hang.

Sie schritt vorwärts, die Frau, und blieb dennoch in der Nähe der Rampe, denn ihr Schreiten glich dem eines Pantomimen, der im Spiel seine Schritte setzt ohne sich fortzubewegen. Sie hielt sich aufrecht, und neben ihr glitten die großen Tiere durchs Unterholz; immer war ein breites Raubtiergesicht ihr zugekehrt, beobachtend, lauernd; sie ließen sie nicht aus den Augen. Aber sie meinten nicht sie, wusste ich, sie meinten das in dem kleinen Wagen, um dessen winziges Leben ich fürchtete, als wäre es mein eigenes Leben, und meine angstvollen Augen blieben haften an ihnen, an den braunen, gelben, gestreiften Körpern, und verfolgten ihr lauerndes Schleichen, ihr witterndes Warten.

Anders als ich verhielt sich die Frau. Sie schaute nicht rechtshin, die Haltung ihres Kopfes, ihres Körpers verriet es mir, alles an ihr schien nur auf einen Weg ausgerichtet zu sein, auf einen Weg, den nur sie sah. In der Dämmerung unter den Bäumen gewannen das matte Weiß des Korbwagens und das des Mantels immer größere Bedeutung; ich spürte, wusste es: Sie waren tief miteinander verbunden, zwei helle Körper im Dunkel.

Immer nur hatte ich auf sie geschaut und warf jetzt einen schnellen Blick hin zur Seite. Grobe, zerbrochene Äste lagen zwischen Baumstämmen und Schatten, und die Tiere waren nicht da. Ich spähte ins Dunkel, angstvoll Schemen, Gestalten suchend, und da glitt schon etwas durchs Holz, da erschien, halb verdeckt, eine Schulter, eine Tatze, ein Leib.

Die Angst in meinem Herzen wurde groß, zu groß, um sie auszuhalten, und eine kleine Idee erwachte zugleich, die Idee, dass ich meine Augen fortnehmen müsste von der Bedrohung und richten sollte auf die unglaubliche Erscheinung, die jeden möglichen Schmerz, jede Todesgefahr unbeachtet ließ. Diese winzige Hoffnung galt es festzuhalten, ich musste versuchen, meine Augen zu lösen von lauerndem Schmerz und Tod, und mit Anstrengung wandte ich den Blick hin zu der Gestalt in der Mitte der Rampe und ließ nicht nach, Merkmal um Merkmal zu betrachten, um mich von dem Sog in die Schwärze zu lösen.

Nur der Oberkopf war für mich sichtbar, das glatte, vermutlich lange Haar lag unter dem Mantel und wurde ein wenig in die Höhe geschoben von dem aufgestellten Kragen. Vom Kragenansatz aus lief wie eine am Mantel wiederholte Rückgratlinie eine breite, doppelte Steppnaht hinunter und endete in einer tiefen Kellerfalte. Durch diesen Gewinn an Weite blieb der Saum in leichter Bewegung, schwang sacht um die schmalen Fesseln.

Die Ruhe, die ihre Haltung ausdrückte, die Gewissheit erschienen mir so fantastisch, so unglaublich, dass ich nur einen schnellen Blick noch hinüberwarf ins Holz, das kahl und leer zwischen den dunklen Stämmen lag, und rasch, bevor dort etwas sich regen mochte, setzte ich meine Betrachtung fort.

Immer noch lagen ihre Arme seitlich am Mantel und nahmen die schreitende Bewegung nicht auf, die Hände steckten tief in den Manteltaschen. Die alleinige Bewegung der Füße, an denen sie rehbraune, anscheinend sehr bequeme Schuhe trug, die ihr einen weiten Weg zu gehen ermöglichen würden, diese alleinige Bewegung verlieh der gesamten Erscheinung eine gewisse Würde, ihre aufrechte Haltung vermittelte Entschiedenheit, sogar eine hellwache Bewusstheit. Ich war mir sicher, dass sie unter gesenkten Lidern den hellen Korbwagen nicht aus den Augen ließ, dass er ihr einziges Ziel war.

Obwohl es mir unerklärlich war, geschah, als ich hinüberblickte ins Unterholz, was ich erwartet hatte: Dort regte sich immer noch nichts, kein Körper, kein Schatten schlich, und erst, als ich wachsende Angst in meinen Blick brachte, bald in meinem Blick wusste, erhoben sie sich, die Gestalten, und ich begriff, dass sie nur auf meine starrende Angst hin erschienen, und ich, ich musste es ihr gleichtun, dieser Frau, wenn nicht alles – das Wesen im Wagen, die Gestalt im Mantel und, dachte ich merkwürdigerweise, auch ich – untergehen sollte unter heißem Atem, unter Körpern, Kiefern, Krallen. Immer wieder wollte mein Blick hinschnellen in die Schwärze des Gebüschs, wenn ich ihn unter Anstrengung geradeaus gerichtet hielt – geradeaus.

Das Licht verdämmerte auf der Bühne, erlosch.

Noch hielt ich den Blick gesenkt. Auch die früheren Szenen auf der Bühne hatte ich nicht nur betrachtet, sondern das Geschehen tief empfunden, und auch dieses Bühnenspiel wirkte nach in mir. Die Bilder glitten wieder und wieder vor meine Augen, manchmal war es, als trüge die Frau im hellen Mantel, deren Gesicht mir nun wie aus der Ferne zugewandt war, Friederikes Züge, oder als erschiene mir aus Friederikes Zeilen die Gestalt der anderen, und als bewege sich zwischen diesen beiden eine dritte, als bewege ich mich, dort in schmutziger Kleidung und da in schöner. Welch seltsames Spiel, dachte ich, hatte ich auf der Bühne gesehen, ein seltsames Spiel, in welchem der Zuschauer, bewusst oder unbewusst, den Fortgang der Szene bestimmte.

Ich hob die Augen. In Anmut neigten und wiegten sich die Blumen auf den Beeten der Gräber. Über den Zeilen der Hecken, der Baumwipfel stand der Himmel in tieferem Blau, einem Nachmittagsblau, das sich weit und ununterbrochen spannte. Die Wolkenschleier, die dem Tag sein durchsichtiges Licht gegeben hatten, lagen, wie von unbekannten, himmlischen Händen zu gestreckten Wolkenstreifen gerollt und gerafft, über der Horizontlinie im Westen.

Dort lag mein Dorf, lagen die Dorfstraßen, mein Häuschen, der Garten.

XII

Einfügen möchte ich hier für dich, Leser, dass ich während der Zeit meiner Aufzeichnungen zu jenen Stunden einige Male Antonio in Holweis besuchte und von ihm nicht nur die Erlaubnis zur Niederschrift seiner Familiengeschichte, sondern auch die freundlichste Hilfe erhielt, wenn mir Jahreszahlen, Personennamen nicht mehr gegenwärtig waren.

Zu dieser Zeit, 1992 (im Jahr zuvor war ich Friederike begegnet), war Antonio 71 Jahre alt, und ich traf ihn kurz nach der Mittagszeit am Tag meines ersten Besuchs in der sich leerenden Gaststube an, als er die letzten Gäste verabschiedete, die Stühle an ihre Plätze rückte. Ich erkannte ihn sofort: Dieser ältere Mann mit den aufmerksamen, freundlichen Augen, das musste er sein, und bald saßen wir zu dritt an einem der Tische, denn Antonio hatte seinen Bruder herübergerufen, Johannes, ein Jahr jünger als er.

Beide duzten mich sofort. Ich war Maria, ein „Mädchen" aus der Eifel, beinahe aus der Nachbarschaft, für Johannes „die kleine Maria"; er hatte als junger Schreinermeister zur Zeit meines letzten Schuljahrs in der Dorfschule für mein Elternhaus eine neue Haustür angefertigt und eingebaut. Ich spürte es, eher durch Johannes als durch Antonio: Maria, sie war lange Zeit fort gewesen, jetzt ist sie heimgekehrt, sie ist eine von uns – und das galt ihm mehr als das Leben jener „Fremden", die vor zwanzig, vor dreißig Jahren von auswärts kommend sich hier angesiedelt hatten.

Ich war die acht Kilometer nach Holweis gewandert, aber als ich nach zwei Stunden wieder aufbrechen wollte, wies Johannes nicht einen Gesellen, sondern seinen Sohn an, einen Hermann wieder, Schreinermeister in der vierten Generation, mich mit einem der Firmenwagen nach Hause zu fahren.

Mehrere Besuche folgten, und ich gewahrte, wie ich tiefer und tiefer nicht nur in die Geschichte einer Familie eindrang, sondern in die Geschichte dieser Dörfer in der Eifel, diesen vereinzelt zwischen weiten Wäldern, Wiesen, Feldern gelegenen Zellen Lebens, die über Jahrhunderte übermächtig bedroht gewesen waren durch *feindliche Auseinandersetzungen – aus sechs, sieben Höfen bestand mancher Flecken nur, aus zwanzig, dreißig Häusern und Höfen ein größeres Dorf – bedroht aber auch durch Brände, Missernten, katastrophenähnliche Wetterlagen. Und jedes Dorf war wie eine kleine oder größere Familie mit ihren intensiven Bindungen aus Freundschaft und Liebe oder aus Neid und Hass.*

Nun, lieber Leser, es wird Zeit fortzufahren mit meinem Bericht für dich, aber ich möchte hier, indem ich Wort für Wort und Satz um Satz mir in Erinnerung bringe und dies niederschreibe, gegenüber Antonio und Johannes meinen herzlichsten Dank aussprechen.

Schon während des Lesens der Familiengeschichte hatte ich mich seltsam berührt gefühlt, und als ich soeben, nach dem Anblick der Theaterszene, wieder an mein Dorf, an mein Häuschen gedacht hatte, war eine freundliche Wärme aufgestiegen in mir, aber dieser inneren Hinwendung mischte sich nun Trauer bei, Hilf- und Ratlosigkeit. Denn es war das Dorf meiner Kindheit, das ich vor Augen hatte, seine Gassen mit den niedrigen Häusern, schlicht und schmucklos noch damals, mit Kirche, Kirchhof und Schulhaus, mit Kindern – Kindern am Nachmittag in den Gassen, in den Gärten, beim Vieh, auf den Wiesen. Bei ihrem Spiel, ihren Streichen bin ich nicht dabei.

Ich darf lesen, malen und feine Handarbeiten anfertigen mit winzigen Perlen, die ich auf Bänder und Tücher sticke, wie meine Mutter es mich gelehrt hat. Ich helfe ihr im Haus und im Garten; Vieh oder ein Haustier besitzen wir nicht, obwohl ich mir so sehr ein Tierchen wünsche, ein weiches, ein warmes.

Über den starren Strang aus Gestein oder Lava, der so viele Bilder meines Lebens verschloss, lief Licht, lief die runde Lichtscheibe wieder, stand still und erweckte ein Ereignis, eine Stunde meiner Kindheit im Dorf:

Es ist Nachmittag, es ist Sommer. Meine Hefte mit den Hausaufgaben liegen schon in der Tasche; ich bin sieben Jahre alt und in der zweiten Klasse der Schule.

Ich stehe in der Küche am Fenster. Durch die weiße Gardine hindurch kann ich sie sehen, die Kinder, sehe, wie sie sich allmählich finden in der Gasse, die von meinem Elternhaus aus in mehrfachen Windungen an der Schule vorbei bis zur Kirche führt. Eben noch für mich sichtbar steht an der ersten Biegung ein altes Häuschen, lange schon unbewohnt, die Rückseite seines gemauerten Backofens wölbt sich erkerförmig nach vorn wie die Außenseite einer großen Höhle, in der Nische zwischen Haus- und Ofenwand steht eine verwitterte Bank. Ringsum ist der Garten verwildert, Holunder und die langstieligen Weidenröschen („Trümmerblumen", sagt mein Vater, hießen sie in der Stadt) stehen jetzt da, Lupinen, Löwenzahn, Winden und Klee haben die Beete erobert, Efeu klettert aus schon kräftigen Stämmen über die hintere Hauswand und betastet mit bewurzelten Fingern die Ritzen zwischen Steinen und Holz. Ein mächtiger Fliederbaum an der rechten Seite des Häuschens verspricht ihm für alle Zeit seine Liebe und seinen Schutz, ich weiß es sicher, denn es steht auf den tausend mal tausend herzförmigen Blättern geschrieben. Seine Arme breiten sich fast schon aus über die gesamte Fläche der Bruchsteinwand, reichen hinauf bis zum Dach, und jedes Jahr bestätigt er sein Versprechen, wenn sich dunkelviolette Blütenstände aus seinen Zweigen erheben, Häuschen und Garten überwölben mit ihrem Duft und von einem einst verwunschenen Schlösschen erzählen. Jetzt, im Sommer, steht der Baum in vollem Grün, in dem am Abend die Amsel flötet – ein Lied wie der Nachhall der erzählten Geschichte.

Obwohl einerseits eine Scheu mich zurückhält, Haus und Garten zu betreten da drüben, eine Scheu davor, die Geschichte aus Fliederbaum und Amsellied zu missachten, würde ich gern bei ihnen sein, bei den

Jungen, den Mädchen, die sich jetzt ihrem eigentlichen Treffpunkt, dem Häuschen, zuwenden, würde gern einmal eine von ihnen sein, mit ihnen da die rückwärtige hölzerne Tür aufstoßen, im Zwielicht umherhuschen mit ihnen, in die niedrigen Kämmerchen spähen oder – auf Leitern, Kisten, Trögen hockend – flüstern, kichern, Pläne schmieden, losstürmen dann, hin zu den Abenteuern in den Winkeln, den Scheunen, auf den Heuböden des Dorfs.

Der große Schatten meiner toten Schwester Luise schlägt über mich, als mein Vater zu mir tritt, kurz aus dem Fenster blickt. „Wir geben Acht auf dich. Wir möchten dich nicht auch verlieren." Er hat mich gar nicht angeschaut, in eine weit zurückliegende Ferne gerichtet erscheint mir sein Blick, und mir ist, als würde eine große Puppenfigur den Mund öffnen und schließen, so eintönig folgt Wort auf Wort. „Das sind Straßenkinder", sagt er noch, „deren Eltern haben keine Zeit für die Ärmsten."

Nein, der große Schatten, ich spüre es in diesem Augenblick, er ist nicht der Schatten meiner Schwester. Er ist der Schatten meiner Eltern selbst, die ein Leben in trauriger Beklommenheit führen seit der Kriegsverletzung meines Vaters, die seine Atmung erschwert, seit dem Umzug in das Elternhaus meiner Mutter, seit Luises Tod.

Während ich höre, dass mein Vater den Küchenschrank öffnet, Teekanne und -tasse bereitstellt, und ich durch die Gardine hinaus in die Gasse blicke, fällt mir ein, dass ich von meinen Eltern andere Bilder kenne als die, welche ich Tag für Tag vor Augen habe. Auf den Fotografien, die aufgenommen wurden vor der Zeit von Verwundung und Sterben, finde ich zwei Menschen, deren Gesichtszüge und Gestalten die meiner Eltern sind, aber in Mimik und Gestik ihnen, wie ich sie sehe, nicht gleichen. Sie lächeln sich an, sie umfassen einander, ihre Mienen, ihre Gebärden scheinen gelöst; sie blicken ruhig, ihrer Zusammengehörigkeit bewusst, auf dem Hochzeitsbild in die Kamera; sie wandern in den Bergen, sie halten sich an den Händen. Sie leben in Münster, wo mein Vater geboren ist und als Studienrat arbeitet für Deutsch und Latein, sie leben in einer Etagenwohnung, so groß wie hier Haus und Hof. Mein Vater stammt aus einer wohlhabenden Familie, die zu dieser Zeit in der großen Stadt ein Kaufhaus besitzt, das sein älterer Bruder weiterführen wird. Als mein Vater 1939, im letzten Frühjahr vor dem Krieg, in den Ferien die Nordseeinsel Borkum besucht, lernt er sie kennen, die Frau, die seine Liebe wird, die als Kindergärtnerin arbeitet, dort ebenfalls ihren Urlaub verbringt. Auf den Tag genau heiraten sie nach einem Jahr, meine Mutter gibt ihre Arbeit auf. Drei Jahre später wird mein Vater an die Front berufen, im folgenden Jahr verwundet, Luise wird geboren. Wenige Tage vor ihrer Geburt gehen bei einem großen Luftangriff auf Münster das Kaufhaus und das daneben liegende Wohnhaus seiner Eltern, meiner Großeltern, in Flammen auf, beide werden nur noch tot aus den Trümmern geborgen, der ältere Bruder meines Vaters gilt zu dieser Zeit als vermisst. Ende dieses Jahres wird mein Vater aus dem Lazarett entlassen, die kleine Familie folgt dem Zug der Evakuierungen aus der Stadt; im Elternhaus meiner Mutter ist sie willkommen.

Noch einmal scheint hier das frühere Glück zu erwachen: Mein Vater, er lebt, der Krieg hat ihn nicht getötet; das ersehnte Kind, es ist da; auf dem Land, hier im Dorf, haben sie Unterkunft, sicherer vor den Bombenangriffen als in der Stadt; lange kann der Krieg nicht mehr dauern. Die Fotografien aus dem ersten Jahr hier auf dem Land sprechen von Zuversicht, Freude; die Eltern halten ein Kind auf dem Schoß oder über ihre Köpfe hoch in die Luft, sie sind ganz gegenwärtig, sie lachen.

Aber bald nach Kriegsende steht es für meinen Vater fest, dass er aus gesundheitlichen Gründen in seinem Beruf nicht mehr wird arbeiten können; die Eltern, das Elternhaus in Münster gibt es nicht mehr. Sein

Leben wird nie mehr so sein, wie es früher war. Im folgenden Jahr, dem ersten Friedensjahr, werde ich geboren. Die meinem Vater zustehende Pension kann das Land in den ersten Nachkriegsjahren noch nicht zahlen, meine Mutter arbeitet wieder als Kindergärtnerin. Er flüchtet in seine Bücher, er flüchtet in seine Erinnerungen an Vorkriegszeiten, sein Blick in die Zukunft ist ergebene Resignation. Es gibt nur wenige Aufnahmen aus dieser Zeit, das Gesicht meines Vaters ist immer ernst, sein Blick verhangen, meine Mutter schaut irgendwo hin, nie in die Kamera. Auch die Kindergesichter von Luise und mir sind ernst, wir schauen still, mit großen Augen.

Als ich das Teewasser kochen, meinen Vater zum Herd gehen höre, fällt mir ein, dass ich noch bis vor Kurzem glaubte, es müsse aus meinen ersten Lebenstagen und -wochen ähnliche Bilder geben wie die von meinen Eltern mit ihrem ersten Kind nach dessen Geburt, dass sie aufbewahrt würden in versteckten Alben, Schachteln und ich sie einmal finden würde, später einmal, aber heute glaube ich, dass ich sie nie finden werde, solche Bilder –

Das Dorfleben, das Leben in diesem Haus mit der Schmiede, die mein Großvater liebte, die seine Familie ernährte, die kleine Landwirtschaft hinterm Haus, dieses Leben bleibt meinem Vater fremd. Als im Jahr meiner Geburt meine Großmutter stirbt, wird deren Schlafraum „das Kinderzimmer", das später „Marias Zimmer" heißt. In keinem anderen Haus im Dorf, das ich kenne, gibt es ein Kinderzimmer; mein Vater spricht dieses Wort aus mit Wehmut, er scheint andere, vielleicht größere Kinderzimmer vor Augen zu haben oder anders eingerichtete, mit noch stillerer Wehmut nennt er Worte wie „Herren-, Damen-, Ankleidezimmer", und unsere Stube heißt bei ihm „Wohnzimmer" und die spielenden Kinder da draußen sind „Straßenkinder".

Soeben kommen sie heraus aus dem verwilderten Garten des Häuschens und stieben in Gruppen zu zweit, zu dritt in verschiedene Richtungen, zielbewusst jeweils, gegenseitig sich Zeichen gebend, und eine Faust presst etwas in mir zusammen zu einem dumpfen Schmerz. Ich möchte weinen, nicht wegen der Faust in mir, sondern weil ich mich hilflos fühle, hilflos gegen ein Urteil, das verhängt ist über mich: hier bleiben zu müssen, hinter den Mauern des Hauses, nicht heute nur, nein, für alle Tage, für Jahre bleiben zu müssen, hier hinter der Gardine des Küchenfensters.

Die Stimme meines Vaters, ich höre sie noch, als habe er erst eben gesprochen, aber ich weiß, sie ist seine wirkliche Stimme nicht, die ich sofort erkenne und so selten höre, wenn er etwas vorliest etwa oder am Abend, wenn er „Gute Nacht" zu mir sagt. Und hier, hinter dem Fenster, denke ich schon an den Abend, wünsche ihn mir herbei, damit mein Schmerz über die Entbehrung des Kinderspiels ein Ende haben möge, denke an die eine Stunde, die ein wenig Glanz für mich hat, wenn wir, bevor ich zu Bett gehe, am aufgeräumten Küchentisch sitzen und vorlesen aus unseren Büchern. Es ist immer über Tage oder Wochen ein Buch die Hauptperson, denn jedes Buch ist für mich wie ein Gast am Tisch, ein lebendiges Wesen, viel lebendiger, denke ich, als wir es sind. Wir lesen abwechselnd vor, die Gesichter meines Vaters, meiner Mutter wenden sich mir zu, wenn ich es bin, die liest oder die zum Vorgelesenen Fragen hat. In ihren Augen, in ihren Blicken scheinen Vorhänge sich zu heben, und Wärme tropft in mein Herz. Am Samstag-, am Sonntagabend sitzen wir in der Stube. Sie ist noch mit den Möbeln meiner Großeltern eingerichtet, ein Radio gibt es da, seit Weihnachten einen Schallplattenspieler und drei Schallplatten dazu: die Peer-Gynt-Suiten von Grieg für meine Mutter, für meinen Vater wunderschöne Choräle, die man gregorianische nennt, und für mich Musikstücke für Klavier, Menuette. Ein kleiner Junge hat sie sich ausgedacht und aufgeschrieben, da war er zwei Jahre jünger als ich es heute bin.

Während sich mein Vater mit seinem Tee an den Küchentisch setzt, eine Zeitung aufschlägt und ich durch die Gardine auf die Gasse schaue, in der es keine Kinder mehr gibt, sondern nur den Lehrer, der mit einem Brot unterm Arm aus einem Nachbarhaus kommt, fällt mir meine Frage ein, die ich meinen Eltern bisher nicht zu stellen gewagt habe und ihnen nicht stellen werde. Schon am Heiligabend, als ich die Musik hatte hören dürfen, als meine Eltern mir von dem Kind Wolfgang Amadeus Mozart erzählten, erhob sich sogleich in meinem Kopf diese Frage, die wichtigste Frage für mich: Diese Musik, die so leicht daherkommt, schrieb der kleine Junge sie heimlich auf und verwahrte die Seiten, oder war es anders und kaum vorstellbar, dass seine Eltern sich mit ihm freuten an seinem Spiel, an seinem Spiel mit seinen Gefährten?

Ich verlasse die Küche, in der ich, ich weiß nicht wie lange, am Fenster stand, sage: „Ich möchte noch lesen", um meinen Vater zu trösten, meinen traurigen Vater; meine Worte sollen ihm sagen, dass mir das Spiel der Kinder gleichgültig, das Lesen wichtiger sei, dass er mir mit meiner Verbannung hinter das Fenster keinen Schmerz antue. Aber das ist die Wahrheit nicht, denn der Schmerz ist groß, riesengroß, und ich gehe langsam hinaus aus der Küche und berühre kurz und sehr vorsichtig mit der Außenseite meiner Finger den braunen Ärmel seiner Jacke als kleine Geste des Trostes für ihn, für meinen Vater, spüre, wie etwas in ihm erschrickt, und mein eigener jetzt erschrockener Blick erkennt ein zutiefst verzagtes Gesicht. Ich entferne mich rasch, weil in mir ein Tumult herrscht aus Trauer, Hilflosigkeit, Schmerz. Ich liege auf meinem Bett, bäuchlings, weil der dumpfe Druck in meinem Körper, ich weiß es, dann langsam nachlässt und allmählich verebbt.

Mein Gesicht liegt neben dem aufgeschlagenen Buch, irgendeinem, das ich gegriffen habe, und ich hebe schließlich den Kopf, lege das Buch beiseite. Ich beuge mich hin zu meiner Schultasche, jede Bewegung vollzieht sich sehr langsam, und fasse die schmale Kladde, schlage sie auf an beliebiger Seite und blicke auf die Zeichen, die meine Gefährten waren in einem schönen, geheimen Spiel und mir jetzt nur schwarz erscheinen und fremd – schwarze Hügel und Täler, Schleifen und Balken. Müdigkeit dehnt sich aus in mir, ich schließe die Kladde, gleich werde ich schlafen, auf der kleinen bunten Decke, die tagsüber auf meinem Federbett liegt. Meine Großmutter hat sie genäht für mich aus vielen Stoffresten, als sie wusste, dass meine Mutter wieder ein Kind erwartete.

Der Tumult in mir legt sich, meine Augen schließen sich. Aber die eben mir wie fremd erschienenen Zeichen, sie schlafen nicht, meine Missachtung kümmert sie nicht. Sie lösen sich aus den Zeilen des geschlossenen Heftes, sie wachsen, nähern sich meinen geschlossenen Augen. Sie beginnen sich zu wiegen, beginnen leise wie in einem Klingen ihrer inneren Saiten zu beben, sie kennen keine Wände, treten ein in mich und bringen ein Leuchten mit, klar und still, sie finden die inneren Saiten in mir, und legen sich auf meine verwundeten Saiten, bis die Misstöne stiller werden und schweigen.

Ich schaute nicht zu der Frau neben mir auf der Bank, ich blickte nicht in die von ihr beschriebenen Seiten, ich sah die Gräber, die Blumen, die Hecken, die Bäume, den Himmel nicht. Vor meine Augen hatten sich wie mit breiter sperriger Feder Vallejos Zeilen geschrieben „Hay golpes en la vida, tan fuertes … Yo no sé! Golpes como del odio de Dios".

Die Schönheit der Sprache Vallejos, hatte ich damals, in meinem letzten Jahr am Gymnasium, geglaubt, sei es, die mich so sehr berührte, hatte kühn und leichtfertig behauptet, in meinem Leben gäbe es sie nicht, diese starken Schläge, und erst heute, in dieser Stunde, begriff ich, dass dies, das die kleine Maria, das ich erlitten hatte, den Schlägen glich, die der Dichter der „Heraldos negros", der „Schwarzen Boten", besang. Ja, wie ein Gesang erschienen sie mir, Vallejos Worte der Verzweiflung, der Düsternis, ergriffen mein Herz, meine Seele stärker als ein Schrei, beschrifteten das letzte Bild aus der erinnerten Stunde: „Hay golpes" – bäuchlings, damit der Schmerz so noch zu ertragen sei – „golpes en la vida" – liegt das Kind mit geschlossenen Augen – „golpes, tan fuertes" – die geschlossene Kladde liegt neben seinem Gesicht – „Yo no sé!"

Auf mir lastete die Macht der Schläge, der Schläge ohne Worte oder Gebärde. Geduckt saß ich auf der Bank, als seien über mir Hände, groß wie ein schweres Wolkenfeld, das sich über mir spannte, sich senkte, den Atem mir nahm, Schmerz in meinen Leib presste. Ich duckte mich tiefer, den Blick zu Boden gerichtet, und gewahrte neben meinen verschmutzten Schuhen die Friederikes und vermochte die Augen nicht von ihnen zu wenden, als sei deren Betrachtung im Augenblick von vordringlicher Wichtigkeit. Das rehbraune Leder schien fein und sorgfältig verarbeitet worden zu sein zu elegantem, bequemem Schuhwerk, das mir bisher an ihr noch nicht aufgefallen war und das ich jetzt, zutiefst verwundert, als das gleiche oder sehr ähnliche erkannte, das ich an der Frau in der Theaterszene bemerkt hatte, als sie sich zwischen den Schatten des Waldes aufrecht und unbeirrt geradeaus, nur geradeaus gerichtet hielt.

Noch immer saß ich vornübergebeugt, und mein prüfender Blick auf die Schuhe neben meinen Schuhen richtete sich jetzt auf zwei andere der erinnerten Bilder: Das Kind verleugnet unter Schmerzen den eigenen Wunsch durch das Trostwort: „Ich möchte noch lesen"; es berührt den Jackenärmel des Vaters, scheu, als Geste des Trostes.

Die tröstende Lüge, die tröstende Geste – ein Schmerz, der Schmerz der jähen Erkenntnis ‚Wer tröstete das Kind?', durchfuhr meinen Leib, wütete in mir, trieb Wasser in meine Augen, in meinen Hals einen Schrei, der wie ein harter Pfropfen stecken blieb in meiner Kehle. Hustend, keuchend hob und senkte ich den Oberkörper, fuhr mit einer Hand durch mein nasses Gesicht, bis meine Atmung einsetzte in knapp dosierten Zügen, die endlich tiefer und ruhiger wurden.

Ein leiser Wind hatte sich erhoben. Ich saß mit emporgewandtem Gesicht, mit geschlossenen Augen im leisen Wind, ließ mich trösten vom Wind. Nichts anderes, sagte ich mir, war wichtig: Ich war hier, und hier war der tröstende Wind und neben mir eine Frau, die alle Zeit der Welt zur Verfügung zu haben schien, und auf meinem Schoß lagen die von ihr beschriebenen Seiten, die auch mein Leben aufblätterten. Die Tränen, die darauf fielen, waren nicht mehr die des Schmerzes, sondern die eines getrösteten Kindes und die des getrösteten Menschenwesens, der Frau, die ich heute war, hier auf der Bank, im sanften Wind, der das gute Geschenk einer unglaublichen Begegnung zu mir getragen hatte, und den Schmerz des eben Erinnerten mit sich forttragen würde in das Gewebe aus Bunt und Grün über den Gräbern, über die ich still blickte, und in das tiefere Grün der bewaldeten Hänge ringsum und weit hinaus über die Horizontlinie.

Still bewegten sich die Gedanken in mir, andere als ich sie bisher je gedacht hatte, Fragen bildeten sich, und seltsam war, dass zwischen sie das Bild der rehbraunen Schuhe trat, die es ihrer Trägerin ermöglichten, einen weiten Weg zu gehen. In Gewissheit war sie geradeaus gegangen, die Frau auf der Bühne, hin zu ihrem ins Auge gefassten Ziel. Und Friederike hatte ein Ziel erreicht, sie schien es, glaubte ich zu spüren, in sich zu tragen und hatte doch diese Schuhe nicht abgelegt, als hätte der Weg nie ein Ende.

Ich aber, musste ich mir eingestehen, hatte kein Ziel und hatte sogar in diesen ungewöhnlichen Nachmittagsstunden überhaupt nicht nach vorn, sondern nur zurückgeschaut auf Augenblicke, an die ich mich zuvor kaum mehr erinnert hatte, und schon stellte das Kind in den Korridoren des Internats eine Frage: ‚War meine Entscheidung zum entschlossenen Sprung in ein anderes Leben auf einem Gleis gefallen, zu dem eine viel früher gestellte Weiche mich bereits hingeführt hatte; hatte meine Entscheidung gar nicht anders ausfallen können und war nicht mehr eine freie, eigene Entscheidung gewesen?' ‚War ich den Seilschaften', fragte der nächste Gedanke, ‚diesen Seilschaften der früh erlernten Denk- und Verhaltensmuster bis heute ausgeliefert gewesen; war ich in diesem Sinne mir selbst ausgeliefert gewesen?'

Entsetzt erkannte ich, dass auch das Kind in der Küche diese Muster längst angenommen und es perfekt gelernt hatte, den eigenen Wunsch nicht nur zu missachten, sondern, schrecklicher noch, ihn zu verleugnen, sich selbst zu verleugnen, indem es in dem gespenstischen Spiel die Regie übernommen hatte für seine Rolle und sie noch im Alleinsein weiter gespielt hatte, fast über seine Kräfte hinaus. ‚Wie weit denn', sagte eine andere Frage, ‚sind wir verstrickt in die Schicksale der Generationen, und ist vielleicht doch auch für mich ein Weg zu finden? Ist es möglich, einen Weg zu gehen, indem man rückwärts blickt? Oder ist der Rückwärtsblick notwendig, um so erst den Weg zu finden? Wer ...?'

Dies, entschied ich, waren zu viele Fragen. Sie begannen bereits, sich in meinem Kopf zu drehen, sich zu überhäufen, Antworten waren nicht in Sicht. Mit beiden Händen presste ich tatsächlich schon die Papiere zusammen, damit ihnen keine weiteren Fragen entstiegen. Hatte ich mir nicht ein Spiel, ein Puppenspiel ansehen wollen? Gewiss hatte sich da drüben schon der Vorhang geschlossen! Alles, alles hatte ich versäumt, was mich heute Mittag so dringend, so eindeutig zu sich gerufen hatte, dass ich nicht einmal mich hatte säubern, nicht schönere Kleidung hatte anlegen können! Nach Hause wollte ich fahren, wusste ich nur noch, Zorn erhob sich in mir, und entschlossen stand ich auf von der Bank, stellte mich Friederike gegenüber, wollte meinen Protest deutlich machen gegen die, die mich gehindert hatte, die ersehnte Stunde zu erleben, in freudiger, atemloser Erwartung den roten Vorhang im

Blick zu behalten, das Spiel der Akteure zu verfolgen, und wollte nach Hause, heim, oh ja, heim wollte ich – und das alte Kinderwort „heim will ich gehen" trieb Tränen in meine Augen, verschob mein Gesicht zu verzweifeltem, kindlichem Schluchzen, zog meine Schultern nach vorn in klägliche Haltung.

„Ja", sagte Friederike, „ja."

Ein so einfaches Wort hatte mich zurückgebracht neben sie. „Kleine Maria", dachte ich, hatte mich die Mathematiklehrerin in ihrem letzten Brief wieder genannt, und ich hatte im Erinnern ihre Liebe gespürt; und Amelies Zimmerwirtin hatte dieses Kind umfasst, das mit seinem zerdrückten Hochzeitskleid auf dem Fußboden saß, und Friederikes „Ja" war das Wort gewesen, mit dem sie meinen Aufruhr akzeptiert, mehr noch, ihn bestätigt hatte in tiefem Verständnis.

Verborgenes und Erstarrtes in mir begann einfach und wie selbstverständlich sich aufzulockern, als hätte es nicht Jahrzehnte, sondern nur eine kurze Weile in einem Dunkel verbracht, das sich mit Lichträndern umsäumte, aufbrach und Gedanken entließ, die vor langer Zeit meine Gedanken gewesen waren – als Begleiter gleichsam in dem einstigen Spiel mit den Freunden, Begleiter, welche die Worte umwebten, von deren Macht und Leuchtkraft sprachen oder sie auf Warteplätze verwiesen, mich Demut gelehrt hatten und Liebe, und heute wieder hervortraten aus den Gräbern des Vergessens und von der Wirkung der Worte sprachen weit über die scheinbare Grenze eines Satzes, eines Textzusammenhanges hinaus.

Denn gewiss galt für Worte, hatte ich als Kind gedacht, das Gleiche wie für Bewegungen oder Gesten, die wir vollziehen hier auf dem Rücken unserer Erde – beglückt durch einen Satz, den ich an einem Sonntag während unseres „Radioabends" gehört und mir bis zum Ende der Sendung wiederholt hatte, worüber ich alles andere, das gesprochen wurde, vergaß. Später, in meinem Zimmer, hatte ich die Worte heimlich und rasch, weil ich sie nicht berührt wissen wollte von Fragen, Blicken der Eltern, in ein hastig gegriffenes Schulheft geschrieben, das ich später nicht wiederfand. Im Nachhall des vernommenen Klanges eines „Ja" war der damals im Radio ausgesprochene Gedanke mir wieder nah (obwohl ich die Worte möglicherweise nicht exakt zitiere, wohl aber ihren Sinn, so wie ich, das Kind, ihn verstand): „Ein Finger, der sich hebt, kann mit dieser Bewegung den äußersten Stern im Weltall erreichen und einwirken auf ihn."

Tief durchdrungen hatte mich der Gedanke, mich in freudiger Erregung erschauern lassen und war mir erschienen wie die Bestätigung von etwas Geahntem, denn grenzenlos war mein Glaube gewesen; es war alles möglich. Dass der Gedanke nicht nur für die Bewegung eines Fingers, sondern ebenso für Worte galt, war mir als selbstverständlich erschienen, bestätigte sich ein wenig doch auch an mir, dem Kind, obwohl ich nicht bei den Sternen wohnte, aber zwischen weiten Wäldern und Wiesen in einem Dorf, auf welches die stillen Lichter, die freundlichen Wächter dort oben, herunterschauten: Von einem mir unbekannten Absender aus hatten sie mich nicht nur erreicht und berührt, diese Worte, sondern ein Gefühl des Glücks hervorgerufen und mein Bewusstsein vertieft von der Verantwortung den Wörtern gegenüber, diesen beseelten Freunden, und der Verantwortung dieser Welt gegenüber, in die sie entlassen wurden, die im geöffneten Fenster meiner Kammer lag, am Abend, und die belebte Erde umspannte und ebenso bis zum „äußersten Stern" hin reichte wie zum Nachbarn im Haus nebenan.

Ein Wort, Friederikes „Ja", dachte ich, aus Liebe zu dem Menschenwesen gesprochen, das da hilflos und kläglich vor ihr gestanden hatte, war der Schlüssel gewesen zu der Tür zum Verborgenen, ich spürte es deutlich und dankbar: Ein Wort, von Liebe beseelt, hatte das ins Vergessen Verbannte erlöst – wunderbar war es, darüber nachzudenken.

Und dieses „Ja" war auch ein Ja geworden in mir zu einer Begegnung, in der so Unglaubliches geschah, dass mir nahezu alles früher Erlebte wie ein Schattenspiel erschien.

Bevor ich den Blick auf die Seiten in meinen Händen senkte, wurde ich gewahr, dass sich die Schatten der Büsche und Bäume schon streckten, sich über die Wege, die Gräber legten.

Ich suchte und fand die richtige Zeile, hielt inne und lauschte, lauschte einem tief tönenden Klang in mir, der die Gedanken über Verantwortung für Geste und Wort in sich trug. Dann las ich weiter.

XIII

In den Jahren ihres einander Zuhörens durchliefen beide, Anton Burgwaechter und Siegfried, eine allmähliche, sich immer stärker durchsetzende Verwandlung.

Als Burgwaechter nach der Begegnung mit Siegfried sein Grundstück durch die Pforte im rückwärtigen Zaun seines Gartens verlassen hatte, wandte er sich nach rechts hin, nach Osten, und folgte dem schmalen Wiesenweg, der sich über den Scheitel der Anhöhe zog.

Ohne seine bewusste Wahrnehmung des Augenscheinlichen zu vernachlässigen, überließ er sich dem, das ihm in dieser Begegnung geschehen war – einer Verwunderung, einem Angerührtsein – und überließ sich Bildern, die wie sehr zarte Aquarelle beinahe durchsichtig erschienen, sich ihm näherten aus zeitlicher Ferne, aus einer Mittagsstunde, in einem Sommer, am Ufer des Flusses, bemerkte sein Staunen, dass nichts in ihm schmerzte, als sie eintraten in ihn, dass jeder Schmerz erloschen war und es nur noch die schwebenden Eindrücke gab: Amelie im grünen Gezweig und Amelie vor ihm mit hellen Augen, hellem Haar, im weißen Kleid. Sein Staunen wich dem Gefühl von damals, als alles in ihm sich hinwandte zu ihr, und in diesem Augenblick traten in die durchscheinenden Bilder andere ein, die eines anderen Menschenwesens, eines kleinen, mit hellem Haar, hellen Augen, das nur ein einziges Wort zu ihm sagte, aber schaute und horchte, Bilder, die deutlicher, farbiger gezeichnet erschienen: helles Haar über den Steinen der Gartenmauer – eine Hand, die sich in seine Hand schob – ein angespanntes, dann entspanntes kleines Gesicht – ein geschüttelter und erschöpfter kleiner Körper – ein ernsthaftes, bestätigendes Nicken

Langsamer waren Burgwaechters Schritte geworden, bis er schließlich stehen blieb auf dem besonnten Wiesenweg. Er blickte um sich mit

Augen, in denen sich noch die einen und die anderen Bilder bewegten, als sie über das hellere und das dunklere Grün rings umher glitten, über die bis in die Ferne fortlaufenden Zeilen der bewaldeten Höhen, die den Wellenrücken glichen eines ruhig atmenden Meeres, und er selbst war ein Wanderer auf einem der lang gestreckten Rücken einer Welle und würde an ihrer Flanke gleich niedersteigen und an der gegenüberliegenden wieder empor – ein Wanderer auf dem Meer. Während dieses Empfindens bemerkte er, dass sein Oberkörper sich aufgerichtet, sein Kopf sich erhoben hatte, bemerkte sogar, dass seine Miene sich geklärt hatte zu einem Ausdruck von Zuversicht und Gewissheit, und erinnerte sich dessen sofort wie ein genesener Patient, der den Gedankensprung zu dem vorherigen heilen Zustand schon vollzogen hat. Nach neun Jahren, neun Jahren nach ihrem Tod, war es geschehen, dass es keinen Schmerz mehr in ihm gab, nur glückliche Erinnerung an Amelie. Es war ihm, als wandere er nicht nur über Wellen, sondern auch, als durchfluteten sie ihn, gleichmäßige Wellen seiner Liebe, auf denen kein Schmerz mehr lastete, die ihm ihr Bleiben versprachen, wenn er ‚Amelie' denken würde, und auf den ruhigen Wellen in ihm begannen Sonnenfunken zu sprühen, zu hüpfen, so, wie Siegfried gehüpft war auf dem Weg hin zum Dorf. Anton Burgwaechter freute sich auf den Besuch und auf den morgigen Tag.

Er wandte sich dem Abstieg zu, lief in südliche Richtung, an der Flanke des Hanges durch lichten Mischwald hinab, folgte einem Wildwechselpfad, der ihn hinunterführte ins Tal und dort über ein Wiesenstück bis zum Holweiser Bach, aus dessen beiden Uferseiten mächtige Baumwurzeln ragten, frei gespülte Stämme aus den Zeiten, in denen der sonst flache Lauf Hochwasser führte. Auf einem hoch gewölbten Wurzelstamm ließ er sich nieder, ganz im Schatten des Geästs über ihm.

Wie schwierig, dachte er, musste Siegfrieds Leben sein in der Schule, mit Kameraden, mit den Menschen im Dorf. Wahrscheinlich trug er zur Bürde seiner Sprechstörung an einer weiteren schwer: Ein männlicher Vorname, mit dem sich in den Köpfen der meisten Menschen Heldentum verband, schien so gar nicht zu diesem schmalen Kind zu gehören; gewiss hatte der Junge manchen Spott auszuhalten. Hinzu kam, überlegte Anton Burgwaechter, eine Abneigung in ihm selbst gegen solche Namen und Begriffe, die vor nicht weit zurückliegender Zeit von einem diktatorischen Regime missbraucht worden waren – eine Abneigung, die sicher nicht er allein in sich spürte. Superlative, die menschliche Eigenarten oder Leistungen hervorheben wollten, hatten übrigens schon immer sein Misstrauen geweckt.

Er wünschte sich sehr, mehr zu erfahren über dieses Kind. Mut hatte es beseelt, als es seiner Neugier gefolgt war, einer Neugier, wie sie Burgwaechter von sich selbst gut kannte. Nach Jahren der Enthaltsamkeit seines Herzens war dies Herz nun bewegt in Mitgefühl, in Respekt, er spürte es deutlich, und er erfuhr in seinem Herzen, dass diese beiden Empfindungen verschmolzen, dass Liebe in ihm erwachte zu einem Kind, das mutig und scheu, bedrängt von Ängsten und heiter aus der Reinheit seines Wesens, sich auf den Weg begeben hatte zu ihm. Er würde ihm zuhören, wusste er, wenn die Ängste es schüttelten, seine Worte zerschnitten und später, wenn die Ängste weichen, die Worte fließen würden und über diese Zeiten hinaus. Wenn er den Begriff „Heldentum" hätte anwenden wollen, sagte er sich, dann täte er dies in Bezug zu diesem Kind.

Als Burgwaechter sich von seinem Sitz erhoben hatte, trat er einige Schritte in die Wiese zurück zu einem kleinen Anlauf, sprang über den Bach und freute sich an seinem Sprung, durchquerte wiederum ein Wiesenstück und fand am Fuß des nächsten Hanges einen schmalen, steinigen Weg, der zur Höhe und entlang einer Weide lief. Zwischen säulenförmigem Wacholder und einigen Birnbäumen zogen dort Schafe umher, einige Jungtiere bockten und hüpften um ihre Mütter, auf halber Höhe des Hanges stand der Stall – ‚wie in einer biblischen Szene', dachte er, solche Heiterkeit, solchen Frieden bot ihm das Bild.

Er erreichte die Höhe, die zunächst nicht wieder abfiel in ein Tal, sondern sich dehnte zu einer Ebene mit Feldern und Wiesen und an ihrer östlichen Seite Obstbaumbestand zeigte, der Anton Burgwaechter auf ein Anwesen schließen ließ, das sich hinter dem Grün verbarg. Ein leicht gewundener Weg, stellenweise mit hellem Schotter befahrbar gemacht, führte, aus Westen, also von Holweis kommend, dorthin.

Als Burgwaechter sich von Siegfried getrennt und seinen Garten durchschritten hatte, war schon das Mittagsgeläut vom Kirchturm her bis zu ihm herauf zu hören gewesen, aber er hatte gehen, hatte laufen müssen, denn in der Bewegung, wusste er, ordneten sich ihm die Gedanken, fand manches wie von allein seinen Platz. Jetzt, nach der Wanderung unter der Mittagssonne, war er hungrig und durstig, seit dem Frühstück hatte er nichts mehr zu sich genommen. Der nächste Weg zu einer Mahlzeit, überlegte er, wäre der zu Antonios Gasthof, aber er zögerte, etwas zog ihn in entgegengesetzte Richtung, hin zu diesem Anwesen dort drüben, und sein Wunsch, wissen zu wollen, was sich da verbarg hinter den Bäumen, überwog den nach Erfrischung und Stärkung.

Der Weg erschien ihm als nicht so weit, wie er zunächst vermutet hatte, denn in der Ebene schritt er zügiger aus. Bald stand er vor einem Grundstück, dessen Umgrenzung nicht durch einen Zaun, sondern durch dichte Bepflanzung gestaltet war.

Als sich Anton Burgwaechter mehr als drei Stunden später auf dem Heimweg befand und sich, kurz bevor er die geschlossene Ansiedlung des Dorfs erreichte, nach Norden, also wieder dem Holweiser Bach zuwandte, fiel ihm ein, was er sich, weiter abwärts des Bachlaufs auf einer

Baumwurzel sitzend, gewünscht hatte, hielt tatsächlich inne im Abstieg zum Tal und schüttelte verwundert den Kopf. Es war schon erfüllt. Dort oben in dem Anwesen, das ihm wie eine Oase erschienen war hinter dem dichten Grün, hatte er manches erfahren über das Kind und dessen Familie und war eben aus diesem Grund – kurz bevor er das erste Haus des Dorfs, Antonios Gasthof, erreicht hätte – abgebogen ins Tal, denn das Haus mit der Gaststätte war Siegfrieds Zuhause und Rosetta aus Bergamo seine junge Mutter. Erst morgen, wie mit Siegfried verabredet, wollte er ihn wiedersehen und ihn nicht heute durch eine unvermutete Begegnung in Gegenwart seiner Familie einer unnötigen Verwirrung aussetzen. Wie jedem Holweiser war die Geschichte der Familie Schuster, Antonios Familie, auch Burgwaechters Gastgeber bekannt.

Anton Burgwaechter hatte den Mann vor dessen Haustür angetroffen, als der sich von zwei Besuchern verabschiedete, die einen langgestreckten verhüllten Gegenstand mit sich forttrugen, und ihm war Zeit geblieben, sich umzuschauen im vorderen Garten. Gestalten aus Holz standen inmitten von Blumen-, Kräuter- und Gemüsebeeten, eben noch erkennbar als menschliche oder tierische Abbildung, wobei das Holz in seiner jeweiligen Eigenart der Maserung, des Wuchses die Merkmale jeder Gestalt nicht störte, sondern vielmehr hervorzuheben schien, zugleich, hatte Burgwaechter gedacht, war es dem Künstler gelungen, das Material selbst wirken zu lassen in seiner Lebendigkeit, seiner Ausdrucksfähigkeit, seiner Schönheit.

Während der kleinen Wartezeit hatte Anton Burgwaechter den Mann da in seinem braunen Kittel genauer ins Auge gefasst. Der war anscheinend älter als er selbst, sein Haar grau, am Oberkopf weiß; die Gesichtshaut, von vielfachen Falten durchzogen, glich beinahe schon der Eichenborke.

Der Mann hatte ihm mit einer Kopfbewegung bedeutet, ihm ins Haus zu folgen. Er hinkte. Neugierig und erfreut war Burgwaechter dieser stummen Einladung nachgekommen, auch der, am Küchentisch Platz zu nehmen, wobei der Mann ihn geduzt hatte, allerdings mit einem verschmitzten Blinzeln der Augen. „Setz dich da hin, du Burgwächter", hatte er gesagt, vom Herd eine Pfanne mit gebratenen Kartoffeln und Gemüsen gehoben, in die Mitte des Tisches gesetzt, einen Krug mit Wasser dazu gestellt, vier Gläser und aus einer Bodenluke unterhalb des Fensters eine Flasche Weißwein hervorgeholt. Mehr als drei Stunden hatten er und der „hinkende", der „heilige Georg" beisammen gesessen.

Während ihrer Unterhaltung hatte Burgwaechter zunächst registriert, dass Georg über ihn in dem Maße Kenntnisse hatte, wie – seiner Meinung nach – die wenigen Einwohner des Dorfs sie besaßen, mit denen er bisher in ein Gespräch geraten war, und hatte durch seinen Gastgeber rasch gelernt, dass die Weitergabe von Neuigkeiten im Dorf umgehend und gründlich erfolgte. Sogar über die Wanderungen, die Eichinger und er während seines ersten Besuchs in Holweis unternommen hatten, war Georg informiert, obwohl er abseits des Dorfes lebte.

Auf diese Ausführungen hatte Burgwaechter überhaupt nicht mit Bestürzung oder Unwillen reagiert, vielmehr mit Interesse, dann mit Verständnis – ein Verhalten, das den Bildhauer noch mehr für seinen Gast eingenommen hatte, denn der hatte ihm, dies war abzulesen gewesen in seinen Augen, auf den ersten Blick schon gefallen. Es sei natürlich, so hatte Burgwaechter seine auf diese Informationen hin rasch arbeitenden Gedanken formuliert, dass sich das Interesse von Menschen, die in einer kleinen Gemeinschaft zusammenlebten, auf das Nächstliegende richte, auf alles, das augenscheinlich und vor ihrer Haustür geschah, zumal, wenn die nächste Ansiedlung mehrere Kilometer entfernt liege und noch vor wenigen Jahren nur zu Fuß hätte erreicht werden können. Solches Verhalten sei gewiss tief in diesen Menschen verwurzelt, die darauf angewiesen gewesen waren, gemeinsam Gefahren durch feindliche Übergriffe oder Naturgewalten zu widerstehen. Er vermute, hatte er hinzugefügt, dass es in jedem, gleichgültig, in welcher Gemeinschaft er lebe, schlummere als Jahrhunderte, Jahrtausende altes Erbe.

Georg hatte mehrere Male bestätigend genickt, ‚als hätte er', dachte Anton Burgwaechter, während er im Unterholz einen Pfad suchte hinab zum Holweiser Bach, ‚meine unausgesprochenen Überlegungen bereits geahnt.' Georg hatte ihn nämlich darauf hingewiesen, wie schwer das Schicksal manches Menschen gewesen war, den ein Teil oder ein Großteil der Einwohner geächtet oder ausgestoßen hatte, und sofort hatte er, Burgwaechter, eine Entscheidung getroffen, eine rasche, konsequente Entscheidung: Siegfrieds Familie musste gefunden und aufgesucht, Absprachen mit ihr getroffen werden. Er würde dafür sorgen, dass dieses Kind, das ihn, wovon er ausging, häufig besuchen würde, geschützt wäre vor der Neugier und der Nachrede im Dorf; alles musste gleichsam öffentlich vor sich gehen, denn es war ja das Geheime, das Verborgene, das Neugier erzeugte und Gerüchte in Umlauf setzte.

Soeben hatte sein Gastgeber sein eigenes Schicksal angeführt, als er in seinem zehnten Lebensjahr der „hinkende" Georg geworden war, und der „heilige" erst, seit in manchen Kirchen größerer Städte Holzskulpturen aus seiner Werkstatt zu sehen waren, weshalb Redakteure der regionalen Zeitungen den Künstler in Holweis mehrfach aufgesucht und in ihren Blättern über ihn berichtet hatten. Er sei sich dessen bewusst, hatte der Bildhauer gemeint, dass mancher im Ort den neuen Beinamen spöttisch nannte, denn ein Kirchgänger sei er nicht, aber der neue junge Pfarrer, dem er erklärt habe, seine Arbeit sei seine Andacht, sei häufig sein Gast. Dieser Pfarrer, hatte Georg sein Thema fortgeführt, habe sich nun an jene Bürger gewandt, die sich bösartig, verächtlich oder höhnisch ausließen über eine junge Frau und ihren kleinen

Jungen, der ohne leiblichen Vater aufwüchse und einen Sprachfehler habe. Wie alarmiert hatte Burgwaechter sein Gegenüber so intensiv ins Auge gefasst, dass der Mann unter dem Bann dieses Blicks ausführlicher über ein Schicksal berichtet hatte, als es sonst seine Art war. Georg, das hatte Anton Burgwaechter wohl verstanden, liebte es nicht, teilzunehmen an dem, das von Haus zu Haus getragen, betuschelt, in vielerlei Varianten einander mitgeteilt und den jeweiligen Opfern solcher Kampagnen in erprobter Häme entgegengehalten wurde. Dann hatte auch er, Burgwaechter, erzählt, mit behutsamen, tastenden Worten, hatte von dem Besuch des Kindes gesprochen, sich selbst dabei prüfend unter Georgs aufmerksamem Blick, der den Besucher nicht losgelassen hatte, den gleichaltrigen übrigens, wie sie, beide Jahrgang 1916, gegen Ende des Gesprächs überrascht festgestellt hatten.

Anton Burgwaechter öffnete seine Gartenpforte. Noch immer im Schrittrhythmus seines Wanderns bewegte er sich den Hang hinauf zu seinem Haus, in derselben Spur, so schien es ihm, die er vor Stunden durch die Wiese gezogen hatte hin zu der kleinen Erscheinung hinter den Steinen der Gartenmauer. Es fiel ihm ein, dass Georg ihm vielleicht eine Antwort auf die Frage hätte geben können, wie das Kind zu seinem Vornamen gekommen sei, aber sogleich verwarf er den Gedanken: Die Frage und eine Antwort waren unwichtig für ihn im Umgang mit dem Kind.

Im Winkel zwischen Hauswand und Turm lag auf seinem Stuhl noch das Buch, in dem er nicht gelesen hatte. Er nahm es auf und trug es ins Haus. Der Schein der Nachmittagssonne, der durch die westlichen Fenster fiel, hatte sein Wohnzimmer mit Lichtflächen ausgelegt. Mehrmals umwanderte er den Esstisch, die Stühle und betrachtete manchen Gegenstand so, als sähe er ihn neu, nicht, wie zum ersten Mal, sondern wie mit anderen Augen. Er hatte, soweit er zurückdenken konnte, für viele Dinge, die ihn umgaben in seinem Leben, bei seiner Arbeit ein

Gefühl der Liebe empfunden; jetzt war ihm, als sei diese Liebe ein sehr bewusster Teil seiner selbst, ein freudiger, ja, aktiver Teil, der keinesfalls anderes zurückdrängte in ihm, sondern dies andere klar beleuchtete, wie es dieses Nachmittagslicht tat, das jedes Ding, auf das es fiel – einen Buchrücken, den Lampenfuß, die gebogene, polierte Lehne eines Stuhls – einmalig und wertvoll erscheinen ließ.

Trotz seiner Wanderung, trotz des Erlebten spürte Burgwaechter keine Müdigkeit. Zuversicht, Entschlossenheit beherrschten auch jetzt Haltung und Miene, es schien, als sollte etwas einst Geahntes oder Gesuchtes sich doch erfüllen. Er war sich durchaus bewusst und zweifelte überhaupt nicht daran, dass Siegfried und er „einen gemeinsamen Weg vor sich hatten", so wie er es am Vormittag, angerührt durch die vertrauensvolle Geste des Kindes, das wortlos seine Hand in die große Hand gelegt hatte, vage gedacht, aber keinesfalls vergessen hatte. Etwas Neues lag vor ihm, nein, sagte er sich, die Grenze zum Neuland war bereits überschritten, und er wollte aufmerksam, achtsam die weiteren Schritte tun, mit seiner Erfahrung und der erwachten Liebe in seinem Herzen.

Die Fähigkeit zu staunen hatte der erwachsene Mann nicht verloren; in Staunen blickte er zurück auf die vergangenen Stunden. In sein Leben war ein Kind getreten, dem sein Herz sich entgegenneigte. Er hatte einen Mann kennengelernt, der, er war sich sicher, ein Freund werden würde. Er hatte ihn zu dem Zeitpunkt kennengelernt, als er sich wenig zuvor, am Bach auf einer Baumwurzel sitzend, gewünscht hatte, mehr über das Kind zu erfahren.

Gemeinsam mit Georg waren – bei einem höllisch schwarzen Kaffee übrigens – Strategien entwickelt worden, wie Siegfried auf selbstverständliche Weise Burgwaechters Haus würde besuchen können, ohne dass diese Besuche dem Dorf mehr Gesprächsstoff liefern würden, als es ohnehin die geringste Veränderung im Gewohnten tat, welche rasch, wie Georg ausgeführt hatte, für manchen mit heißhungrigem Verlangen nach Sensation begehrtes Beuteobjekt wurde.

Burgwaechter wandte sich seinem Arbeitszimmer im „Turm" zu. An einem der hohen Fenster, die in diesem Raum fast bis zum Boden reichten, blieb er stehen. Vom Kirchturm her erklangen soeben dreimal die drei hellen Glockenschläge, welche das abendliche Angelusläuten einleiteten. Er öffnete beide Fensterflügel. Jetzt setzte das dunklere Läuten der tontieferen Glocke ein. Ungehindert kam der Klang über die Dächer, über die Baumwipfel herüber zu ihm und füllte den Raum, füllte die Kammern seines Herzens und erweckte noch einmal in ihm die heute erinnerten und die heute erstmals geschauten Bilder – beim Angelusläuten war in Amelies Augen ein stiller Schein getreten. Das war in Friesdorf gewesen. Zum ersten Mal seit dem Kennenlernen hatte er sie bis zu ihrer Haustür begleitet. – Das Kind schob seine Hand in Burgwaechters Hand. Es begrüßte die Lebewesen im Garten. Es schwieg erschöpft, bis sein Atem ruhiger wurde. Und morgen Mittag würden Georg und er … – Er stand am Fenster, und ihm war, als glitten die Bilder durchs Tal; vom Bach her stieg schon leichter Abenddunst auf und begann, die Grenzen zwischen Licht- und Schattenflächen zu mildern und zu verwischen.

Er trat an seinen Schreibtisch, setzte sich, saß aufrecht da, beide Handflächen lagen auf dem Holz des Tisches. Er wusste es: Sein Schmerz um Amelies Tod war vorüber, so, wie eine schwere Krankheit nach ihrer Zeit einmal vorüber sein kann, nur die Liebe gab es zu ihr, ein Besitz, der still in ihm ruhte. Morgen Mittag würden Georg und er Antonios Gasthaus besuchen zu der Stunde nach der Messe, wenn im Schankraum kaum ein freier Platz zu bekommen war und sie sich zu anderen Gästen an einen Tisch würden setzen müssen. Die würden Zeugen des geplanten folgenden Gesprächs sein und Multiplikatoren seines Inhalts, denn Antonio würde, wie es bei ihm üblich war, auch sie beide persönlich begrüßen, sich gewiss, hatte Georg versichert, auf eine kleine Unterhaltung einlassen mit den seltenen Gästen. Unbekümmert um die Umsitzenden würde Georg sich nach Rosetta erkundigen, die, wie er Burgwaechter zuvor erzählt hatte, häufig bei alten oder gebrechlichen Menschen – wenn es da eigene Kinder nicht gab oder die sich weiter entfernt niedergelassen hatten – im Haushalt half, denn Rosettas Familie wollte die junge Frau und ihren Jungen nicht den Blicken, den Bemerkungen in der Gaststube ausgesetzt wissen, und er, Burgwaechter, würde ergänzen, dass er eine Hilfe suche für seinen Haushalt, Antonio möge Rosetta fragen, ob sie bei ihm arbeiten wolle, ihr Kind, das er bereits kennengelernt habe, sei ihm willkommen, er habe Kinder gern. Auch die Schreinerei, hatten Georg und er geplant, in der bereits die Innentreppe im Turm und die dort auf halber Höhe umlaufende Galerie gebaut worden waren, würde mit weiteren Aufträgen an sein Haus gebunden werden, denn die Wandflächen zwischen den vier hohen Fenstern im Arbeitszimmer sollten mit ebenso hohen Regalen für Bücher ausgestattet werden.

Anton Burgwaechter presste seine Handflächen wie bestätigend auf das Holz des Schreibtischs; ja, der Plan war einfach und gut, eben dass er so einfach war, war an ihm gut, denn eine Haushaltshilfe benötigte er, Regale im Arbeitszimmer fehlten tatsächlich, alles würde sich fügen, er war durchdrungen von dieser Gewissheit. Durchdrungen war er ebenso von Dankbarkeit gegenüber Georg und von Dankbarkeit gegenüber diesem Tag, der ihn noch erfüllte.

Er verließ seinen Schreibtisch und wandte sich wieder dem Wohnzimmer zu. Die Flächen der Lichtteppiche hatten sich leicht verschoben, und während er, noch auf der Türschwelle stehend, ihren tieferen Glanz unter der sich neigenden Sonne in sich aufnahm, wurde ihm bewusst, dass Georg mehr von ihm wahrgenommen hatte, als ihm in Worten dargestellt worden war. Burgwaechter hatte nicht über Amelie gesprochen, aber dieser Mann, der Künstler, schien geahnt zu haben, dass es für Burgwaechters Hinwendung zu dem Kind einen tieferen Grund gab als den augenscheinlichen, dass möglicherweise ein Geschehnis aus früheren Jahren, dass Ungelöstes, das er, Burgwaechter selbst, noch nicht genau hätte benennen können, aber tief in sich spürte, nach Frieden, nach Erfüllung verlangte. „Du wirst sie mir einmal erzählen, die Geschichte", hatte Georg im Abschied zu ihm gesagt, aber erst, als sein Gastgeber Burgwaechters erstaunten, einen Moment lang sogar verständnislosen Blick mit unbeirrtem, ruhigem Blick erwidert hatte, war in ihm die Ahnung erwacht, dass dieser Mann mehr zu sehen vermochte, als das äußere Bild es ihm bot.

Während Anton Burgwaechter die Lichtflächen, die Dinge im Raum betrachtete – an diesem Abend seines ersten Wochenendes hier im Haus – fiel ihm ein, was ihm in der Begegnung mit Georg bewusst geworden war: dass er tatsächlich bisher über sich selbst kaum nachgedacht hatte. Aber auch jetzt erschien ihm dies nicht als ein Mangel. Bevor er Amelie kennengelernt hatte, war ihm über mindestens ein Jahrzehnt hinweg von verschiedenen Seiten nahegelegt worden, dass es Zeit für ihn sei, sich zu verheiraten, sein Elternhaus zu verlassen, und in den vergangenen Jahren waren ähnliche Hinweise wieder an ihn herangetragen worden. Solcher Art Ratschläge hatten ihn niemals berührt, hatten ihn niemals die eigene Haltung infrage stellen lassen, aber immer wieder zutiefst erstaunt und waren ihm als unangenehm, ja peinlich erschienen, peinlich aber für den anderen.

In der Zeit seiner jüngeren Jahre hatte ein unmenschliches Regime die Werte der Humanität negiert und damit das Land einem Untergang entgegengetrieben. Seinem Doktorvater war es gelungen, ihn, Burgwaechter, vom „Dienst an der Waffe" fernzuhalten, indem er immer wieder angegeben hatte, sein Assistent sei unersetzlich bei seiner Arbeit im Institut, und ihm hatte der alte Herr dazu erklärt, dass es „die kostbaren Zeiten des Wartens" gäbe, in denen es galt still zu halten, wenn das Dunkle, wenn die Übermacht sich zu Riesengröße erhöbe, „kostbare Zeiten", weil in ihnen andere Waffen, andere Kräfte gesammelt würden als die vernichtenden, vielmehr solche wie Selbstdisziplin, Geduld, Festigung der Persönlichkeit, um bereit zu sein für die Schritte danach. Die Rasanz und Brutalität, hatte sein Mentor gemeint, die zum Aufstieg eines solchen Machtsystems geführt hätten, würden sich wiederholen in dessen dramatischem Absturz. „Wir werden es bald erleben", hatte der ältere dem jungen Mann versichert, als der schließlich doch noch Anfang des Jahres 1945 zum Sanitätsdienst an die Westfront einberufen worden war. Er hatte diese letzten Monate des Krieges möglicherweise deshalb überstanden, weil er sich in den blutigsten Stunden die Worte seines Professors wiederholt hatte, stoisch und stumm gegenüber jedem fanatischen Heroismus. Er war heimgekehrt. Er war heimgekehrt zu seinen Eltern, zu seiner Arbeit, die er liebte.

Er liebte seine Arbeit, weil sie sich mit dem Leben befasste, weil er Leben verstand als ein Werden im jeweiligen Rhythmus eines Wesens. Siegfried und er hatten seit heute einen gemeinsamen Weg oder ein Stück gemeinsamen Wegs, er spürte es deutlich, und er würde Schritt für Schritt tun auf diesem Weg, aufmerksam, wachsam und im Bewusstsein seiner Verantwortung für das Kind, für sich selbst. Das Wichtigste, sagte er sich, war ihm immer der Weg gewesen. Anerkennung war ihm bisher nur jeweils als eine Zäsur erschienen vor dem nächsten Schritt. Vielleicht, überlegte er, waren ihm daher Erschöpfungszustände nach Prüfungen, wie sie bei Kommilitonen oder Kollegen aufgetreten waren, erspart geblieben.

Burgwaechter stellte erstaunt fest, dass er tatsächlich nun über sich selbst nachgedacht hatte. Er trat vors Haus, vom Dorf her wehte noch manchmal ein Laut herüber zu ihm, abendliche Stimmen, ein Hundegebell. Die ersten Fledermäuse wischten in ihrem Zickzackflug durch die Dämmerung.

Es kam, wie Georg und er es geplant und vermutet hatten. Am nächsten Morgen erschien das Kind übrigens nicht – Burgwaechter hatte dies nicht anders erwartet, denn am Sonntagvormittag würde es gewiss nicht umherlaufen wie an anderen Tagen, das hatten sie beide wohl vergessen im Erlebnis ihrer Begegnung. Etwa eine halbe Stunde bevor die Kirchenglocken zur Messe riefen, verließ er das Haus, um, wie verabredet, Georg aufzusuchen, nahm auch den kürzeren Weg durchs Dorf, so wie es der Mann ihm geraten hatte: „Du wirst zu der Zeit niemanden sehen in den Straßen, aber alle sehen dich." Gemeinsam verließen nach kurzer Begrüßung die beiden Männer Georgs Haus.

XIV

In der Gaststube fanden sie an einem Tisch nahe der Theke zwei freie Stühle, Antonio trat bald zu ihnen, Georg erkundigte sich nach Rosettas derzeitigen Arbeitsstellen, Burgwaechter stellte dazu seine Frage, und Antonio nickte schweigend und verschwand, kurz darauf erschienen Rosetta und ihr Sohn am Tisch. Nun geschah Seltsames: Im Mittelpunkt einer Drehbewegung aus sich wendenden Schultern, Köpfen, Augen, im Kreuzfeuer der Blicke der Umsitzenden, in der sich niedersenkenden Stille, in der drückenden Atmosphäre des voll besetzten, von Blicken durchspießten Raums schob sich das Kind, schob Siegfried sich nicht näher an seine Mutter heran, sondern suchte Burgwaechters Nähe – wie jemand, meinte Georg später, der sich auf einer Waldlichtung von vielen Seiten her angegriffen sieht, und Rückendeckung sucht am zunächst stehenden Stamm eines starken Baums. Das Kind wandte sich um zu ihm, dicht an ihm stehend, Burgwaechters Blick suchend mit weit geöffneten hellen Augen, in denen nicht der Ruf nach Schutz, nach Hilfe stand, sondern nur eine große Frage; und Anton Burgwaechter, der diese Frage verstand, sprach, alles um sich her ausschließend und missachtend, in diese Augen hinein, sprach gedämpft, aber deutlich. Er sagte: „ Ich würde mich freuen, wenn du und deine Mutter mir helfen würdet – im Haus." Wie eine Beschwörungsformel hatten die Worte in der Atemlosigkeit ringsum geklungen und nur die beiden zuletzt angehängten wie beiläufig, so, als wäre er eben aus seiner Trance erwacht. (Georg sagte ihm später mit betonter Unschuldsmiene, das sei der beste Satz gewesen, der in diesem Gespräch gefallen sei, aber Burgwaechter war Mehrdeutigkeiten gegenüber noch nie hellhörig gewesen.)

Alle hatten es gehört. Einen Wimpernschlag lang hielt die Stille noch an, dann erhob sich das Stimmengewirr, lauter als zuvor, als wollte man das Schweigen verleugnen, Köpfe und Schultern drehten sich in rückläufiger Bewegung, jeder verhielt sich auffällig so, wie er es für natürlich hielt, wodurch eine übertriebene, hölzerne Gestik entstand und eine angestrengte, schrillere Tonlage der Rede. Mit Rosetta verabredete Burgwaechter, dass sie am Nachmittag bei ihm erschiene, denn am Montagmorgen müsse er zurückfahren zu seiner Arbeit in Bonn.

In den folgenden Wochen hielt er sich von freitagnachmittags bis montagmorgens in Holweis auf, in den Semesterferien so häufig wie möglich. Er hörte zu, wenn Siegfried ein Wort hervorbringen wollte, er wartete, er blickte ruhig in die angestrengt starrenden Augen. Als er feststellte, dass Siegfried lateinische wissenschaftliche Begriffe aus der Tier- und Pflanzenwelt, die er ihm nannte, ungehinderter nachzusprechen oder zu lesen vermochte, baute er kleine Wortreihen auf, die nur ein einziges einsilbiges Wort aus der deutschen Sprache enthielten, und es bestätigte sich ihm, was er gehofft und vermutet hatte: Das eine Wort wurde von Siegfried in sein zögerndes, beinahe buchstabierendes Nachsprechen oder Lesen sozusagen mitgenommen in die Reihe der unbekannten Wörter, und als das Kind selbst zum ersten Mal den „Fremdling" erkannte, aufsprang und, im Zimmer umherhüpfend, „Tür" sang, „Tür", musste Anton Burgwaechter an eines der hohen Fenster treten und sich scheinbar der Helligkeit wegen über die Augen streichen.

Dies geschah in der zweiten Hälfte der Semesterferien, es war, sah er, ein Spiel für das Kind, es verlangte tatsächlich nach weiteren solchen Spielen, und es hatte, er war sich sicher, deren Sinn schon erkannt und nahm vorbehaltlos eine Hilfe an, die ihm geboten wurde in dem großen sicheren Raum aus Vertrauen und Geduld und Liebe.

Er setzte zweisilbige Wörter ein in die Reihen, auch beider Vornamen, denn die Nennung seines eigenen Namens fiel dem Kind am schwersten. Diese Übungen oder Spiele waren meist eingebunden in andere Beschäftigungen, also dem Graben und Pflanzen, dem Bau von

Vogelfutterstellen für den Winter, den Besuchen bei Georg. Stift und Schreibblock trug Burgwaechter immer in seiner Tasche; solche „Spiele" fanden nie über eine festgelegte Zeitspanne hinweg statt, sondern fügten sich ein in die jeweiligen Themen, die Burgwaechter auch Siegfrieds Schulbüchern entnahm, um diesen Bereich, in welchem das Kind wahrscheinlich manches Quälende erlebte, in dem warmen Licht ihres gemeinsamen Raums freundlicher erscheinen zu lassen.

Johannes Schuster, der Schreinermeister, hatte bald nach Georgs und Burgwaechters erstem gemeinsamen Besuch im Gasthof seinen neuen Auftrag erhalten, und in den Tagen, als im Arbeitszimmer die Bücherregale eingebaut worden waren, hatte Burgwaechter sein Mittagessen bei Antonio eingenommen. Nicht nur für die Augen des Dorfs war die Pflege der Beziehung zu dieser Familie wichtig, ihn selbst interessierte deren Geschichte. Er hatte alle dort lebenden Mitglieder nun kennengelernt: Rosemarie aus der Küche, die neunundsechzigjährige Frau, die er jedes Mal so respektvoll begrüßte, dass sie auch ihm eine Kammer überlassen hatte in ihrem großen Herzen; Antonios und seines Bruders Johannes Eltern, Alois und Marianne Schuster, beide 74 Jahre alt; die verwitwete achtundsechzigjährige Alwine, die spät geborene einzige Tochter des ältesten Bruders von Hermann Schuster, dem Gründer der Schreinerei, und deren Tochter, welche die Fremdenzimmer versorgte. Und Briefe und Fotografien von Albert in Ostafrika waren ihm vorgelegt worden, der, zweiundsiebzigjährig, bald ins Mutterhaus der „Weißen Väter" in Köln zurückkehren würde.

Siegfrieds Gesinge und Gehüpfe zu der ungehinderten Aussprache eines Wortes brachte Burgwaechter auf den Gedanken, ihm Kinderlieder nahezubringen oder die alten Volkslieder, die er selbst liebte; und zu Semesterbeginn im Herbst beriet er sich dazu mit Eichinger, der ihm bald darauf den Namen einer Frau nannte, an die sein Freund sich wenden möge. Valérie Hortmann war Südfranzösin, hatte Germanistik und Romanistik studiert, war verheiratet gewesen mit einem Deutschen, Eichingers früherem Augenarzt, war jetzt verwitwet, unterrichtete, obwohl sie finanziell versorgt war, an einem Fremdspracheninstitut Französisch und Italienisch, half zeitweise Kindern aus ihrem Bekanntenkreis beim Erlernen einer Fremdsprache und galt als äußerst geduldig und einfühlsam.

Anton Burgwaechter und Valérie Hortmann trafen sich in einem Café auf der Bonn-Beueler Rheinseite, und Burgwaechter begegnete einer Frau, die zunächst ruhig und ernst um sich blickte, als sie den Gastraum betreten hatte, still stehen geblieben war und ihre Augen, als er sich erhob, in der gleichen Ruhe auf ihn gerichtet hielt. Sie war in Schwarz gekleidet, trug ein schlichtes Kostüm und wirkte trotz ihrer Schlankheit keineswegs zerbrechlich, sie war groß, fast so groß wie er, stellte er fest, als er ihr gegenüber stand; ihr Händedruck war warm und fest, das gescheitelte Haar umrahmte, in losen Locken fallend, ein ebenmäßiges Gesicht. Burgwaechter versuchte sich zu erinnern, ob Eichinger ihm etwas über ihr Alter gesagt hatte, es gelang ihm nicht, sie musste, schätzte er, etwa zehn Jahre jünger sein als er.

Als sie beim Tee beieinander saßen, erkundigte sie sich sofort nach dem Kind, um das es gehe in ihrem Gespräch, und hörte aufmerksam zu, als Burgwaechter, entgegen seiner Art, ausführlich, manchmal sogar umständlich ausholend berichtete. Sie sprachen nicht über Persönliches. Valérie Hortmann erwähnte ihre Arbeit mit Kindern und Jugendlichen, denen sie im Fremdsprachenbereich versuche zu helfen, bezeichnete auch den Einsatz von Tonträgern als sinnvoll, legte aber in ihren Ausführungen das größte Gewicht auf die Erfassung der jeweiligen Persönlichkeit und auf den behutsamen Umgang mit Lernblockaden und deren Ursachen.

Viel Neues, dachte Anton Burgwaechter nach diesem Treffen, hatte er nicht erfahren, und als Eichinger wenige Tage später fragte, wie ihm diese Frau gefallen habe, wusste er als Antwort nur zu sagen, einiges habe sich ihm bestätigt. Später überlegte er, ob der Freund etwas anderes angesprochen haben könnte als das zunächst nur geltende Thema.

Burgwaechter hatte zu Semesterbeginn zwei Wochen lang Bonn nicht verlassen. Als er am darauffolgenden Samstagmorgen durch die Gassen von Holweis gefahren und in sein Haus getreten war, klopfte es bald danach an der Tür. Als er rief, wer da sei, kam keine Antwort. Er trat in den Flur, wartete, schwieg. Ihm war, als vernähme er ein leises Atmen, war sich der Unwahrscheinlichkeit der Wahrnehmung aber im gleichen Augenblick bewusst und blieb immer noch stehen. „Siegfried!", klang es herein. Er lauschte ins darauf folgende Schweigen, rief: „Ich habe dich erwartet. Ich freue mich", und öffnete die Tür und fuhr sogleich fort zu sprechen, denn dieser Sieg des Jungen bei der fehlerlosen Nennung seines Namens sollte nicht geschmälert werden durch einen etwa anschließenden Misserfolg.

Mehr als vier Monate war es her, dass Siegfried und er sich kennengelernt hatten, und während dieser Zeit hatte er ihn häufig, während der Semesterferien manchmal täglich gesehen. Nach den vierzehn Tagen in Bonn fiel ihm jetzt auf, dass sich das Kind verändert hatte. Das helle Gesicht hatte seine zarte, gleichsam verschwommene Kindlichkeit verloren, zart war es, aber konturierter. Dieses Kind, dachte er, hatte eine beinahe begrabene, aber immer noch gehütete Hoffnung bestätigt gefunden. Es schien entschlossen, sie zu behalten, ihr zu entsprechen. Es war ein begabtes, sensibles, starkes Kind.

Wieder in Bonn, lud er Valérie Hortmann als Dank für das Gespräch zu einem Abendessen ein in einer Weinstube in der Stadt. Privates trat zögernd in ihre Unterhaltung.

Kurz vor den Weihnachtsfeiertagen, die er in Bonn verbringen würde, hinterließ er bei Rosetta ein Paket mit einem Geschenk für Siegfried. Das enthielt einen Schallplattenspieler und zwei Schallplatten:

Kinderlieder und -verse und die von Günther Lüders gesprochenen „Galgenlieder" Christian Morgensterns. Es waren die Art der Sprache des Dichters und die Art des Vortrags des vielseitigen Künstlers, wovon Burgwaechter dachte, dass sie Siegfried zu erfreuen, zu faszinieren vermöchten. Die Wortspiele, die Wiederholungen, die machten, dass die Worte die Grenzen einer Bequemlichkeit des Lesers oder Hörers überschritten, bei ihm in eine geheime Tiefe drangen und ihn lachen oder erstaunen oder bewegt sein ließen, und die Stimme des Sprechkünstlers, der die einzelnen Wörter, sogar die Silben, die Laute so sprach, so auskostete, als überreiche er bewusst und wohl überlegt einer erlesenen Zuhörerschaft ausgewählte, seltene Schätze – Burgwaechter wusste, dass Siegfried diese Schallplatte wieder und wieder auflegen und hören würde.

Zum Silvesterabend waren er und seine Eltern bei Eichinger und seiner Frau eingeladen. Unter den fünf weiteren Gästen befand sich auch Valérie Hortmann. Zum ersten Mal sah er sie nicht in Schwarz, sie trug ein dunkelblaues Kleid aus plissiertem, weich fallendem Stoff, kaum Schmuck. Er kannte das Datum des Todestags ihres Mannes nicht und fragte sich, ob das Trauerjahr vorüber sei.

Sie hatte ihren Hund mitgebracht, ein schönes großes Tier mit seidigem schwarzem Fell. Er war es anscheinend gewohnt, an Gesellschaften, wenn nicht gar an Unterhaltungen teilzuhaben, denn während der Gespräche wanderten seine Augen von einem zum andern und immer wieder zu Valérie, so, als wolle er ihr seine Meinung mitteilen zu den Menschen hier. Als Eichingers Nachbar sich zu einem Thema erhitzte, begab sich der Hund zu ihm und legte ihm wie zur Beruhigung sanft den schönen Kopf auf die Knie. Er ging auch umher im Raum, wie Gäste es tun, verweilte manches Mal bei demjenigen, der eben sprach, und blickte ihm in die Augen, nicht, als verstehe er die Worte, sondern als verstehe er den Menschen, der da sprach. Auffällig war, dass er den Blick nicht abwandte, wenn man ihm in die Augen sah.

Eichingers Frau fürchtete sich vor Hunden. Als neben ihr der Platz im Sofa frei wurde, setzte sich der Hund neben sie, dies geschah in Anstand und Natürlichkeit. Alle schauten, schauten auf den Hund, auf Frau Eichinger, dann auf Valérie. Diese Frau musste doch eingreifen! Aber sie griff nicht ein. Ohne ihre Haltung zu verändern, ohne in aufgeregte Gestik oder verbale Verweisungen zu verfallen, blickte sie auf ihren Hund. Ihre Augen sagten ihm: „Ich weiß, dass ich mich auf dich verlassen kann", und Burgwaechter, der dies sehr aufmerksam beobachtet hatte, spürte, dass etwas sein Herz berührte. Aufrecht saß der große Hund auf dem Sofa, sein Kopf befand sich in gleicher Höhe wie der Kopf neben ihm, aber der seine senkte sich nun wie zu einer vertrauten Frage, seine Augen blickten tief in die der Frau, und in dieser Haltung blieb er, unbeirrbar, wie von innerer Stärke beseelt. Langsam und ohne seinen Blick von ihr zu nehmen, legte er sehr zart seine Pfote auf ihren Arm und blieb in dieser Haltung. Frau Eichinger blickte umher, es war sehr still geworden, sie senkte den Kopf, und Burgwaechter sah es: Eine wortlose Zwiesprache fand da statt zwischen Tier und Mensch. Vorsichtig hob sie eine Hand und strich über den Nacken des Hundes, der sich nun niederließ und seinen Kopf in ihren Schoß legte. Sie streichelte ihn noch lange und sprach zu ihm. Eichinger flüsterte Valérie etwas zu: „Kein Therapeut hat erreicht, was diesem Hund innerhalb von fünf Minuten gelungen ist." Sie lächelte.

Burgwaechter und Valérie sprachen wenig miteinander an diesem Abend, und das Wenige war von solcher Belanglosigkeit, dass ein Hellhöriger, wie Eichinger es seinem Freund gegenüber war, nach erster Verwunderung aufmerksam wurde. Es schien ihm, als sei jeder der beiden dem anderen gegenüber von der Scheu beherrscht, sich selbst zuzugestehen, dass ein Interesse, möglicherweise Zuneigung erwacht war.

Und eben beider Zurückhaltung war es, dachte Eichinger, die für diese beiden Menschen und deren jeweilige Zukunft sprach; sie gingen höchst verantwortlich und behutsam um mit sich selbst und den Gefühlen des anderen. In seinem Freundes- und Bekanntenkreis hatte er beobachten können, dass neue Verbindungen nach dem Tod eines Ehepartners häufig glücklicher verliefen als solche, denen erbitterte Scheidungskämpfe mit dem vorherigen Partner vorausgegangen waren; war die erste Verbindung harmonisch und stark gewesen, bestanden anscheinend gute Voraussetzungen für ein wiederum erfülltes Miteinander. Vertrauen, Liebe und gegenseitige Achtung hatten, soweit er es zu beurteilen vermochte, auch in der Ehe von Valerie und ihrem Mann geherrscht.

An die Tür zum Balkon gelehnt, hinter der die Lichter vorzeitig verschossener Silvesterraketen erglühten und erstarben, betrachtete Eichinger seinen Freund. Jahre erfüllter Gemeinsamkeit hatte dieser Mann nicht erlebt. Entsagung hatte sich Jahr um Jahr in sein Gesicht geschrieben, auf seine Schultern gelegt. Aber was war es heute Abend mit ihm? In lockerer Haltung, ein Bein übers andre geschlagen, den rechten Arm bequem auf die Rückenlehne des Sofas gelegt, das Gesicht offen Eichingers Nachbarn zugewandt, lauschte der Freund aufmerksam dessen Erzählung. Er lachte. Er lachte und warf ins Gespräch eine Bemerkung ein, die wiederum Gelächter hervorrief. Jetzt stand er auf, um ihm, Eichinger, ein Glas der Silvesterbowle zu bringen. Seine Bewegungen waren sicher und frei. Es war nicht, dessen war sich Eichinger sicher, Valérie Hortmanns Gegenwart, die den Freund veränderte, und es war nicht die heitere Runde der Gäste. Sicherheit, Freiheit in Gebärde, Miene und Rede – dies war gewachsen über längere Zeit, und ihm war die Veränderung bisher nicht aufgefallen, da man sich häufig sah. Es war gewachsen, wurde ihm heute in dieser letzten Stunde des alten Jahres bewusst, seit Burgwaechter einem Kind begegnet war draußen in einem Dorf, das ihm, Eichinger, heute Abend und in dieser Runde so weit entfernt erschien wie ein beliebiger Stern am klaren Himmel dieser Nacht, einer Nacht, die auch jenes, ihm jetzt so ferne, Dorf umfing.

Eichinger, der sein sechstes oder siebtes Glas Bowle trank, sich dem Gegenwärtigen ein wenig enthoben fühlte und seine Gedanken hin- und herschweifen ließ zwischen einem Dorf dort und dieser Stadt hier, erschien dieser Gegensatz menschlicher Ansiedlung in diesem Augenblick unglaublich, fantastisch: Hier war man beisammen in einem Haus in der Stadt, die erfüllt war von Lichtern, so weit man schaute, dem Gelärme der Menschen, der Fahrzeuge in den Straßen; und die Sterne waren vage nur dem sichtbar, der im Aufschauen seine Augen beschirmte gegen die irdischen Lichter. Und nur etwa eine Fahrstunde entfernt lag inmitten dunkler Höhenzüge, stiller Wälder und schlafender Wiesen eine Ansiedlung aus wenigen Häusern, aus deren Fenstern jetzt gewiss ebenfalls Lichter schienen, gedämpft aber durch eine übermächtige Dunkelheit rings umher, und darüber stand klar und hell ausgestirnt der Himmel dieser Nacht. In seinem Kopf gewannen die Phänomene „Licht", „Dunkelheit" zunehmend an Wichtigkeit.

Dort drüben herrschte die Dunkelheit unten, und oben standen in Klarheit die Lichter – hier war das Licht unten und durch die Blendung des Auges die Dunkelheit oben, und gleich um Mitternacht würden die Leuchtpartikel hell sprühender Raketen in die Höhe steigen und im Niederfallen vergehen, Wunsch- und Hoffnungsträger der Menschen, die das Oben erreichen und dessen Harmonien im Irdischen erfüllt wissen wollten, später würde es dann wieder so sein wie vor dem Leuchtspektakel, hier also Lichter unten und ...

Eichinger schüttelte verwundert den Kopf. Über etwas anderes hatte er doch nachdenken wollen, über seinen Freund Burgwaechter, der ihm so verändert erschien, verändert durch dieses Kind in diesem Dorf, das

– er hielt inne, seine Gedanken, stellte er fest, begannen sich im Kreis zu bewegen. Burgwaechter stand neben ihm, nahm ihm das geleerte Glas aus der Hand und schob einen Arm unter seinen. Beide hatten sich der gläsernen Tür zugewandt und schwiegen. Eichinger fiel noch etwas ein. Er sagte: „Du hast alles richtig gemacht." „Ja", sagte Anton Burgwaechter, er sagte es leise und in gleicher Tonlage dehnend, so als sei ein Vorgang keinesfalls hiermit abgeschlossen.

Kurz vor Weihnachten hatte eine Wärmefront den ersten Schnee dieses Winters schmelzen lassen, jetzt herrschte leichter Frost, aber die Straßen waren frei. Als man sich weit nach Mitternacht voneinander verabschiedete, warf Frau Eichinger in die nochmals geäußerten guten Wünsche zum neuen Jahr den Vorschlag ein, sofern es nicht wieder Schneefall gäbe, an einem der nächsten Tage gemeinsam Burgwachter in Holweis zu besuchen.

Burgwaechter kehrte bereits am frühen Nachmittag des Neujahrstages nach Holweis zurück. Während der Fahrt hatte er sich überlegt, Rosetta um ihre Hilfe zu bitten, wenn die Freunde aus Bonn kämen, und besuchte deshalb zuerst den Gasthof, fand dort aber nur Antonio vor. Die beiden Männer setzten sich an einen der Tische im sonst leeren Gastraum. Antonio war vor einigen Tagen auf der Straße von Siegfrieds Lehrer angesprochen worden: Er habe eine auffallende Veränderung an Siegfried bemerkt. Siegfried fordere im mündlichen Unterricht selbstbewusst und unbeirrbar die von ihm benötigte Zeit ein, um seine Antwort zu geben. Das Kind verfüge, habe er neuerdings festgestellt, über ein überdurchschnittliches Allgemeinwissen, das sich vor allem in schriftlichen Arbeiten dokumentiere. Bei seinen Mitschülern genieße Siegfried höheres Ansehen als zuvor, er habe Freundschaften geschlossen, und jene, welche ihn weiterhin hänselten, würden standhaft mit einem langen Blick bedacht, so, als gäbe es mancherlei Fragen zu solchem Verhalten. Antonio besaß viel zu viel Feingefühl, um sich in großartigen Dankesworten zu ergehen, über eine gegenseitige Wertschätzung brauchten die beiden nicht zu sprechen, sie stand in ihren Augen. „Es ist gut, dass Sie hier sind", sagte der Gastwirt beim Abschied, „ich bin Antonio." „Anton", sagte Burgwaechter, sie lächelten, drückten sich die Hand.

Siegfried erschien am nächsten Vormittag. Burgwaechter hatte recht gehabt mit seiner Vermutung zu seinem Weihnachtsgeschenk: Er entdeckte Siegfried, als er durch die Glastür auf seine Terrasse schaute; da stand das Kind und unterhielt sich anscheinend mit dem Korbstuhl, der im Herbst nicht fortgeräumt worden war. Er trat hinaus zu ihm. „Und ich wackel und nackel den ganzen Tag", hörte er den Jungen sprechen, die Stimme war hell, die Sprache zögernd, aber stark akzentuiert wie die des Sprechers der Schallplattenaufnahme, sie klang sozusagen wie dessen Kinderstimme, melodiöser vielleicht, und Burgwaechter fiel in die nächste Zeile ein: „und es nackelt und rackelt die Linde", und dann begannen sie beide wieder von vorn mit „Ich bin ein einsamer Schaukelstuhl", manchmal verheddterte sich das Kind in einem Wort, lachte, übersprang es und setzte bei einem der nächsten wieder ein. Sie standen, der Mann und das Kind, in der frostigen Luft dieses zweiten Januartags, rezitierten Christian Morgenstern, und das Kind sang jetzt die Worte und begleitete seinen Singsang mit Hüpfern, Drehungen, und in Burgwaechter breitete sich groß und warm seine Freude aus, die in ihm erwacht und gewachsen war seit der Begegnung mit dem Jungen, und ihn anscheinend überhaupt nicht mehr verließ.

Zwei Tage später setzte bei leichtem Frost Schneefall ein, der Besuch der Freunde aus Bonn wurde verschoben, und die Welt wurde weiß. Burgwaechter hatte vorgehabt, in dieser Woche noch nach Bonn zurückzukehren, um an Amelies Todestag ihr Grab zu besuchen; die Wetterlage hätte ihn nicht abgehalten zu fahren, wenn er hätte fahren wollen. Aber etwas hielt ihn hier, es war nicht das Kind, er spürte, er musste bleiben, er musste bleiben hier in dem Weiß, in der Lautlosigkeit, in einer Welt aus Stille und Weiß. Schnee fiel und fiel, dämpfte jedes Geräusch, das Echo verstummte. Wenn Anton Burgwaechter morgens an sein Fenster oder an die Terrassentür trat ohne im Haus ein Licht eingeschaltet zu haben und umgeben war von grauweißem Licht, wenn er hinging zu einem anderen Fenster und zusah, wie das Grau heller wurde und weiß, wenn er hinaustrat ins Weiß, fühlte er sich wie von dem Gespinst eines seltsam sicheren Kokons umgeben, und sein Lehrstuhl an der Universität und die Freunde in Bonn waren weit fort.

Er war mit frischen Lebensmitteln nicht genügend versorgt und ging fast regelmäßig kurz vor Mittag ins Dorf, um beim Bäcker einzukaufen. Als er in diesen Tagen zum dritten Mal dort eintrat, bot die Frau des Bäckers ihm an, ihm durch den Lehrjungen Waren (Brot, Butter, Eier, Käse) zur Auswahl ins Haus bringen zu lassen, so erspare er sich den mühsamen Weg durch den Schnee ins Dorf, er könne auch jederzeit wenn nötig ihr Telefon benutzen. Jeder im Dorf, dachte Burgwaechter, schien es zu wissen: Zu seinem Haus war noch keine Telefonleitung gelegt, und bisher hatte er die Beantragung eines Anschlusses immer wieder verschoben. Burgwaechter sah es mit einem Blick in die Augen der Frau, dass keinerlei anbiedernde Dienstwilligkeit, nicht professionelle Geschäftstüchtigkeit den Hintergrund bildeten für ihr Angebot, nein, er wurde von ihr eingeladen in die dörfliche Gemeinschaft. In diesem Augenblick trat der Bäcker hinzu, und die Frau verstummte sofort. Burgwaechter dankte ihr herzlich, bemerkte aber, dass er gern laufe. Die Frau antwortete mit unbestimmtem Nicken und zweifelndem Augenausdruck.

Den Rückweg trat er nicht gleich an, er nahm sich Zeit, mit Mütze, Schal, Stiefeln war er warm verpackt. In entgegengesetzter Richtung zu seinem Haus wanderte er bis zum Ortsrand durch Gassen und Gässchen, die er bisher noch niemals betreten hatte, grüßte, wenn er jemandem begegnete im Flockengewirbel, wurde wieder gegrüßt, blieb dann auf dem äußersten Weg ums Dorf, auf dem sich noch Fahrspuren zeigten; der Verlauf der Feldwege war nicht mehr auszumachen. Auf dem Rückweg hinab ins Tal geriet er in Schneewehen, die bis zu seinen Knien reichten, und verwarf den Gedanken, am Nachmittag Georg zu besuchen, denn der Weg dorthin musste jetzt sehr beschwerlich sein, zudem hätte er vor Beginn der Dunkelheit zurückkehren müssen.

Im Haus bereitete er sich ein Mittagessen, trug es nicht zum Esssondern zum Schreibtisch, weil dort die Arbeit lag, der er sich in diesen Tagen hatte widmen wollen, warf jedoch keinen Blick dahin, wollte noch immer nicht wahrhaben, dass etwas anderes leise, sanft und übermächtig, geduldig und langsam begann, ihn einzunehmen, spürte nach dem Essen ungewohnte Müdigkeit des Körpers und seines Geistes, legte sich entgegen aller Gewohnheit hin auf das Sofa, das er aus dem Elternhaus hierher gebracht hatte, ein altmodisches, bequemes, großes Teil, und streckte sich aus, wollte wie nach einem letzten Anker eines der Bücher aus den Büchertürmen neben dem Sofa greifen und ermüdete auch in der Geste und schloss die Augen. Bilder seines Wanderns im Schnee durchzogen seinen Schlaf, des mühseligen Wanderns in tiefem Schnee durch trübes grauweißes Schneegestöber, des leichten Wanderns über weite Schneefelder in hellem Schneegeriesel, und Bilder in glänzender Weiße, so blendend, dass jedes Ding darin konturlos geworden war.

Er glaubte, es sei die Morgendämmerung, in der er erwachte, erhob sich und fühlte sich ungewohnt müde und schwer, trat an die Tür zur Terrasse, blickte hinüber zum Dorf, gewahrte erleuchtete Fenster, ahnte die späte Nachmittagsstunde, schaltete das Radiogerät ein, ließ es eingeschaltet, bis eine Zeitansage erfolgte, die ihm bestätigte, was er doch bereits wusste. Der Schreibtisch blieb unbeachtet, er betrachtete die Bücherrücken in den Regalen, Bilder, die am Boden standen und ihren

Platz noch nicht gefunden hatten. Er trat auf die Terrasse, stand da im leichten Schneegeriesel, spürte die feinen Flocken auf dem Gesicht und ihr Schmelzen, trat wieder ins Haus, ging umher, legte sich früh zu Bett und erwachte früh. Es schneite noch immer. Heute war Amelies zehnter Todestag, ihrer beider zehnter Hochzeitstag.

Der Tagesanfang war heller als an den vorherigen Tagen, das Gewölk stand höher und ließ die Ahnung zu, dass es eine Sonne noch gäbe. Anton Burgwaechter kleidete sich nach dem Frühstück für eine Wanderung an und verließ sein Grundstück durch die obere Gartenpforte. Auf dem Kamm der ungeschützten Anhöhe war durch den steten Wind, wie er vermutet hatte, der Schnee weniger tief. Er ging den Weg, den er an seinem ersten Wochenende in Holweis nach der Begegnung mit Siegfried gegangen war. Schnee war unter ihm, über und neben ihm, und bald tauchte er hinab zum Tal. Manches Mal folgte er den Spuren von Wild, das gewiss, sagte er sich, den sichersten Weg gewählt hatte. Ihm war der Schnee kein Feind, er war ein Verbündeter, ein Schutz, ein Freund. Er erinnerte sich des Empfindens, ein fein gesponnener Kokon umgebe ihn, und wurde sich bewusst, dass dieses Gefühl ihn seitdem nicht verlassen hatte. Seit Beginn des Schneefalls hatte er diese vergangenen Tage und Nächte in diesem Kokon verbracht, die äußeren Eindrücke des Tages zwar vermerkt, aber abgelegt in einem Nest der feinen Fäden und dort ruhen lassen, war in den Traumsequenzen des Schlafs durch Weißes und Grauweißes gewandert, manchmal schattenhafte Gestalten wahrnehmend, von denen er wusste, dass sie nicht Fremde waren, ohne dass er sie hätte erkennen können oder wollen. Still wie der Schein der zuverlässigen Gestirne hinter der weißen Welt ruhte im Schutz des hellen Gewebes alle Erinnerung an Amelie.

Langsam vollzog sich sein Rückweg, bewusst bemaß er die Bewegung im hohen Schnee. Seine Gedanken streiften die Worte der Bäckersfrau, ihr freundliches Angebot. Bei ihrer Bemerkung zur Benutzung des Telefons war ihr Mann in den Verkaufsraum getreten und hatte ihr, wenn er es recht deutete, einen warnenden Blick zugeworfen. Der rotgesichtige fette Mann schien ihm gar nicht zu dieser Frau zu passen, die sofort die Lippen geschlossen, die Augen niedergeschlagen hatte; in ihr hübsches Gesicht waren die Zeichen von Ergebung, von Gram getreten. Mit ihren Worten, dachte Burgwaechter, hatte sie ihn aufnehmen wollen in die Gemeinschaft des Dorfs, ihr Mann hatte ihm unausgesprochen eine Absage beschieden.

Ihn, Burgwaechter, hatte das gegensätzliche Verhalten zunächst zwar erstaunt, aber überhaupt nicht unangenehm berührt. Es bestätigte sich, was Georg, was Antonio ihm erzählt hatten: Entgegenkommen und Abneigung wurden deutlich gemacht. Wie schwer, dachte er, musste es für manchen gewesen sein, vor allem in früheren Zeiten, darin zu bestehen! Er, dies war ihm bewusst, würde hier für viele ein Fremder bleiben, aber Freundschaft wie die zu Antonio und seiner Familie oder zu Georg war möglich.

Jetzt, während seines Wanderns im Schnee, glaubte er auch, den seltsamen Augenausdruck der Frau zu seiner Bemerkung, er laufe gern, deuten zu können: Nicht nur jetzt in diesen verschneiten Tagen, auch in der wärmeren Jahreszeit war er allein gewesen auf den Wald-, den Wiesen-, den Feldwegen. Ums Dorf herum spazierte am Sonntagnachmittag möglicherweise eine Familie, um dann aber bald zu den Häusern, den Nachbarn zurückzukehren. Wer hier seit Generationen lebte und die Erfahrungen der Generationen in sich trug über harte Arbeit in jeglicher Witterung, über karge Erträge, über Mühsal mit den mageren, steinigen Böden, über Hunger und Kälte und Hitze, für den galt die Natur ringsum als ein beständiger Gegner, dem man sich von jeher hatte stellen müssen, um zu überleben. Kaum jemand aus dem Dorf, dachte er, würde hier stehen bleiben, so wie er es jetzt tat vor der steilen, steinigen Wand, aus der dennoch eine Buche, eine Erle wuchs und dort eine junge Kiefer, eine Fichte da und Haselnuss- und Holundergesträuch. Der Schnee auf den Steinblöcken, um die sich die Wurzeln gewunden hatten, ließ die Höhlen darunter noch tiefer erscheinen, tief und geheimnisvoll und wie geschaffen für die Wesen, von denen Märchen erzählen. Er würde, beschloss er, Siegfried einmal mitnehmen auf eine seiner Wanderungen. Als Burgwaechter mittags sein Grundstück wieder erreichte, schüttelte der helle Himmel glitzerndes Weißes aus über ihm, über dem Tal und den Hängen, ein Gerieseln feiner, flimmernder Schneesterne im Sonnenlicht, das hoch oben das dünne Gewölk durchbrach.

Seltsam war, dachte Burgwaechter am Abend, dass in diesem Augenblick der weiße Kokon geschmolzen war. Holweis, wusste er, war ihm in diesen weißen Tagen ein Stück Heimat geworden – ein Stück Land, auf dem er bleiben wollte für eine längere oder lange Zeit, mit Menschen, die Freunde geworden waren. Auch Bonn und die Freunde, die Arbeit dort waren Heimat. Beides war möglich. Es kam nur an auf ihn selbst.

Erst zu Ostern kamen Eichinger, seine Frau und Valérie Hortmann mit ihrem Hund zu Besuch nach Holweis. Burgwaechter hatte für sie ein Doppel- und ein Einzelzimmer für vier Übernachtungen bei Antonio reserviert. Rosetta half ihm in diesen Tagen im Haushalt, Siegfried, obwohl bald neun Jahre alt, kletterte vielmals auf Valéries Schoß. Als er bemerkte, dass der Hund nicht spielen, sondern im Gras liegen wollte, legte er sich zu ihm, Kopf neben Kopf, und erzählte ihm anscheinend lange Geschichten. Am Ostersamstag aß man im Gasthof. Antonio warf Burgwaechter, eindeutig Valérie betreffende, fragende und anerkennende Blicke zu, wozu dieser nickte.

Seit Ostern verbrachte er in Bonn jetzt öfter einen Abend oder einen Tag mit Valérie. Er erfuhr, dass ihr Mann vor nun mehr als zwei Jahren gestorben war; Schwarz trug sie, weil es sie gut kleidete. Ihrer beider Zuneigung wuchs, Vertrauen entstand.

Bei gemeinsamen Unternehmungen war sie begleitet von ihrem Hund, der, zwölf Jahre alt, körperliche Schwächen zu zeigen begann. Anstatt zu wandern, unternahmen sie mit dem Tier Ausflüge mit dem Auto und gingen dann nur kleine Wege.

Anton Burgwaechter wusste, dass er Valérie Hortmann liebte, in dem Augenblick, als er sie hemmungslos weinen sah. Es war Juli, kurz vor Beginn der Sommersemesterferien. Mehrmals hatte er sie an diesem Tag angerufen, sie nicht erreicht, war zu ihr gefahren, hatte an der Haustür geschellt, im Haus nichts gehört und war in den Garten gegangen. Sie saß unter der Kastanie neben dem toten Hund, ein Spaten lag im Gras. Er setzte sich neben sie, und noch bevor er sie in die Arme nahm, spürte er, wie sich sein Herz für sie öffnete, sicher, vollständig und unabwendbar. Er küsste sie. Er küsste ihren Mund, ihre nassen Wangen, ihre Stirn. Sie griff nach seinen Händen, hielt sich fest daran, lächelte, weinte. Gemeinsam blieben sie bei dem Tier, bis die Dunkelheit in den Garten trat. Unter der Kastanie begruben sie Valéries Hund. Anton Burgwaechter ließ sie in dieser Nacht nicht allein.

XV

Als er in der ersten Woche der Semesterferien in diesem Sommer 1969 nach Holweis kam, hatte Antonio Neuigkeiten zu erzählen. Der Bäcker, jener unfreundliche Mensch, war einem Herzinfarkt erlegen, und Burgwaechter erfuhr, dass es dessen Frau war, derentwegen Antonio nicht geheiratet hatte. „Du wirst schon sehen", schloss der seinen Bericht ab und nickte dazu wie einer, dem nicht unerreichbare Ziele vor Augen stehen.

Auch in diesen Semesterferien hielt sich Burgwaechter so häufig wie möglich in Holweis auf, meist begleitet von Valérie. Siegfried kam regelmäßig wie früher zu Besuch, und Valérie sang ihm Lieder aus Frankreich vor, die sie selbst in ihrer Kindheit gesungen hatte. Zuweilen unterhielten sich die beiden Erwachsenen in Englisch, denn so hatten in Valéries Kindheit die Eltern ihr die Fremdsprache nahegebracht, ehe sie im Schulunterricht gelehrt worden war. Siegfried wiederholte Wörter und Redewendungen, wandte sie, sichtlich aus Freude am Sprachenspiel, nach freier Entscheidung im Wechsel mit französischen Vokabeln an, sodass solche Aussagen entstanden wie: „Mein teacher hat gesagt, heißt ‚paraplü', heißt nicht ‚paraplü', heißt ‚paraplüi'", und schüttelte sich vor Lachen. Das war absolut nicht fließend gesprochen, noch immer traten Stockungen, Hemmungen auf, aber Siegfried zeigte Geduld mit sich selbst, wurde sicherer dadurch, und es gab bereits weichere Übergänge zwischen ‚guten Wörtern' und ‚Stolpersteinen'.

Valérie traf eine Entscheidung, besprach sie mit Burgwaechter und begann, mit Siegfried die deutsche Sprache sozusagen von oben zu betrachten, nämlich von der Logik der Grammatik her, da sie vermutete und hoffte, dass durch einen sachlichen Umgang manche Gewichte, welche die Seele des Kindes auf einzelne Wörter geladen hatte, an Schwere verlören. Eines solcher belasteten Wörter war ‚Vater'. Immer wieder erhoben sich vor Valéries innerem Auge Szenen, in welchen der Junge hierzu den Fragen, seinen Vater betreffend, oder der Häme seiner Umgebung ausgesetzt gewesen war. In Valéries Unterricht wurde ‚Vater' ein beliebiges Wort, das man innerhalb eines Satzes an verschiedenen Stellen unterbringen konnte, das nicht nur als Subjekt im Satz vornweg stolzierte, vielmehr als Objekt leiser daherkam; dies machte, stellte sie nach vielfachen solcher Übungen fest, einen großen Bedeutungsunterschied aus, der dahin führte, dass nach geraumer Zeit und nach unermüdlicher Wiederholung das Wort, von ihm kaum mehr bemerkt, leichter über seine Lippen glitt. Deutlich war für Valérie wie für Burgwaechter zu erkennen, dass Siegfried der Umgang mit Sprache als ein Spiel erschien, bei dem er überhaupt nicht ermüdete, vielmehr sich bald einen Spaß daraus machte, aus den ihm bereits bekannten Wörtern der beiden Fremdsprachen ebenfalls Sätzchen zu bilden und darin nun Wortumstellungen ausprobierte – dieses Kind besaß eindeutig eine Sprachbegabung, die ihm noch vor einem Jahr niemand zugeschrieben hätte.

Valérie und Anton Burgwaechter verbrachten immer mehr Zeit miteinander. Sie liebten sich. Ihre Liebe wuchs, wurde sicher und stark. Im November legten sie ihren Hochzeitstag fest auf den Freitag vor dem zweiten Advent. Zur Trauung im Bonner Standesamt erschienen aus Holweis Georg, Antonio mit Helene, der Witwe des Bäckers, und Rosetta mit Siegfried. Burgwaechters Eltern waren da, Eichinger und seine Frau, Valéries Eltern und ein Bruder von ihr. Burgwaechters Trauzeuge war Georg, der „heilige Georg", Valéries Trauzeugin Frau Eichinger.

Burgwaechter und Valérie hatten ihre Gäste zu einem mittäglichen Imbiss nach dem amtlichen Zeremoniell in jenes Café auf der anderen Rheinseite eingeladen, in welchem sie sich zum ersten Mal begegnet waren. Helene trug Schwarz, zog aber während der Überfahrt mit der Fähre aus ihrer Handtasche einen hübschen geblümten Schal hervor, den sie in Holweis anscheinend noch nicht hatte anlegen mögen. Ihre Gesichtszüge, stellte Burgwaechter fest, wirkten entspannter als in jenen weißen Tagen im Januar, in denen er regelmäßig kurz vor Mittag in den Laden getreten war. Vergeblich bemühte sie sich heute um eine gefasste, ernste Miene, ihr heiteres Naturell gewann doch die Oberhand; dann schlug sie wie schuldbewusst die Augen nieder, blickte aber sogleich wieder glücklich umher. Antonio, dachte Burgwaechter, würde also bald dreifacher Stiefvater werden.

Das gemeinsame Abendessen fand in der alten Bonner Weinstube statt, in welcher Burgwaechter und Valérie sich zu ihrer zweiten Begegnung getroffen hatten. Das Beisammensein wurde nicht ausgedehnt, weil Burgwaechter an seinen Eltern, die sonst durchaus Geselligkeit liebten, Ermüdungsanzeichen wahrnahm und alle auswärtigen Gäste noch zu Valeries Haus, das jetzt unbewohnt war, begleitet werden mussten. Dort war für Übernachtungsmöglichkeiten gesorgt, die Holweiser Gäste würden nach einem gemeinsamen Frühstück nach Hause fahren, Valéries Familie wollte noch eine Woche in Bonn verbringen.

Valérie und Burgwaechter lebten im Godesberger Haus und verbrachten in der Eifel ebensoviel Zeit wie vor der Hochzeit. Es war abzusehen, dass Siegfried nach der Grundschule eine Höhere Schule besuchen würde, die sollte nach beider Meinung dem Jungen ein neues Umfeld bieten, seine Individualität fördern. In Valéries Bekanntenkreis gab es einen Oberstudienrat, der am Gymnasium einer Internatsschule nahe bei Bonn arbeitete und sie in Schule, Internat und den schönen Parkanlagen umhergeführt hatte. Nun erzählte sie davon, und gemeinsam besprachen sie, Valérie und Burgwaechter, zu Beginn des neuen Jahres, 1970, ihre Überlegungen mit Antonio und Siegfrieds Mutter Rosetta. Die Kosten, bemerkte Burgwaechter, übernähme zur Hälfte er, wenn Rosetta weiterhin im Haushalt helfen würde; und wenn Siegfried an einem Wochenende nach Hause fahren wolle, dann käme man eben zu dritt nach Holweis. Antonios und Rosettas Vertrauen in Burgwaechter und Valérie war so stark, dass sie dankbar und bewegt dem Vorschlag zustimmten.

Als hätten Anton Burgwaechters Eltern darauf gewartet, an der Seite ihres Sohnes eine Frau zu wissen, überfiel im Frühjahr dieses Jahres zunächst seine Mutter Mattigkeit, zunehmend Schwäche, aus der sie sich bald nicht mehr erheben konnte, sie starb, neunundsiebzigjährig, zu Hause in einer Mittagsstunde im März. Ihr Mann, zwei Jahre älter als sie, spürte, dass er ihr so vieles noch hätte sagen wollen, tat dies nun in langen Briefen, die er ihr schrieb, an ihr Grab brachte und da unter eine Steinplatte legte. Drei Monate nach dem Tode seiner Frau fanden ihn Friedhofsbesucher hingelehnt sitzend auf der Bank gegenüber der Grabstelle, ruhig eingeschlafen am Ende seines irdischen Lebens, fanden auch am Boden den letzten Brief, der seiner Hand entfallen war.

Der Todesfälle wegen verschoben Antonio und Helene den Tag ihrer Heirat vom Sommer in den September, denn Burgwaechter und Valérie sollten keinesfalls bei den Feierlichkeiten fehlen.

Zum ersten Mal seit fünfundzwanzig Jahren kam Anfang des Monats, der sonnige, warme Spätsommertage versprach, Besuch aus Bergamo. Anlässlich der Einladung zur Hochzeit, tatsächlich aber anlässlich der endlich nicht mehr zu verleugnenden Regung seines Herzens kam einer, der damals die Reise nicht hatte antreten können, der nach dem Tod seiner Frau, nach Verzicht auf seine Vaterschaft, nach neuerlicher Verheiratung und Familiengründung, nach der Zeitspanne beinahe eines halben Lebens, in welcher ein dumpfer, immer wieder unterdrückter Schmerz sein Begleiter gewesen war – kam Rosettas Vater, Siegfrieds Großvater, nach Holweis. Briefe, Fotografien hatte er hin und wieder erhalten, hatte mühsam und hilflos seinen Dank formuliert und endlich beschlossen, seine Tochter wiederzusehen, seinen Enkel kennenzulernen.

Rosetta war jetzt sechsundzwanzig Jahre alt, Siegfried zehn. Er erlebte sein erstes Jahr im Internat und erhielt in Absprache mir der Internatsleitung zweimal in der Woche privaten Unterricht durch eine Sprachheilpädagogin, die Valérie und Burgwaechter von der Schule empfohlen worden war. Ihm war die Erlaubnis erteilt worden, schon am Donnerstagnachmittag mit den beiden nach Holweis zu reisen, um dort an den Feierlichkeiten zur Hochzeit teilnehmen zu können. Aber für diese drei, für Rosettas Vater, für Rosetta selbst und für Siegfried, war die eigentliche Feier die ihrer Begegnung. Es gab zwischen ihnen überhaupt keine Vorwürfe, keinerlei ungeschickte Fragen, es gab Verständnis, Liebe und das große Glück, ihre innere Verbundenheit zu erfahren, es gab ein Staunen, dass Liebe vorbehaltlos den anderen akzeptiert.

Zu dritt kamen sie am Tag nach der Hochzeit, am Samstagnachmittag, herauf zu Burgwaechters Haus. Burgwaechter und Valérie spürten es deutlich: Das Wiedersehen, das Kennenlernen, die fraglose Akzeptanz der jeweiligen Lebensgeschichte verbanden Vater, Tochter und Enkel bereits zutiefst, und jede Geste, jeder Blick war wie ein Versprechen für alle Zeit; sie würden sich nicht so bald wiedersehen, aber sie würden sich wiedersehen. „Sie sind großartige Menschen", sagte Valérie am Abend zu ihrem Mann.

1980, zehn Jahre später, beschloss Anton Burgwaechter, nachdem in den vergangenen Jahren seine Reisen mit Valérie sie beide oftmals nach Südfrankreich, in Valéries Heimat, geführt hatten, „die Burg" zu verkaufen. Wenn sie Antonio und seine Familie oder „den heiligen Georg" besuchen wollten, stünden ihnen in Holweis die Gastzimmer zur Verfügung.

Siegfried studierte seit einem Jahr Jura in Berlin. Von einer früheren Sprachstörung bemerkten Kommilitonen und Professoren wenig; sehr selten nur noch traten im Redefluss seltsame kleine Pausen ein, wenn er selbst es spürte, dass beim nächsten Wort eine Sprechhemmung zu überwinden sein würde. Diese Eigenart aber vermittelte einem Gesprächspartner den Eindruck, es hier mit einem besonnenen jungen Menschen zu tun zu haben, der gewissenhaft seine Äußerungen bedachte. Für ihn hatte sich der Aufenthalt im Internat als das Rechte erwiesen: Die neue Umgebung, die neuen Mitschüler – zum Teil international durch den Status Bonns als Bundeshauptstadt – hatten bewirkt, dass die Lasten der Kinderjahre in seinem Gemüt an Gewicht verloren. Seine bereits früher erworbenen Kenntnisse in zwei Fremdsprachen hatten ihn bald Kontakt finden lassen zu Englisch und Französisch sprechenden Mitschülern, die Pausen in seinen Mitteilungen waren auch von diesen als Denk- oder Besinnungspausen verstanden worden. Die Zeit seiner Pubertät hatte ihm zusätzlich Entspannung beschert, denn ein „Stolpern" hatte man nun der entwicklungsbedingten Instabilität der Stimme und dem unkontrollierbaren Wechsel der Stimmlage zugeschrieben. Als das Sprechen in tieferer Tonlage Normalität geworden war, hatte sich die gewonnene Gelassenheit eingeprägt in sein Wesen, festigte seine Persönlichkeit und begleitete ihn durch die folgenden Jahre.

Hermann, des ersten Hermann Schusters Urenkel, Antonios Neffe, Schreinermeister in der vierten Generation, hatte zum Ende dieses Jahres die Umbaupläne fertiggestellt, durch welche die Schreinerei eine umfassende Modernisierung erhalten sollte, eine logistische Arbeit, denn die zu erwartenden Aufträge durften nicht vernachlässigt werden. Er war jetzt neunundzwanzig Jahre alt, verheiratet seit drei Jahren und Vater zweier Söhne, das dritte Kind wurde erwartet.

Die Holweiser Bäckerei hatte Helenes ältester Sohn übernommen, sie selbst half seit der Heirat ihrem Mann in der Gaststube.

In den letzten Novembertagen dieses Jahres 1980 starb Rosemarie, und die Trauer in dem Haus, in dem sie fast einundachtzig Jahre gelebt hatte, war groß. Rosetta, das Mädchen, das ihr vor fünfunddreißig Jahren kurz vor Weihnachten der gütige Himmel in die Arme gelegt hatte, verließ drei Wochen später Holweis, kehrte, so wie sie es ihrem Vater versprochen hatte, zurück und erreichte Bergamo zwei Tage vor Heiligabend. Am Tag ihrer Abreise wusste Antonio sich nicht zu fassen und rief abends Burgwaechter an in Bonn, der trotz der späten Stunde zu seinem Freund nach Holweis fuhr; er würde dort übernachten, denn sein Haus, „die Burg", war leer geräumt, ein Makler mit dessen Verkauf beauftragt. Burgwaechter kannte die Geschichte von Rosettas Ankunft und Aufnahme, die ihm von den Mitgliedern der Familie in vielerlei Facetten erzählt worden war. Als er kurz vor Mitternacht bei Antonio eintraf, fand er auch Georg vor; Helene war nicht mehr auf, sie hatte gesagt, dass es besser sei, die Männer allein zu lassen. Sie gaben sich nicht die Hand, die drei, nickten einander nur zu. Rosemarie, sagte Antonio einige Stunden später, war es gewesen, die damals vom gütigen Himmel gesprochen hatte. Er weinte, und er sagte: „Jetzt ist sie zu Hause", und Georg und Burgwaechter wussten in diesem Augenblick nicht, ob er Rosemarie oder Rosetta meinte. Sie schwiegen. Antonio saß da am Tisch, Tränen liefen noch über sein Gesicht, aber er lächelte und schaute auf. Er sagte: „Ja, er ist gütig." In Antonios Augen, sagte Georg später, sei ein Licht getreten, das sie gleichsam durchsichtig hätte erscheinen lassen; sie hätten eine andere Wirklichkeit gesehen.

Am Morgen des 31. Dezember erhielt Burgwaechter einen Anruf seines Maklers. Ein Käufer für sein Haus war gefunden. Nach Beendigung des Gesprächs behielt er den Telefonhörer in der Hand, ihm war, als sei etwas nicht abgeschlossen, als sei noch etwas zu tun, aber jetzt wusste er es. Es war etwas, das er allein tun musste. Zu Valérie sagte er, er fahre nach Holweis, sei aber am Abend, an dem sie Gäste erwarteten, wieder in Bonn. Er fuhr sicher und besonnen. Er hatte Zeit. Er wollte Abschied nehmen von seinem Haus.

Ohne den Kopf zu heben, ohne aufzuschauen hielt ich die Blätter. Immer hatte ich eine gelesene Seite unter die letzte gelegt, wodurch die Höhe des Stapels sich nicht gemindert hatte. Still saß ich da, nur meine Finger strichen an den Seitenkanten entlang. Mir war, als hätte ich eine Frage an die Blätter in meinen Händen – oder wie anders war das Zögern, das Warten, eine Ratlosigkeit sogar, eine Verwunderung zu erklären? Entlang der Kanten der Seiten fühlten die Finger, spürten die Riffelung dieses Randes, sodass ich an ein Ding aus Holz denken musste, an quer geschnittenes Holz, eine Baumscheibe also, an welcher Jahresringe sich ablesen lassen. ‚Jahresringe‘, wiederholte es sich wie ein Echo in mir, ‚Jahresringe dieser Leben, dieser Schicksale, die hier, auf Papier gesetzt, zwischen meinen tastenden, sie befragenden Fingern liegen‘.

So nah war mir die Frage, dass ich zu spüren glaubte, wie sich ihre Worte in meiner Mundhöhle wälzten, aber unerkannt und wie trockene Steine, und so dringend wollte ich weiterlesen, wie ich zuletzt ohne Unterbrechung Seite um Seite gelesen hatte, dass mir das Zögern, das Warten unerträglich erschien und meinem ungeduldigen Hirn ein Streich einfiel: Die sich mir zäh widersetzende Frage, riet es mir, ließe ich außer Acht, die Antwort sei schon vorhanden, gewiss; in den Lüften dieser durchsonnten Nachmittagsstunde, da stehe, da schwebe sie, so, wie sich in einer früheren Stunde dieses Tages ein „…heim…" geschrieben hatte in die sonnendurchwirkte Luft, nur ein beschwörender Blick von mir müsse sie aufleuchten lassen; und ich riss tatsächlich die Augen auf in dem einen Willen, die Antwort zu kennen, sodass sich ein Fragen erübrigen würde und die Antwort mir gegenüber stünde als nur eine Zeile, eindeutig zu entziffern, glänzend und klar.

Vor dem Hintergrund aus Grün und Blau und dem zarten Bunt über den Gräbern hing oder schwebte im Licht und der Luft des Nachmittags in solcher Entfernung ein Bild, dass die Malerei oder Zeichnung nicht zu erkennen war, ein Bild sah ich da (und war weniger erstaunt als enttäuscht und verärgert), anscheinend gerahmt, das sich, indem ich es wahrnahm, gleichmäßig, wie über einen mir nicht sichtbaren Seilzug geführt, langsam auf mich zu bewegte. Indem ich es nicht losließ mit meinem Blick, beschleunigte sich seine Fahrt, dass mir die Darstellung darin vor den Augen verschwamm, oder vielleicht weigerte ich mich, sie wahrzunehmen, denn es war ja nicht ein Bild, ein Gemälde, das ich erwartete, sondern die mir eindeutig präsentierte, also in Schrift gesetzte Antwort, die ich sehen, die ich kennen wollte.

Es half kein Öffnen und Schließen oder Blinzeln der Augen, kein brennender Blick: Wie auf einen Bildschirm projiziert stand vor mir, nur über den kiesbestreuten Weg unter meinen Füßen hinweg, das Bühnenbild der zuletzt betrachteten Szene, das doch gar nicht hierhin gehörte, sondern drüben hin, auf den weiten Sandplatz, der sich da breitete ohne Gestühl, auf den jetzt gewiss auch schon längere Schatten fielen und in Streifen das Nachmittagslicht. Dorthin, wollte ich, sollte mein Blick das unerwünschte Bild transportieren und bannen, aber schon hatte sich mir die Aussicht auf den Platz gänzlich verschlossen, so als sei nicht ein roter, sondern ein sandgrauer Vorhang vor meinen Augen gefallen.

Widerstrebend, denn wie pure Zeitverschwendung erschien es mir, blickte ich hin zu dem schwebenden Ding, in Ablehnung des Bildes auf den Rahmen zunächst, der unverkennbar und nicht zu verleugnen dem des Bühnenaufbaus glich, und über dieses Wiedererkennen glitt mein Blick hinein in das Bild, das bei flüchtigem Schauen oder auf große Entfernung unverändert hätte erscheinen können.

Aber es war nicht entfernt und mein Blick nicht mehr flüchtig, als er das Laubdach, die Stämme, das Unterholz wiederfand und die helle Gestalt der Frau. Ein Beben setzte in mir ein, überraschend und unerwartet, denn sie stand umgewandt und blickte in meine Augen und ließ sie nicht los, dass sie abzuwenden mir unmöglich erschien. Alles an ihr nahm ich dennoch wahr: den hellen geschlossenen Mantel, die bequemen rehbraunen Schuhe, die schmalen Fesseln darüber und ihr Haar, das sich über dem hohen Kragen bauschte. Ich erfasste die Züge ihres Gesichts, die mir vertraut erschienen, möglicherweise, weil ich mir, als ich sie in den Wald hinein hatte gehen sehen, schon ein Bild von ihm gemacht hatte. Immer nur in dieses Gesicht musste ich blicken, allerdings fand nirgendwo, nicht in den hohen Bäumen, im Unterholz nicht, auch nur eine Bewegung statt, selbst die Frau rührte sich nicht.

Aber ihre Augen, durchfuhr es mich, ihre Augen waren Leben genug. Es war nicht so, dass sie in übermäßiger Weise Tatkraft, Vitalität, Energie ausstrahlten, nein, etwas Dauerhaftes sprach aus ihnen, das sich jedoch zugleich ganz im Augenblick befand, Ruhe und Gewissheit nahm ich wahr und eine anscheinend tief begründete Freude, ja, sie war es, dass ich immerzu hinschauen musste, diese Freude, für die ich überhaupt keinen Anlass sah.

Unverändert schauten die Augen. Ringsum regte sich nichts. Erst als ich meinen Blick abwenden wollte, ratlos, hilflos, weil ich ihren Blick nicht verstand, bildete sich in mir ein Gedanke, der sagte, dass ein äußerer Anlass solchen Blick nicht hervorzurufen vermöchte, solchen Blick in Stetigkeit und Gewissheit als Begleiter dieser Freude, dass es nur eine Ursache dafür gebe, tief im Innern dieses Menschen und in sicherem Boden verankert. Ein großes Staunen durchflutete mich, denn diese Freude, diese Gewissheit – sie schienen unerschöpflich, sie drängten herüber zu mir und würden, dessen war ich mir sicher, nichts verlieren dabei, wenn sie aus den Toren der Augen mir gegenüber einträten in die Tore meiner Augen.

Ich aber senkte den Blick. Dies war mein Leben nicht, nie hatte ich solche Augen gehabt. Mein Blick, wusste ich, war verhangen gewesen im stürmischen Schritt durch die Jahre, oder vielleicht, vielleicht nur hatte ich einmal und vor sehr langer Zeit einen ähnlichen Blick gehabt, wenn sich Seen und Sterne darin gespiegelt hatten. Mit solchen Augen, mit einem Stück Papier in der Hand, auf das die Namen der erschauten Sterne geschrieben waren, die das Kind aus der Tiefe gehoben hatte, war es ins Zimmer der Eltern getreten und abgewiesen worden von deren Augen. Mit einem anderen Blick, strahlend wie ein Ring in Rot und Gold, hatte es Freude bringen wollen in die trüben Gesichter der Eltern, aber die Worte, die aus den Mündern ihrer Masken fielen, waren grausam gewesen. Und später, im Internat, als in einer Deutschstunde ein Pfahl aus Eis gewachsen war in der Brust des Kindes, da hatte es im Korridor des Schulhauses durch einen gewaltigen Sprung ein Kind verlassen, das zurückgeblieben war auf den braun marmorierten Fliesen und dem fliehenden Kind nachgeschaut hatte mit einem stillen, gewissen Blick, dessen Ausdruck ich damals wahrgenommen, mir aber nicht hatte erklären können.

Zögernd suchte ich die Augen mir gegenüber. Sie waren näher gekommen, obwohl der Bildschirm seine Position nicht verlassen hatte. Die Gestalt der Frau nahm den Großteil der Bildfläche ein, nur ein wenig Grün und Braun und Dunkel umrahmten sie. Hatte sie meine Gedanken gelesen? Am Grunde ihrer Augen, jetzt erkannte ich es, lag der Blick des verlassenen Kindes im Korridor des Internats, und hinter dem Schleier aus Ernst und Einsamkeit ruhte in der Tiefe etwas anderes, das fraglos und unzerstörbar war und von dem es in Treue, in fragloser Gewissheit nicht lassen würde.

Ich überlegte nicht, wie die Aussage im Blick des Kindes in den der Augen mir gegenüber geraten war oder wie es geschehen konnte, dass in beiden Augenpaaren der gleiche Ausdruck lag, ich wunderte mich auch nicht darüber. In den vergangenen Stunden seit heute Morgen war mein Gesichtsfeld über die gewohnten Grenzen hinausgewachsen, waren die üblichen Maßeinheiten von Zeit überschritten worden, und die Dinge um mich her hatten gezeigt, dass ihre Oberflächen dünnhäutig waren und dass hinter diesen – gewaltig und frei – Ungeahntes wirkte und möglich war.

Ja, es war möglich, sagte ich mir, getragen von den Ereignissen dieses Tages, mir begegnete der Blick meiner Kinderzeit, er war hier, in den Augen mir gegenüber, und er sagte mir – denn solche Intensität lag darin –, dass es immer noch mein eigener Blick, dass eine Zwischenzeit von Jahrzehnten ohne Geltung sei. Als müsse es sich mir in Erinnerung bringen, wollte mein Hirn widersprechen, aber auch ein anderes Wissen war in mir erwacht, regte sich wie nach langem Schlaf, sagte: ‚Es ist möglich', und wiederholte den Satz vielmals.

Jetzt schlug ich die Augen nieder. Wie kleine Schauer durchliefen mich diese drei Wörter, die nicht mehr nur Wörter waren, vielmehr Wissen, Gefühl. Mir war, als flösse diese freundliche Klarheit weit in mich hinein und verdrängte die Schatten aus einem von wenigen Lichtpartikeln kaum erhellten Raum.

Es war nun nicht so, dass ich dies in verträumter Hingabe erlebte, vielmehr bemerkte ich eine neue hellwache Bewusstheit, die alles Empfinden, wie auch die Freude, die mich durchfloss, beobachtete, erkannte und registrierte, und mir als nächsten Gedanken – selbstverständlich und unspektakulär – die Erkenntnis präsentierte, alle Ursache hierfür liege in mir. Bewusst war mir ebenfalls, dass darüber überhaupt kein Zweifel bestehen konnte, denn ich vermochte sehr klar zu unterscheiden, ob ich etwas außerhalb meiner selbst wahrnahm oder tief in mir erlebte.

Mir fiel auch ein, welche Frage ich an die gelesenen Seiten hatte stellen wollen, nein, an die Menschen, die mir übers Lesen der Seiten begegnet waren. Antonio und Burgwaechter, Rosetta und Georg, Michael Gebauer und seine Helene, Valérie, Rosemarie, o ja, Rosemarie, sie und viele der anderen hatte ich befragen wollen, wie es ihnen gelang, ihr Leben, wie es ihnen gelang, so zu leben, dass ich fasziniert hatte hinschauen müssen, fasziniert und doch ratlos.

Aber es gelang mir noch immer nicht, konkret und für mich akzeptabel, meine Frage zu formulieren, nur die banalsten Worte fielen mir ein und klangen naiv und kindlich und wie ein hilfloses Gestammel, also etwa: „Wie macht man das – wie geht das – das Leben?", und als ich überlegte, warum mir nicht eine differenziertere, möglicherweise nur elegantere Formulierung einfiel, sah ich das Kind im Korridor des Internats vor meinen Augen, das diese Frage schon lange in sich getragen hatte, ohne davon zu wissen. Die Worte meiner Frage, sie waren die ungeschliffenen Worte des Kindes aus seinen frühesten Tagen, als es die Frage gespürt, aber nicht genannt, nicht einmal gedacht hatte. „Ich bin" hatte es erst gesagt, als seine Schritte es in die gläserne, starre Welt geführt hatten, nachdem ein früheres „Ich bin" von den hilflosen Eltern abgelehnt worden war.

Zwei kühle Rinnsale aus Tränen liefen über mein Gesicht, Kindertränen, helle Tränen, und die schwarzen Bruchstücke ungelenk gesetzter Schriftzeichen, die ich in sie hineingeschrieben sah, schienen aus den gestammelten Worten des Kindes genommen.

Die gelinde Luft der Nachmittagsstunde trocknete mein Gesicht, Ruhe kam über mich, ich lehnte mich zurück auf der Bank und schaute weithin über die Zäune der Hecken und bewaldeten Hänge in ein tieferes Blau, das wolkenlos war und klar. Bild, Bildschirm und sein Rahmen waren verschwunden. Nicht verschwunden waren die Augen, sie waren in mir. Mir war, als befände ich mich auf einem Weg nach Hause und die Heimat wäre nicht fern. Eine kleine Anzahl von Wörtern bewegte sich in mir, ‚Ja, es ist möglich', und war eine Melodie, sehr einfach und schön, unaufdringlich und darum verlässlich.

Ich erschrak, als in meine Gelassenheit ein Zweifel eintrat, der, plötzlich erwacht, mich befragte, ob meine Zuversicht bliebe oder ob sie einbräche in der nächsten Stunde, am nächsten Tag oder bereits durch diese Frage. Eines aber, tröstete ich mich, besaß ich, das war das eben Erlebte, dessen ich mich würde erinnern können, das ich wirken lassen könnte in mir, bis, bis es …, ach, ich brach ihn ab, den Gedanken, denn vieles zu lesen wartete noch, bevor das Tageslicht nachließ, bevor sich Dunkelheit legte über die Schrift, über Friederike und mich.

Als ich mich den Seiten in meinen Händen zuwandte, fiel mir etwas ein, das mich innehalten ließ in der Bewegung. Nicht alles aus der Bühnenszene war auf dem Bildschirm zu sehen gewesen. Etwas hatte gefehlt, das in dem Dunkel unter den hochragenden Stämmen als heller Fleck, als heller Schemen erschienen war; der Korb- oder Kinderwagen, auf den die Frau im hellen Mantel all ihr Merken, ihren unbeirrbaren Willen gerichtet hatte, war nicht abgebildet gewesen. Gefehlt hatten ebenso die Schatten der schleichenden, witternden Wesen im Dickicht; und ich, erinnerte ich mich, ich hatte, indem ich immerzu nur in die Augen geschaut hatte mir gegenüber, beides tatsächlich vergessen.

Ich schob die zuletzt gelesene Seite unter den Stapel in meinen Händen und hielt zwei leere Blätter zwischen den Fingern. Verwundert betrachtete ich sogar deren Rückseiten, ob ich da zumindest einen Hinweis zu einer Erklärung fände. Hier, dachte ich schließlich und blickte still auf das Weiß, hatte Friederike etwas verschwiegen, das sie unberührt lassen oder später benennen wollte. Ein Versehen ihrerseits schloss ich aus, und seltsam: Indem ich ihr Schweigen akzeptierte, geschah es, dass die Seiten in meinen Händen meine Seiten wurden, weiße Seiten, auf denen Zeichen entstehen wollten, zögernd, weitere erwartend, ‚Wortsterne', dachte ich. So lange schon hatte ich sie nicht mehr gerufen, sie erwartet, die Freunde. Vorsichtig legte ich die Blätter ab, lauschte in die Stille in mir. Dann las ich weiter.

XVI

Wolkiges Rot zog in das Wasser, stärkeres Rot schwemmte nach, Fäden, dunkelrot, glitten schneller dahin. Das Wasser in der Wanne war kalt, weil Blut sich nur in kaltem Wasser aus Stoffen löst.

Anfang Juli 1986, achtundsechzig Tage nach Konrads Tod, hatte Friederike die Tasche geöffnet, die seine Kleidung, die er am Unfalltag getragen hatte, enthielt. Fetzen waren dabei, die sich angefühlt hatten wie hartes Laub zwischen den Fingern an frostigen trockenen Wintertagen.

Sie war allein im Haus, das auch nach fünf Jahren – seit dem Kauf durch Konrad und Friederike – im Dorf noch immer „die Burg" hieß oder „das Burgwaechterhaus". Philipp, der Bruder ihres Mannes, sein Abbild in ihrer Wahrnehmung, die jeden Zug von Fremdheit in diesem Gesicht, an dieser Gestalt nicht erkennen wollte, Philipp, der nur mit kurzen Unterbrechungen um sie war seit jenem Nachmittag vor achtundsechzig Tagen und das im Nordwesten des Hauses gelegene Gästezimmer bewohnte, er war wieder unterwegs in den Geschäften, die nach dem Tod eines Menschen getan sein müssen, und die, wie er versicherte, bald abgeschlossen sein würden.

Dunkleres Rot trat aus der Kleidung, die ihre Erstarrung nun aufgab im Wasser und in sachte Eigenbewegung geriet. Hier senkte und streckte sich ein zerrissener Jackenärmel, dort ein Fetzen des Hemds und entließ neues Rot in das umgebende Element, das bereit war, meinte Friederike zu spüren, Verhärtungen, Verkrustungen zu lösen, bereit, erstarrtes Blut wieder fließen zu lassen, es aufzunehmen, weil es die Erinnerung in sich trägt an ein Meer und an die Gezeiten des Lebens.

Durch das breite niedrige Fenster des Badezimmers, das an der nördlichen Seite des Hauses lag, sandte der dahinter aufsteigende, von der Nachmittagssonne durchglühte Hang Licht in den sonst schattigen

Raum, ein undeutbares Licht ohne direkte Quelle, das Friederike wie aus einer Traumsequenz genommen erschien. Sie neigte sich über die Wanne, wieder senkte sich ein vordem verknäultes Kleidungsteil, von Nässe durchdrungen, ins Tiefere und färbte das Wasser dunkler. Nur hier und da noch ragten Teile kräftigeren Stoffes empor, die sie nicht mehr an Laub, sondern an Holz erinnerten, sich auch anfühlten wie Holz, altes Holz, erstarrt unter Blut.

In dem seltsamen, wie mit einer Ahnung von Goldstaub durchwirkten Licht verlor sich dieser Gedanke, und sie senkte ihre Hand auf dem harten, aus dem Wasser noch aufragenden Kleiderknäuel tiefer, auch dies sollte sich dehnen im geduldigen Element, und das Rot, das langsam austrat aus den Rändern des schweren Stoffes, war das Rot dunkler kostbarer Rosen, und tatsächlich meinte sie, ein Duft aus Rosen stiege auf davon, solcher, der ausströmt kurz bevor sie verwelken, und stiege auf in das Licht um sie her, und kein Erstaunen, eine Verwunderung darüber erfüllte sie, während sie zusah, wie das dunkle allmählich in Wolken oder Wellen zum helleren Rot hinüberzog. Sie neigte sich tiefer, streckte auch die andere Hand hin ins Wasser, das weich war und kühl und jetzt gänzlich gefärbt von Konrads, ihres Mannes, Blut. Es war nicht sein Tod, den sie an ihren Fingern, ihren Handflächen spürte, es war sein Leben. Liebe und Hingabe kamen über sie, und zugleich fühlte sie sich in eine Leichtigkeit gehoben, die ein ans Irdische gebundenes Denken und Empfinden überstieg.

Tiefer senkte sie den einen, den anderen Arm, richtete sich auf, streifte ihre Kleider ab bis auf ihr Hemd und stieg hinein in das Rot, in das Wasser, das kleine Strudel bildete um ihre Füße, ihre Beine und sie kühlte. Sie ließ sich hinab, verschob sachte die Kleider, die Fetzen und streckte sich aus mit Vorsicht, so, wie man sich neben einem Schlafenden niederlässt, behutsam, um seinen Schlaf nicht zu stören. Still blieb sie liegen. Rotes und Rötliches durchdrangen sich, umflossen, überspülten ihren Körper, und indem sie dem zusah, war es ihr, als gäbe es keine Grenze mehr zwischen ihrem und Konrads Blut.

Das Licht im Raum schien an Intensität zu gewinnen, die Zahl der Goldstäubchen darin sich ins Unzählbare vervielfacht zu haben. Weiches kühles Rot umgab ihren Körper, Duft wie von Blüten atmete sie, Goldstaub durchwebte den Raum; sie schloss die Augen. Ähnliches hatte sie schon einmal erlebt: Duft aus Blüten, die Luft aus Gold und Konrads Haut an ihrer Haut, bis es den Gedanken an Haut und Haut nicht mehr gab, nur einen Körper noch und ein pochendes Herz und eine durch Sphären aus Goldstaub und Duft gleitende Erlösung, während der sie in eine Wolkenlandschaft hinüberglitt. Füße aus gebündeltem Licht eilten darüber, Füße von Engeln, hatte sie gewusst, die weich nachfedernde Spuren im Gewölk hinterließen als Zeichen eines erhörten Gebets am Ende eines Tages, den ein Streit zwischen ihr und Konrad verdunkelt hatte bis zum versöhnenden Gespräch am Abend.

Indem Erinnerung erwachte und sich daraus Begriffe ihrem Bewusstsein näherten – Tag und Abend, Streit und Versöhnung – empfand sie ein Frösteln im kühlen Wasser, aber noch einen Augenblick, nur einen Augenblick noch würde sie bleiben, eins sein mit ihrem Mann, bei geschlossenen Lidern, die den Goldstaub filterten zu Licht aus Gold, das bis in ihr Herz drang, und in diesem Blütenduft von beinahe schmerzhafter Süße, den sie auf den Lippen zu schmecken meinte.

Sie schrie. Hände griffen sie, rissen sie heraus aus dem Wasser, fassten kräftiger zu. „Du Verrückte", keuchte der Mann, „du Verrückte!" Näher kamen der Körper, das verzerrte Gesicht. Er schüttelte sie. „Nur ich weiß, wer du bist! Du Wahnsinnige, du Verrückte!" Seine linke Hand presste ihre Schulter, ihren Oberarm stärker, die rechte riss an seinem Gürtel.

Nur einmal hatte Friederike geschrien. Sie stand auf den Fliesen des Badezimmers, aus ihrem Hemd tropfte Dunkles auf ihre Füße. Sie blickte den Mann nicht an. Sie blickte in den Raum, der sich verändert hatte. ‚Dieses graue Licht', dachte sie, ‚es macht, dass alle Dinge hier ihr Leben verloren haben. Dieses Regal da aus Korbgeflecht, das sieht aus wie aus rostigen Drähten gemacht, und die Dinge darin, die wirken wie mumifizierte Reste ehemaligen Lebens.' Es war Friederike bewusst, dass seit ihrem Schrei nur wenige Sekunden vergangen waren, und bewusst war ihr zugleich, dass ihr die Sekunden erschienen waren wie die Zeit einer Reise zu einem anderen Planeten, auf dessen Oberfläche ihre Füße jetzt standen, dessen trübes Licht jedes Ding in trostloses Grau verwandelte.

Das Gefühl des Fremdseins im eigenen Raum und eine große Verwunderung über dies, das hier geschah, bewirkten, dass sie überhaupt keine Angst mehr empfand und ihr Körper sich straffte, obwohl die Hand ihre Schulter noch immer umklammert hielt. Sie richtete den Blick auf diesen Menschen, der viel zu dicht vor ihr stand, auf seine Schuhe zuerst, die glänzten, auf die korrekte Bügelfalte der Anzughose, auf die metallene Schließe des Gürtels, die schon geöffnet war, am Leder baumelte und die Form einer Acht zeigte, die sie an Handschellen denken ließ. Die rechte kräftige Hand arbeitete am Bund der Hose, an einem widerspenstigen Knopf, verlangsamt aber, wie sie meinte, wie auch das vordem starke Keuchen nachzulassen schien. Sie hob die Augen, blickte in ein gerötetes, schweißnasses Gesicht, Philipps, ihres Schwagers Gesicht, das ihr völlig fremd erschien, blickte auf einen haltlosen, verzerrten Mund, der wieder Worte hervorstieß, als müsse ein Moment der Unsicherheit überwunden werden: „Komm, du, du Verrückte, komm!", und ihrem Gesicht so nahe kam, dass sie nur noch eine wilde Landschaft zu sehen meinte und einen scheußlichen Atem roch aus Alkohol und Verwesung. „Du bist nicht Konrad", sagte sie in das Gesicht hinein und hörte ihre eigene Stimme deutlich und klar hallen im Raum, als spräche sie in die Weite eines Auditoriums.

Philipp sah in Augen, die durch seine Augen hindurchblickten, und hörte den Nachhall einer Stimme, die keinen Einwand kannte. Stimme und Augen, Friederike spürte es, sie trugen zu seiner Erschütterung bei, aber es waren die Worte, die über ein Erbeben der großen Gestalt zu einer Erschlaffung des Körpers führten, zu einem Zusammenbruch der Züge dieses Gesichts, das die Farbe gewechselt hatte und nicht einer wilden, sondern einer Landschaft aus Asche glich, mit deren Staub ein Wind nachlässig spielte und alle Konturen verwischte. Schroff, wie einem scharfen Befehl folgend, wandte er sich ab, hin zur Tür, glitt aus auf den nassen Fliesen, fing sich im letzten Augenblick; durch den Schwung, in den sie geraten war, schlug die Handschellenschließe klirrend gegen die Klinke der Tür. Seine stolpernden Schritte verhallten im Flur.

Friederike blickte um sich im Badezimmer, gewahrte, dass das Licht im Raum nicht mehr erhellt durch Goldstaub, aber wieder ein freundliches war und das Regal nicht aus rostigem Draht gemacht, sondern aus schön gebogenem weißem Korbgeflecht. Ihr Blick fiel auf die dunklen Rinnsale auf den Fliesen, verfolgte deren Lauf zurück über ihre Füße, die Beine und bis zum Saum des Hemds, an dessen Rand sich noch immer Nässe sammelte, bis da und dort ein Tropfen wuchs und seinen Weg abwärts nahm, und erst jetzt kamen Erschauern, Entsetzen, eine Schwäche über sie, dass sie sich niedersetzte auf dem Rand der Wanne und die klammen Finger gegen die Oberschenkel presste. Sie bebte, sie fror, aber sie zwang sich, hinzuschauen auf jede Sequenz des Durchlebten: ihr Liegen im Wasser, umflossen von Rot – ein Licht, durchwirkt mit Staub von Gold – der Duft von Rosen an der Schwelle ihres Verwelkens – Hände mit hartem Griff und ein Schreck, ein Schrei, ein Schmerz und drohende Nähe des Mannes, des heißen Gesichts, des

Mundes, aus dem Wörter wie Steinwürfe fielen – die hastig arbeitende rechte Hand –. Im Augenblick ihres Schreis, erkannte sie jetzt, hatte sie es gewusst, wer sie überfiel, und hatte es doch nicht gewusst oder nicht wissen wollen, denn dies konnte, durfte er doch nicht sein: Konrads Bruder, ihr Schwager! Eine kühle Ruhe, die nichts anderes gelten ließ als die eigene Unversehrtheit, war in diesem Augenblick in ihr erwacht, hatte sie durchdrungen und ihrer Stimme Eindeutigkeit verliehen und Klarheit.

Als sie sich an diese gebündelte Stärke erinnerte, verebbte ihr Beben, sachte bewegte sie einen Fuß, eine Hand, bog und beugte den Leib. Sie hätte sich, überlegte sie, in ihrem Körper einen Ort denken können als Quellpunkt der kühlen Klarheit; für die Herkunft der Worte aber, die Philipp getroffen hatten wie ein Hieb, für ihre Herkunft war kein Ort zu finden. Ihr Kopf neigte sich, als ihre Gedanken in die Weite der Sphären glitten, die Lösungen schenken, ohne ein Opfer zu verlangen oder ein Flehen.

Es fiel ihr ein, dass Philipp ihre Worte, diese vier Wörter, sicherlich nicht erwartet hatte. Zumindest überraschend, dachte sie, mussten sie auf ihn, den Rechtsanwalt, gewirkt haben. War nicht Ratlosigkeit über seine Züge gelaufen, bevor sie zerfielen? Von ihr unbemerkt war er nach einer Reihe von Tagen der Abwesenheit zurückgekehrt, der Alkohol hatte Grenzen in ihm ausgelöscht, Gier und Gewalt freigesetzt, diese Vorkämpfer der Angst, einer Angst, die sie, jetzt wusste sie es wieder, früher schon als seine dunklen und mächtigen Gefährten bei ihm wahrgenommen zu haben meinte, wenn er immerzu in spitzfindiger, oft boshafter Logik Gesprächspartner hatte übertrumpfen, Überlegenheit unbedingt hatte ausspielen wollen. Eine andere Logik, dachte sie, fern jeder Berechenbarkeit, eine andere Weisheit hatte gewirkt, als die Worte sich in ihr gebildet und ihre Lippen verlassen hatten.

Sie spürte, dass sich ihr Mund in einem Lächeln entspannte. Zuversicht zog ein in ihr Herz. Sie erhob sich und wandte sich um, öffnete den Ablauf der Badewanne und sah zu, wie der rote Wasserspiegel sank. Die tropfenden Kleider und Fetzen legte sie in die kleine Wäschewanne – morgen früh würde sie alles begraben oben im Hang.

Als sie in die Wanne stieg, um unter warmem Wasser zu duschen, fiel ihr noch etwas ein. Ihr jetzt rötlich gefärbtes Hemd legte sie hin zu Konrads Kleidern; dann öffnete sie den Wasserhahn.

Sie war kurz nach Sonnenaufgang aufgestanden und lehnte im Rahmen der Tür zum Musikzimmer im „Turm", Burgwaechters früherem Arbeitszimmer. Frühlicht ließ die Konturen, die Farben der Dinge im Raum weich erscheinen, als seien sie noch in der Phase ihres Erwachens, und die goldbraune Oberfläche des Flügels rosig.

Rosig war auch das Wasser gewesen, das aus den Kleidern tropfte, die sie eben abgelegt hatte, oben auf dem Hang hinterm Haus. Das Rosige hatte den Tau auf den Gräsern gefärbt, war an den Blättern, den Stielen abwärts gelaufen hinab in die Erde, die trotz der frühen Stunde warm war in diesen langen heißen Sommertagen. Gleich, nach dem Tee, würde sie die Kleider begraben.

Auf dem Weg zur Küche horchte sie hinüber zum Gästezimmer, zum kleinen Bad dort – da regte sich nichts. Sie trug Teekanne und Tasse auf die Terrasse hinaus, die durch den noch niedrigen Sonnenstand zum großen Teil beschattet war durch die Baumkronen im Osten des Grundstücks, und schob Tisch und Stuhl in einen Sonnenflecken nah an der Hauswand, denn obwohl sie ihre Jacke um die Schultern gelegt hatte, fröstelte sie. Wie anders und nahezu unerträglich, dachte sie auch heute Morgen wieder, mussten in diesen heißen Tagen die Temperaturen in Oberhausen sein, wo sie bis zum Abitur zur Schule gegangen war, oder etwa im Kölner Raum; in Köln hatte sie das Konservatorium besucht und seit Ende des Jahres 1965, seit ihrer Heirat, südlich der Stadt, im Vorgebirge zwischen Köln und Bonn, mit Konrad gelebt, bis sie beide 1981 nach Holweis gekommen waren. Hier stieg in den Nächten aus den Wäldern, den Wiesen, den zahlreichen Bächen kühler Atem auf, eine leise Luft trug ihn zu den Höhen und über die Felder und in die Dörfer, wo die Fenster geöffnet wurden am Abend und geöffnet blieben bis in den Morgen; und wenn sich am Tag die Hitze über dem Land wölbte, so blieb die Luft doch rein und leicht.

Während sie hieran dachte, fiel ihr auf, dass die heutigen Morgenstunden anders waren als die der vorhergehenden Tage. Rein und leicht wie die Luft ringsum, so sah es aus in ihrem Herzen, in ihrem Gemüt. Denn als trüge sie einen Tarnmantel, so war sie an allen Tagen seit Konrads Tod an der Kammer neben dem Bad vorübergegangen, und hatte sie die doch einmal öffnen müssen, so war es gewesen, als hinderte ein seitwärts geschlossenes Visier ihren Blick hinüber zum Schrank, in dem die Tasche mit Konrads Kleidern bis gestern gestanden hatte.

Nicht ein einziges Mal hatte sie überlegt, wann der Zeitpunkt sie zu öffnen kommen würde, und die Gewissheit, dass er käme, war weniger ein Ergebnis des Nachdenkens gewesen, als – trotz Konrads Tod – das des Vertrauens in die wirkenden Mächte hinter den Erscheinungsformen der Dinge, die sie sich nicht nur als in der Ferne webend dachte, vielmehr ebenso als Anteil ihres eigenen Wesens, gleichsam als Erbteil des ewig Schöpferischen.

Gestern, am frühen Nachmittag – es war so still und friedlich gewesen im Haus ohne Philipps betriebsame Gegenwart –, da war sie in das Musikzimmer gegangen und dann, als führte sie jemand, zum Flügel. So langsam, als folgte sie einer inneren Weisung, hatte sie sich auf der Bank davor niedergelassen, die Hände gehoben, gesenkt, die Finger hatten zu spielen begonnen, ohne dass sie, Friederike, ein Musikstück bewusst ausgewählt hätte, und bei den ersten Klängen schon, die sich erhoben, war ihr Herz ausgeleuchtet gewesen von friedlichem Licht. Und wieder, wie von einer inneren Stimme geführt, hatte sie die Hände von den Tasten genommen, ihren Sitz verlassen, war durchs Esszimmer und hinüber zur Kammer gegangen, hatte die Tür geöffnet und dann die des Schranks und hatte die Tasche gegriffen, sie ins Badezimmer getragen, die Riemen gelöst und die Kleider in die Wanne gelegt und den Ablauf geschlossen, den Wasserhahn aufgedreht – nicht, um die Stoffe zu säubern, nein, ihre Starre, ihre Härte sollten sie verlieren im kühlen, im klaren Wasser. Bei alledem hatten die gespielten Klänge sie begleitet, ganz natürlich wie ihr Atmen, die ersten Klänge aus dem dritten der „Liebesträume". In dem Zustand des Enthobenseins hatte sie am Rand ihres Wahrnehmungsfeldes schemenhaft Bilder erkannt aus einer Stunde an einem Sonntagvormittag, an dem sie und Konrad sich zum ersten Mal begegnet waren und sie die „Liebesträume" gespielt hatte, diese Komposition von Liszt, und sie hatte sich – im Bad bereits über die Kleider in der Wanne gebeugt – vage daran erinnert, dass sie beide dieses populäre Stück nie als Omen hatten ansehen wollen (das war ihnen zu banal gewesen), sondern als freundlichen Begleiter auf ihrem gemeinsamen Weg. Dann war sie in das rote Wasser gestiegen, hatte darin gelegen, bis Philipp – nein, sagte sie sich, hieran würde sie später denken, und um dies zu bekräftigen für sie selbst, verließ sie ihren Terrassenplatz.

Indem sie durchs Haus ging bemerkte sie, dass sie heute, im Gegensatz zum gestrigen Nachmittag, ganz bewusst Entscheidungen traf, und das Gefühl von Leichtigkeit, von Klarheit in ihrem Herzen schien sich noch heller auszudehnen in ihr.

XVII

Im kleinen Geräteschuppen, der westlich des Hauses im Hang stand, trat sie in ihre Arbeitsschuhe, griff den Spaten und wanderte durch die Wiese hinauf zu den zwei Eichen, schönen, starken, dicht belaubten Bäumen, die in ihren Augen – und gewiss auch in denen ihres Vorgängers hier, dachte sie – gemeinsam mit allerlei niedrigem Gehölz einen natürlichen Übergang bildeten zu der Waldwildnis außerhalb des Grundstücks.

Als sie ein breites Rechteck gegraben hatte, trug sie die nassen Kleider hinein und bedeckte sie mit der ausgehobenen Erde. Am Stamm eines der beiden Bäume setzte sie sich nieder und blickte empor in das Astwerk über ihr, das schwarz wirkte gegen den noch durchsichtigen Morgenhimmel, blickte in das dunkle Grün und presste den Rücken gegen die rissige Borke. Am 30. Dezember 1980 – es hatten zum Mittag im Dorf die Glocken geläutet – waren sie mit dem von Burgwaechter beauftragten Makler durchs Haus und über das Grundstück gegangen, und nie, dachte Friederike, würde sie es vergessen, wie Konrads Schritte sich verzögert, wie seine Augen sich geweitet hatten, wie eine Verwunderung, dann ein Lächeln über seine Züge gelaufen waren, wie bei einem, der eine unerwartete Bestätigung erfährt, als er oben am Hang die Eichen entdeckte. Eichenholz war das Holz, das im Orgelbau verwendet wurde, und Konrad war Orgelbauer.

Seinen Berufswunsch hatte er schon bei ihrer ersten Begegnung erwähnt. Das war im Frühsommer 1962 gewesen, vor vierundzwanzig Jahren, sie und Konrad waren neunzehn Jahre alt, und als Friederike hieran dachte, war es ihr, als sei sie wieder an jenem Ort.

Eine Bekannte ihrer Mutter, eine Malerin, stellte in einem hübschen altertümlichen Café, das von einem befreundeten Ehepaar geführt wurde in einem kleinen Ort südwestlich von Münster, ihre Bilder aus und hatte sie, Friederike, gebeten – sie hatte soeben nach dem Abitur mit ihrem Studium am Konservatorium in Köln begonnen –, an diesem Sonntagvormittag der Ausstellungseröffnung zu Beginn und zu Ende der Stunde mit ein wenig Klavierspiel dem Ereignis einen festlicheren Rahmen zu verschaffen. Vorgespielt hatte sie schon häufig, jedes Mal begleitet von der wohlbekannten Angst des Künstlers, während eines Spiels plötzlich zu versagen. Um der Angst entgegenzutreten, würde sie, hatte sie sich vorgenommen, bei diesem kleinen Auftritt ohne die Vorlage der Notenblätter spielen. Die Malerin hatte Sätze aus Mussorgskis Komposition „Bilder einer Ausstellung" ausgewählt und als Ausklang den letzten der zehn Sätze, „Das große Tor zu Kiew".

Die Flügeltür des Cafés stand weit offen, und ihr war soeben das Zeichen gegeben worden, sich nun, zum Ausklang der Stunde, noch einmal an das Klavier zu setzen. Leicht liefen ihre Finger über die Tasten, ihre Augen schauten in etwas vages Wesenloses draußen, außerhalb der geöffneten Tür, um Ablenkung zu vermeiden.

Eine Katze trat ein in den Raum. Sie war, ihr Blick sagte es, der einzig wichtige Besucher, der, dessen Erscheinen innigst erhofft, aber von niemandem mehr erwartet worden war. Sie setzte ihre Schritte in Anmut, einer Tänzerin gleich, die nach der Vorstellung an die Rampe der Bühne tritt, um den begeisterten Applaus ihres Publikums in lieblicher Haltung entgegenzunehmen. Sie war von zierlichem Körperbau, schön gefärbt in Schwarz und Schildpatt und Bronze, sie schritt umher zwischen den Gästen, den Schwanz zur Standarte erhoben. Ihre bernsteinfarbenen Augen blickten, es ließ sich nicht leugnen, amüsiert.

In dem Augenblick, als das Tierchen zu ihr auf die Klavierbank sprang, sich neben ihr niedersetzte, die Augen hob und ihr kurz zublinzelte, erlosch in ihrem Hirn die Erinnerung an den Fortlauf der Noten, der Klänge. Heiß durchflutete sie der Schreck, Kälte überzog ihre Haut, dass sie fürchtete, gleich würden Hände und Arme erstarren. Aber sie spielte weiter, nein, nicht sie, ihre Finger spielten, sie spielten weiter, und dann, als in diesem zehnten Satz das „Promenadenthema" wieder auftauchte, da brach der Bann, und es war ihr alles wieder bewusst. Bewusst war ihr auch, dass die Angst vor dem qualvollen Augenblick, in dem Erinnerung plötzlich versagt, sich verringert hatte: Die Finger spielten weiter!

Die letzte Note verklang, und nun hätte sie sich erheben, verneigen sollen und warf tatsächlich schon einen Blick hinüber zum Publikum.

Neben dem Rahmen der Flügeltür, zwischen vielen Gesichtern, gewahrte sie ein helles Gesicht, ein junges, männliches Gesicht, mit dunklen Augen, die überhaupt nicht wohlwollend oder freundlich blickten, vielmehr ernst, aufmerksam, wissend. Diese Augen, fühlte sie, hatten gesehen, was mit ihr eben geschehen war. Ihre Hände senkten sich wieder, die Finger fanden die Tasten, sie hatte nicht nachgedacht darüber, was sie spielten, es war der „Liebestraum Nr. 3". Applaus erklang, sie verneigte sich und fand das helle Gesicht, die dunklen Augen nicht mehr, denn die Menschen waren nun in Bewegung geraten, umdrängten die Gastgeber, die Malerin und das kleine Buffet, das hinter dem Klavier aufgebaut war.

Ein Arm streifte ihren Arm, Haut streifte Haut, und die Berührung sagte ihr, wer sie war. So selbstverständlich wie Natur sich entfaltet, wie ein Vogel sein Morgenlied singt, so natürlich legten Barrieren sich in ihr nieder, sanft, sodass die Erinnerung an sie schon zu verblassen schien, und sie fühlte und wusste, dass sie kein kleines Mädchen mehr war, sondern eine junge Frau, die ihre Liebe zu einem Mann und zu den Mitmenschen leben würde, die Pianistin werden und junge Menschen unterrichten wollte. Dieses Wissen empfand sie eher, als dass sie es dachte, es erfüllte sie, und es war begleitet von einem Gefühl der Freude, das still und dauerhaft wärmte.

Noch bevor sie sich umwandte, wusste sie bereits, wer neben ihr stand, und dann sah sie, dass die Augen nicht dunkel waren, sondern goldbraun, von lebendigem Goldbraun, das sie zuerst an Bernstein denken ließ und dann an die Augen des Kätzchens und ihr – seltsam genug – die Frage auf die Lippen legte: „Wo ist das Kätzchen?", woraufhin in die Augen ihr gegenüber ein stilles, ihre Frage bestätigendes Verstehen trat und sie nun beide umherschauten, unter die Tische und Stühle, in die Ecken und Winkel, in die Nischen der Fenster, in die Küche sogar, zum Erstaunen der Gäste und ihrer beider Mütter (auch er war in Begleitung seiner Mutter erschienen), die jede ihrem Kind kurz darauf die gleiche Frage stellte, nämlich, wie lange sie beide sich denn schon kennten. Als sie in ihrer Suche, während der sie einander Worte zuriefen, wie: „Hier ist es nicht!" oder: „Wo ist es nur?", sich wieder gegenüber fanden, hielt er sie fest mit seinem Blick. „Wir suchen nicht das Kätzchen", hörte sie ihn sagen, und alles, was sie eben als erwachte Gewissheit empfunden hatte, leuchtete auf in ihr beim Klang der Stimme und bei diesen Worten, die in Bestimmtheit und Ruhe den scheinbaren Zweck ihres betriebsamen Vorgehens verneinten, und die Wirklichkeit hinter dem Scheinbaren bestätigten, und es war ihr, als sei die kleine Zeit der Suche nach dem Tierchen zu einem Zeitraum gewachsen von großer Weite, in welchem sie beide schon lange auf dem Weg zueinander gewesen waren.

Er nickte ihr zu, und das hieß, verstand sie, sie möge ihm folgen. Sie traten hinaus auf den Platz vor dem Café, einen verkehrsfreien Platz, und schritten da auf und nieder in einem wundersamen Schweigen, das zu leuchten begann, und wieder erschien ihr die Größe der Zeitspanne dieses Wanderns unbestimmbar, und wieder hatten sie soeben das rot geklinkerte Gebäude am Ende des Platzes erreicht, als eine feine kleine Gestalt um ihre Füße lief und sie anscheinend so bald nicht verlassen wollte. Beide begannen sie zu lächeln, ihre Augen hielten einander fest, bis aus dem Lächeln ein Lachen wurde, das sich jedem Nerv, jedem Muskel mitteilte, ein zweistimmiges Lachen, durch eine reine Oktave verschieden. Erst als sich ein Arm um ihre Schultern legte und sie hielt, bemerkte sie, dass ihr immer freier werdendes Lachen sie tatsächlich unsicher werden ließ auf den Füßen. Sie blickte in das Gesicht, das nah über ihr war und ihr tief vertraut erschien, ein kräftiges Gesicht mit regelmäßigen Zügen, einem klar gezeichneten Mund. Braune Locken, beinahe kinnlang, umrahmten es, und diese weibliche Frisur, musste sie denken, ließ es noch männlicher erscheinen.

Ihr Gelächter war verebbt, beide waren sie still geworden und blickten einander an. Ein warmer Finger berührte ihre linke Wange, ihre Stirn, und erst jetzt bemerkte sie, dass sich im Lachen Strähnen aus ihrem Haar gelöst und über ihr Gesicht gelegt hatten, die der Finger behutsam beiseite strich. Sein Blick wurde dunkler, wurde wissend und ernst, so wie sie ihn wahrgenommen hatte an dem Gesicht neben dem Rahmen der Flügeltür. Der Arm hielt sie, ohne mehr zu wollen, als sie zu halten, und das Gleiche taten die Augen, und seltsam, sie gab diesen Blick zurück – obwohl er es doch war, der sie hielt – den Blick der jungen Frau, die bereit war, auch ihn zu halten.

Als hätten sie beide auf dieses wortlose Versprechen gewartet, wandten sie sich nun ihrem Rückweg zu, sie gingen in gleichem Schritt, schweigend, hin und wieder einander die Gesichter zuwendend, wobei über ihre ernsten, gesammelten Züge ein Lächeln lief. Vor der Tür des Cafés blieben sie stehen, er entnahm seiner Hemdtasche das zusammengefaltete Einladungsschreiben und einen kurzen Bleistift von unüblicher Stärke und ovaler Form, mit breiter, kräftiger Mine, teilte das Blatt, sie schrieben ihre Namen auf und die Adressen, und die Zeichen, dachte Friederike, standen da wie in Holz geschnitzt. Jeder las des anderen Namen und sprach ihn, über das Papier geneigt, leise, als atmete er ihn in sich hinein für ein Leben.

Sie hielt den Stift in der Hand und bewegte ihn wie fragend zwischen den Fingern. „Ein Zimmermannsstift", sagte Konrad, „aus meiner Schreinerlehre. Ich werde Orgelbauer und bin jetzt im ersten Lehrjahr – aber, wo ist denn das Kätzchen?" Darüber gerieten sie in Heiterkeit, in unbeschwerte Freude, ein Glücksgefühl durchrieselte sie, und als sie wieder ins Café zu den Gästen traten, deren Zahl sich bereits verringert hatte, wandten sie sich ihren jeweiligen Freunden zu.

Es fiel Friederike jetzt auf, während sie sich in verschiedenen Gruppen von Menschen bewegten und ihrer beider Augen sich fortwährend suchten, dass Konrad, im Vergleich zu den anderen Anwesenden, ungewöhnliche Kleidung trug. Das weiße Hemd, dessen Ärmel er dann und wann in die Höhe schob, war blusig geschnitten, mit schmalem Stehkragen versehen und vorn lose verschnürt mit einer geflochtenen Kordel – ein ritterliches Hemd sah so aus, dachte sie, aber Konrad wirkte darin nicht verkleidet. Die braune Cordhose mit ihren Bundfalten war von bequemer Weite und schien zu dem Frühsommertag nicht zu passen; er trug keine Strümpfe, die Füße steckten in braunen Wildlederschuhen. Der Gegensatz zwischen weich fallender Kleidung und einer Gestalt, die Stärke und Spannkraft ausstrahlte, irritierte sie überhaupt nicht, alles schien aufs Eigenartigste und Treffendste zusammenzupassen, und sie fragte sich, wie sie auf ihn wirke in ihrem schmalen schwarzen Kleid, das sie auch zum Abschlussfest nach dem Abitur getragen hatte, mit ihrem heute zur klassischen Frisur hochgesteckten dunkelblonden Haar.

Zuletzt fiel ihr ein, woran seine Gestalt sie erinnerte: Die aufrechte Haltung des schlanken, hochgewachsenen Körpers, die ihm zweifellos innewohnende Stärke verbanden sich ihr mit dem Bild eines Baums, eines jungen Baums, der aus gesundem Boden wächst.

Die letzten Besucher gingen auseinander, und auch sie, Konrad und Friederike, verabschiedeten sich voneinander, eher flüchtig – sie wussten, sie würden sich wiedersehen.

Als sie aus der Tür traten, hörten sie hinter sich die Stimme der Gastgeberin. „Luzia", rief sie, „wo warst du nur?" Es erklangen einige Dissonanzen, als schritte etwas Leichtes auf dem Klavier über die Tasten.

‚Luzia', dachte Friederike, ‚ein schöner Name, ein Name für ein kleines Mädchen'.

Friederike presste den Rücken an die Rinde des Stammes und schaute empor in das Laubdach über ihr. Hin und wieder bewegte eine leichte Luft die Blätter, Lichtspritzer berührten wie flatternde Schmetterlinge ihre Hände, die Arme und das Gras, das Moos unter den Bäumen. Es war noch früh, denn gegen fünf Uhr war sie aufgestanden, und die Sieben-Uhr-Glocken hatten noch nicht geläutet. Sie dachte an ein Frühstück, aber die Erinnerungen, die sich aufgeschlagen hatten, lagen so offen vor ihren Augen, dass sie schauen wollte – und das lag vielleicht, kam es ihr in den Sinn, auch daran, dass sie unter den Eichen saß, Konrads Eichen.

Etwa eine Woche nach ihrer Begegnung erhielt sie von ihm einen Brief. Er begann: ‚Friederike, sehr geehrtes Fräulein Minden', und auf den ersten Blick war es kein Liebesbrief, denn im Folgenden erklärte er kurz, dass er nach der Gesellenprüfung als Schreiner jetzt über dreieinhalb Jahre in Ostfriesland das Handwerk als Orgelbauer erlerne, an manchen Wochenenden seine Eltern in der Nähe von Münster besuche, dass er am Sonntag in vierzehn Tagen um 9.53 Uhr mit dem Zug in Oberhausen am Bahnhof ankomme. Und so hatte er unterschrieben: ‚Konrad'.

‚Es ist', dachte Friederike, ‚alles beschlossen, und dass es beschlossen ist, macht unsere Geschichte tief und wunderbar. Es ist beschlossen dort, wo Liebe kein Wort mehr ist, sondern ein großer Gedanke – ein Weben und Wirken auf unerklärbaren Wegen, auf feinsten, klarsten Spuren – für niemanden sichtbar, aber von solcher Macht, dass er die Welten erschuf und hält, immer um ein Weniges, Wichtiges und Entscheidendes stärker als die der Finsternis und des Verderbens.' Das hatte sie sich schon als Kind überlegt und als Wahrheit so tief empfunden, dass es Teil ihrer selbst geworden war.

‚Ich glaube', dachte sie weiter, ‚Konrad, er weiß es so wie ich. Es wird überhaupt keine Verlegenheit, kein Erröten, keine Banalitäten durch Begrüßungsfloskeln geben. Dies ist der schönste Liebesbrief, den eine Frau je erhalten hat.' Sie schrieb keine Antwort- oder Bestätigungszeile; um 9.53 Uhr stand sie an jenem Sonntag am Zug.

In den folgenden dreieinhalb Jahren – bis zu Konrads Gesellenprüfung als Orgelbauer im Spätherbst 1965, dem Antritt seiner neuen Arbeitsstelle in einer Orgelbauwerkstatt im rechtsrheinischen Bonn-Beuel, ihrer Hochzeit im Dezember desselben Jahres und dem Einzug in das im Vorgebirge zwischen Köln und Bonn gemietete Häuschen – sahen sie sich an Sonntagen oder Wochenenden und lernten einander und die Familie des anderen kennen.

Östlich von Münster, schon in ländlichem Gebiet, stand Konrads Elternhaus, im Stadtgebiet von Münster die Kanzlei seines Vaters, eines Rechtsanwalts. Wie sein um ein Jahr älterer Bruder Philipp erhielt er seit seiner Einschulung Klavierunterricht. Der Vater kam aus evangelischem, die Mutter aus katholischem Haus, beide Kinder waren katholisch getauft und bis zu ihrer Kommunion regelmäßig sonntags von der Mutter in die Kirche geführt worden.

Während Philipp in dieser Stunde des Gottesdienstes seinem jüngeren Bruder kuriose oder hämische Bemerkungen über das Aussehen und Verhalten der Gläubigen ins Ohr flüsterte (die an Konrad abglitten), waren dessen Sinne nur offen gewesen für Klänge, Lichter, Gerüche, deren Eigenheiten variierten und deren Intensität sich minderte oder verstärkte. Kam man frühzeitig vor der Messe ins Gotteshaus, dann roch es da nach uraltem kaltem Stein, nach kalten uralten Bodenfliesen – bitter wie aus einer Gruft – und nur das dunkle Holz der Kirchenbänke bot dem Kind Trost. Das Holz roch auch bei Kälte süß und herb, und Süße und Herbheit verstärkten sich in der zunehmenden Wärme durch die Anzahl der Menschen zwischen den mächtigen grauen und bemalten Mauern. Es war, so hatte es Konrad empfunden, ein männlicher Geruch, den das Holz verströmte, und der sich ihm mit Begriffen verband von Eigenschaften, die er als Mann einst besäße: Treue und Zuverlässigkeit, Beständigkeit, Stärke. Aus Eichenholz gebaut waren die Bänke und alt, älter noch als sein Großvater, den er liebte, den Vater seiner Mutter, der einen landwirtschaftlichen Betrieb im Münsterland besaß, auf dem die Kinder manche Ferientage verbrachten.

Vor Beginn der Messe, wenn Konrad zwischen Bruder und Mutter in der Kirchenbank saß, erfüllten die Geräusche, Gerüche, Lichter, die den Raum durchwebten, seine Sinne, sein Herz. Es knisterten Kerzen, hier scharrte ein Schuh, dort stiegen geflüsterte Worte, nicht deutbar, auf und erkletterten Simse und Kapitelle. Denn die Laute der Worte waren Scharen summender, singender feiner Gestalten, die man nur sah, wenn man nicht hinschaute, die durchsichtig waren wie die winzigen Fische im Aquarium zu Hause, an deren zarten Skeletten jede Strebe erkennbar war – Scharen, die sich in der Höhe von ihrem Halt lösten und, feiner und leichter geworden, umher schwebten unterm hohen Gewölbe. Sie kreuzten die Wege der Lichtfäden, die aufglühten und verglommen und aus den Kerzenflammen gestiegen waren, die eine leise Luft im Gemäuer in Bewegung hielt (Lichtstreifen, die Konrad nur deshalb sähe, wie sein Bruder erklärte, weil er in der Kirche stets mit feuchten, glänzenden Augen säße). Dann setzte das Orgelspiel ein, und alles, was die kindlichen Augen sahen, wurde filigran und durchsichtig für ein Leuchten, das immer strahlender wurde und seinen Glanz ablegte auf dem ihm zugewandten Gesicht. Es war, so empfand es das Kind, die Stimme der Orgel, die den Glanz hatte aufleuchten lassen, die hingewiesen hatte auf ein Mysterium, von dessen Schönheit eben ein Schein sichtbar geworden und für das ein Name zu klein war.

Dieses im Erleben gewonnene Wissen begleitete ihn, wenn er später mit Mutter und Bruder hinaustrat in die tagtägliche Welt, verfestigte sich in ihm und verließ ihn nicht.

Die Mutter, die dann und wann während der Messe einen Blick auf ihre Kinder warf, verstand Konrads Andacht anders. Ihre Frömmigkeit führte sie in die Kirche, die sie eher als solide Institution ansah, als dass sie sich mit dem Geheimnis verbunden gefühlt hätte, von dem ihr Sohn wusste. Mit Wohlgefallen betrachtete sie ihren Jüngsten – so, wie sie es in ihrer Kindheit gewesen war, dachte sie, so sei auch er ein frommes Kind, das sich nicht beirren ließ von dem älteren Bruder, der ihre Ermahnungen mürrisch hinnahm. Dem fühlte sie sich kaum nahe, es fehlte ihr der Zugang zu ihm; die Rösselsprünge seiner Gedanken, seine Rhetorik verblüfften, verwirrten, überforderten sie vielmals, ihr Herz war dem jüngeren Kind zugewandt und suchte in Phasen der Ratlosigkeit Trost bei ihm. Sie wusste, dass sie den Älteren eher fürchtete als liebte, sie schämte sich ihrer Furcht, was sie vollends verstörte, und Philipp blieb im Inneren ratlos und einsam.

Seine Sehnsüchte nach Aufnahme in den mütterlichen Blick, in die mütterliche Umarmung kehrten unerfüllt zu ihm zurück, versteinerten, ummauerten sein Herz, und seine enttäuschte Seele erschuf sich eine Unterwelt, aus der dunkle Botschaften aufstiegen in sein Hirn. Das schraubte bitterböse Worte kompliziert aneinander, welche die Adressaten hilflos machten, und erdachte Ränke, Listen, Intrigen. Er stahl. Er stahl zu Hause kleine Geldbeträge, bis die Mutter ihn zufällig beobachten konnte, wie er leise und geschickt an ihrer Geldbörse hantierte und Münzen in seine Tasche steckte. Mit einer sie beängstigenden Freude gestand Philipp unaufgefordert weitere Diebstähle, auch die an seines Bruders Gespartem (wovon der nichts geahnt hatte), und erst nach Philipps Bemerkung dazu: „Dann war das ja sowieso umsonst" begann sie, erschüttert und entsetzt, zu begreifen, warum er stahl: Nicht um Geld ging es, es ging um Rache und um ein grausiges und trauriges Gefühl der Überlegenheit und um etwas, wovor sie sich fürchtete, es sich einzugestehen: dass er Geld stahl als Ersatz für die fehlende mütterliche Liebe. Sie erhöhte sein Taschengeld mit der hilflosen Erklärung, dass er doch der Ältere sei, und wusste, dass damit dem Kind nicht geholfen war. Dem erstaunten Konrad händigte sie eine Geldsumme aus, von der sie annahm, dass sie dem Fehlbetrag entspräche, die der sofort dem Bruder anbot, der Geld anscheinend so dringend benötigte. Die Mutter, innerlich tief bewegt durch diese Geste der brüderlichen Zuneigung und inneren Freiheit, stürzte erneut in Verzweiflung, als sie am ergrimmten Blick Philipps zu spät erkannte, dass sie ihre spontane Geste, Konrad übers Haar zu streichen, in diesem Augenblick hätte unterlassen sollen.

XVIII

Es war im zweiten Jahr ihrer Ehe gewesen, dass Konrad hiervon gesprochen hatte. Sie befanden sich an jenem Sonntagnachmittag auf dem Heimweg ins Vorgebirge – am Wochenende war die Silberhochzeit seiner Eltern gefeiert worden – die Fahrt bot Zeit für Gespräche. Am folgenden Tag würden sie wieder ihrer jeweiligen Arbeit nachgehen, Konrad in dem Orgelbaubetrieb in Bonn-Beuel, wohin ihn sein Meister aus der Ausbildungszeit empfohlen hatte, sie an der Musikschule in Bonn, wo sie an vier Nachmittagen in der Woche unterrichtete. Sie war im dritten Monat schwanger.

Am Tag zuvor, am Samstagabend, hatte es einen kleinen, aber höchst unangenehmen Zwischenfall in Konrads Elternhaus gegeben, wo man mit den engsten Freunden zu einem letzten Umtrunk nach den Feierstunden beisammen gewesen war.

Friederikes Mutter war bereits am frühen Abend zum Bahnhof gefahren worden, weil sie Ferdinand, den Jüngsten, noch zu Bett bringen wollte. Sie war mit vierundvierzig Jahren noch einmal schwanger geworden, Ferdinand, jetzt neun Jahre alt, war im Oktober 1956 geboren, ein Jahr nach der Spätheimkehr seines Vaters aus Russland. Fünf Jahre später war der Vater gestorben. Franziska, die Älteste, 1939 geboren, hatte Medizin studiert und arbeitete an einer Klinik bei Hamburg. Ferdinand war für diesen Tag bei seinem Schulfreund untergebracht, musste dort jedoch noch abgeholt werden. Den frühen Aufbruch seiner Mutter aus der Gesellschaft hatte jeder verstanden.

In Wohn- und Esszimmer war man nun in kleiner Runde beieinander. Philipp hatte sich in Friederikes Nähe gebracht, er stand dicht – viel zu dicht, empfand sie – neben ihr, und jetzt, jetzt spürte sie einen Finger, der sie seitlich ihrer Achsel berührte, und dann langsam, wie der Stift eines äußerst sorgfältig arbeitenden Zeichners, der Seitenlinie ihres

Körpers folgte. Sie stand erstarrt, kein Wort bildete sich in ihrem Hirn, nur ihre Augen suchten ihren Mann, mit großer Mühe, als müssten auch sie gleich stillstehen wie gelähmt. Die Dauer eines Wimpernschlags brauchte Konrad, um zu verstehen, tat einen gewaltigen Satz, der ihn dicht vor den Bruder brachte, griff dessen Arm, zwang dessen Augen, seinem Blick standzuhalten, sprach: „Das tust du nie wieder", sprach es laut, ohne auf die Umstehenden zu achten, legte seinen Arm um seine Frau und zog sie nah an sich. Seine Kraft, sie spürte es sofort, floss in sie hinein, floss in ihre Nerven, ihr Blut; sie löste sich aus dem Arm ihres Mannes, hob ihre Rechte und ließ sie sinken, denn nein, noch nie hatte sie einen Menschen geschlagen; sie würde es auch jetzt nicht tun. Philipp hatte die Geste verstanden und inszenierte, obwohl reichlich betrunken, einen bühnenreifen Abgang. Er richtete sich auf wie zu höfischer Pose, verneigte sich, das linke Bein vorgestellt, tief, vollzog mit dem rechten Arm eine weitausgreifende Gebärde, als grüße er mit einem prächtigen Federhut, und sprach in perfekter Akzentuierung: „Verzeihen Sie, schöne Dame, ihrem glühendsten Adoranten!" Rückwärts schreitend, den imaginären Hut mehrfach schwenkend, entfernte er sich.

Konrad, Friederike sah es genau, hielt seine Hände in den Hosentaschen zu Fäusten geballt und presste sie gegen die Oberschenkel, als müsse er sich bezähmen dem Bruder nachzujagen. Da stand er, ihr Mann, aufgerichtet, den Kopf erhoben, seine Stärke beherrschend, und wie bei ihrer ersten Begegnung verband sich in ihren Augen sein Bild mit dem eines starken jungen Baums, der heute aber einem Sturm, einem inneren Sturm, zu widerstehen hatte. „Sie ist schwanger", sagte er hinein in die betretenen Gesichter ringsum, die sich alle ihm zugewandt hatten, und es war eine Aussage, Friederike verstand es eindeutig, die er eigentlich gar nicht hatte machen wollen, nicht jetzt vor den Gästen, deren verlegene Mienen, deren kurze fahrigen Gesten ihre Hilflosigkeit zeigten, eine Hilflosigkeit, verstand sie in diesem Augenblick, die auch ihren Mann bedrängte. Da wusste sie nichts anderes mehr, als dass sie ihre Hände an sein Gesicht legen musste und ihn küsste. Im Kuss verlor sich Konrads Anspannung, die Gäste atmeten auf, befreit, und zögerten noch herbeizutreten, denn wie von einer Welle des Glücks getragen stand Konrads Mutter schon neben ihnen und umarmte sie beide.

Unter den vielerlei guten Wünschen und Zurufen, die kaum mehr auseinanderzuhalten waren, ertönte schließlich fröhlich und laut eine Stimme, die Konrads Onkel gehörte. Welchen Namen das Kind tragen sollte, wollte er wissen – und die Frage, das war zu erkennen, war zu diesem frühen Zeitpunkt der Schwangerschaft eher scherzhaft gemeint. „Luzia!", rief Friederike ihm zu und blickte über die überraschten Mienen zu Konrad hinüber. Als bräche ein Sonnenblitz aus dunklem Gewölk, so leuchtete es auf in seinen Augen, so glitt ein glückliches Lächeln über sein Gesicht. „Ja, Luzia!", bestätigte er entschieden und legte seinen Arm um die Schultern seiner Frau, denn er hatte es längst verstanden und gern angenommen, dass sie, wie scheu sie auch anderen Menschen gegenüber war, seine Berührungen brauchte, so wie ein Durstiger einen Schluck Wasser braucht. Eine Weile achteten sie nicht mehr auf die anderen Gäste; Erinnerungen waren erwacht.

Indem während der Heimfahrt am Sonntagabend über Philipp gesprochen worden war, hatte sich Konrad der Diebstähle erinnert und als ebenfalls eine Form von Diebstahl bezeichnet, was am Abend zuvor durch seinen Bruder geschehen war: ein versuchter Diebstahl an ihr, Friederike, an ihm als ihrem Ehemann. Dann jedoch hatte er das Gespräch in andere Bahnen gelenkt, von seiner Schulzeit hatte er erzählt und davon, dass es eine Eiche gewesen war, die ihn zum Orgelspiel und zu seinem Beruf gebracht habe:

Den Religionsunterricht im Gymnasium übernahm einmal in der Woche, am Freitagmorgen in der ersten Stunde, der Pfarrer des Ortes. Für die Schüler der Quarta war von ihm eine Unterrichtsreihe vorbereitet, die den Kindern das Leben und Wirken der Heiligen der katholischen Kirche nahebringen sollte.

Konrad hatte es sich angewöhnt, den Ausführungen des Pfarrers nur noch historische Daten und Zusammenhänge zu entnehmen und sich seinen Glauben, der in seiner Kindheit in ihn eingezogen war, nicht antasten zu lassen. Er verschloss die Sinne der Aufnahmefähigkeit vor solchen Belehrungen, die von der ‚Strafe Gottes' sprachen oder der ‚wahren Religion'. Strafen, dessen war er sich sicher, die dachten Menschen sich aus, und Menschen benützten und schürten die Angst von Menschen, um sie gefügig zu halten und abhängig von ihnen, die fern der Liebe waren, die berechnend oder aus Unwissenheit ihren Gott für eigenen erhofften Vorteil benutzten, denn die Androhungen dieser beschworenen ‚göttlichen Strafen', das war ihm bald bewusst geworden, wirkten tiefer hinein in ein Gemüt als die der menschlichen Gesetzgebung. „Aber wahrscheinlich", hatte er Friederike gegenüber während der Heimfahrt ins Vorgebirge geäußert, „haben die Machthungrigen, die Besitzhungrigen auch ihre Ängste und größere. Ihre ‚Hölle', wie sie die Strafe nennen, ist jetzt, nicht im Jenseits."

Auch noch als Dreizehnjähriger liebte er die Regeln und Riten während der Stunde des Gottesdienstes, aber es war ihm bewusst, dass sie ihm nicht als unbedingte, einzig mögliche Begleiter erschienen auf dem inneren Pfad zur Andacht; sie waren Beiwerk. Mit der Skepsis seines Alters fragte er sich, ob nicht mancher Beter Ritus mit Andacht verwechsle und ob ein solcher Mensch zu jenen gehörte, die behaupteten, allein die Wahrheit zu besitzen. Dies, woran er glaubte, war nicht teilbar, nicht verhandelbar, es war unerschöpflich, es strömte jedem zu, gleichgültig, ob er einer Glaubensgemeinschaft angehörte oder allein seinen Weg suchte.

Konrad ahnte zu dieser Zeit bereits, dass es nicht jedem gegeben war oder gelang, die inneren Tore für diesen Einstrom zu öffnen und stellte sich, allerdings verschwommen, die Frage, woran solcher Mensch leide, denn seine Tore – sie standen offen von Kindheit an. Manchmal noch erinnerte er sich einer Stunde im Kommunionsunterricht vor vier Jahren, als einige Worte des Pfarrers nicht nur sein Ohr erreicht hatten, denn als berührten Schmetterlingsflügel sein Herz, so hatten die Worte „Wenn ihr nicht werdet wie die Kinder" ihn beglückt, und einen glücklichen Blick hatte er dem Mann zugesandt, der doch nun einmal etwas gesagt hatte, das ganz mit ihm, dem Kind, übereingestimmt hatte. Den Zusammenhang mit den vorherigen Ausführungen hatte er eher empfunden, als dass er sich ihrer tatsächlich erinnert hätte, aber er spürte, dass sie in das Wunder gehörten, von dem sein Herz wusste. Der mutige junge Mann aus Nazareth hatte das einst gesagt, der Pfarrer hatte die Worte an ihn, Konrad, heute weitergegeben, und das genügte für den Rest der Stunde.

Als die Mutter ihr Kind nach dem Unterricht abgeholt hatte, war der Pfarrer zu ihnen getreten. Er war ein noch junger Mann mit ernsten, dunklen Augen. Es war sein erstes Amt, das er nach seiner Priesterweihe in Konrads Heimatgemeinde ausübte. Der Junge sei häufig verträumt und unaufmerksam, hatte er der Mutter gegenüber geäußert, er frage sich, ob das Kind wisse, dass es Gott auch zu fürchten habe. „Es ist ein gutes Kind", hatte seine Mutter gesagt und ihren Jüngsten an sich gezogen. (Für diese Diplomatie, die ihre Stärke sonst nicht war, die er erst später verstanden hatte, war er ihr immer dankbar gewesen. Ihm wichtige Dinge vergaß er nicht.) In dem erstaunten, dann enttäuschten Blick ihres Sohnes, der auf den Pfarrer gerichtet gewesen war, hatte sie noch eine andere Regung erkannt: Mitleid war in seine Augen getreten, tiefes Mitleid, und als sie ihn auf dem Heimweg dazu angesprochen hatte, war er vor ihr stehen geblieben. Ein großer Ernst hatte sich auf sein Gesicht gelegt, als er geantwortet hatte: „Das muss schrecklich für ihn sein, dass er sich vor dem fürchtet, der ihn liebt." Die Mutter hatte dann von anderen Dingen gesprochen.

Dieser Exkurs in die Zeit seiner Kindheit war Konrad wichtig erschienen. Er hatte seiner Frau einen möglichst umfassenden Überblick verschaffen wollen über die Zusammenhänge, die zu seiner Berufsentscheidung geführt hatten. Der Pfarrer, so hatte Konrad seinen Bericht fortgesetzt, der vier Jahre später in einer Religionsstunde über das Leben des Bonifatius sprach, war jener, der damals den Kommunionsunterricht erteilt hatte.

Aus den Lebensdaten des Missionars, die zunächst genannt wurden, merkte sich der Junge die historischen und geographischen Angaben: Im heutigen England entwickelten sich nach der römischen Zeit, also nach Beginn des 5. Jahrhunderts und nach dem Zustrom verschiedener Völkergruppen vom Festland her und den daraus resultierenden langwierigen Kämpfen schließlich Kleinkönigreiche, von denen Wessex, im Südwesten gelegen, eines war. In Wessex war der Mann, dem Papst Gregor II. den Namen Bonifatius verlieh, in der zweiten Hälfte des 7. Jahrhunderts geboren. Er verließ seine Heimat, als er mit der Mission der Germanen beauftragt wurde, erhielt späterhin Weihen und Würdentitel, war im Frankenreich tätig zur Zeit der Brüder Karlmann und Pippin III. (Vater von Karl dem Großen, wusste Konrad zu ergänzen), wandte sich, über achtzigjährig, wieder der einst begonnenen Friesenmission zu und wurde von Friesen erschlagen.

„Von heidnischen Friesen", sagte der Pfarrer und erwartete anscheinend – sein Blick hin zu Konrad verriet es – dessen Einspruch, der jedoch nicht erfolgte, weil sich sein Schüler im Stillen die historischen Daten einprägte und im Übrigen seinen Standpunkt schon früher dargestellt hatte: Er sei der Meinung, dass es sogenannte Heiden nicht gäbe, dass, wenn man diese Titulierung brauchen wolle, sie jeder jedem gegenüber anwenden könne, der in einer anderen Glaubenstradition als der eigenen verwurzelt sei.

Sein kindliches Mitleid mit dem Mann hatte sich in den folgenden Jahren zu einer Haltung aus stiller Ratlosigkeit ihm gegenüber entwickelt. Vielleicht, dachte er, stellte der Pfarrer zu viele Überlegungen an über das, das so klar war und einfach; vielleicht sprach er zuviel darüber.

Der Nennung der Lebensdaten des Missionars folgte jetzt eine Geschichte aus der Zeit seines Wirkens, eine, wie der Pfarrer betonte, seinen Glauben, sein Tätigsein, seinen Eifer bezeichnende Geschichte.

Konrad beschloss im Stillen, seine Aufmerksamkeit nun, wie mehrfach erprobt, für den Rest der Stunde abzuziehen vom Lehrstoff und alle weiteren Informationen über Heldentum und Tatendrang an sich abgleiten zu lassen; aber diesmal gelang es nicht.

Versehen mit einem Schutzbrief Karl Martells (Vater von Karlmann und Pippin III., Großvater von Carolus Magnus, rekapitulierte Konrad) und begleitet von einem Tross aus Kriegern und Handwerksleuten, brach Bonifatius, über 50 Jahre alt, zu einer Missionsreise in den Nordosten des Frankenreichs auf und erreichte im Jahr 724 die Büraburg, eine fränkische Festung in Hessen. Die dort stationierten Soldaten würden ihm Schutz gewähren bei seinem Vorhaben. Nahe der Burg stand ein gewaltiger Baum, eine uralte Eiche. In ihr verehrten die Chatten, ein germanischer Volksstamm, Donar, den hammerschwingenden Gott, den mächtigen Helfer der Menschen, Beschützer der Bauern und ihrer Ernten.

Konrads Haltung spannte sich. Wachsamkeit war in seine Züge getreten. Diesem Donar, er spürte es, gehörte bereits seine Sympathie. Sein Großvater war Bauer (kein frühmittelalterlicher zwar, sondern ein neuzeitlicher mit einer Hofanlage, die in ihrer Ausdehnung, mit ihrem Baumbestand, den Feldern und Wiesen einer sich weit hinbreitenden Parklandschaft glich). Seine plötzliche Wachsamkeit jedoch betraf das Schicksal der Eiche. Tief hatten sich die Eindrücke seiner Kindheit in ihn eingeprägt: der Trost, der Geruch der dunklen Eichenbänke im Kirchenschiff, der Werte, die er damit verband.

„Bonifatius und seine Männer fällten die Eiche", hörte Konrad den Pfarrer sagen und erschauerte bis unter die Haut. Ein Buch mit Abbildungen des Geschehens wurde von Bank zu Bank gereicht. Der Junge sah einen wütenden Greis mit wildem Bart, erkannte, so erschien es ihm, finstere Schurken, die schon eine klaffende Wunde in den mächtigen Stamm geschlagen hatten und in diesem Augenblick einen Mord begingen. Etwas schnürte sein Herz ein, seinen Atem, und er wusste, dass es die Empörung des Hilflosen gegenüber dem Gewalttäter war, als seine zutiefst nachempfundene Ohnmacht die Worte fand: „Das ist Mord." Er hatte es deutlich gesagt, aber beherrscht, und eben dies ließ seinen Einwurf um so eindringlicher erscheinen.

Nach Sekunden der Stille, in der sich nichts regte im Klassenraum, vernahm er erste Reaktionen der Mitschüler, Stimmen des Staunens, des Protests, des Spotts, je nach Mentalität und Gesinnung, keine der Bestätigung oder Anerkennung.

Er blickte nicht auf, nur die Maserung im Holz seines Schultisches schien ihn zu interessieren. Er spürte, dass seine Offensive ihn nicht befreit hatte, dass irgend etwas nicht stimmte, und er wusste nicht, was es war.

Der Pfarrer, der überhaupt keine äußere Regung gezeigt hatte, fuhr fort mit seiner Erzählung, als habe es nur einen unbedeutenden, das Thema nicht berührenden Zwischenfall gegeben.

Die letzte Information über den Missionar – dass Bonifatius etwa dreißig Jahre später während seiner letzten Missionsreise durch diesen

Landstrich erschlagen worden war – vertiefte Konrads Verwirrung, seine Ratlosigkeit. Ein anderes Gefühl war zudem in ihm erwacht, das ihn zunächst nur verwunderte. Es saß in seinem Herzen, wuchs und begann es zu dehnen, so unaufhaltsam, dass er meinte, in das Organ hineinzuschauen, auf die rote Muskulatur, die Sehnenbänder, in die großen und die kleinen Herzkammern. Aber der Raum seines Herzens reichte nicht aus für das weiter und weiter wachsende Gefühl, es nahm seinen Brustkorb ein und ließ seinen Kopf so schwer werden, dass er die Stirn auf den Handballen stützte. Er begriff, dass es Trauer war, eine Trauer, wie er sie in dieser Weise noch nie empfunden hatte, die ihn überschwemmte und seine Augen feucht werden ließ.

Er sah den erschlagenen alten Mann unter den Waffen seiner Feinde und die misshandelten Körper seiner Gefährten auf der blutdurchtränkten Erde liegen, er sah die Heere derer, die über Jahrzehnte, Jahrhunderte in die Schlachten geritten, Mörder geworden und gefallen waren unter dem Banner ihres jeweiligen Glaubens.

Der Pfarrer stand neben ihm. Die Schulglocke hatte eben das Ende der Stunde angezeigt. Ob er am Mittag, nach dem Unterricht, zu ihm ins Pfarrhaus kommen könne, hörte er den Pfarrer fragen. Die Stimme klang freundlich; er blickte dankbar kurz auf, er nickte.

Vom Pfarrhaus aus führte ihn der Geistliche gleich in die Kirche. Er stieg die Seitentreppe mit ihm empor, die zur Orgel führte, er ließ ihn niedersitzen auf der Orgelbank. Scheu und stumm betrachtete der Junge das mächtige Instrument. Diese Teile, sagte der Pfarrer, seien aus Eichenholz gebaut, und begann sie aufzuzählen und auf sie zu weisen – auf Gehäuseteile, das Pedalklavier, das Gehäuse des Spieltischs – und erwähnte auch die Pfeifenstöcke im Orgelprospekt, die bei alten Instrumenten wie diesem aus Eichenholz gebaut seien, und die Orgelbank.

„Du darfst das Holz berühren", sagte der Pfarrer, als er bemerkte, dass Konrads Blick, der mehrere Male vom Fuß der Orgel bis zu ihrer

Höhe auf und nieder gewandert war, nun auf den Intarsienarbeiten am Spieltisch ruhte, und nannte die Namen der Hölzer, die für die Furnierarbeiten verwendet worden waren: Nussbaum, Vogelaugenahorn, Eiche, Ebenholz, Nussbaumwurzelholz. Konrad wiederholte die Namen, flüsternd, wie in Andacht, wobei er eine Hand hob und sie zögernd der schönen Einlegearbeit näherte. Es war ihm, als begänne eine Verbindung zu entstehen zwischen ihm und dem Holz, noch bevor er es berührte. Vorsichtig, als befühle er die Haut eines geheimnisvollen schlafenden Wesens, strichen seine Finger über dessen matt schimmernde Oberfläche. Gleich, meinte er, würde es einen tiefen Atemzug tun oder einen Seufzer wie ein Schläfer, in dessen Träume eine leise Erinnerung dringt an die äußere Welt und sich schon wieder verflüchtigt.

Er ließ die Hand auf sein Knie sinken. Er blickte auf seine Hand, er blickte auf das Kunstwerk, das sich vor ihm erhob. Die Verbindung, dachte er, hatte für ihn schon bestanden, es gab sie seit seiner Kinderzeit gleichsam von Seele zu Seele, und heute hatte sie sich bestätigt, sie war ihm bewusst geworden durch die Berührung, sie würde Bestand haben für sein Leben.

„Wie alt ist sie?", fragte er. Der Pfarrer schien sich besinnen zu müssen, als seien auch seine Gedanken umhergewandert in unirdischen Regionen, und Konrad spürte eine Nähe zu ihm, die er bisher dem Mann gegenüber, der den Religionsunterricht erteilte, nicht empfunden hatte. „Sie ist 213 Jahre alt", hörte er. „Dann kennen wir uns schon 13 Jahre. Sie war 200 Jahre alt, als ich hier getauft wurde!" Kindliche Begeisterung, erkannte Konrad, hatte in seinem Ausruf gelegen; er schwieg betreten.

Der Pfarrer forderte Konrad auf sich zu erheben. Gemeinsam umschritten sie das Orgelgehäuse, dabei nannte er die Namen weiterer Bauteile aus Eichenholz, die Windlade nämlich, Trakturwinkelbalken, Wellenbretter, die Gehäusebalken.

Sie saßen auf einer Steinstufe innerhalb der Brüstung der Empore vor dem Instrument, das aus dieser Perspektive riesig aufragte vor ihren Augen. „Auch hierfür wurde eine Eiche gefällt", sagte der Pfarrer, und Konrad verstand sofort, warum der Name des Baums im Singular genannt worden war. „Ja", kam es von ihm, „und auch die Bänke dort unten, sie sind – ", seine Stimme versagte. Am Morgen im Unterricht hatte die Stimme tief geklungen und rau, eben noch hell, aber jetzt war es nicht der Stimmbruch, der ihn schweigen ließ. Ratlosigkeit und Verzweiflung fanden die richtigen Worte nicht mehr.

Der Pfarrer schien nachzudenken. Schweigend saßen sie beide am Fuß der prächtigen Orgel. „Mord", sagte der Pfarrer, und er sagte es leise, als befrage er das Wort, so, wie man ein Schlüsselwort befragt nach seinem tieferen Sinn.

Ein kleiner Schimmer von Hoffnung war beim Tonfall der zögernden Stimme neben ihm in Konrads Augen getreten. „All diese Morde", flüsterte der Junge, „dieses Töten im Namen der Religionen." Eine Pause trat ein. „Heute Morgen im Unterricht", sprach er stockend weiter, „als ich die Bilder sah in Ihrem Buch, da war mir, als blute der Baum."

„Und als ströme das Blut aller Erschlagenen aus dieser Wunde", ergänzte der Pfarrer. „Wir Heutigen", sagte er, „können das Rad nicht rückwärts drehen. Es gibt keine Inquisition mehr durch unsere Kirche, keine Kreuzritter, keine Scheiterhaufen. Es ist viel erreicht worden in den vergangenen Jahrhunderten, es wird, hoffe ich, manches erreicht werden in den folgenden." Er schwieg. Als spräche er zu sich selbst, fuhr er fort: „In dieser Weile, in dieser kleinen Weile, die wir auf Erden sind, versuchen wir, unseren Platz zu finden und ihn zu erfüllen. Wir versuchen ihn zu erfüllen in Liebe zu uns selbst und zu unseren Mitmenschen, in Demut vor einem Kosmos der Liebe." Die Worte des letzten Satzes, bemerkte Konrad, waren mit einem Blick hin zu ihm gesprochen. Sie leiteten etwas ein, das auf Entscheidendes hinweisen würde. Er fühlte, wie sich die Haut auf seinen Armen zusammenzog als fröre er, zugleich war er innerlich wie elektrisiert, nur noch ein zündender Funke, meinte er, fehlte.

Der Pfarrer erhob sich, er ging einige Schritte in dem begrenzten Raum. Seine Hände bewegten sich, als suche er in einem Knäuel Garn den Faden des Anfangs. Er blieb stehen. Mit kurzer Geste wies er noch einmal zur Orgel hin. „Musiker nennen sie ‚die Königin der Instrumente', kein anderes besitzt solchen Klangfarbenreichtum", begann er und wirkte in seiner Haltung und Akzentuierung so konzentriert, als wolle er eine Zuhörerschaft zu einer bestimmten Überzeugung führen. Diese Fülle, fuhr er fort, spreche die Fülle der Bereiche des menschlichen Wesens an. Der Mensch fühle sich beheimatet in den Harmonien dieser vielstimmigen Musik, emporgehoben in überirdische Räume, begleitet auf seinem Weg zur Gottesbegegnung.

Dies, das sich in der erwartungsvollen Atemlosigkeit des Jungen gesammelt hatte, löste sich und durchfloss ihn in Wellen tiefen Glücks, denn dieser Mensch, der hier im schmalen Raum vor der Orgel auf der Empore neben ihm stand, hatte in Worte gefasst, was er, Konrad, seit seiner Kindheit in sich trug, und dass es in dieser Weise in Worte gefasst war, wirkte auf ihn wie der Einsatz der Orgelmusik im Gottesdienst. Und heute, es war ihm bewusst, kam für ihn noch etwas hinzu: Er hatte das Instrument kennengelernt, er hatte es berührt, und dies gab seinem Glücksgefühl eine neue, eine greifbare Dimension.

Er hatte den weiteren Ausführungen kaum noch zu folgen vermocht, die über die Wirkung der Musik auf die Gemeinde sprachen, über das Gefühl der Gemeinschaft im Glauben, das durch die Musik gestärkt und gefördert würde, über das Zusammenwirken der menschlichen Stimmen mit den Stimmen der jeweils angespielten Orgelpfeifen. Doch jetzt horchte der Junge auf. „Die Pfeifen sprechend machen", erklärte der Pfarrer soeben, sei ein Begriff aus der Arbeit des Orgelbauers und meine die Vorintonierung, die in der Werkstatt erfolge, und die spätere Feinabstimmung im jeweiligen Kirchenraum.

Ein freudiges Lächeln zog über Konrads Gesicht: Aus Werkstoffen – Zinn, Blei, Holz von Fichte, Eiche, Buche, Birnbaum – waren durch den Orgelbauer Wesen geworden, denen ein Mensch, der Organist, Atem zuführte und sie sprechen ließ, diese Wesen, die sich, hoch aufgerichtet, jedes an seinem Platz und mit eigener Stimmbegabung versehen, auf der Empore erhoben.

Der Pfarrer schien auf das Lächeln gewartet zu haben. Ob es Konrad Freude machen würde, fragte er, das Orgelspiel zu erlernen. Dass er Klavier spiele, wisse er. Unterricht erteile der Organist.

Konrad erhob sich von der steinernen Stufe. Er war fast schon so groß wie der Geistliche, der ebenfalls nicht von kleiner Statur war. Noch wusste er keine Antwort. In dem begrenzten Raum auf der Empore wandte er sich noch einmal dem seitlichen Teil des Gehäuses zu und dort den mächtigen vierkantigen Hölzern. Er lehnte Schulter und Schläfe an einen der Balken, er legte eine Handfläche an das Holz. Er hatte das Gefühl, mit dem Holz, mit dem Instrument zu verschmelzen, jedoch ohne sich zu verlieren. Es war ihm, als befragten sie einander, er und die Orgel.

Sein Blick fiel auf den Pfarrer, der an seinem Platz geblieben und ihm mit den Augen gefolgt war. Seine Skepsis dem Mann gegenüber, den er einst für einen unglücklichen Menschen gehalten hatte, war gänzlich verflogen. Klug und taktvoll hatte sich der Geistliche seiner Verwirrung und inneren Not angenommen. Konnte, wer offensichtlich aus Liebe zum Mitmenschen so handelte wie es heute geschehen war, konnte der unglücklich sein? Vielerlei Facetten, das hatte der Junge bereits erfahren, ergaben in ihrer Gesamtheit Persönlichkeiten. Die eben vernommenen Worte traten in seinen Sinn, von Klangfarbenreichtum hatte der Pfarrer gesprochen und von der Fülle der Bereiche im menschlichen Wesen.

Er löste sich von dem Holz, nur sein Arm war noch um den Balken gelegt, so, wie man einen Freund in gutem Einverständnis um die Schultern fasst.

Der Pfarrer verstand Konrads Haltung richtig, zog aber einen vorschnellen Schluss daraus, indem er ihm vorschlug, später selbst Organist zu werden. Der Junge trat zu ihm hin, und jede Verstimmung, jede Hilf- oder Ratlosigkeit waren abgefallen von ihm. „Ich möchte Unterricht erhalten", sagte er, „ich werde Orgelbauer."

Ein sicheres Gefühl von Glück, wie es in ihm erwacht war, schien auch der Pfarrer zu empfinden, in dessen Augen er ein sanftes Strahlen erkannte, das nur aus der Tiefe eines gütigen Herzens getreten sein konnte. Als sie schon in der Kirchentür standen, wusste Konrad, dass Wichtiges noch zu sagen sei. Er verbeugte sich tief, als sie sich die Hand gaben zum Abschied. Er dankte dem Pfarrer für diese Stunde und bat ihn um Verzeihung seines verbalen Ausfalls am Vormittag; er spürte, dass der Pfarrer die Achtung, die ihm der Junge entgegenbrachte, wahrnahm.

Konrad verließ die Schule nach dem zehnten Schuljahr mit dem Zeugnis der Mittleren Reife. Seine Ausbildung wollte er mit einer Schreinerlehre beginnen. Der Schreiner im Dorf zögerte, ihn als Lehrling anzunehmen, da er grundsätzlich der Meinung war, dass Schüler des Gymnasiums fürs Handwerk nicht taugten. Nach einer dreimonatigen Probezeit, die auf die Lehrzeit angerechnet wurde, wollte er den freundlichen, umsichtigen Jungen nicht mehr missen. Nach dessen Gesellenprüfung und feierlicher Lossprechung fiel es ihm schwer, ihn zu seiner nächsten Ausbildungsstelle als Orgelbauer ziehen zu lassen.

Glasklar erklangen unter einem hohen, zartblauen Morgenhimmel, über sich wölbendem dunklen und hellen Grün, das einem Meer glich, dessen Wellen still stehen, Glockentöne. So nah erschienen sie Friederike, dass sie zunächst an eine Feierstunde glaubte, eine Feierstunde für diesen Augenblick oder für diese Zeit, deren Dauer abzuschätzen ihr unmöglich war, in der sie zurückgeblickt hatte in Konrads, ihres Mannes, Leben.

Jetzt schwiegen die Glocken, und es war ihr, als hielte die Stille den Klang. Erst als das tieftonige Läuten einsetzte, wurde ihr bewusst, dass zum morgendlichen Angelusgebet geläutet wurde und dass es sieben Uhr jetzt war. Ihr Blick fiel auf das Grab, in dem Konrads Kleider ruhten. Hier, unter den Eichen, da lagen sie gut, und es war ihr, als habe sie ihren Mann erst heute begraben. Sie lehnte den Kopf gegen den Stamm der Eiche und schloss die Augen.

Schattenhaft, in schneller Folge, tauchten aus der Stunde und aus dem Tag der Beerdigung Bildfetzen vor ihr auf wie herausgerissen aus einer überdimensional großen Fotografie, die nicht den Frühlingstag zeigte, an dem auf dem Holweiser Friedhof die Trauernden unter einer freundlichen Sonne am offenen Grab zusammengefunden und die ersten Schwalben sich in der Höhe ihre Freude zugerufen hatten über eine glückliche Heimkehr, nein.

Das riesige Bild in düsteren Farben, das allein ihr Sichtfeld bildete hinter ihren geschlossenen Lidern, schlug im Wind, der ein Sturmwind und derselbe Wind war, der Haare und Mäntel flattern und fliegen ließ, der an den nackten schwarzen Ästen der Linden riss und Regenschauer in die weißen Gesichter warf. In ihrer Mutter, ihres Bruders Gesicht, Konrads Mutter und seines Bruders Gesicht, ins Gesicht Antonios, Georgs, Burgwaechters, in des Pfarrers Gesicht, in die Gesichter aller, die um die Grabstätte versammelt standen, in diese weißen Gesichter, die ohne Alter waren, warf der Wind seinen glänzenden Regen, auf den reinen weißen Marmor ihrer Gesichter, und eines huschte dazwischen umher, das Jugend und eine schmerzhaft verzerrte Miene zeigte, Luzias Gesicht.

Als Friederike dieses sah, öffnete sie, wie um mit Gewalt einem Traum zu entrinnen, die Augen, heftete den Blick auf die Säulen des Wacholders im Hang und dorthin, aufs Gebüsch einer Schwarzdornhecke, und drüben auf die Kirchturmspitze über dem grünen Meer, bis ihr Herz ruhiger wurde. „Was will der Verbrecher hier?", hatte Luzia gesagt, als Philipp wenige Tage nach der Beerdigung das Gästezimmer belegte.

Luzia hatte in diesem Frühjahr ihr Abitur bestanden und würde für ein Jahr in Argentinien leben, als Au-pair-Mädchen in einer mit ihrer Großmutter befreundeten Familie. Friederikes Mutter, Clara Minden, hatte einst in einigen Städten des Landes Konzerte gegeben, Klavierkonzerte, und darüber waren Freundschaften entstanden, die bis heute dauerten. Luzias Abflug war um zwei Wochen verschoben worden.

Finster hatte sie jedes Mal, wenn sie Philipp begegnet war, die Augenbrauen zusammengeschoben, unwillig die dunklen Locken geschüttelt. Sie glich ihrer Großmutter, seiner Mutter, im Äußeren und bis in ihre Gebärden. Hatte ihre Ablehnung, überlegte Friederike, Wunden aufgerissen in ihm?

Erst jetzt, nachdem das visionäre Bild vor ihre Augen getreten war, wurde es Friederike bewusst, wie viele Menschen sich eingefunden hatten an Konrads Grab. Sie waren bisher eine Menge von Köpfen, Körpern für sie gewesen, in welcher der Einzelne gesichtslos blieb. Ein Sturmwind, Schauer glänzenden Regens, alterslose Gesichter in weißer Stille hatten sie Antlitz um Antlitz wahrnehmen lassen. Die Gesichter vieler Dorfbewohner hatte sie am Grab gesehen, vieler Kirchgänger (denn Konrad hatte häufig den betagten Organisten an der Kirchenorgel vertreten), die Gesichter ihrer Kollegen und Freunde von der Musikschule in Mürlen, an der sie seit fünf Jahren Unterricht gab, und die seines Meisters und seiner Kollegen aus der Werkstatt in Überbach. Konrads neue Arbeitsstelle dort war der Grund gewesen für ihren Umzug in die Eifel, nachdem sein Meister in Bonn-Beuel den Betrieb zum Ende des Jahres 1980 seines Alters wegen aufgegeben hatte.

Ein Gesicht – es wurde ihr in diesem Augenblick erst bewusst – das Gesicht ihres Schwiegervaters hatte sie erkannt im düsteren Bild aus Sturmwind und Regen, obwohl er gefehlt hatte auf dem Friedhof. Seit Wochen lag er im Krankenhaus, verschont bisher von der Nachricht über den Tod seines Sohnes. Sie erschrak zutiefst; sie wusste, sie irrte sich nicht. Deutlich hatte sie die ernsten, gesammelten Züge erkannt, die still mahnenden Augen. Wovor mahnten sie? Ihr war, als hätten die Augen auf ihr geruht.

Aber an diesem Morgen, an dem sie ein Grab gegraben hatte unter den Eichen, zurückgeblickt hatte in die Landschaft ihrer beider Leben, ließ sie Unruhe nicht zu. Sie erhob sich und schaute aufs Grab, auf die Schollen aus Gras und Erde. Winde würden Samen von Pflanzen bringen, Sonne und Regen sie keimen und wachsen lassen, und der wiederkehrende Wind würde über sie streichen.

Als sie den Hang zum Haus hinunterging, spürte sie, dass dieses Gefühl der Klarheit, das in der Frühe erwacht war in ihr, bestand und glaubte, dass es sich weiterhin entfalten würde zu Wachsein und freier Sicht.

Sie trat ins Haus.

Die Tür zum Gästezimmer stand offen, der Raum war leer. Philipps Auto, das er unterhalb des Grundstücks neben dem Gartentor abgestellt hatte, war fort.

XIX

Ich wusste nicht, warum dies geschah: Alles, was sich in den vergangenen Stunden erhoben hatte in mir, verblasste, löste sich in Geschwindigkeit voneinander und zerging; Erinnerung sank ins Vergessen, Gedanken aus diesen Stunden verblassten, Hoffnung zerbrach. Der jähe Sog entriss mir zugleich jedes Gefühl der inneren Hinneigung zu Friederikes Geschichte, der freudigen, unruhigen oder stillen Erwartung ihres weiteren Verlaufs. War, fragte ich mich sogar, meine Wahrnehmung eines Schleiers im Klang ihrer Stimme zu Beginn dieser Begegnung nur Sinnestäuschung gewesen?

Dies, das noch folgen würde, meinte ich, wäre abzusehen, und zum ersten Mal überlegte ich, wie viele ungelesene Seiten es noch gäbe für mich (denn ich hatte ja immer ein Blatt nach dem andern unter den Stapel geschoben, und eine Kennzeichnung des Anfangs oder des Endes gab es nicht) und wünschte vage ein baldiges Ende herbei, ratlos jedoch, was dann zu tun wäre oder was ich erhoffen sollte, dass es geschähe.

Philipp, meinte ich voraussehen zu können, hatte wahrscheinlich allerlei Geldsummen oder anderen Besitz an sich gebracht, indem er seinen Status als ihr Rechtsbeistand nutzte, und Friederike war es, wie ich annahm, schließlich gelungen, ihre wirtschaftlichen Verhältnisse wieder in Ordnung zu bringen.

Vielen, sagte die nüchterne Stimme dieser Gedanken, vielen geschah, was ihr geschehen war, auch der Verlust eines geliebten Menschen, und meine Gedanken liefen zurück in frühere Jahre: In äußerster Not hatte ich während der Zeit meines Studiums am Dolmetscher-Institut der Universität Heidelberg gelebt. Mehrmals war ich aufgrund mangelnder Ernährung, mangelnden Schlafs zusammengebrochen, im Institut, in der Gurkenfabrik, wo ich von 20 bis 2 Uhr am Fließband stand, in den

Straßen, durch die ich eilte zu diesem oder jenem Ziel, auf den Treppen hinauf zu meinem Zimmer, das ich auch im Winter nicht heizte; mehrmals hatten Menschen mich aufgehoben, auf Bänke oder Bettstätten gelegt, mich mit Hausmitteln und Ratschlägen versorgt; zweimal war ein Krankenwagen gerufen worden. In den Anden Boliviens – ich war neunundzwanzig und Begleiterin einer Forschergruppe gewesen – hatte ich in einer schiefen Hütte unter den Händen des Expeditionsarztes im dritten Monat meiner Schwangerschaft das Kind verloren, nachdem Robère, der Vater, wegen seiner journalistischen Recherchen über einen Großkonzern hatte untertauchen müssen. Danach hatte ich mich von ihm getrennt, von der Schwangerschaft nie gesprochen. Aber niemals, fuhr die innere Stimme fort, wäre mir damals der Gedanke gekommen, mit solchen Berichten Seiten zu füllen.

Aber erst heute, widersprach ruhig eine andere Stimme, erst heute blätterte sich der Kalender meines Lebens auf, erst heute waren Tränen gefallen auf die verkrusteten Lava- oder Erinnerungsstränge, waren Lächeln und Zuversicht in mein Herz gezogen. Es fiel mir jetzt ein, dass Robère mich an Martin erinnert hatte, Martin aus der Zeit der Volksschuljahre, an sein Ungestüm, seine Konsequenz, seine innere Klarheit.

Genügte dies nicht für diesen Tag, fragte die erste Stimme mich, konnte im Weiterlesen überhaupt noch anderes geschehen? Sogar eine gewisse Verärgerung darüber spürte ich, dass zu einem Zeitpunkt, in dem Ruhe einzukehren begann in mein Leben, diese Ruhe angegriffen wurde. Mein Unterhalt war doch gesichert, so, wie es jetzt war, sollte es bleiben. Im Dorf würde ich bleiben, im Häuschen der Mathematiklehrerin, das jetzt mein Häuschen war, mit dem kleinen Garten dahinter, dem Stall; und nach dem nächsten Winter würde ich wieder da arbeiten, dann würden Kirschbaum und Blumen blühen und später im Jahr Beeren glänzen am Zaun –

Verwunderung unterbrach den Fortlauf der Bilder. Mein Blick war tatsächlich über die Zeitgrenze zwischen Gegenwart und Zukunft hinweggelaufen. Ich hatte Freundliches gesehen, aber nur noch ein Augenblick blieb mir, einen kleinen Widerschein davon in mir selbst zu spüren, denn als zöge eine Wolke auf, legte sich ein weiter Schatten über Gebüsche und Gras, über Blumen und Beeren im Garten, oder ein Flor wie aus Asche und Staub.

Trauer überschwemmte mein Gemüt, tief hatte sich mein Kopf gesenkt, ‚wie in Ergebung', dachte ich. Immer wieder würde der große Schatten sich über mich legen, wohin ich auch ginge, würde mir entgegentreten, wenn ich die Augen aufschlüge in Hoffnung, und wie ein Spottlied klang jetzt das Echo „Es ist möglich" in mir.

Mit gesenktem Kopf saß ich, und vor mir wusste ich den unerbittlichen Schatten, neben mir eine Frau, die ich noch vor wenigen Stunden nicht kannte, und saß auf einer Bank in einem Ort, dessen Name mir noch immer nicht einfallen wollte – wie aus einem düsteren Traum geschnitten erschien mir die Szene, rätselhaft, undeutbar, und mein Herz klopfte angstvoll, als ich meinte, mich wieder in der Stunde meiner Ankunft hier zu befinden, obwohl ich diese Angst nicht begriff.

Dass sich meine Augen geschlossen hatten, bemerkte ich erst, als sich meine Lider schwerfällig hoben. Mein Kopf war noch immer gesenkt, der Blick lag auf den Schuhen an meinen Füßen. Verständnislos erst, als müsste ich mich besinnen, worauf ich da schaute, dann zunehmend bewusst registrierte ich Einzelheiten an ihnen. Das rotbraune Leder hatte sich über die Jahre an manchen Stellen verfärbt, wies Flecken auf in Grau und Schwarz, war durchzogen von Rissen. Nähte begannen sich zu lösen und zu zerfransen. Unter meinen Füßen, ich bemerkte es jetzt erst, spürte ich durch die abgelaufenen Sohlen den Kies, und ich blickte hin zu Friederikes Schuhen, die mir von zeitloser Eleganz zu sein schienen. Größer, dachte ich, konnte ein Unterschied nicht sein zwischen Dingen, die grundsätzlich demselben Zweck doch dienten.

Dieser Unterschied nahm in mir zu an Bedeutung, und obwohl ich mich aus meiner gebeugten Haltung nun wieder aufrichtete auf der Bank, fühlte ich mich klein und kleiner werden, als sollte ich vergehen, und fühlte mich zum Schatten werden neben Friederike, neben einer Frau, deren Leben mir wie von einem Leuchten durchstrahlt erschien; und wenn es darin, dachte ich, auch dunkle, ja schwarze Seiten gegeben hatte, so hatte dennoch ein unzerstörbarer Glanz darüber gelegen.

Schwäche überfiel mich jäh. Neben Friederikes Leben verblaßte das meine, und nicht länger würde ich den Anblick von Schönem und Schrecklichem, das in den vergangenen Stunden in raschem Wechsel ans Tageslicht gedrängt hatte, ertragen, nicht den Widerstreit in mir zwischen Verzagen und Hoffnung.

Diese Schwäche nach der Ergebung begann, die Angst in mir vor dem Anblick des Schattens auszulöschen. Er lag da, wohin es mich zog in meiner Ratlosigkeit, er lag über Häuschen und Garten. Gleichgültig und zu müde, um die Augen abzuwenden, blickte ich hin, und blickte ihm entgegen, als er sich löste von seinem Ort, sich erhob, als wollte er näherkommen, und in Stillstand geriet.

Ein Erbeben zeigte der Schatten, eine Bewegung, die von außen nach innen lief, ihn verdichtete, verfestigte und in Rotation versetzte, bis er dem Knäuel glich oder der Knäuel war, der vor meinen Augen wirre Kreise beschrieben hatte, als ich um Amelies Leben zitterte und der Planet war, aus dem Augen immerfort auf mich gerichtet blieben: das rot glühende Auge eines Steins in einem Ring und die warnenden, wehrenden Augen der Eltern. Zu schwach auch, um meinen Blick nur in andere Richtung zu bringen, starrte ich auf das Ding, und sein Kreiseln ließ nach.

Reglos stand der seltsame Planet über einem schemenhaften Bild von Häuschen und Garten. Seine Oberfläche glich tatsächlich der eines fest gewickelten Knäuels oder der eines Hirns mit seinen Windungen, Falten und Furchen. Vielleicht war es dieser Eindruck, dass ich nun meinte, auch auf mein eigenes Hirn unter meinen Schädelknochen zu schauen wie auf einen zweiten Planeten, und dass der erste (der aus dem Schatten gebildete) des andern Schicksal bestimme, sodass dieser, solchem mächtigen Willen ausgeliefert, willenloser Trabant bliebe.

Meine Schwäche zerrann, Aufmerksamkeit erwachte. Ich sah mein Hirn wie aus seiner Schale genommen und in Geschwindigkeit mit dem andern verschmelzen, sah nur noch eine Oberfläche mit ihren Windungen, Falten, Furchen, auf denen Augen glommen wie immerwährender Brand. Keinen andern Planeten, keinen Schatten gab es weithin. Haus und Garten, sah ich, lagen in friedlichem Licht. Sie lagen in friedlichem Licht, aber auf den Hügeln meines Hirns saßen drohende Augen, und in seinen Schluchten hausten Einsamkeit, Angst.

Gleichgültig verschob ich die Blätter auf meinem Schoß, geriet an die erste Seite und verschloss meinen Blick vor dem ersten Satz. Denn was immer mich seit ihm, seit seinen fünf Worten, berührt, erhoben oder niedergeworfen hatte, es endete hier, vor den Hügeln und Schluchten meines Gehirns. Es endete jetzt mit der Erkenntnis, dass mein Hirn Trabant war und Planet zugleich und seine Schatten vorauswarf auf meinen Weg. Ich war ausgeliefert allein mir selbst.

Diesem Erkennen nahe zu sein, sagte ich mir, hatte ich geahnt, als mein Interesse an Friederikes Schicksal zusammenbrach. Nichts war für mich noch zu erwarten. Tages- und Jahreszeiten würde es geben und ein Heben und Fallen der Hände und meinen gesenkten Blick. Dass mir dies seit heute jeden Tag bewusst sein würde, war schrecklicher, als gleichsam mit blinden Augen durch die Zeiten zu treiben bis zu meiner letzten Stunde, die heute begann. Mir war bewusst, dass Schuldzuweisungen mir weder Hilfe noch Erlösung brächten. Die abweisenden Augen der Eltern, die spöttischen Worte der Mitschülerinnen – sie gehörten zu deren Leben.

Noch immer wusste ich nicht, warum sich Friederike mit Antonios Familiengeschichte so gründlich befasst hatte; es interessierte mich jetzt auch nicht mehr. Ich wusste nur noch, dass ein unbestimmter, winziger Schmerz, der nicht im Hirn, sondern in der Nähe des Herzens saß, mich beim Lesen begleitet hatte.

Ich rückte die Papiere auf meinem Schoß zu einem Stapel zusammen, fasste ihn mit beiden Händen, damit er nicht in Unordnung geriete, und legte ihn ab auf dem freien Platz zwischen Friederike und mir. Nüchtern sagte ich mir, dass der bewusst gewordene feine Schmerz einen Namen trug und „Einsamkeit" hieß. Er war die metallene Nadel, die auf mein Herz wies, die Nadel, die Trabant und Planet vernäht hatte zu einem Gestirn, das ziellos im Ozean eines Weltraums schwamm. Nur noch wie ein erlöschendes Notsignal erschienen aus früher geschauten freundlichen Szenen Bruchstücke ihrer Bilder, die ich verständnislos wahrnahm, die mir so fremd und fern waren wie Worte einer vergessenen Sprache. Als ich ein Abschiedswort suchte, vergaß ich Anstand und Höflichkeit nicht; ich würde Friederike danken für ihr Vertrauen und für die gemeinsam verbrachten Stunden.

Hatte ich gesprochen, hatten die bereit gelegten Worte vorzeitig meinen Mund verlassen? Waren Friederikes Worte Antwort gewesen? „Sie haben Ihr Herz vergessen." Fünf Worte. Klar und rein klangen sie nach in mir. Kein Schleier, kein dahinter verborgenes Unheil hatte die Stimme getrübt.

„Sie haben Ihr Herz vergessen." Wie eine Liedzeile hatte es geklungen, einfach und schön. Diese kleine Melodie, fragte ich mich, wollte sie sich dem entgegenstellen, was ich als meine letzte Stunde bezeichnet hatte? War sie ein Element des Wenigen, aber Entscheidenden, das stärker ist als die Mächte der Finsternis? Dies, ich erinnerte mich genau, hatte Friederike gedacht, als sie Konrads ersten Brief erhalten hatte, und hatte ich nicht eben für einen winzigen Moment an mein Herz gedacht?

Wie um mir selbst einen Halt zu geben, legte ich den rechten Arm auf die Rückenlehne der Bank, richtete den Oberkörper auf. Ratlos blickte ich hinweg über Blumen und Bäume in einen Himmel, der ohne Antwort war. Nein, ich wollte nicht mehr kämpfen, nicht hoffen, nicht verzagen.

„Lesen sie", sagte die schöne Stimme neben mir.

Ich las nicht. So müde fühlte ich mich, so schwer war mir mein Kopf, dass ich die Stirn in die rechte Handfläche legte und die Augen schloss. Die Wärme dehnte die Gedanken hinter meiner Stirn und ließ sie fortgleiten von Bank und Blumen und Gräbern, von visionären Szenen in Helligkeit und Schwärze, vom Leben und Sterben zahlloser Menschen, ihrem Agieren und Reden und Schweigen, ließ sie fortgleiten über eine Straße, die mir bekannt erschien, deren Windung den Blick in ihren weiteren Lauf verwehrte, und über Häuser, die seitwärts dieser Straße über einen Hang gestreut lagen, und über den Hang hinaus.

Eine weit sich hinbreitende, in der Mitte ebene Senke lag da oben, ganz gefüllt mit staubigem Dunst. Nichts erhob sich daraus, kein Laut war zu hören. Doch das Stumme, nahezu Bewegungslose, dieses für meinen Blick Undurchdringbare machte, dass es still in mir wurde und ich mir wünschte, dass es so bliebe und ich meine Augen auf nichts anderes richten müsste als auf dieses geduldige, staubige Grau. Irgendwann würde der Staub fallen, der Dunst sich heben – es hatte Zeit. Ebene und Senke glitten in die Ferne, verschwanden ein wenig, erschienen, und als hätte ich eine Weile geschlafen, fühlte ich mich gestärkt und erfrischt.

Inzwischen hatte sich nichts an meiner Haltung verändert, noch immer stützte sich mein Ellbogen auf die Lehne der Bank, noch immer lag die Stirn in der warmen Hand, blieben die Augen geschlossen. Fingerspitzen und Handballen übten einen leisen, dauerhaften Druck zu den Schläfen hin aus, wie um mein Schauen nicht in andere Richtung gleiten zu lassen. Eindrücke von Ausgewogenheit und Stille und von der Geduld vor dem Schweigen, sagte ich mir, hatte ich erfahren – einen Prolog aus Bildern – vielleicht zu einer folgenden Szene aus dem Spiel in diesen seltsamen Stunden.

Ja, ein letztes Mal während dieser Zeit auf einer Bank zwischen Blumen und Gräbern, neben einer Frau, mit der ich kaum Worte gewechselt hatte, ein letztes Mal würde ich den inneren Bildern folgen. Verborgen und dennoch erahnbar gäbe es möglicherweise, außer dem Pendeln zwischen Extremen, außer diesem Stürzen und Steigen, ein Drittes, eines, das ich vergessen hatte oder nicht kannte, das sich gerührt hatte nach der Berührung durch den ersten Satz aus Friederikes Geschichte und von einer Teilnahme am Leben gesprochen hatte. Ja, in dieser Zeit hier auf der Bank, still sitzend, lesend, Bilder des Lebens betrachtend, Bilder aus meinem eigenen und aus anderer Menschen Leben, hatte ich im Hoffen und Verzagen begonnen, Saiten in mir zu entdecken und zu spüren, die vor langer Zeit zum Schweigen gebracht worden waren. Die vergangenen Stunden, sie erschienen mir lebendiger als die Jahre zuvor. Die Angst wich aus meinem Herzen; noch einmal wollte ich schauen, und ich wusste im Moment dieser Entscheidung, dass die in diesen Stunden aufgestiegenen Bilder mich zurückführten zu Maria, dem Kind, das im Schauen und Lauschen und in dem Spiel mit den Worten glücklich gewesen war. Vielleicht, vielleicht war ich nicht zurückgeworfen, nicht für immer zurückgeworfen, in die Stunde meiner Ankunft an diesem Ort.

Ich schaute.

Ich hatte Staub nicht fallen, Dunst nicht steigen sehen. Frühes Licht färbte die wolkenlose Weite des Himmels zartblau und schien jedes Sandkorn in der hingebreiteten Senke zum ersten Mal zu berühren wie an einem Schöpfungstag. Der Sandplatz lag da, aus dessen Mitte sich jetzt die Bühne erhob, aus dem Fortlauf eines Spiels heraus, meinte ich, denn die schweren roten Vorhanghälften waren in engen Falten bis an die seitlichen Rahmenteile geschoben.

So weit entfernt von der Bühne erschien mir mein Standort, als hätte ich soeben erst den über den Hang hinaufführenden Weg überwunden und befände mich am äußersten Rand des Platzes. Rahmen, Vorhang und Unterbau wirkten auf diese Distanz hin puppenhaft klein und weckten in mir die Vorstellung von einem Fenster, auf das ich schaute, während ich mich im dazu gehörenden Zimmer befände. Da war die Entfernung schon aufgehoben, wobei das Bild mir gegenüber seine Maße behielt.

Es war die Bühne, und es war ein Fenster. Meine Verwunderung darüber war, den aufsteigenden Bildern vertrauend, kurz und vorübergehend. Beides war möglich. Die Grenzen zwischen diesem und jenem waren durchsichtig geworden.

In der Art eines Bühnenbilds sah ich das rückwärtige Fenster meines Häuschens dargestellt, auch mit dem schönen Blick über die Wiesen und bis zum Waldrand hin. Sie lagen in mattem, überall gleichmäßig geltendem Licht, das keine Schatten hervorrief und die Frage nach einer Tageszeit vergessen ließ.

Der Bildausschnitt stellte sich aber so dar, als sei ich schon eine kleine Weile gewandert, nämlich bis hin zum Bach, der die Wiesen durchlief, sodass ich von dort aus bis hinüber zum Waldrand blickte. Aufmerksamkeit erwachte in mir, steigerte sich zu Erwartung, obwohl alles so abgebildet zu sein schien, wie ich es kannte; und für einen Augenblick noch spürte ich den Zauber, der mich zu diesem Ort immer wieder hinführte und dort hielt:

Nur von dieser östlichen offenen Seite her war das weite Oval des schönen Ortes ungestört einsehbar (weiter östlich lagen Häuschen und Garten). Linksseits, südlich, gab es niedrige Hügel, mit Buschwerk besetzt, die, mäßig ansteigend, ins bewaldete Land übergingen, das sich über die gesamte Weite im Westen zog; nördlich, auf wieder abfallendem Land, folgten Hecken von Schlehen und Haselnuss der Bogenlinie bis an den Bach, dessen Verlauf das Oval vollendete.

Es führte kein Steg übers Wässerchen, nur mit einem Sprung oder einem großen Schritt erreichte ich die andere Seite, und jedes Mal war mir dort so, als erwachte ich in einem andern Land. In seltsam scheuer Weise schaute ich mich da um, mit solchem Blick, der Einzelheiten und Abmessungen nicht beachtet, sondern gleichsam schweigend und in sich geschlossen Stille und Harmonie einlässt ins Gemüt. Und ein anderes gab es, es gab es nur hier an diesem Ort, etwas, das tief und geheimnisvoll war und von großer Macht. Ich spürte es, spürte ihm aber nicht nach und versuchte nicht, es zu benennen.

So war es immer gewesen, wenn ich anhielt beim Wandern oder, am Fenster lehnend, hinüberschaute, und jetzt war es so nicht. Er war nicht als Bühnenbild dargestellt, nicht durch Kulissen, der schöne Ort; er war auch nicht der, zu dem ich vom Fenster aus so gern schaute oder an dem ich beim Wandern innehielt.

Nur für meinen ersten Blick, meinte ich, hatte ein Wiedererkennen gewährleistet sein sollen, denn das Bild erschien plötzlich verändert; und wie dies geschehen war, weiß ich nicht. Das matte Licht war fahler geworden, es gab nur noch schwache Töne von Grün und Braun, als sei deren Farbstoff aus ihnen gewichen. Die Bäume, die Büsche, die

Kräuter, die Halme wirkten wie eine Schar entkörperter Wesen, wie Geistgestalten, als Wächter hierhin gedacht, und in diesem Augenblick, da ich dies wusste, löste ich mich von dieser Erde oder sie sich von mir, ich trieb fort von ihr oder sie von mir, und ich ergriff, bevor mein Bewusstsein schwand, eine hölzerne Strebe der Bank, hielt mich fest an ihr, kehrte heim zur Erde.

Fensterbild, Bühnenbild, begriff ich, sie hatte ich jeweils erkannt, und ich wusste, dass sich in Zeiten scheinbarer Muße Visionen und Erinnerungen zuweilen vermischten. Dass sie sich jedoch in Gemeinsamkeit und sogar gegenseitiger Deckung entfremdet darstellten – in fremdem Licht, in fremder Lautlosigkeit, in der Verwandlung vom Greifbaren und Erklärbaren zum Unbegreifbaren, Unerklärbaren –, das hatte die Grenze gewohnter Wahrnehmung überschritten. Die Entfremdung, sie ergab ein neues, ein drittes Bild, das mehr war als Überschneidung und Deckung.

Übers Erkennen und Begreifen hinaus wurde ich von etwas erfasst und durchdrungen, das über ein Staunen hinausging und auch Andacht nicht war: Zurückgeworfen war ich auf mich selbst, so eindeutig, wie es mir noch niemals geschehen war. Alles bisher Gelebte (oder das allgemein sogenannte Gelebte) war in diesem Moment in mir ausgelöscht. Nichts galt als dieser Augenblick, der außerhalb der Vorstellungen war von Raum und Zeit; nichts galt als die Betrachtung dieses dritten Bildes und die Akzeptanz des Unerklärbaren, das sich in ihm offenbarte. Unverändert blieb meine Haltung, geschlossen blieben die Augen. Hinter der Stirn in der warmen Hand schauten andere Augen, weitete sich der Geist.

XX

Vorn in der Wiese hob sich der Boden. Der Mantel der Erde riss auf, Schollen, gras- und krautbewachsen, fielen beiseite, glitten ab von dem braunen, nass glänzenden Klumpen, der aus der Tiefe wuchs, halbkugelförmig erst, in Eiform dann. Indem er sich hob, hier verengte, dort sich wölbte, war es, als bilde ein Gedanke nach einem ihm innewohnenden Plan eine Form, eine Gestalt, eines Menschen Gestalt. Die ihr zugedachte Höhe schien erreicht und die braune Masse nur Umhüllung gewesen zu sein, denn sie begann nun, zäh und schwer, am darunterliegenden Material abwärtszugleiten, wobei sich ihre Konsistenz verdünnte und die Formen freigab von Kopf, Hals, Rumpf und Gliedern.

Ich wusste es und wollte es noch nicht wissen, dass es meine Gestalt war unter der lehmigen braunen Masse, unter diesem klar sich abzeichnenden Braun zwischen unwirklich erscheinenden Dingen, die sich nicht mehr eindeutig abgrenzten voneinander, so, als hätte Nebel eine Zeichnung befeuchtet.

Meiner hellwachen Bewusstheit und Aufmerksamkeit war noch immer – auch, wenn dies sich zu widersprechen schien – jene seltsame Scheu beigemischt, wie ich sie aus der Begegnung mit etwas sehr Schönem her kannte; und zu diesen beiden trat Zustimmung hin, ein Ja, das sich geklärt hatte aus Verwunderung und Verwirrung und mehr war als ein Ergebnis des Denkens und Wägens: ein Ja zu dem, das geschah und geschehen wollte.

Die letzten Schlammschlieren glitten ab von einem Körper aus anscheinend festerem Stoff, der, braun und glänzend, keine Rückstände festhielt. Unbeweglich stand sie, die Gestalt, die Gestalt einer Frau, meine Gestalt, während die Farbreste aus den Dingen ringsum begannen, diesen aus der Erde gestiegenen Körper wie mit Fingern zu betasten, wie mit ihrem Atem zu berühren und Farbschatten zu hinterlassen, als wollten sie ihn bekleiden.

Und noch immer galt es – kein Zweifel war möglich – zu warten, galt es, zu schauen in äußerster Aufmerksamkeit, nichts zu ändern an meiner Haltung. Denn hier zeigte sich nicht Maria, die Frau, die ich heute war, obwohl sie mir glich. Sie war blicklos trotz geöffneter Augen, ohne Mimik und Gestik. Sie war Erdmaterial, schwach behaucht mit Farbschatten von … Ein breiter blendender Lichtstrahl, senkrecht gerichtet, fuhr, stark wie ein Schwert, durch den Scheitelpunkt ihres Kopfes, fuhr nicht hinaus. Sie war, wusste ich, ins Leben gerufen, sie war beseelt; und ein Schauer durchlief mich, als habe das Lichtschwert oder sein Abglanz auch mich berührt.

Nur noch ein kurzer Blick traf mich aus den erwachten Augen, ein Blick, wie man ihn jemandem flüchtig und in Einverständnis durch langes Vertrautsein zuwirft, bevor sie sich wandte und ging, hinein in die Wiese ging, die sich vor ihr breitete, viel weiter, als ich sie kannte, und ihre Farben wiedergewann; und in gleichem Maße, wie die Wiese sich dehnte, wich der Wald in dunstige Ferne, zeichnete ein abendliches Blau des Himmels sich ab. In diese Ferne hinein schritt die Gestalt der Frau, schritt meine Gestalt, und trug, als sei das Grün, das Braun an ihr der Wiese und der Erde wiedergegeben, ein Kleid in der Farbe des Abendhimmels – in einem nun rasch verblassenden Bild, das sich selbst auszulöschen schien, bis es nur noch eine flache Senke und darin eine Ebene gab, gefüllt mit staubigem Dunst.

Als ich die Stirn aus der Hand hob und um mich blickte in der Meinung, unendlich viel Zeit sei vergangen, sah ich, dass Sonnenstand und Schattenlängen sich kaum verändert hatten und Friederikes Miene keinerlei Ungeduld zeigte.

Wie aufgewühlte Wasser ins Gleichmaß ihres Flutens finden, so bewegten sich in ruhigem Miteinander die eben geschauten Bilder in mir und über ihnen meine Gedanken. Zwischen ihnen aber flatterte wie auf kleinen Flügeln eine Erinnerung umher, eine Stimme aus Kindertagen, meine Stimme, obwohl es doch meines Vaters Stimme immer gewesen war, die sie sprach, die Worte, im Schein der Kerzen, am Heiligen Abend, nach dem Abendessen und nach der Bescherung, wenn er die Weihnachtsgeschichte vorlas aus dem Evangelium des Lukas und sein Vorlesen abschloss mit dem 19. Vers aus Lukas 2: „Maria aber behielt alle diese Worte und bewegte sie in ihrem Herzen." Und wenn ich danach in mein Zimmer ging und zu Bett, dann wanderten sie mit mir, diese Worte, und ich war für einen Moment eine kleine Mutter Maria, versteckt aber zwischen den anbetenden Engeln im Stall, war dann Maria, das Kind, das den Vers nachsprach im Stillen, bis es nur noch die eigene Stimme vernahm und die Worte Heimat gefunden hatten und sich in seinem Herzen bewegten, die eben vernommenen und solche, die dort gehütet wurden in geheimen Kammern.

Heute, in dieser Stunde des sinkenden Tags, versprach ich mir, in den Kammern meines Herzens zu bewahren und zu bewegen, was meine andern Augen gesehen hatten.

Weithin schaute ich in den südlichen Horizont, in dessen Ferne schon Streifen lagerten aus dunklem Gold – und aus der Ferne von nahezu zweitausend Jahren, dachte ich, waren die Worte des Lukas gekommen zu Maria, dem Kind, und nun, nach der Zeit eines halben Menschenlebens, hatten dieselben Worte noch einmal mein Herz berührt. ‚Ein Finger, der sich hebt', dachte ich wieder, ‚berührt auch einen Stern und wirkt ein auf ihn.' Gefühl und Erkenntnis entfalteten sich ruhig und klar, und ich glaubte tatsächlich zu spüren, wie Schlammschlieren abliefen an meinem eigenen Körper.

Ich atmete ein, und ich atmete aus, und dies geschah so, dass ich meinte, noch niemals zuvor so geatmet zu haben. Die Lider senkten sich über die Augen, und es fiel mir ein, dass sich zwei Bilder, zwei Impressionen eigentlich nur, wie Momentaufnahmen eingeblendet hatten in das dritte, das magische Bild:

Die Töpferwaren an den staubigen Straßen bei Cadiz waren vor meinem Blick erschienen, als sich der braune, nass glänzende Klumpen aus der Erde hob; und an der noch unbeseelten Menschengestalt waren Matrjoschkas vorbeigezogen, die ineinander verschachtelbaren Puppen aus Holz in den Kaufhäusern Moskaus.

In Cadiz hatte ich Ende der 1960er Jahre in der dortigen Niederlassung eines englischen Reiseunternehmens gearbeitet, dessen Geschäftsführer die Chance, die sich aus dem beginnenden Tourismus in die Länder des südlichen Europas ergab, früh erkannte. Es war meine erste Arbeitsstelle nach dem Studium, mein Vertrag galt für ein halbes Jahr, es war mein erster Aufenthalt in einem andern Land. Sogenannte Sehenswürdigkeiten interessierten mich außerhalb meiner Arbeitszeit nicht. In freien Stunden durchwanderte ich die Stadt, bald nur noch die Altstadt, suchte nichts oder meinte, nichts zu suchen, spürte die Straße unter den Sohlen, setzte mich hier oder dort vor eines der kleinen Cafés, und meine Augen wanderten über die bunt bemalten Keramikwaren vor den kleinen Läden und ruhten aus auf den braunen, bauchigen Dingen, den Schalen, Vasen, Krügen.

An freien Tagen wanderte ich manches Mal hinaus aus der Stadt, und wenn ein Auto auf mein Handzeichen anhielt, nannte ich ein ferneres Ziel (Tarifa, Malaga, Sevilla), stieg bald an der Landstraße wieder aus, ging weiter zu Fuß, den Blick auf den Staub an den Schuhen, den Füßen gerichtet oder in die staubige Ferne, bis aus dem Dunst die Gestänge eines Verkaufsstands auftauchten und wie Schemen die Töpferwaren. Dann verlangsamte sich der Schritt, und ich blieb da für eine

Weile und schaute auf die Formen der Gefäße auf den Brettern, auf dem Boden, die, dem Staub so nah und staubbedeckt, wieder, meinte ich, Staub werden wollten, und der Sog in die Stille war groß.

In Moskau arbeitete ich als Angestellte des Auswärtigen Amtes zwei Jahre an der Deutschen Botschaft; zuvor hatte ich die Dolmetscherprüfung für Russisch vor der Industrie- und Handelskammer in Bonn abgelegt.

Am Vorabend meines ersten Urlaubs saß ich am Schreibtisch vorm Fenster meines Apartments, nur noch wenige Kleinigkeiten und die Geschenke für einige Menschen zu Hause waren im Fluggepäck unterzubringen, wie auch fünf jener bemalten hölzernen Puppen.

Jede war andersartig bemalt, und erst jetzt, da nichts weiter zu tun war, als auf den nächsten Morgen zu warten, fiel mir wie beiläufig ein, sie zu öffnen und zu schauen, ob sich an den Puppen eines Satzes Muster und Farbgebung wiederholten. Eine Matrjoschka enthielt fünf jeweils kleinere Puppen, wobei die letzte ein winziges Püppchen war und nicht mehr zu öffnen; und seine Bemalung und die aller Mitglieder seiner Serie war tatsächlich der ihrer Mutterfigur nachempfunden.

Da standen sie auf dem blanken Tisch, dreißig hölzerne Gestalten, etwa birnenförmig jede, ein Völkchen von gleichem Blut oder Holz, musste ich denken, und begann, die Familien (also die jeweils gleichartig bemalten Figuren) nach ihrer Größe geordnet aufzubauen, sodass jede Reihe in schräger Linie vor mir aufgestellt war, fünf Reihen nebeneinander und sechs Puppen in jeder: eine Heerschar im Kleinen, die Kleidung in jedem Zug uniform.

Gleichheit aber beherrschte sie alle in der aufs Holz gemalten Art ihrer Haltung (mit seitlich an den Körper angelegten Armen nämlich) und der ihrer Augenpartie. Diese war es, die machte, dass die überschaubare, weil geordnete Anzahl der Gestalten in meinem Hirn, das mir so leer erschien wie mein Raum, gewaltige Dimensionen annahm.

Die schwarz gemalten Lidränder wiederholten in ihrer Bogenform die der Brauen, schwarz war die Iris umrandet, die ihrerseits als heller Reif in der Farbe des Holzes die Pupille umschloss, der kein Lichtspritzer gegeben war als Zeichen eines beseelten Auges, die schwarz war und so groß wie unnatürlich geweitet. In der zunehmenden abendlichen Dämmerung zogen über meinen Tisch, zogen durch meinen Raum Kolonnen, Heere, blicklos und stumm, in die Schwärze ihres Untergangs, der schon gemalt war, dachte ich, in diese Augen, und ich fühlte mich klein und kleiner werden, um mich einzureihen in die blicklosen Scharen.

In der Tiefe des Herzens hatte ich bewahren und bewegen wollen, wovon das dritte Bild erzählte, hatte ich die Zeit sich dehnen lassen wollen, hier, im Frieden des sinkenden Tags. Aber obwohl ich hinblickte über Gräber und Blumen und längere Schatten, hob sich der Bühnen- oder Fensterrahmen wieder vor meine Augen und mit ihm in Sequenzen das erschaute Geschehen. Wie willkürlich aufgerufen erschienen und vergingen einzelne Bilder, einander rasch folgend und kaum erkennbar sogar, als sei ein deutlicheres Erinnern an sie nicht nötig in diesem Augenblick, weil sich links und rechts vom Hauptfenster jeweils ein kleines Nebenfenster aufgetan hatte, aufgeschlagen eigentlich, denn beide schienen wie durch Scharniere mit dem großen verbunden zu sein.

In ihnen bewegte sich nichts. Still lagen, im linken abgebildet, die Töpferwaren, die Gefäße aus den Verkaufsständen an den Straßen bei Cadiz; das rechte zeigte die Matrjoschka, die Puppe aus Holz. In dem Moment, als ich aufschaute, erinnerte ich mich, dass in jenem Urlaub einzig die Mathematiklehrerin ein anderes Geschenk als eine Matrjoschka erhalten hatte: Die „Muttergottes von Wladimir", eine schöne Nachbildung der Ikone aus dem 12. Jahrhundert, hatte ich ihr am Tag meiner Ankunft ins Häuschen gebracht; und sie war wohl der Meinung gewesen, das Bildnis gehöre nur dahin und nicht in die Stadt und die Wohnung dort, denn ich hatte es bei meinen Besuchen stets an seinem Platz vorgefunden.

In der rückwärtigen Kammer befand es sich, die eigentlich die Schlafkammer war, aber auch ein kleiner privater Aufenthaltsraum, denn ein schöner Schreibtisch, ein antikes Stück, wie mir schien, und der Stuhl dazu, waren nah ans Fenster gestellt. In der Nische dieses Fensters, jenes Fensters mit dem schönen Blick über die Wiesen, in dieser Mauernische, die etwa die Tiefe eines halben Meters besaß, war an deren Linksseite das Bild angebracht. Dies ergab, dass der Blick der Gottesmutter ins Zimmer und durchs Zimmer hindurch in jene Ferne gerichtet schien, in welcher die schönen, von Trauer überschatteten Augen bereits das Unabwendbare sahen.

Anders verhielt sich das Kind. Eindringlich versuchte es in Haltung und Blick, der Mutter diese Trauer zu verwehren: Sein ausgestrecktes Händchen, schien mir, wollte ihr Einhalt gebieten, und seine Augen bestürmten sie geradezu, nicht die Passion zu sehen, sondern das Heil, mit solcher Intensität, dass ich meinte, sie reiche für weit mehr als für zweitausend Jahre.

Es schützend, hielt der rechte Arm der Mutter das Kind umfangen, war ihr Kopf ihm entgegengeneigt. Nur die linke Hand hielt sie, in die Höhe ihres Herzens erhoben, wie wegweisend geöffnet, als solle all ihre Liebe das Kind begleiten auf seinem Weg.

In der wohltuenden Gelassenheit, die ich empfand, in der sich Impressionen und Gedanken in Ruhe bewegten, einander suchten oder sich zuzuordnen begannen, gewann dieses Bild der Ikone eine Bedeutung, die ich ihm damals, als ich es erwarb, nicht zugeschrieben hatte; nur etwas Besonderes, sehr Schönes hatte ich geben wollen.

Innigste Verbundenheit herrschte in dem Bildnis zwischen Mutter und Kind, obwohl der Ausdruck von Haltung und Blick gegensätzlich dargestellt war. Besondere Bedeutung, dachte ich nun, hatte die Mathematiklehrerin dem Bild zugedacht, als sie ihm in ihrem privatesten Raum seinen Platz gab. In der Nische des Fensters wirkte es wie in einem Schrein verwahrt, einem offenen Schrein, durch dessen rückwärtige Wand (dem Fenster) sie über die Wiesen blickte, wenn sie an ihrem Schreibtisch saß, und an dessen linker Seitenwand bei westlich stehender Sonne die Bildoberfläche glänzte wie altes Gold.

Im Häuschen, als ich es übernahm, war es nicht mehr vorhanden. Jetzt, hier auf der Bank, erinnerte ich mich meines Gefühls der Verwunderung hierüber und des ihm folgenden, das sich – wie ein liebevoller Gedanke es tun mag – sanft ausgebreitet hatte in mir und mir sagte und bestätigte, dass dieses Häuschen nun wirklich mein Häuschen war.

Verwunderung überkam mich auch, als ich erkannte, dass ich nicht nur Gedanken betrachtete und Bilder, sondern auch die sie begleitenden Gefühle aufspürte – und sie empfand! Zunehmend geschah dies seit Stunden, und jede Stunde, dachte ich wieder, erschien mir so groß und so wertvoll wie die Zeit eines erfüllten Lebensjahres.

Blassblau, wolkenlos und ohne irgendein Gestirn zu zeigen, stand der hohe Himmel über einem winzigen Flecken auf dieser Erde, über zwei Menschen auf einer Bank, über Baumzeilen, die in die Ferne liefen. ‚Es ist Zeit', dachte ich, ‚bevor das Licht fällt, will ich Friederikes Geschichte zu Ende lesen, und bevor die Nacht steigt, will ich das Kind aufsuchen, das zurückblieb in den Korridoren des Internats.'

Überm dreiflügeligen Bild stand der hohe Himmel, und indem ich Abschied nehmend noch einmal hinschaute zu den Tafeln, auf Bewegung und Stille in ihnen, und die Augen nicht abzuwenden vermochte, da war mir, als seien nur eine Nacht und ein Tag vergangen, seit Maria, das Kind, an einem Abend Worte vernahm, die der Vater vorlas aus einem schmalen Band, und es mit den Worten allein sein wollte. Der heutige Abend wurde für mich der nach jenem gestrigen Abend, und die Zwischenzeit der Jahrzehnte ein Wimpernschlag.

Ich saß auf einer Bank zwischen Blumen und Gräbern und umwanderte wieder den Tisch mit der Lampe darüber in der Mitte des Kinderzimmers, begleitet von der Dunkelheit in der Tiefe des Raums. Auf der Kreisspur sich bewegend zwischen Lichtschein und Dunkel hatte gestern Abend das Kind sein Spiel begonnen mit den neuen Gefährten, begann ich heute Abend eines mit den erschauten Bildern; und die Heimat der Worte und die der Bilder war eine ihnen gemeinsame Heimat – tief unter den Spiegeln der Gewässer, hoch über Sternen oder in verborgenen Räumen in mir.

Alles, was wie Visionen vor meine Augen getreten war – die Szenen auf der Bühne, das Bild des Schattens, Planet und Trabant –, das bewegte sich, floss dahin unter meinem ruhigen Blick, wurde ein Fluss, der sich teilte zum dreiarmigen Delta, und jeder Arm fand seine Mündungsstelle in einem der Teile des dreiflügeligen Bilds oder Fensters.

Das Bild der Ikone glitt darüber hinweg, aber der Moment genügte, um Erinnerungen zu erwecken an die Kirchen Moskaus und die Kirchen anderer Städte und an dreigeteilte Altar- oder Andachtsbilder in manchen von ihnen. Szenen irdischen Lebens waren zumeist in den beiden aufgeschlagenen schmalen Seitentafeln bildhaft dargestellt, Aussagen zu Erlösung und göttlicher Liebe im größeren mittleren Teil.

Der Rhythmus meiner Schritte auf der Spur zwischen Lichtschein und Dunkel pochte in meinem Herzen, der heutige Abend war jenem gestrigen nah und das dritte, das magische Bild mit seinen Nebenfenstern, war heute Abend das Bild meiner Betrachtung und Andacht.

Irdisches – die Töpferwaren, die hölzerne Puppe – war in ihm links- und rechtsseitig abgebildet. Über Vergänglichkeit und die Stille im Staub und über ein Erstehen aus Staub sprach das eine Bild; über Untergang sprach das andre, übers Verderben; es sprach von jener Hölle, dachte ich, von der Konrad gesagt hatte, sie sei im Menschen und hier. Nahezu die gesamte Zeit meines Lebens – gekleidet in die Visionen von Angst, Trauer, Ergebung – floss zu diesen beiden hin.

Die Wasser des mittleren Flussarms trugen das verloren geglaubte Glück des Kindes Maria mit sich und zogen zum dritten Bild. Es zeigte sich so, wie ich es vom Blick durchs Fenster her kannte, und doch wurde meine Erinnerung an die magische Szene in ihm erhalten, denn dann und wann war mir, als fielen mancherlei Lichtstrahlen darauf wie durch windbewegtes Laub vor farbigen Fenstern und als liefen Schatten darüber hin wie von Flügeln.

Die gläserne Außenhaut, die mir einst gewachsen war, sie zersprang; Scherben, so war mir, fielen neben meinen Füßen zu Boden, und in mir klärte sich, was es war, das mich so oft hinzog zu diesem Ort und dort hielt:

Näherte ich mich während meiner Wanderungen der Wiese, so war es undenkbar, an ihr vorbeizulaufen. Der Schritt verlangsamte sich, der Körper vollzog eine entsprechende Wendung, der Atem wurde ruhiger, tiefer; und wenn ich meinen Platz erreicht hatte vorn in der Wiese, spürte ich getane Schritte und Atemzüge nicht mehr und nur den Körper in seiner Schwere, den es hinabzog ins Dunkel, in die Wärme der Erde, in der ein Flüstern war und ein Knistern, ein Murmeln und Rauschen. Da würde ich schlafen, und während ich schliefe, würde die Erde den Körper, den wunden, heilen und hegen bis zur letzten Faser des Fleisches, bis zum letzten Splitter der Knochenstäbe, und mein

Hirn und mein Herz würde sie heilen zwischen ihren körnigen Krumen, den dunklen.

Darüber stünden die Wächter – die Tannen, die Kiefern, die Erlen und Ulmen – und sähen an einem Tag, wie es der heutige war, an einem Tag, der in Sonnenlicht und Sonnendunst so weit wäre, als gäbe es nirgends ein Ende, und erfüllt von einer Luft wie Quellwasser weich, an solch einem Tag sähen sie, wie eine Gestalt sich erhob aus der Erde, wie Licht glitt in ihre Augen und wie sie dahinschritt über die Wiese, die sich ebenfalls weitete bis ins Grenzenlose.

XXI

Der im Westen noch erhellte Himmel gab genügend Licht. Im Vertrauen darauf, dass die Zeit reichte, um zu erfahren, was die noch ungelesenen Seiten erzählten, hob ich die Blätter auf – und hielt inne in der Bewegung. Würde sie reichen für etwas, das noch zu geschehen hätte? Für etwas, das wie ein Impuls wäre für einen Schritt, wie ein Ruf wäre, ähnlich dem Ruf am Morgen, der mich fortgeführt hatte von einer Arbeit in Asche, Staub, Erde. Und wie in der gespannten Erwartung, wann der Vorhang der Bühne auf dem Sandplatz sich öffne, durchlief Unruhe mich, denn dies, das geschähe, würde mich noch eine Barriere oder Wand in mir überwinden lassen.

Ich senkte den Blick auf die Seiten in meinen Händen. So viel war heute durchs Lesen geschehen. Ich würde weiterlesen, ich würde zuversichtlich bleiben und wachsam.

Akten bedeckten den Tisch im Esszimmer, im Musikzimmer den Flügel und den Boden vor dem Sofa, auf dem Friederike lag. Seit sechsunddreißig Stunden hatte sie nicht geschlafen, und diese Ruhe jetzt glich, nach äußerster Erschöpfung, eher einer Bewusstlosigkeit als einem Schlaf.

Die Fenster im Haus standen weit offen, Abendluft zog durch die Räume. Nach kurzem Temperaturrückgang waren diese letzten Tage des Juli 1986 wieder warm geworden.

Gestern hatte Friederike früh morgens einen Anruf aus dem Finanzamt erhalten mit der Bitte, möglichst umgehend dort zu erscheinen, da es zu ihrer Steuererklärung Fragen gebe. Die vorsichtige Wortwahl, ein Bedenken oder einen Zweifel verratender Unterton in der Stimme des Beamten hatten sie beunruhigt und unerklärbare Ängste in ihr geweckt; eine halbe Stunde später waren ihr die Formulare vorgelegt worden. Sie hatte die Echtheit ihrer Unterschrift bestätigt und hatte erwähnt, dass Philipp Serresheim, ihr Schwager und Rechtsanwalt, bei der Ausfertigung der Erklärung geholfen habe. Ein Schwindel hatte sie erfasst, als sie auf die angegebene Nummer des Kontos hingewiesen worden war, auf welches der zu erwartende Erstattungsbetrag gezahlt werden sollte. Ein Stuhl war ihr angeboten worden, ein Glas Wasser, aber die freundlichen Worte des Beamten hatte sie kaum verstanden. Denn während ihr Blick allein auf dem kleinen rechteckigen Feld für die Angabe der Kontoverbindung gelegen und ihr Finger nun diese Stelle auf dem Formularbogen betastet und sie es nicht nur gesehen hatte, sondern auch gefühlt, dass hier das Papier bearbeitet worden war, dass hier geschabt oder kräftig radiert worden war, um eine ihr unbekannte Ziffernfolge einzusetzen, da hatten sich in ihr Tore geöffnet, aus denen Angst hervorquoll und wuchs. Nun hatte sie sich doch setzen müssen.

Dies, hatte sie geahnt, war heute der Anfang von Schlimmerem, das ihr durch Philipp geschähe, und jetzt sprach der Beamte es aus: Diese Nummer bezeichne ein Konto bei einer Münsteraner Bank, der Kontoinhaber sei Herr Philipp Serresheim; man habe, hatte er erklärt, auf dem Wege der Amtshilfe Erkundigungen eingezogen; ob sie weitere Dokumente unterschrieben habe, war sie gefragt worden, ob sie eine Anzeige erstatten wolle.

Abwechselnd hatte sie genickt und den Kopf geschüttelt, sich dann, nachdem ihre eigene Kontonummer eingetragen worden war, schwankend erhoben, sodass der Beamte sie zur Tür begleitet und ihr geraten hatte, Rechtsbeistand zu suchen.

Um 8.30 Uhr hatte sie das Finanzamt verlassen. Bis zum Abend des folgenden Tages, bis sie eingeschlafen war im Musikzimmer auf dem Sofa, war dies geschehen:

Schon während der Rückfahrt bemerkte Friederike, dass in ihr jene Kräfte erwachten, die ihre eindeutige Entschiedenheit Philipp gegenüber bewirkt hatten – vor drei Wochen war es gewesen –, als er sie im Badezimmer bedrängte. Ihre Angst blieb, aber sie blieb als mahnender Begleiter, nicht als überwältigender Gegner. Die Angst, sagte sie sich, sollte sie wach halten, konzentriert und aufmerksam. Gleich, zurück im Dorf, würde sie bei Rolf, Helenes Sohn, Antonios Stiefsohn, in der Bäckerei Brötchen kaufen, zu Hause starken Tee aufgießen; sie hatte noch nicht gefrühstückt.

Es war 9 Uhr, als sie mit dem Auto in die schmale Landstraße einbog, die nach Holweis führte. Sie entschied, noch vor dem Frühstück einen Sachbearbeiter in der Bank in Brühl anzurufen, um den derzeitigen Kontostand zu erfahren. Der wies immer ein Guthaben aus, denn Konrad hatte sich stets geweigert, Vorschlägen über Anlagemöglichkeiten des Geldes Folge zu leisten. Sie besaß Vollmacht über das Konto. Konrads Lohn war hierhin überwiesen worden, seit seinem Tod wurden hier die Zahlungen seiner Rente verbucht. (Die Honorare für ihren Musikunterricht wurden seit dem Umzug nach Holweis auf ihr Konto bei der Sparkasse in Mürlen überwiesen.)

Als der Kauf des Hauses in Holweis bevorstand, waren Konrad und ihr von seiten der Bank hierzu Kreditvorschläge gemacht worden, aber Konrads Eltern hatten eindringlich darauf bestanden, den Kaufbetrag als Vorerbe auszuzahlen. Hatten die Eltern, hatte Konrads Mutter, dachte Friederike, als sie die Bäckerei verließ, sicherstellen wollen, dass Konrad den ihm zustehenden Teil des Erbes tatsächlich erhielt? Hatten die Erfahrungen der Mutter mit dem Kind Philipp sich ausgewirkt bis hierhin?

Die Brötchentüte legte sie ab in der Küche, ging zurück in den Flur, spürte eine gewisse Unsicherheit in der Beherrschung der Füße, der Beine, drängte aufsteigende Ängste beiseite und setzte sich in den Sessel am kleinen Tisch mit dem Telefon; in Konrads Telefonverzeichnis fand sie die Nummer der Bank. Das Konto, erklärte ihr der Beamte, weise ein Defizit auf, das ein geduldetes Limit nahezu um das Doppelte überschreite; ein Schreiben hierzu mit der Bitte um Vorschläge zu dessen Ausgleich erreiche sie in den nächsten Tagen.

Die Brötchen blieben in der Küche liegen, nach einer knappen Stunde Autofahrt, kurz nach 10 Uhr, saß sie dem Mann an dessen Schreibtisch gegenüber. Zwei Schriftstücke wurden ihr vorgelegt: eine von ihr unterzeichnete Vollmacht für Herrn Philipp Serresheim, ihre Interessen der Bank gegenüber anwaltlich zu vertreten, sowie eine von ihr unterzeichnete Bankvollmacht für ihn. Man habe, erklärte der Beamte, im Fall der Bankvollmacht auf ihr persönliches Erscheinen ausnahmsweise verzichtet, da sie, wie ihr Schwager und Rechtsanwalt versichert habe, nach dem Tode ihres Mannes schwer erkrankt sei; zudem wisse man hier in der Bank, dass ihr verstorbener Mann – wie auch ihr Schwager – aus wohlhabendem Elternhaus komme. Ob noch weitere Behandlungskosten, welche die Krankenkasse nicht übernehmen würde, in der Zukunft zu erwarten seien, fragte der Mann, ob das Geld aus der aufgenommenen Hypothek hierzu reiche.

Der Beamte beobachtete sie. Sie bemerkte seinen fragenden Blick, der über ihr Gesicht lief, das sie unter Anstrengung versuchte ruhig zu halten, weil ihre Zähne begannen, gegeneinander zu schlagen, und über ihre Hände lief, auf denen die Knöchel weiß hervortraten, weil die Finger verkrampft die Armlehnen des Stuhls umklammert hielten. Ihre geflüsterten Worte: „Eine Hypothek? Ich war nicht krank. Trauer ist keine Krankheit", schienen den Mann einen Moment lang zu verwirren, aber entschlossen entnahm er im nächsten Augenblick der ihm vorliegenden Akte den Hypothekenvertag und legte ihn ihr vor. Wiederum, wie im Finanzamt, bestätigte sie die Richtigkeit ihrer Unterschrift. Die

Höhe der Hypothek übertraf die des überzogenen Kontos um das Doppelte.

Eine in ihr aufsteigende Schwäche drängte sie zurück, besann sich und bat um Aushändigung aller Kontoauszüge seit dem Tod ihres Mannes. Der Beamte verabschiedete sich, ließ ihr die Kontoauszüge von einem Mitarbeiter überbringen. Friederike blätterte sie durch. Nach Konrads Tod war das Konto durch Barauszahlungen an Philipp, später durch Überweisungen auf verschiedene Konten, zuletzt durch die Raten zur Abzahlung der Hypothek belastet worden.

Während der Rückfahrt fiel ihr ein, dass sie ihr Konto bei der Bank in Mürlen überprüfen müsse. Sie fuhr an Holweis vorbei und weiter nach Mürlen. Bevor sie das Bankgebäude betrat, blieb sie vor der gläsernen Tür stehen, tat einen tiefen Atemzug, trat schließlich steifbeinig über die Schwelle, und es dauerte tatsächlich einige Augenblicke, bis sie bei Durchsicht ihrer Kontoauszüge begriff, dass ihr Guthaben hier unangetastet geblieben war. Sie überwies die Hälfte der Summe auf das Konto in Brühl.

Es war 12.30 Uhr, und die Türen der Bank wurden geschlossen zur Mittagspause, als Friederike die Heimfahrt antrat. Unordnung, dachte sie unterwegs, oder eher eine eigenwillige Vorstellung von Ordnung konnte auch nützlich sein: Niemals hätte Philipp im Musikzimmer zwischen Notenblättern und -büchern einen Arbeitsvertrag oder Honorarabrechnungen vermutet. Möglich war jedoch auch, dass er von ihrer Tätigkeit nur geringe Einkünfte erwartet oder aber befürchtet hatte, in der Bank im nah gelegenen Mürlen werde ihm seine Geschichte über eine Erkrankung seiner Mandantin nicht geglaubt.

In der Küche fand sie die Brötchentüte vor, aß immer noch nichts, weil sie meinte, ihr Magen sei fest verschnürt, suchte in den Fächern des Schranks umher, fand die Dose mit dem Kaffee, der gedacht war für Gäste, und musste sich darauf besinnen, wie Kaffee aufzugießen sei. Schwarz trank sie ihn, neue Energien durchströmten sie; alles, was sie fand an Akten und Papieren in den unteren Fächern des Esszimmerschranks, legte sie auf den Tisch, setzte sich, begann ratlos und wahllos sie aufzuschlagen; alle Büroarbeit hatte früher Konrad erledigt.

Sie verlor sich für eine kleine Weile in der Berührung solcher Blätter, die seine Handschrift trugen, legte ihre Wange an seine Schrift, legte die Arme um das Papier, schreckte auf – nicht für Trauer, nicht für Traum war jetzt Zeit. Sie betrachtete das, worauf ihr Gesicht soeben geruht hatte, las schließlich Zeile für Zeile und begriff, was es war, das sie da las.

Es war der Vertragsentwurf zu Luzias Ausbildungsversicherung, die Konrad und sie 1968, im Jahr des ersten Geburtstags ihrer Tochter, abgeschlossen hatten, und es war im Aktenordner, wie es sich für Friederike durch Vor- und Rückwärtsblättern bestätigte, das einzige Schriftstück hierzu. Die Seiten des Originals fehlten, wie auch die Jahresmitteilungen zu jeweiligem Guthabenstand und voraussichtlicher Auszahlungssumme, sowie der letzte Schriftverkehr. Während der Ostertage nämlich, vier Wochen vor seinem Tod, hatte Konrad von einem Schreiben der Versicherung gesprochen, in welchem angefragt worden war, ob der in diesem Jahr fällig werdende Auszahlungsbetrag ein Jahr noch ruhen solle, woraus sich ein zusätzlicher Bonus für den Versicherungsnehmer ergäbe. Die Durchschrift seiner Zusage – Friederike erinnerte sich deutlich – hatte er mit der Miene eines Menschen, für den sich ein Vorgang zu seiner Zufriedenheit entwickelt, abgeheftet: Im nächsten Jahr, wenn Luzia aus Argentinien zurückkehrte und mit ihrem Studium begänne, stünde ihr eine solide finanzielle Grundlage zur Verfügung.

Obwohl Friederike wusste, dass es unsinnig war, die Unterlagen in anderen Ordnern zu suchen, blätterte sie einige durch, erkannte kaum noch, was sich da aufschlug in rascher Folge, bemerkte eine plötzliche

Schwäche und meinte, sich hinlegen zu müssen für einen Augenblick, begriff aber sogleich, dass es Nahrung war, die ihr fehlte.

Als sie am Küchenschrank stehend ein Brötchen teilte und eine Hälfte mit Aufschnitt belegte, war ihr, als bereite sie nicht eine kleine Mahlzeit zu, sondern eine ihr verordnete Medizin, wartete ungeduldig auf das Geräusch siedenden Wassers im Kessel für frischen Kaffee, glaubte, nicht mehr warten zu können, griff hin zum Brötchen und hielt inne in der Bewegung.

In der Zeit nur weniger Herzschläge hatte sich das Licht verdunkelt im Raum, so, wie im Zuschauerbereich eines Kinos langsam die Lampen erlöschen, bevor sich die Leinwand erhellt. Die Dinge um sie her begannen zu wachsen, bis die Kante des Tisches an ihre Schulter reichte, und nicht sie, Friederike, stand vor den Etagen des Küchenschranks, nein, ihre Mutter war es, die aus dem Brotkasten in der Tiefe des offenen mittleren Fachs den Brotlaib nahm und auf ihm mit Hilfe des Zentimetermaßes vier gleiche Teile markierte, indem sie die Rinde anritzte. Jeder Teil war die Brotmenge für einen Tag.

Das Brot war am Abend zuvor von der Inneren Mission geschickt worden, und die Frau, die es brachte, war ins Zimmer getreten, als die Großmutter, die Mutter, die Schwester und sie, Friederike, am Esstisch saßen. Der Vater, das war der Hilfsorganisation bekannt, befand sich in russischer Kriegsgefangenschaft.

Der Esstisch war ein Gebäude aus Koffern und Kisten, welche die Flucht der beiden Frauen mit den Kindern vor zwei Jahren, im April 1945, überstanden hatten, die Tischdecke ein doppelt gelegter Gardinenstoff, der wegen der Konstruktion des Tisches überall Falten warf. Gedeckt jedoch war in schöner Ordnung mit Tellern, Gläsern, Bestecken auf den Stufen des Esstischturms. Das Geschirr, hatte die Mutter der Besucherin erklärt, käme aus dem Haushalt entfernter Verwandter hier in Oberhausen, zweier älterer Damen, die sämtliche Zimmer ihrer

Etagenwohnung bis auf eines, in dem sie gemeinsam lebten, vermietet hatten. Für jedes Kind war auf dessen Teller eine trockene Brotscheibe in Würfel geschnitten, die mit der Gabel aufgenommen wurden, Messer und Gabeln lagen an allen vier Tellern bereit. Kamillentee wurde getrunken. Einen Belag fürs Brot gab es nicht.

Über diesen Esstisch und über die beiden kleinen Mädchen, die sich zur Begrüßung des Gastes erhoben hatten, liefen die Augen der Frau, richteten sich dann auf die Erwachsenen. Ein Staunen, eine Frage, sagte später die Großmutter, habe sie darin gelesen, als sie antwortete: „Gute Manieren vermögen Leben zu retten."

Friederike, die am Küchenschrank stand, blickte auf ihre Hand, die sich zum Brötchen hinstreckte, und nahm sie zurück. Beide Handflächen lagen auf dem mit schönen blauen Kacheln verkleideten Boden des offenen Schrankfachs. Sie wusste, dass schwere Zeiten sie erwarteten, und obwohl sie noch nicht sämtliche Posten der monatlich festen Ausgaben aufgerechnet hatte, war es sicher, dass ihre Einkünfte nicht reichen würden. Dies waren Sorgen, sagte sie sich, größere kämen möglicherweise hinzu; aber außer diesen Sorgen gab es anderes, das die Angst geweckt hatte in ihr, und es war ihr soeben bewusst geworden.

Sie war sich sicher, dass Philipps kriminelle Aktivitäten, was sie betraf, ausgeschöpft waren, dass er neue nicht plante. Aber wie Arme, die sich aus dem Verborgenen reckten, aus dem bereits Geschehenen, das gehüllt in Dunkelheit und nicht benennbar, nicht deutbar war, könnte manches andere, durch Philipp in den vergangenen Wochen bereits verursachte Unheil, ihr in kommender Zeit entgegentreten. Dass es noch nicht erkennbar oder berechenbar war, gab dem Vagen, dem Unbekannten albtraumhafte Dimensionen.

Im Kessel auf dem Herd hinter ihr brodelte das kochende Wasser für ihren Kaffee. Sie presste die Handflächen fest auf die blauen Kacheln; sie gab sich ein Versprechen. „Gute Manieren vermögen Leben zu retten", hatte die Großmutter gesagt. Friederike versprach sich, ihr Leben zu retten und damit jetzt zu beginnen. Mit dieser Mahlzeit und mit guten Manieren.

Während sie in Sorgfalt die Handgriffe tat, um ein appetitliches Frühstück zu bereiten (als erste Mahlzeit dieses Tages war es doch als Frühstück zu bezeichnen, sagte sie sich, obwohl es fast 15 Uhr schon war), während sie also die Butterdose, das Honigtöpfchen aufs Tablett setzte, das Geschirr dazu stellte mit Besteck und Serviette, in den Brotkorb ein frisches Deckchen legte, zwischendurch heißes Wasser aus dem Kessel in den Kaffeefilter über der Kanne goss und im kleinen Kochtopf Wasser aufsetzte, um ein Ei zu kochen, zum Besteck einen Eierlöffel legte und aus den Schrankfächern einen Eierbecher und den Salzstreuer nahm – während dieser Handgriffe, kurzen Überlegungen und Entscheidungen begriff sie, was die Großmutter gemeint haben mochte mit ihren Worten. Die Besinnung auf die scheinbar unwichtigen Dinge – also nicht auf die Nahrung selbst, sondern auf den Umgang mit ihr im Verzehr – bejahte etwas in ihr, das sich mit jedem Handgriff klarer darstellte, das ihre Sorgen durchaus nicht löschte, aber an einen Platz verwies außerhalb dieses innersten Kerns. Diese Besinnung und dazu jeder Handgriff, den sie tat, führten sie fort von Übereile oder gar Kopflosigkeit im Umgang mit dem, das noch heute zu tun war. Gute Manieren, die sie anwandte im Umgang mit sich selbst, warfen Lichter auf das eigene Leben, bestätigten ihr auf vielfache Weise, dass es einzigartig und kostbar war.

Der Gedanke nahm sie gefangen, ihn wollte sie betrachten, und sie setzte sich auf den Stuhl neben dem Küchentisch, das Tablett mit dem Frühstück vor Augen. Ein Weinen begann in ihr aufzusteigen, fand keine Barrieren und floss als stiller Tränenstrom über ihr stilles Gesicht. Durch die Tränen in ihren Augen erschienen ihr die Möbel, die Dinge um sie her wie flüchtig und mit unklaren Konturen auf die Wände gemalt, und diese Wände wuchsen hoch hinauf, schlossen sich oben zur Kuppel, und aufsteigende starke Streben durchzogen sie wie Käfigstäbe. Alle Räume des Hauses waren solche Räume mit hoch sich wölbenden Wänden, alle Wände mit Dingen nur bemalt. Fortan, wusste sie, war sie in diesen Räumen, zwischen diesen Wänden allein, und von den Dingen würde ihr nichts oder wenig bleiben.

Die Tränen flossen nicht mehr, und ihre Augen, die hin und her glitten und auf und nieder erkannten nun wieder im Schrankfach das Tablett mit der vorbereiteten Mahlzeit.

Im Anblick der dort sorgfältig zusammengestellten Teile brach sie in ein stoßweises Schluchzen oder Gelächter aus, verärgert, weil sie vergessen hatte, dass der Tisch im Esszimmer beladen mit Akten war, die sie jetzt nicht wieder würde forttragen wollen, verzweifelt und ratlos, denn wie sollten diese Töpfchen und Schälchen und alle anderen schönen Teile des Geschirrs, die da zusammengefunden hatten wie Blumen zu einem Strauß oder wie freundliche Menschen zu heiterer Runde, wie sollte denn dieses Kleine und Zarte eine Wehr sein gegen den Ansturm der von Philipp losgelassenen Horden, seinen finstern Plänen und Taten? Als sie den Küchentisch deckte, fiel ihr etwas Tröstliches ein, das sie eben erst gedacht und wieder vergessen hatte: Auch wenn diese Wehr eine geringe war, so schien doch selbst das Geringe über geheime Kräfte von ausstrahlender Wirkung zu verfügen.

Sie aß langsam, nahm kleine Bissen, die sie sorgfältig kaute, um den angespannten Magen zu schonen, und jede Handbewegung war wie eine Antwort auf diesen verzögerten Rhythmus, wurde gemessener, gelassener sogar und teilte sich auch den Gedanken mit, die nicht mehr vorwärts eilten, nämlich zum bevorstehenden Telefonat wegen Luzias Ausbildungsversicherung, vielmehr für eine Weile in Stillstand verharrten und sich weiteten zu einem Augenblick des Erstaunens: Ein Anruf am Morgen hatte sie aufgeschreckt, hatte sie den Tag über handeln lassen und bewirkte zugleich, dass sich die Schatten von den Bildern der Vergangenheit hoben, und so zwingend hoben sie sich, dass sich ihre Blicke jetzt dem Kind zuwandten, dem Kind Friederike an den Stufen des Esstischturms.

XXII

Langsam, sorgfältig hatte sie, die vier- oder fünfjährige Friederike, jeden Bissen gekaut, jeden trockenen Brotwürfel, bis sich die Krümel im Mund mit dem Speichel vermischten und es dann keine Krümel mehr gab, sondern eine weiche teigige Masse, die süßlich schmeckte und ein wenig herb. Den ersten Bissen aber, den hätte sie gern immer und immer weiter im Mund bewegt, ihn hin und her gewälzt in seiner Höhle mit Hilfe der Zunge, weil er wie eine köstliche Mahlzeit war, die jedoch endlich hinabglitt in den leeren Magen und die Schluckbewegung zum verzögerten Reflex reduzierte. Der Genuss jedes nächsten Bissens glich dem des ersten niemals, aber jeden hatte sie ohne Eile gekaut, denn das Gefühl unbändigen Hungers war vorbei, war in den seltsamen Nebeln verschwunden, die das Tagesgeschehen fernhielten von ihr und Handgriffe und Gedanken verlangsamten oder vergessen ließen.

Der Nebel war auch in ihr Hirn gekrochen und hatte ihr das Gefühl gegeben, einen Ballon auf den Schultern zu tragen, wie auch der Leib gebläht gewesen war zum Ballon, an dem die dünnen Arme und Beine gehangen hatten wie an der Figur eines Hampelmanns, an dem die Ausbildung der Proportionen ins lächerlich Übertriebene geraten war.

Friederike sah das Kind und sah sich selbst, die Frau, und hinter jedem bewegte sich Dunkles groß und gefahrvoll: das Gespenst dessen, das die Erwachsenen „Krieg" nannten und „Flucht", und das Gespenst des durch Philipps schlimme Aktivitäten beschworenen Unheils. Beide Bedrohungen aber waren nicht eindeutig benennbar, denn weder das Kind noch die Frau wussten, was aus der Nacht des bereits Geschehenen vorschnellen, sich an irgendeinem Tag aller zukünftigen Tage feindlich in den Weg stellen würde.

Friederike, die still auf ihrem Küchenstuhl saß und die Dinge auf dem Tisch nicht mehr wahrnahm, spürte die eigene Angst und zugleich die des Kindes als tiefen, bohrenden Schmerz, den sie zu beherrschen versuchte, indem sie flach atmete und nur in winzigen Zügen. Eine Frage hatte sich auf ihre Lippen gelegt, trat geflüstert schon ein in den Raum, und die leisen Laute der Worte „Ist der Krieg denn noch nicht vorbei?" schienen sich vervielfältigt zu haben, füllten die Küche bis an die Wände, die Decke, nahmen zu an Stärke, steigerten sich zu durchdringendem, sirrendem Singen, dass sie meinte, die Scheiben der Fenster klirrten und müssten zerspringen. So, hatte Franziska, die vier Jahre ältere Schwester, es erzählt, so hatte es gesirrt und gesungen auf der Flucht, über den brennenden Städten.

Friederike bemerkte, dass ihre Hände den Tisch umklammert hielten, als bebe das Haus oder als bebe sie und müsse sich halten. Sie atmete tief, löste die Finger von den Kanten des Tisches, griff zur Kaffeekanne und füllte noch einmal die Tasse. Zuweilen, es fiel ihr jetzt ein, hatte sie eine Zigarette geraucht, in Gesellschaft oder, wenn Konrad ein Zigarillo rauchte, am Sonntagmorgen; hier in der Küche musste es noch ein Päckchen geben. Sie fand es in der Besteckschublade, setzte sich wieder an ihren Platz am Küchentisch; beim Kaffee, bei einer Zigarette, müsste endlich Naheliegendes geplant und entschieden werden, müsste das Telefonat mit der Versicherung, vor dem sie sich fürchtete, erfolgen; aber anderes geschah.

„Gut, dass die Kinder so klein noch waren. Bald werden sie alles vergessen haben von Krieg und Flucht." Friederike sah ihre Mutter am Fenster stehen, in demselben Raum noch, den die Familie nach der Flucht bewohnte, aber es gab schon, drei oder vier Jahre nach Kriegsende, einen Tisch in der Mitte des Zimmers, an dem die Großmutter und die Kinder saßen.

Klarer empfunden als damals erhob sich in Friederike ein empörter, ja zorniger Widerspruch gegen die Aussage der Mutter. Das Kind hatte die Worte gehört, hilflos, denn in seinem Kopf hatte ein Rauschen eingesetzt, in seinen Ohren ein Brausen, und die Luft zum Atmen, so schien es, war schwer geworden und so neblig und dicht, dass die Gegenstände ringsum für Momente nicht mehr erkennbar gewesen waren. Die große dunkle Angst, die sonst manchmal im Nacken saß, manchmal im Bauch und manchmal am Herzen zerrte, hatte das Zimmer gefüllt. Aber wie sollte man dafür Worte finden, um der Mutter zu widersprechen, wenn nichts zu erkennen gewesen war, das man hätte benennen können, und wenn dieses Dichte und Große, das den Raum füllte, dröhnte und drohte? Nur ein Schluchzen hatte im Hals gesessen und hinter den Augen ein Weinen, und niemals hatten sich diese Tränen gelöst.

Es war Friederike, als seien ihre eben geflüsterten Worte von weither zu ihr gekommen, wie Flut aus einem Gezeitenwechsel, der nicht in Stunden, sondern in Jahrzehnten zu messen war, und als habe sie auf diese Flut schon immer gewartet.

Als sie das Geschirr zum Spültisch trug, glitt die Tasse vom Tablett, fiel zu Boden, zersprang zu Scherben, und da geschah es zu Friederikes Verwunderung, dass sie hierüber weinte. Klare Tränen liefen aus scheinbar nie mehr versiegender Quelle ihre Wangen hinab, eine gelinde Entspannung durchfloss ihre Glieder, sodass sie sich hinsetzte auf den kleinen Schemel neben dem Küchenschrank; und wie endloser Regen fielen die Tränen auf ihre Hände, ihr Kleid. Die Nässe kühlte ihr Gesicht, und sie lehnte Schulter und Schläfe gegen den Schrank, blieb so und meinte, Konrads Arm zu spüren, der sie hielt, und seinen Finger, der Haarsträhnen strich aus ihrem Gesicht – nach einem erlösenden Gelächter an einem Ort nahe bei Münster, als ein Kätzchen um ihre Füße lief. Bevor sie sich erhob, legte sie die flache Hand an das Holz des schmalen dunklen Eichenschranks, der schon in ihrem Häuschen bei Brühl gestanden hatte.

Aus der kleinen Kammer im Flur neben dem Bad – jenem Raum, in dem sie die Tasche mit Konrads Kleidung vom Unfalltag verwahrt gehalten hatte – holte sie Kehrblech und Besen, und während sie die Scherben der zerbrochenen Tasse zusammenkehrte, begriff sie mit jeder Bewegung hierzu, begriff gleichsam Schritt für Schritt, dass es nicht dieses kleine Unglück war, das ihre Tränen hatte fließen lassen. Nein, das kleine Unglück hatte an etwas Großes gerührt, das heute begonnen hatte, aus dem Schatten des Vergessens hervorzutreten, hatte unbemerkt und sehr sacht an die Tür der Schleuse gerührt, hinter der sich eine Flut staute. Die Entspannung, die Friederike gespürt hatte beim Weinen, hielt immer noch an, und tatsächlich war ihr, als sei die alte Tränenlast ein wenig leichter geworden.

Als sie zur Uhr hinblickte, erkannte sie, dass kaum eine Stunde seit Beginn ihrer Mahlzeit vergangen war, sie jedoch jetzt, wollte sie heute noch eine Auskunft erhalten, das Telefonat zu Luzias Ausbildungsversicherung führen müsse. Nicht allein aus Furcht vor einer erschreckenden Antwort hatte sie den Anruf verzögert, nein, sie hatte hinschauen müssen, als die Vergangenheit erwacht war, sich ihr genähert, ja aufgedrängt hatte und sich ihr unter diesem Bann die erstaunliche Sicht aufgetan hatte auf Ähnlichkeiten im heute und im früher Erlebten. Und das Verwunderliche in diesem Geschehen, dass sich nämlich diese Ähnlichkeit in Worte gekleidet hatte, in diese Frage „Ist der Krieg denn noch nicht vorbei?", ließ sie erschauern.

Die Versicherungssumme, erfuhr sie durch den Sachbearbeiter, sei ausgezahlt und auf folgendes Konto (dessen Nummer Friederike notierte) überwiesen worden; der Bonus sei hiermit entfallen, die Geschäftsverbindung beendet. Schwäche überrollte sie wie eine riesige Woge, die allen Mut und jeden Funken von Hoffnung schon ergriffen hatte und mit sich riss. Weit zurückgelehnt in die Rundung des Sesselchens neben dem Telefon saß sie da im Flur, spürte ihre Arme, die Beine nicht, nur die Augen liefen über die Dinge hin, die unter ihrem Blick entwichen und auf den Wänden schale Erinnerungen hinterließen an verlorene Gegenstände.

Schwerfällig erhob sie sich, schwerfällig setzte sie Fuß vor Fuß, ging zur Küche und durch sämtliche Räume, ging zur Haustür hinaus und ging auf bald ihr unbekannten Wegen über Wiesen, durch Wald, spürte Erschöpfung, ging weiter, erreichte eine Landstraße, deren Verlauf ihre Füße folgten, und blieb stehen, als ein Wagen neben ihr hielt. Hermann, Antonios Neffe, Schreinermeister in der vierten Generation, kehrte mit einem Firmenwagen zurück ins Dorf und fragte, ob sie einsteigen wolle.

Sie hielt die Augen geschlossen während der Fahrt; jede kleinste Bemerkung, die von ihr durch eine Frage oder Mitteilung ihres Fahrers erwartet würde, hätte die Grenze des eben noch Ertragbaren überschritten; aber Hermann schwieg. Er habe geschwind etwas mit Antonio zu besprechen, sagte er, als er vor der Gaststätte, nicht an der Schreinerei, das Auto verließ. Bald darauf kam mit ihm Antonio zum Wagen und fragte, ob er ihr helfen könne. Zu ihrem geflüsterten „Ich weiß es nicht" nickte er still und stand noch vor dem Gasthof, als Hermann mit Friederike die Dorfstraße hinunterfuhr, um sie nach Hause zu bringen.

Sie ging gleich in die Küche. In den Beinen, in den Füßen spürte sie kaum ein Gefühl; wie lange denn war sie gelaufen? Sie tappte zum Küchenschrank hin, fand in einer Schublade Schokolade, wobei andere Dinge ihr aus den Fingern fielen, und setzte sich nicht, weil sie meinte, dann nie wieder aufstehen zu können. Aus der Kammer im Flur holte sie Kartoffeln und Eier. Als die Kartoffeln kochten, trug sie die Eier in die Kammer zurück. Es ging ganz leicht, das Verzichten, und ebenso leicht traf sie die Entscheidung, die Nahrungsmittel und -mengen von nun an genau zu berechnen und zu begrenzen, so wie es ihre Mutter getan hatte, wenn sie das Zentimetermaß über den Brotlaib legte.

In dieser abendlichen Stunde und nach einem Tag, dessen Ereignisse das Gebäude ihres Lebens Stück um Stück hatten einbrechen lassen und den Blick in eine Zukunft verdunkelten, in dieser abendlichen Stunde, in der sie tatsächlich den Boden unter ihren müden Füßen nicht spürte, drängten sich nahezu vier Jahrzehnte zusammen zu einem Augenblick, der nicht mehr Wirklichkeit war. Dieser verdichtete Augenblick glich einer Traumsequenz, in der sie sich wie in einem fremden, farbigen Leben bewegt hatte, und nun war sie wieder da in jenem Leben, das heute, nach einem halben Menschenalter, zu ihr zurückgekehrt oder in das sie zurückgekehrt war, und das so vertraut war wie eine niemals vergessene Heimat.

Von den gekochten Kartoffeln briet sie in der Pfanne nur die Hälfte, die andere würde ihr morgen eine warme Mahlzeit sein. Dämmerung legte sich schon in den Raum; wie das Badezimmer lag auch die Küche an der nördlichen Seite des Hauses. Als vollzöge sie vor langer Zeit beobachtete Handgriffe nach, setzte sie auf den gedeckten Tisch eine Kerze und meinte, neben dem Tisch ihre Großmutter stehen zu sehen, der es immer wieder gelungen war, von ihren Wanderungen an den Stadtrand und über ihn hinaus auch manches Mal eine Kerze mit nach Hause zu bringen, wenn sie ein Tuch, einen Schmuck gegen ein Töpfchen Marmelade, ein Stück Fett, gegen einen Beutel mit Kartoffeln oder Rüben eingetauscht hatte.

Das Fenster stand offen, das Kerzenlicht brannte, kein Windhauch bewegte die Flamme. Es war still im Haus, still war der Abend, der sich übers Dorf, über Wald und Wiesen legte. Gestern Abend – das war vor erst vierundzwanzig Stunden gewesen –, da hatten Klänge das Haus gefüllt, Orgelklänge aus Johann Sebastian Bachs Werk „Die Kunst der Fuge". Die in Leinen gebundene Kassette mit den beiden Schallplatten war ein Abschiedsgeschenk des Meisters aus Konrads Ausbildungszeit gewesen. Dieses Werk hatte für Konrad zu jenen gehört, die er am höchsten schätzte. „Es ist von solcher Klarheit und Reinheit", hatte er erklärt, „als sei mit der Musik, mit ihren Klängen, eine mathematische Gleichung für die himmlischen Harmonien gefunden worden, diesen Harmonien", und er hatte den Arm um sie gelegt, „die uns umfangen und halten."

Heute Abend war im Haus nur ein Schweigen. In ihm, so erschien es Friederike, hatten sich die Ereignisse der vergangenen zwölf Stunden aufgestellt wie dunkle, unkenntliche Gestalten, und zwischen ihnen bewegte sich, deutlich für Friederike erkennbar, eine andere Gefahr. Sie selbst hatte sie geschaffen, und sie erschrak darüber tief. Sie hatte die Jahre guten Lebens zu Traumbildern, die der Not als für sie gültige Wirklichkeit anerkannt.

Während sie die Küche aufräumte nach ihrem Abendessen, Wasser aufsetzte für frischen Kaffee und ihre Gedanken darauf ausrichtete, was anschließend und vordringlich zu tun sei, nämlich die Berechnung aufzustellen über monatlich feste Ausgaben und Pläne zu entwerfen, wie ihre Einnahmen zu erhöhen wären, ließ wie ein feiner, aber dauerhafter Schmerz ein beunruhigendes Gefühl sie nicht los. Es betraf die Gefahr, die ihr soeben bewusst geworden war, die, wie sie meinte, von ihr selbst geschaffene Gefahr, und es betraf Fragen, die ihr bei jedem Schritt, den sie tat, jedem Gedanken, dem sie nachgehen wollte, entgegentraten:

Warum war ihr der Verzicht auf eine reichliche Mahlzeit so leicht gefallen, so lächerlich leicht und so selbstverständlich, als bewege sie sich wieder in vertrauten, heimatlichen Bereichen? Warum traten in den Verlauf der Ereignisse nur eines Tages, dieser Ereignisse, die nach raschem Reagieren und Handeln verlangten und nach ungeteilter Aufmerksamkeit, warum traten ungerufen Erinnerungen aus frühester Zeit zu diesen hinzu, ja, drängten sich auf, als gebühre ihnen ein gleicher, wenn nicht höherer Platz? Und während sie jetzt auf das Sieden des Wassers wartete, überlegte sie, was es gewesen war, das Konrad über Bachs Orgelwerk ausgeführt hatte, und konnte sich nicht trennen von dieser Frage. Von Symmetrien, von Spiegelungen hatte er gesprochen, von der Wiederkehr der musikalischen Merkmale und Themen und von der Aufhebung irdischen Stückwerks in den himmlischen Harmonien. War, fragte sie sich, was Gültigkeit besaß für ein musikalisches Werk, übertragbar auf menschliches Leben? Konrads Meister, erinnerte sie sich, hatte seinem Geschenk eine Briefkarte beigelegt. Sie trug in schön gesetzten Lettern und Ziffern eine Notiz, die auf einen Vers in der Bibel verwies: „1. Korinther 13.12". Konrad hatte den Text auf die Rückseite der Karte geschrieben, und Friederike, die sich sagte, dass sie Dringenderes zu tun hätte, ging wirklich ins Musikzimmer hinüber, öffnete die Kassette, entnahm ihr die Karte und las, flüsternd und so langsam, als befrage sie jedes Wort: „Wir sehen jetzt durch einen Spiegel in einem dunkeln Wort; dann aber von Angesicht zu Angesicht. Jetzt erkenne ich's stückweise; dann aber werde ich erkennen, gleichwie ich erkannt bin."

Sie strich mit der flachen Hand über die Stirn, wie um die ungerufenen Gedanken zu vertreiben, und wusste doch schon, dass sie diese Stunden, diese Stunden des vergangenen Tags und der beginnenden Nacht, niemals vergessen würde.

Sie ging wieder umher in den Räumen. Sparsame Lichter brannten in Küche, Musik- und Esszimmer, und draußen, in der lang währenden Dämmerung eines Sommerabends, flogen große Vögel ihren Nestern in den Baumwipfeln zu. Im Flieder flötete eine Amsel, doch mit so lang anhaltendem Schweigen zwischen den Tönen, als suche sie sich an ein vergessenes Lied zu erinnern.

Tiefe Schatten lagen in allen Räumen des Hauses, stille Schatten, wie Hände am Abend so sanft, und andere mit bösen Augen, die diese umherwandernde Frau belauerten, wo sie ging oder stand – das waren die Schatten der in diesen Stunden Gestalt gewordenen Verbrechen Philipps, des Schwagers, des Rechtsanwalts. Und zwischen den stillen und den schrecklichen Schatten irrten all diese Fragen umher.

Sie holte sich einen Becher Kaffee aus der Küche und wandte sich dem Esszimmer zu und dort den Akten, die dringend durchzuarbeiten waren, um die Höhe der monatlichen Belastungen zu erfahren. Es war weit nach Mitternacht, dass sie hieran verzweifelte. Die Sprache in den Papieren war nicht ihre Sprache, eine Übersicht zu erstellen gelang ihr nicht, obwohl sie inzwischen etliche Zettel mit Zahlenkolonnen gefüllt hatte.

Sie öffnete die Esszimmertür und trat hinaus in die Nacht. Sie atmete langsam und tief, und die unruhigen und gegeneinander laufenden Wellen ihrer Gedanken begannen sich zu legen, zu glätten. Auf den Terrassenstufen setzte sie sich nieder und lehnte den Rücken gegen eine Strebe des schmalen, die Stufen begleitenden Geländers. Offensichtlich, sagte sie sich, hatte sie über den Tag hinweg viel zu viel Kaffee getrunken, und das ungewohnte Getränk hatte sie zwar immer wieder angeregt, Dinge zu tun, also mit dem Auto hierhin und dorthin zu fahren oder zu telefonieren, hatte sie jedoch zugleich unruhig und ungeduldig werden lassen. Indem nun Müdigkeit über sie kam und mit ihr der Gleichmut der Kraftlosigkeit, glitten ihre Gedanken fort von Bilanzen und wandten sich Philipp zu, ihres Mannes Bruder. Verwundert bemerkte sie, dass nicht Zorn, nicht Hass, nicht Empörung sich erhoben gegen ihn in dieser nächtlichen Stunde. Es war ihr, als sei nicht nur sie, sondern ebenso Philipp ein Geschädigter, er, der diese Verbrechen geplant und ausgeführt hatte, der, beladen mit seinen Untaten, Stunde um Stunde, Tag um Tag, Jahr um Jahr einherging in Düsternis, einen beschwerlichen Weg, von Irrlichtern einzig erhellt. Sie schloss die Augen. Die Gedanken glitten davon, berührten, was Konrad einst berichtet hatte über den Bruder, und sanken tiefer. Friederike schlief ein.

In dem Augenblick, als ihr Oberkörper nach vorn fiel, ihre Hand nach dem Treppengeländer griff, um Halt zu finden, wusste sie, was gleich, was in der Frühe zu tun sei. Sie würde nach Münster fahren, sie würde, obwohl sie ihn fürchtete, Philipp aufsuchen in der Kanzlei. Sie stand auf von den Stufen, und als sie das Haus wieder betrat, wusste sie auch, wie die Berechnung der monatlichen Kosten anzustellen sei.

Anhand sämtlicher Kontoauszüge eines Jahres begann sie, die Übersicht zu erstellen. Langsam, als winde sich im Bewusstsein seiner Stärke ein mächtiger Schlangenkörper um sie in Ringen und drücke nach jedem ihrer mühsamer werdenden Atemzüge ein wenig fester zu, so meinte sie, bei jedem Posten, um den sie die Zahlenkolonne verlängerte, verringere sich die Menge ihrer Atemluft, verenge sich ihre Lunge, fehle ihren Gliedern bald jede Möglichkeit der Bewegung. Und wie gleichermaßen gefesselt hafteten schließlich die Augen nur an der letzten Zahl, an der Summe aller Positionen.

Der schwere Schlangenkörper presste nicht weiter, und allmählich verflog ihre Vorstellung davon. Sie stützte die Ellbogen auf den Tisch, legte die Stirn in die Hände, fuhr sich tatsächlich mit den Fingern durchs Gesicht, in die Haare und registrierte diese Gesten der Verzweiflung mit einer Spur von Scham. Wieder begann sie umherzugehen im Zimmer, von Wand zu Wand, auf und nieder. Als sie sich auf ihren Stuhl setzte am Tisch, wollte ihr die Zahl, diese Zahl am Ende der aufgestellten Positionen, vor den Augen verschwimmen, doch sie blickte hin, bis die Ziffern nicht mehr wankten.

Sie traf Entscheidungen: Das Konto in Brühl durfte nur noch durch die Abbuchungen der Hypothekenraten belastet werden, um im Laufe der Monate, Jahre ausgeglichen zu sein. Die regelmäßig wiederkehrenden Nebenkosten mussten von ihrem Konto in Mürlen abgebucht werden. An der Musikschule würde sie mehr Unterricht übernehmen. Sie würde Klavierunterricht privat erteilen. Sie würde Dinge aus dem Haus verkaufen, und wären sie ihr noch so lieb.

Sie fasste diese Ziele in der Gewissheit ihres Gelingens ins Auge; sie würde überleben, sie würde überleben ohne die Peinlichkeit von Mahnbescheiden oder gar Zwangsvollstreckungen. Sie trat ans offene Fenster. Vogelstimmen wurden wach, und auch Friederike erwachte.

XXIII

Sie erwachte aus einem abseitigen Leben wie aus einem Schlaf, der sie umfangen gehalten hatte seit Konrads Tod.

Dies geschah durch ihre Erschöpfung. Erschöpfung, begriff sie, hatte die Schutzwälle einbrechen lassen, die sie errichtet hatte gegen die Belange der äußeren Welt. Nur noch auf Wesentliches vermochte ihr Blick sich zu richten, der jetzt wie ein Lichtstrahl war, blendend weiß, als hätte ein Strom von Licht geschliffenes Glas durchdrungen und ziele, verstärkt und gebündelt, in äußerste Ferne. Dort fand er Konrad, der still zu ihr, seiner Frau, hinblickte, wodurch sich das Weiß zurückwarf zu ihr. Es durchdrang sie und ließ sie erschauern in Liebe. Aus Konrads Gestalt aber löste sich jetzt eine andere, löste sich Philipps Gestalt, und bewegte sich hin zu ihr.

Friederike schloss die Augen und legte die Stirn an den Rahmen des Fensters. Sie hatte es nicht wahrhaben wollen, dass Konrad, ihr Mann, gestorben war; seit dem Tag seines Todes war der Bruder für sie sein Schatten gewesen. Zum ersten Mal nach drei Monaten, in denen sie wie schlafwandelnd umhergegangen war, blickte sie zurück in diese Stunde. Sie sah die Polizeibeamten, die zu ihr sprachen, sah den Abendhimmel in Gold und Weiß, bis eine Nebelfront aufzog und sie in Ohnmacht hüllte. Sie sah den Freund, die Freundin an den Seiten ihres Bettes sitzen und im Hintergrund des Raums diese Gestalt, über der sich Gefahr wie eine gewittrige Wolke türmte. Sie hörte ihre eigene Stimme, die zu ihr sprach und sie beschwor, dass es ihr Mann sei, der dort saß, ihr geliebter Mann, und nicht jener, den sie fürchtete, nicht sein Bruder.

Sie sah Philipps Hand, die ihr Papiere, Dokumente vorlegte; sie hörte, wie er sie auf die Wichtigkeit dieser oder jener Angelegenheit hinwies und Gründe aufzählte für die Dringlichkeit ihrer Unterschrift auf dem jeweiligen Schriftstück. Sie sah ihre eigene Hand, die das Papier unterzeichnete, eilig, weil sie, Friederike, nur fortlaufen wollte von dieser Stimme, die einschmeichelnd sprach und warnend zugleich, die in Worten sprach, die sie nicht begriff, und fortlaufen wollte von der anderen Hand des Mannes, die wie beruhigend auf ihrer Schulter lag und doch, wie sie es spürte, sich gern zudringlicher bewegt, fester zugefasst hätte. Wenn sie aber das Zimmer verlassen hatte, dann war der, der da noch hantierte oder umherlief oder zum Auto eilte, nicht mehr Philipp gewesen, sondern ein anderer oder etwas anderes, ein Teil von Konrad oder sein Schatten vielleicht. Sogar die scheußliche Szene im Badezimmer, als er sie bedrängt und alle Hemmungen hatte fallen lassen, war in ihrer Erinnerung bald zu einem schrecklichen Erlebnis mit einem Fremden geworden, und weiter hatte sie darüber nicht nachdenken wollen.

In der Klarheit dieser frühen Stunde sah Friederike den Schwager davoneilen mit seiner Beute, einen Verbrecher nach seinem erfolgreichen Raubzug, und sah sich selbst währenddessen die alltäglichen Handgriffe tun im Haus, wie auch ihre Arbeit in der Musikschule – nur in Gedanken bei ihrem Mann, den sie um sich spürte. Sie erinnerte sich ihrer Selbstvorwürfe, wenn sie die Aufrichtigkeit seines Bruders bezweifelt hatte, und ihrer Furcht, an Konrad ein Unrecht zu begehen, indem sie seinem Bruder misstraute. Unrecht, sagte sie sich, hatte sie an sich selbst begangen: Sie hatte ihrer inneren Stimme misstraut, deren Warnungen überhört oder zum Schweigen gebracht.

Sie blickte hinaus in die Dämmerung. Sie glaubte für einen Moment, die Worte des Beamten aus dem Finanzamt zu hören – das war erst gestern, vor nicht einmal vierundzwanzig Stunden gewesen: Ob sie Anzeige erstatten wolle, hatte er sie gefragt, nachdem der Eintrag einer falschen Kontonummer im Steuerformular festgestellt worden war. Ohne nachzudenken hatte sie den Kopf geschüttelt, den Vorschlag abgelehnt, und heute, in der Klarheit ihres Denkens, wusste sie, dass sie sich auch jetzt nicht anders entscheiden konnte und wusste es deutlicher als gestern: Diesen Boden einer ihr fremden Welt würde sie nicht betreten, es wäre ihr unmöglich, kaum wollte sie hieran denken, als läge da Unsauberes, das nicht von ihr berührt werden durfte und von dem sie sich nicht berühren lassen wollte. Nochmals trat die scheußliche Szene im Badezimmer vor ihre Augen – auch damals war die Rettung geschehen, allein aus der Tiefe ihres Fühlens und Glaubens. Deutlich erkannte sie ebenfalls, dass sich in ihre Entscheidung ein naheliegendes Element mischte, dessen Herkunft in ihrem Elternhaus lag: Innerhalb der Familie musste es möglich sein, Streitigkeiten ohne Anwälte und Gerichte zu lösen. Ein Schauder durchlief sie, ihr Körper schüttelte sich, als müsse er Schmutz abwerfen.

Im Badezimmer duschte sie kalt und fühlte sich danach derart belebt, als hätte sie in der Nacht mehrere Stunden geschlafen. Sie war zuversichtlich. Sie würde Philipp mit den Ergebnissen ihrer Nachforschungen konfrontieren, und dann müsste er doch, wollte er in Münster seinen Ruf als Rechtsanwalt nicht gefährden, bereit sein, Lösungen zu finden, um den angerichteten Schaden auszugleichen. Eine kleine Stimme erhob sich in ihr, meinte zweifelnd, dass so viel Kriminalität auch vorgesorgt habe für den Fall einer Begegnung mit ihrem Opfer, und sie horchte hin zu der Stimme, obwohl sie die lieber missachtet hätte in diesem Zustand hoffnungsvoller Erwartung. Aber nur durch ein Gespräch mit ihm, sagte sie sich, könnte sie mehr erfahren, und dass sie ihn unangemeldet aufsuchte, ihn überraschte, verschaffte ihr einen gewissen Vorteil zunächst.

In der Küche trank sie eine Tasse Tee, während sie ihren Proviantkorb füllte mit Obst, den Brötchen vom Vortag und einer Thermoskanne mit Kaffee. Um 5.30 Uhr verließ sie das Haus, gegen 9 Uhr die Autobahn kurz vor Münster. Ohne eine Pause einzulegen war sie gefahren, nur das Ziel, die Kanzlei, vor Augen. Jetzt, auf der Landstraße, verlangsamte sich ihre Fahrt mehr und mehr, und als sie bemerkte, dass sie hierdurch Eiligere behinderte, bog sie in eine Parkbucht ein.

Sie begriff ihr Zögern nicht. Erst als der Wagen stand und sie innerlich ruhiger wurde, erkannte sie, dass nicht nur die Furcht vor der Begegnung mit Philipp sie hemmte, sondern auch eine Abneigung gegen die gesamte scheußliche Situation, eine so tiefe Abneigung, die tatsächlich in ihr ein Gefühl von Übelkeit aufsteigen ließ.

Jemand klopfte gegen die Windschutzscheibe. Ein älterer Mann lehnte sich gegen die Motorhaube, blickte durchs Fenster, grinste freundlich und fragte, ob sie Hilfe brauche. Nein, sie mache nur eine Pause, sie habe noch nicht gefrühstückt, rief sie durchs offene Seitenfenster, und wie um diese Aussage zu bekräftigen, griff sie in den Proviantkorb, der neben ihr auf dem Beifahrersitz stand. Der da draußen nickte und ging davon. Er ging in gleichmäßigem und gemächlichem Schritt über den kleinen Platz und in eine weite gemähte Wiese hinein.

Friederikes Hand ließ die Proviantdose zurückgleiten in den Korb und blieb auf dessen Rand liegen; die andere ruhte untätig in ihrem Schoß. Ihre Augen hafteten an der gedrungenen Gestalt dieses Mannes im Gegenlicht der aufsteigenden Sonne. Seine Hände standen tief in den Hosentaschen, und so wiegend, so langsam war seine Bewegung, dass sich die Entfernung zu ihr kaum zu vergrößern schien. Es war Friederike, als sei sie von einer rauschenden Welle hierhin getragen, hier ausgeworfen worden wie an ein Ufer, auf diesen sandigen Platz oder auf eine Sandbank, und als rückten dort drüben, dort draußen in der Weite, die Zeiger der Zeit zögernder vorwärts.

Bevor er in einen Wiesenweg abbog, wandte der Mann sich um, hob, wie freundlich zum Abschied grüßend, die Hand und ging weiter mit diesen ebenso in die Breite wie in die Weite greifenden Schritten, wodurch sein Oberkörper in steter sachter Pendelbewegung schwang. Dieses Pendel, dachte Friederike, schlug nicht für sie; es maß den Takt einer Welt, an der sie seit gestern keinen Anteil mehr hatte. Eingeschlossen in die Kapsel des Autos, glaubte sie zu spüren, wie Stäbe wuchsen aus seinem Metall, sah auch wieder die Käfigstäbe in den gewölbten Wänden des Hauses und sah, dass es zwei Welten gab, ihre beklemmende, aus der kein Ausweg zu finden war, und jene dort draußen von großer Weite, vor deren Horizontlinie noch immer ein Pendel so ruhig schwang und so gewiss, als bestimme es den Takt für das Gleichmaß der Zeit.

Schmerzen durchzogen ihren Leib im Anblick dieser verlorenen Welt, – so schmerzte auch ein unerträglicher Hunger – und um hieran nicht weiterhin zu denken, lenkte sie den Blick auf die Dinge im Innern des Wagens, auf die Schalthebel, die Armaturen, auf die Angaben zu Kilometerstand und Benzinverbrauch und schließlich auf den Proviantkorb neben ihr. Eine Hand strich sacht über ihre Schulter, berührte sie kaum, und in Friederike, die sich nicht umwandte, wurde es still.

So still wurde es in ihr, dass sie die Augen schloss, und indem sie die betrachteten Dinge vergaß, sah sie draußen, vor dem Fenster der Windschutzscheibe, ein Gesicht, nicht das des freundlichen Mannes, sondern das Gesicht ihrer Großmutter, deren Blick auf ihr lag. Nicht ruhig und friedlich schauten die Augen, sondern eindringlich, ja, wie beschwörend. Sie mahnte und sie gab ein Versprechen. Sie gab dem Kind Friederike am Küchentisch und der Frau Friederike im Auto ein überaus wichtiges Versprechen, mahnte, es sich tief ins Herz einzuschreiben. Und tatsächlich presste Friederike gehorsam die Augenlider fester zusammen, verstand die Nachricht: Die schwere Zeit, die vor ihr lag, würde enden, Friederike würde sie überstehen, indem sie sich das Ziel des neuen Anfangs vor Augen hielte. Nur dieses Ziel.

Sie war überhaupt nicht verwundert. So leicht wie ein guter Gedanke war die Berührung gewesen und das Gesicht so vertraut. Als sie den Blick wieder hob, lag draußen nur das ebene Land in der Morgensonne, und wenn sie die Augen verengte, erkannte sie in der Ferne eine Gestalt, die dahinschritt, als nähme ihr Weg, auch über die Horizontlinie hinaus, niemals ein Ende.

Friederike öffnete die Wagentür, ergriff den Proviantkorb und verließ das Auto, indem sie sich schon umschaute nach einer Bank oder anderen Sitzgelegenheiten, wie sie auf kleinen Raststellen an Landstraßen oft vorzufinden sind. In ihre Augen traten Erkennen und Überraschung, über ihre ernst zusammengelegten Lippen zog ein leises Lächeln sogar, denn der Ort war durch keinen Hinweis als Rastplatz bezeichnet, war bloß ein sandiger Flecken am Straßenrand vor den weit sich hinbreitenden Wiesen. Deshalb hielt hier kein anderes Fahrzeug, deshalb hatte der freundliche Mann, eine Notlage vermutend, sie angesprochen!

Sie ging zur anderen, der Straße abgewandten Seite des Wagens, öffnete dort die Tür, setzte sich auf die Kante des Beifahrersitzes und stellte den Korb neben ihre Füße auf den sandigen Boden. Sie beugte sich darüber, nahm Brötchen und Thermoskanne heraus, fand darunter die Zigarettenpackung, von der sie nicht wusste, wie die hier hineingekommen war, und schob sie in die Tasche ihres Kleides, aß und trank, räumte die Reste zusammen. Sie lehnte die Schläfe gegen die Lehne des Sitzes, während sie einen letzten Becher Kaffee trank, und begriff nicht, warum sie immer mehr Zeit verstreichen ließ bis zur Begegnung mit ihrem Schwager. Sie senkte den Blick. Er fiel auf ihre Schuhe, die auf dem Platz hier staubig geworden waren, ‚als wäre ich‘, dachte Friederike, ‚den weiten Weg zu Fuß gegangen, bis hierhin, bis zu einem sandigen Flecken Landes nahe bei Münster, nahe der Kanzlei, und so müde bin ich, sind meine Füße, als vermöchten sie keinen Schritt mehr weiter zu gehen.‘

Ihre Gedanken glitten bis zur Stadtgrenze von Münster, liefen über die Stadt hinaus und weiter fort und zu Konrads Elternhaus, zu Mutter und Vater dort; seit einundzwanzig Jahren, seit ihrer Hochzeit, nannte sie auf deren Bitte hin Konrads Eltern „Mutter", „Vater". Sie seufzte auf, atmete tief, in ihr begann sich etwas zu lösen, eine innere Freiheit entfaltete sich; der leere Becher entfiel ihrer Hand, sie bemerkte es kaum. Sie verließ den Wagen, ging umher auf dem kleinen Platz und überschritt den Wiesenrand; ihr war, als überschritte sie eine Grenze. Jetzt begriff sie ihr früheres Zögern: Nein, nicht Philipp würde ihr helfen! Dort, in Konrads Elternhaus, da lag die Lösung, bei seiner Mutter fände sie Zuflucht! Schon fühlte sie sich umfangen von ihrem gütigen Blick.

Seit drei Monaten, seit Konrads Beerdigung, hatten seine Mutter und sie einander nicht mehr gesehen, zunächst noch manches Mal telefoniert, später jedoch hatte Philipp zumeist die Anrufe entgegengenommen, und seit der Schwager verschwunden war vor drei Wochen, hatte es gar keinen Kontakt mehr mit seiner Mutter gegeben. Erst heute Morgen, als die Vögel erwachten und auch sie wie aus einem lang andauernden Traum eintrat in den frühen Tag, waren die Schatten abgefallen von ihren Augen, hatte sie deutlich gesehen: Ihr Mann war gestorben, und wenn sie darüber oftmals geweint hatte, so war ihr danach doch so gewesen, als habe sie nur im Traum geweint und als werde Konrad ihr gleich wieder begegnen.

Indem Friederike nun auf und nieder ging in der Wiese, da fiel es ihr aufs Herz, wie sehr sie Konrads Mutter vermisste, wie gern sie beisammen gewesen wäre mit ihr, die ihr Kind verloren hatte. Die Last des Mitleids wurde so schwer und ein bohrender Schmerz in ihrer Brust so groß, dass Friederike um die Mutter zu weinen begann und endlich, endlich auch Trauer und Schmerz um ihr eigenes Schicksal erwachten und sich erhoben. Weinend ging sie zurück zum Wagen, ließ sich nieder im Fahrersitz, schloss die Tür, und noch immer endete der Fluss der Tränen nicht, dass sie meinte, ein See speiste ihn, ein See, der sich stetig gefüllt hatte, seit an einem Abend im April die Polizeibeamten mit ihrer Nachricht in den Garten getreten waren.

Erst als nur noch wenige Tränen tropften, merkte sie, dass ihre Hände das Lenkrad umklammert hielten und ihre Stirn auf der Lenkradsäule lag. Sie fand ein Taschentuch und trocknete ihr Gesicht. Gleich würde sie Konrads Mutter wiedersehen, vielleicht auch den Vater. Dass sie bis heute keine Nachricht erhalten hatte über seinen Gesundheitszustand, hieß gewiss, sagte sie sich, dass er seiner Krankheit nicht erlegen war. Noch einmal verließ sie das Auto, setzte den Proviantkorb auf den Beifahrersitz, lehnte sich gegen die geschlossene Tür und blickte über den kleinen Platz und über die Wiese.

Die pendelnd schreitende Gestalt war weit draußen verschwunden. Die Sonne schien nicht mehr so stark; ein dünner Wolkenschleier filterte ihr Licht zu milderem Schein. Dankbar bedachte Friederike, wie gut alles sich fügte: Ihr Zögern unterwegs hatte sie hierher geführt; erst hier hatten sich ihre Gedanken in Ruhe bewegt und waren hingewandert zum eigentlichen Ziel dieser Fahrt. Hier hatte sie getrauert um ihren Mann und geweint.

Als sie wieder im Wagen saß, schaute sie auf die Uhr; fast eine Stunde war vergangen, seit sie gegen neun Uhr die Autobahn verlassen hatte. Eine gute halbe Stunde später stand sie vor Konrads Elternhaus.

Sie schellte. Sie hörte Schritte im Flur. Jede Anspannung war von ihr gewichen. Tiefe Freude lag in ihren erwartungsvoll geweiteten Augen, ihre Lippen öffneten sich für ein Wort, „Mutter".

Es ging schnell vorbei.

Kaum eine Viertelstunde später parkte Friederike das Auto am Ortsausgang des Dorfs, und weiter hätte sie nicht fahren können. Dieser kurze Weg war ein Fluchtweg gewesen – fort von dem Haus, fort von der Mutter, ihrer harten Stimme, fort von ihren grausamen Worten.

Denn das Entsetzen war wie ein Schwert aus Eis und Feuer in ihr Herz und ihr Hirn gefahren. Kälte drängte bis in die feinsten Gefäße ihres Körpers, jede Bewegung geschah unter Mühe, ihr Gesicht glich der Totenmaske eines Menschen, der unter Qualen gestorben ist; und in ihrem Hirn drehte sich ein glühendes Rad, warf heiße Funken in die graue, es umgebende Masse, sodass Friederike meinte, der kochende Brei würde gleich ihren Schädel sprengen. Jeder Funke schleuderte zugleich einen Moment der Begegnung mit der Mutter, mit Konrads Mutter, vor ihre Augen:

Sie schellte. Sie vernahm Schritte im Flur. Die Haustür wurde geöffnet. Augen schauten sie an, in denen ein Erkennen nur kurz aufflammte. Konrads Mutter trug Schwarz. Befremdet, abweisend wurde ihr Blick. Zu einer Beerdigung, einer Beileidsbezeugung war sie unterwegs, sagte sich Friederike, dann durchfuhr sie ein Schreck. Sie trat einen halben Schritt hin zur Mutter, fragte: „Vater? Vater …?" Die Tür schloss sich halb. Ein warnender Blick wies sie zurück auf die Schwelle.

Obwohl es an diesem Sommertag warm war im Auto, erschauerte Friederike. Sie stieß die Wagentür auf, weil sie meinte, ihr fehle die Luft zum Atmen. Hin und her fuhr ihr Blick über die Straße, die letzten Häuser hier am Ortsausgang. Ihre Finger griffen in den Stoff des Kleides, als wollten sie ihn zerreißen oder Halt suchen an ihm, und das glühende Rad in ihrem Kopf, in das jeder Moment eingebrannt war, drehte sich weiter:

„Mein Mann ist vor zwei Wochen gestorben." Fremd klang die Stimme, wurde härter, legte eine Pause ein nach jeder Bemerkung. „Du bist unerwünscht." – „Du hast uns getäuscht." – „Philipp hat mir alles gesagt." – „Du hast euer Geld verschleudert." – „Du hast deinen Mann betrogen, hast eine Affäre mit deinem Kollegen." – „Auch Philipp hast du dich hingeben wollen, hast ihn bestürmt, er dürfe mir nichts erzählen." – "Ja, in deinem Badezimmer ist es passiert. Den Gürtel, die Kleider hast du ihm aufgerissen."

Hastig schloss Friederike die Wagentür, um nicht von einem Passanten angesprochen zu werden, denn dieser Husten, der sie immer in Augenblicken höchster Erregung überfiel, wollte über sie kommen. Sie bezwang ihn, und schon wiederholten sich die zuletzt gesprochenen Worte, und schlimmere folgten:

„Den Gürtel, die Kleider hast du ihm aufgerissen." – „Philipp mag recht haben mit seiner Vermutung." – „Konrad war unaufmerksam auf der Straße in seiner Verzweiflung." – „Nur dadurch konnte der Unfall geschehen." – „Durch dich habe ich meinen Sohn verloren." Friederike schwankte, wollte sich halten am Rahmen der Tür; ein Blick verbot es. Raue Laute drangen aus ihrer Kehle. Dann kam dieser schreckliche Husten, der Tränen in ihre Augen trieb. Sie griff in die Tasche des Kleides, blickte nieder. Das Zigarettenpäckchen, nicht das benötigte Taschentuch, lag in ihrer Hand. In die Augen ihr gegenüber trat Abscheu, Verachtung, trat böser Triumph: Sogar heute in dieser Begegnung bewies diese liederliche Person ihre Sucht nach der Droge. – Eine Bemerkung noch folgte: „Ich möchte dich nicht mehr sehen, nein, ich möchte dich nie mehr sehen." – Die Haustür schloss sich geräuschlos.

Das Rad in Friederikes Kopf gab seine Rotation auf; stand still; sein Feuer erlosch. Es erlosch in ihr jeder Gedanke, das Erinnern erlosch. Schwärze umhüllte sie für Momente, bis die Stimme der Mutter die Schwärze durchschnitt und ihr Worte zuschrie, grell wie Möwenschreie über Strand und Meer, und schwieg und wieder schrie, und jeder Schrei war wie ein Stockschlag auf Friederikes sich duckenden Körper, und jedes Schweigen nur ihr angstvolles Atemanhalten vor dem nächsten Hieb.

Endlich blickte sie auf, erkannte die Straße, die aus dem Ort hinausführte, meinte, auch die Landstraße bereits zu sehen, die sie zur Autobahn brächte, und dort die endlosen Kolonnen der Wagen und sehr weit in der Ferne ihr Haus. Sie lenkte das Auto zur Fahrbahn hin und hinaus aus dem Ort. Das Haus. Ihr Ziel sollte es bleiben, ihr einziger Gedanke während der Fahrt! Nach den Stunden dieses Vormittags, der vergangenen Nacht und des gestrigen Tags, nach diesen Stunden, in denen sie nicht ausgeruht, kaum etwas gegessen hatte, würde sie die Fahrt nur überstehen, indem sie sich das Ziel vor Augen hielte, keinen anderen Gedanken zuließe, nicht in Furcht oder Verzweiflung verfiele. Der Blick ihrer Großmutter lag auf ihr; er würde sie begleiten.

Als sie auf die Autobahn auffuhr, begann sie, sich Szenen ihrer Ankunft auszumalen, sah, wie sie das Auto abstellte vor dem Gartenzaun, das Törchen öffnete und wieder schloss, den Weg betrat, der zum Haus hinaufführte, und versuchte, sich auf die Stauden, die Blumen zu besinnen neben jedem Schritt ihrer Füße. Nach etwa der Hälfte der Fahrstrecke stand sie mit dem Auto im Stau und begann, sich das Schnitzmuster an der Haustür vor Augen zu halten, einen großen Stern nämlich, dessen Strahlen auf kleinere Sterne wiesen, die am Rand des Türblattes saßen – aber wie viele Strahlen, wie viele Sterne waren es denn? Sie malte sich den Augenblick aus, in dem sie die Haustür aufschlösse, sah, wie ihre rechte Hand den Schlüssel ins Schloss einsteckte und die linke den Türknopf drehte – eine metallene Kugel, die möglicherweise die Erdkugel darstellen sollte, denn wie Längen- und Breitengrade waren rundum Längs- und Querstreben in sie eingearbeitet zur besseren Griffigkeit. So deutlich wurde ihre Vorstellung, dass sie für einen Augenblick meinte, das kühle Metall in der Hand zu spüren und nicht das Lenkrad des Wagens. Sie schützte sich gegen die Erinnerung an die Begegnung mit Konrads Mutter und gegen den Aufwand der Empörung, als sie mit dem Wagen auf einem Parkplatz neben der Autobahn stand und ein Brötchen aß und lauwarmen Kaffee trank, indem sie sich im Quadrat des Hausflurs umhergehen sah, Bilder betrachtend, die an den

Wänden hingen, und sie glitt ein wenig in Schlaf und Traum inmitten feiner Pflanzengestalten im Mond- oder Sternenlicht – inmitten Paul Klees Bild „Nächtliche Blumen". Etwa zehn Kilometer vor dem Ende der Autobahnstrecke liefen Fußgänger über die Fahrbahn. Friederike sah sie im Gegenlicht, bremste scharf. Der Fahrer hinter ihr hupte vielmals, setzte zum Überholen an, blieb aber auf gleicher Höhe mit ihrem Wagen und gestikulierte empört. Es gab keine Fußgänger auf der Fahrbahn; Sekundenschlaf, begriff sie sofort, hatte ihr diesen Streich gespielt. Auf den Landstraßen brauchte sie keine Visionen; die kurvenreichen Strecken, Geschwindigkeitsbegrenzungen zwischen den Ansiedlungen, Rad- und Motorradfahrer auf den schmalen Spuren verlangten pausenlose hohe Aufmerksamkeit. In Holweis fuhr sie im Schritttempo durchs Dorf, keine Unachtsamkeit sollte sie zu einem Aufenthalt zwingen. Ihre Schultern schmerzten, ihr Gesicht war entstellt wie zur hölzernen Grimasse eines verzweifelten Überlebenskampfes. Auf dem Bürgersteig vor der Bäckerei blieb jemand stehen und starrte in ihren Wagen. Er schien sie nicht gleich zu erkennen, erst spät wandelte sich seine erschrockene Miene zu verhaltenem, freundlichem Gruß. War das Helenes Sohn Rolf, Antonios Stiefsohn, der jetzt die Bäckerei betrieb? Das Abendläuten begann soeben; es war 18 Uhr; fast doppelt so lang wie die Zeit der Hinfahrt nach Münster war die ihrer Rückfahrt gewesen.

Sie stand in der Küche, hatte die Schüssel mit den gekochten Kartoffeln vom Vortag aus dem Kühlschrank genommen und wusste nicht, mit welchen Handgriffen zu beginnen sei, um Kartoffeln zu braten. Mit gesenktem Kopf stand sie da und stützte ihre Hände auf den Küchentisch. Sie horchte. Seit längerer Zeit schon wurde an die Haustür geklopft. Jemand rief ihren Namen; es war eine Kinderstimme, die rief. Helenes Enkelkind, Rolfs jüngster Sohn, stand vor der Tür. Sein Name fiel ihr nicht ein und kein Wort der Begrüßung. „Für dich", sagte das

Kind und schob ihr die Arme entgegen, die einen breiten Korb hielten. Sie schwankte, lehnte sich gegen den Türrahmen, umfing den Korb mit einem Arm, flüsterte „Danke", aber da war der Junge schon davongesprungen. In der Küche nahm sie das doppelt geschlagene Handtuch, das warm war, ab von dem Korb. Sie legte das Handtuch mit der flachen Hand an ihr Gesicht und spürte, wie seine Wärme ihre erstarrten Züge entspannte. Sie weinte. Duft von Gebratenem stieg auf aus den verschlossenen Schüsseln. Das Tropfen der Tränen, die auf die silberne Folie fielen, hallte in die Stille und klang, als würden Steinchen gegen eine Fensterscheibe geworfen. Sie löste die Folie, die um die Ränder der Schüsseln gefaltet war. Über ihre Hände liefen die Tränen hinab in den Korb. Die Umarmung, die sie von Konrads Mutter erwartet und nicht erhalten hatte, geschah, spürte sie, hier in Holweis durch die Geste dieser Menschen. Sie hatten sie, Friederike, gesehen und wahrgenommen. Sie hatten gehandelt, ohne Fragen zu stellen. Ein halbiertes gebratenes Hähnchen lag in der einen, buntes Gemüse füllte die andere Schüssel. Indem sie den Küchentisch deckte, versiegte ihr Weinen.

Nach dem Essen öffnete sie alle Fenster, um die Abendluft einzulassen, und legte sich im Musikzimmer auf das breite Sofa; es war 19 Uhr und zu früh, um zu Bett zu gehen. Trotz des warmen Abends zog sie eine Wolldecke bis hoch über die Schultern. Es fiel ihr ein, dass sie nach siebenstündiger Fahrt, während der sie ihr Denken immer wieder zu den Augenblicken der Heimkehr geführt hatte, tatsächlich angekommen war am Haus, und über ihre Müdigkeit und Erschöpfung hinaus erhob sich in ihr eine Frage: Waren denn Gedanken oder Visionen von solcher Macht, dass das kaum Mögliche und doch Erhoffte geschah, und hatte ihre Großmutter davon gewusst und es weitergeben wollen an sie, Friederike? Vorgestern Abend, dachte sie, da hatte sie nichts geahnt von den Schrecknissen des folgenden Tags, der Nacht und der heutigen Stunden, vorgestern Abend, da war Bachs Orgelmusik hier im

Raum erklungen. Als sie hinüber glitt in den Schlaf, hörte sie Konrads Stimme; er sprach den Vers, den sein Meister bezeichnet hatte. Später wurde das Wort ‚Spiegel' Gestalt und bewegte sich so in den aufsteigenden Bildern der Träume.

Akten bedeckten den Tisch im Esszimmer, im Musikzimmer den Flügel und den Boden vor dem Sofa, auf dem Friederike lag. Das breite, bequeme Teil, das aus Anton Burgwaechters Elternhaus stammte, war das einzige Möbelstück, das er zurückgelassen hatte im Haus.

Noch immer reichte das Licht, um zu lesen, und ich wunderte mich, wie lang die Dämmerung währte. Erst nach meiner Rückkehr aus Uruguay war mir bewusst geworden, wie sehr ich sie vermisst hatte, diese lange schöne Stunde, in der sich Traumpfade öffnen. Und wenn ich auch solches Träumen verlernt hatte in all den Jahren, so hatte sich mir der Begriff ‚Heimat' doch immer auch mit dieser Abendstunde verbunden.

Ich schaute zu Friederike hin, die ihre Haltung verändert hatte. Mit vorgeneigtem Oberkörper saß sie da, mit erhobenem Kopf und halb geschlossenen Augen, als lausche sie hinein in die Räume der Lautlosigkeit dieses Abends. Von der Straße her, die von der Bank aus nicht einsehbar war, kamen dann und wann Geräusche vorüberfahrender Wagen herauf zu den Beeten und Hügeln der Gräber, manchmal Wortfetzen von Passanten, gedämpft, als lege der Abend seine Hand über jeden Laut; und jedes Geräusch ließ die folgende Stille größer und tiefer erscheinen. Ein Tag, dachte ich, neigte sich, der anders war als alle Tage zuvor.

Eine Stimme rief mich aus meiner Betrachtung. Sie galt nicht mir, meinte ich, es wurde nach Friederike gerufen, denn „Ziel", oder „das Ziel" hörte ich vielmals. Die Stimme klang, als sei der Rufer sehr nah, aber erst als ich sah, dass Friederikes Haltung und Miene unverändert blieben, begriff ich, dass es ein Echo war, das ich hörte. Es erklang in mir, das Echo auf die erst eben gelesenen Worte, deutlich und beinahe dröhnend erklang es, als würde der Hall eines Gongschlags in einer Bergwelt von Wand zu Wand über die Täler geworfen.

Was dann geschah, geschah in Stille und Freude und währte trotz seiner Fülle nicht länger als der Moment eines Wimpernschlags.

In dem Augenblick, als der Ruf verklang und als ich wusste, dass ich die Geschichte des heutigen Tages aufschreiben würde und zugleich Augen aufleuchten sah in blauer Tiefe und jetzt Maria, das Kind, und Maria, die Frau, eilen sah zueinander, mit Augen nur füreinander und es so war, als läge unter ihren Füßen der Streifen eines Korridors des Internats und jetzt das Oval aus Wiese und Waldrand in der mittleren Tafel des dreiflügeligen Bildes, in diesem Augenblick, da war ich erwacht, sah mein Ziel, mich selbst, war heimgekehrt.

XXIV

Meine flache Hand lag auf den Seiten, wie um jedes Wort darin zu bewahren und wie um zu bewahren, was mir heute widerfuhr. Diese Gebärde und das Gefühl, das Gelesene sowie das Erlebte nicht mehr verlieren zu können, ließen meine Gedanken hinfliegen zu dem Sandplatz dort oben, wo das Spiel auf der Bühne längst schon beendet wäre, wo sich der rote schwere Vorhang geschlossen hätte, unaufhaltsam, in zuckenden Falten, während die Lichter, die Lampen erloschen. Dort würde sie ruhen, die Bühne, gehüllt in den Mantel der Nacht.

Und ich las weiter.

Der Sommer ging, und Friederikes Maßnahmen zu Verzicht und Sparsamkeit erschienen ihr durchaus nicht mehr als ein leichtes Spiel, wie es dies für sie in den ersten Tagen gewesen war. Seit Beginn des neuen Schuljahres unterrichtete sie nun an vier Nachmittagen an der Musikschule, Privatschüler aber hatten sich bisher nicht eingestellt.

An einem Abend in der ersten Oktoberwoche saß Friederike am Esstisch und zählte das Geld in ihrer Börse. Sie hatte nach dem Unterricht an diesem Freitag ein wenig eingekauft, und der Tank des Autos war wieder gefüllt. Mit dem restlichen Geld musste sie auskommen in diesem Monat, da sie ihre Zahlungsverpflichtungen der Brühler Bank gegenüber einhalten wollte, aber nur für wenige Tage, eine Woche vielleicht, würde es reichen.

Von ihrem Platz aus blickte sie hinüber zum Dorf. Sie hatte während der nahezu nun sechs Jahre in Holweis hier Freunde gefunden, mit niemandem aber über ihre Notlage gesprochen. Lisa, überlegte Friederike, die Freundin, die am Abend der Nachricht über Konrads Tod an ihrem Bett gesessen hatte, sie ahnte wahrscheinlich etwas davon, seit Friederike sie, die an der Grundschule in Mürlen arbeitete, gebeten hatte, auf ihren Unterricht im Klavierspiel hinzuweisen, wenn Eltern der Schulkinder sie zu diesem Thema um Rat bitten würden. Manfred und Margret Minden waren Freunde geworden. Im Frühsommer, einige Wochen nach dem Umzug nach Holweis, waren Konrad und sie, Friederike, zu einem Abendspaziergang, der sie ums Dorf herum führen sollte, aufgebrochen, von einem Regenguss überrascht worden und hatten in der Toreinfahrt einer offenstehenden Garage Zuflucht gesucht vor den niederstürzenden Wassern. Am Wohnhaus hatte sich die Haustür geöffnet. Heiterkeit lag auf dem Gesicht des stämmigen Mannes, als er ihnen zurief: „Kommt rein!" Seit jenem Abend, als sie erwähnt hatte, sie sei eine geborene ‚Minden', hieß sie bei den beiden Älteren „unser Cousinchen". Konrad hatte auf Manfreds Bitte oder Hinweis hin manches Mal den betagten Organisten in der Kirche vertreten. Manfred, der Rentner war und im Dorf allerlei Gartenarbeiten verrichtete, hatte im vergangenen Sommer ihre große Wiese unterhalb des Wohnhauses gemäht und kein Geld dafür annehmen wollen. Zwei Wochen erst war es her, da hatte er ihr einen Sack mit Kartoffeln vom eigenen Acker vor den Geräteschuppen gestellt und sich wiederum energisch gegen jede Bezahlung gewehrt. In der Nacht darauf war sie um vier Uhr aufgestanden, hatte in der Kammer die Mengen der Zutaten zum Backen überprüft, die sie nach dem Frühjahr, nach Konrads Tod, nahezu vergessen hatte, und einen Rosinenstuten gebacken und das noch warme Brot gegen sieben Uhr hinübergetragen zu Manfred und Margret, die tatsächlich schon am Frühstückstisch saßen. Während der Viertelstunde, die sie bei den beiden auf der Küchenbank gesessen und eine Tasse Kaffee getrunken hatte, waren ihr keinerlei Fragen gestellt worden, aber als Margret, beinahe wie unbewusst, ihre Hand genommen und gestreichelt hatte und Manfred, der schon den Tisch abräumte, leise, als spräche er zu sich selbst, aber doch deutlich und bestimmt „Du kannst auf uns zählen" sagte, da hatte sie den beiden nur noch schnell zunicken können und die Küche verlassen, um nicht dort schon zu weinen. Mehrmals seitdem war es geschehen, dass sie, wenn sie abends nach Hause kam nach dem Unterricht, Tomaten, Möhren, Birnen oder Beeren vorgefunden hatte auf dem Terrassentisch.

Walter, der Arzt, der am Abend des Todestags ebenfalls zur Stelle gewesen war, und seine Frau Christine, überlegte Friederike weiter, waren Freunde. Ihr abendlicher Spaziergang an den Wochenenden führte sie jetzt öfter hinüber zur „Burg" als in früheren Zeiten, wenn sie sich hier einmal im Monat – Walter mit seiner Geige, Christine mit ihrer Querflöte – eingefunden hatten, um gemeinsam mit ihr zu musizieren. Bei solch einem Treffen, dem letzten vor Konrads Tod, hatten sie sich, eher aus Spaß als aus Notwendigkeit, Namen ausgedacht für ihr Trio, waren aber zu keiner Entscheidung gelangt. Seitdem hatte es keine Musikabende mehr gegeben. Die jetzigen Besuche, wusste Friederike, geschahen aus anderem Grund: Als ihr Arzt wollte Walter nach ihr schauen; sein aufmerksamer Blick, der gesammelte Ausdruck in seiner Miene, sein hellhöriges Schweigen, während sich seine Frau und sie unterhielten, verrieten es.

Freunde, dachte Friederike, waren Antonio und die zahlreichen Mitglieder seiner Familie. Jedem, den sie kennengelernt hatte, blickte sie, ihre Geldsorgen beiseite lassend, ins Angesicht, in die Augen, und auch jene Familienmitglieder, von denen ihr nur erzählt worden war, gewannen Gestalt und Gesicht und schienen aus der Ferne ihren Blick zu erwidern. Sie war aufgenommen in manches Herz dieser vielköpfigen Schar, und ihr eigenes Herz, ihr eigenes scheues Herz, war jenen zugewandt in Liebe. Sie hatte, verwunderte sie sich, nach Konrads Tod in Holweis Heimat gefunden durch Freunde, durch diese Menschen. So erfüllt von Dankbarkeit war sie, dass sich in ihr ein Gefühl des Glücks erhob, und so stark war ihre innere Bewegung, dass sie sich, obwohl ihr

Blick wieder auf die Geldbörse mit ihrem geringen Inhalt fiel, auf wunderbare Weise beschenkt und bereichert fühlte.

Nahezu in demselben Augenblick erinnerte sie sich ihrer Rückfahrt aus Münster, ihrer Erschöpfung und Schwäche, ihrer Visionen und erdachten Bilder zu Szenen ihrer Ankunft an ihrem Haus, dem Ziel, die sie sich während der Stunden der Fahrt unentwegt vor Augen gehalten hatte, erinnerte sich auch der vernommenen oder geträumten Worte der Großmutter und begriff, warum Privatschüler ausgeblieben waren bisher. Es war einfach und leicht zu verstehen: Ihre Sorgen nur hatte sie betrachtet, sie zum Mittelpunkt ihres Denkens erhoben, anstatt ihre Gedanken und ihren Blick in die andere Richtung zu lenken, nämlich auf das Ziel, in den kommenden Wochen, in den kommenden Monaten genügend Geld für ihren Lebensunterhalt zu besitzen. Und jetzt, sagte sie sich, würde sie, so, wie sie es während jener Fahrt getan hatte, sich Szenen vor Augen halten, die Bilder ausmalen in ihren Gedanken zu ihrem erfüllten Wunsch.

Sie erhob sich und ging umher in den Räumen, aber so leicht, wie ihr diese Übung eben noch erschienen war, ließ sie sich dann doch nicht durchführen. In der Küche stand Geschirr, das gespült werden müsste, über einen Esszimmerstuhl war ihr Mantel geworfen – überall fühlte sie sich angeblickt von Dingen, die anscheinend vordringlich ihre Aufmerksamkeit, ihre Zuwendung verlangten. Ratlos, enttäuscht ging sie umher zwischen Küche, Esszimmer und Flur und war nahe daran, ihren Plan aufzugeben, als ihr Blick wieder auf die Börse fiel mit ihrem geringen Inhalt. Sie blieb stehen und verschloss ihren Blick vor den Dingen, die sie umgaben. Sorgsam, Schritt für Schritt sammelte sie ihre Gedanken, erklärte sich selbst ihr Vorhaben, seine Dringlichkeit und Notwendigkeit, wandte sich ab von Esszimmer und Küche, fühlte sich wie geführt oder getragen und befand sich schon im Musikzimmer und dort vor dem breiten Sofa.

Sie setzte sich, schmiegte sich in die Rundung des Polsters zwischen Arm- und Rückenlehne, die Beine folgten der Bewegung des Körpers, lagerten nun auf gleicher Höhe. Wieder streifte sie die Erinnerung an jene Heimfahrt, jetzt, wusste sie, brauchte sie Visionen, ein Bild nur zunächst, auf das ihr Denken, ihre Vorstellungskraft gerichtet wären. Sie hatte damals intuitiv ein Bild von sich selbst hineinprojiziert in jede Szene, hatte sich selbst gesehen, dass sie den Gartenweg ginge hinauf zum Haus, dort oben die Tür aufschlösse und so fort, und auch dieses Mal wollte sie darauf achten, in jeder Sequenz ihrer Vision als Akteurin oder als Anwesende zu erscheinen.

Indem sie dies dachte, sah sie sich schon neben einem Kind am Flügel sitzen, sah ihrer beider Hände, Finger auf den Tasten liegen, über die Tasten gleiten, erdachte dazu auch kleine Variationen, etwa Wendungen des Kopfes, Handgriffe hin zum Notenblatt, sie erdachte Worte, die sie an das Kind richtete, hörte ihrer beider Stimmen, meinte sogar, das Klopfen an der Haustür zu vernehmen, sah sich die Tür öffnen und sah sich im Gespräch mit der Mutter des Kindes, die ihrer Börse zwei Geldscheine entnahm, den Lohn für diese Unterrichtsstunde. Jetzt aber geschah Unerwartetes.

Ein Missklang hatte sich eingemischt in die bisherigen Harmonien der Bilder, in die Harmonie in ihr selbst, und sie begriff sogleich, welchen Ursprungs er war: Die Ruhehaltung, in die sie sich gebracht hatte, die Stille hier in diesem schönen Raum, die Intensität ihrer Gedanken, welche die Bilder schufen, hatten Geist und Seele geöffnet oder erhoben wie zu Andacht und Gebet, und in ihr Gebet hinein waren die gedachten Geldscheine gleichsam geflattert, aber um Geld hatte sie noch niemals ihren Schöpfer gebeten. Bemerkungen aus frühen Jahren, aus der Kindheit, als der Vater noch in Gefangenschaft war, kamen ihr in den Sinn, als die Mutter in diesen ersten Jahren nach dem Krieg durch ihr Klavierspiel versuchte, Geld zu verdienen, bei einer Weihnachtsfeier, einem Jubiläum, und die Kinder über die Not hinwegtröstete mit Worten vom „schnöden Mammon". Gemischte Gefühle in ihrem Verhältnis zu Geld waren ihr geblieben, obwohl sie sich oftmals erklärt hatte, wie sinnvoll es als Tauschmittel sei. Aber niemals hatten solche Gedanken jene Ebenen in ihr berührt, aus denen ihre Gebete aufstiegen.

Noch immer waren ihre Augen geschlossen, noch immer suchte sie, die erschaffenen Bilder oder Szenen durch ihren Willen in Einklang zu halten, in Harmonie mit ihr selbst, und hierüber geschah es, dass Worte zu ihr traten, die Worte des Spruches zu ihrer Konfirmation, des 23. Psalms. Es war ihr unklar, ob sie die Worte sprach, dachte oder vernahm, alle Worte vom ersten bis zum sechsten Vers, die mutigen Worte Davids. Sie wiederholte, als habe sie einen Hinweis dazu erhalten, die des fünften Verses: „Du bereitest vor mir einen Tisch im Angesicht meiner Feinde. Du salbest mein Haupt mit Öl und schenkest mir voll ein." Sie wusste, wie sie es früher schon gewusst hatte, dass „Feinde" eigene, ihr innewohnende Zweifel waren, und war getröstet, weil auch diese geheimen Widersacher ihren Meister fanden, machtlos blieben vor der göttlichen Liebe. Der Trost legte sich wie eine gute Hand über sie, und sie schlief ein.

Als sie erwachte, lag Dämmerung im Raum, so durchsichtig als löse sich eine Regen- oder Nebelwand auf. Sie wusste nicht, ob es Abend war oder Morgen und warum sie im Musikzimmer auf dem Sofa lag. In der Küche fand sie auf dem Tisch die Dinge vor, die sie eingekauft, auf dem Stuhl ihre Schultasche, die sie da abgesetzt hatte, und sagte sich, dass es Abend und sie nach dem Unterricht müde gewesen sei, so müde und so erschöpft, dass sie sich aufs Sofa gesetzt habe und da eingeschlafen sei. Sie erinnerte sich in aller Deutlichkeit des Gesprächs mit den Kollegen vor dem heutigen Unterricht, ergriff schon ihre Tasche und wandte sich dem Musikzimmer zu, denn bis zum nächsten Wochenende sollten die Vorschläge eingereicht werden zur Gestaltung der alljährlichen Weihnachtsfeier, zu welcher die Eltern der Schüler und weitere Gäste eingeladen wurden und die regelmäßig am Samstag vor dem ersten Advent stattfand.

Friederike meinte, dass die Vorfreude auf das Fest sie schon durchdringe, so leicht fühlte sie sich, so im Einverständnis mit ihrer schönen Arbeit und mit den Dingen, die sie umgaben. Nach einer Weile und nach der Aufzeichnung der Vorschläge zu den Auftritten ihrer Schüler innerhalb der Feierstunde umfing Müdigkeit sie, geleitete sie zur Terrassentür, vor der schon der dunkle Abend stand, und zum Schlafzimmer hin, ließ sie dort das Licht löschen und trug Seele und Geist still hinüber in die weiten Gewölbe des Schlafs.

Am nächsten Tag, es war Samstag und kurz vor Mittag, stand Friederike in Arbeitsschuhen und -schürze am Blumenbeet unterhalb der Terrasse, als Fremde an der Gartentür stehen blieben, umherschauten, dann zu ihr blickten. ‚Touristen, die eine Auskunft wünschen', dachte Friederike und ging ihnen entgegen, zögernd jedoch, denn in der Luft, im Licht, so schien es, bewegten sich feine Widerstände, die rasche Bewegungen zu verhindern und ihr Vorwärtsschreiten zu verlangsamen suchten. Nahezu ebenso verhalten näherten sich ihr die Fremden, während Lichtpartikel ringsum zu Lichtschleiern, Lichtwolken zusammenfanden und die Gestalten, die Büsche und Bäume im Garten aus ihrer Festigkeit hoben.

In diese Luft, in dieses Licht stiegen Worte, nein, Bruchstücke von Worten, in verschiedenen Stimmfarben klingende Silben und Laute, als die Menschen sie nun umstanden, sich auch um sie her bewegten, sodass sie jetzt in das eine, jetzt in das andere Gesicht blickte und jedes ihr erschien wie eine freundliche Sonne mit mildem Schein, denn noch immer umwebten Licht- und Luftschleier sie selbst und die Gestalten.

Inzwischen waren sie alle – Friederike wusste nicht, wodurch es geschehen war – angelangt an der Terrasse, und sie nahm die Gesichter, die Gestalten deutlicher wahr. Ein Elternpaar besuchte sie, das jetzt mit ihr am Tisch hier saß, mit seinen beiden Kindern, kleinen Mädchen, die zu ihren Füßen auf den Stufen hockten, mit den Erwachsenen zugewandten Gesichtern, die von großer Ähnlichkeit waren. Wie seine Frau es bereits erklärt habe, sagte der Vater, sollten die Zwillinge durch sie, Friederike Serresheim, Klavierunterricht erhalten, samstags jeweils, weil da kein Schulunterricht stattfände, in einer Doppelstunde für beide von 10 bis 12 Uhr, wie sie es ihnen eben bestätigt habe. Friederike, die sich hieran nicht zu erinnern vermochte, nickte mehrmals, weil sie spürte, dass sie ihre Stimme nicht mehr beherrschte, ihr zudem jedes Wort der Zustimmung fehlte, denn sie begriff kaum, was hier geschah, ahnte, dass sich etwas erfüllte, ein inniger Wunsch, ein Gebet, und ihr Herz klopfte so sonderbar. Ihr Blick lag jetzt auf der Frau, jedoch so, als befände die sich in großer Ferne oder als schauten ihre eigenen Augen durch die der andern hindurch, wie gebannt saß sie da, und jetzt geschah, was sie schon einmal gesehen, aber vergessen hatte, weil es in die Tiefen des Glaubens und sicheren Vertrauens gesunken war: Die Frau entnahm ihrer Börse zwei Geldscheine, reichte sie ihr „als Honorar für den nächsten Samstag und als Bestätigung unserer Verabredung" verstand Friederike; und alle erhoben sich.

Der Bann war gebrochen. Sie führte die Gäste ins Haus, ins Musikzimmer gleich, und meinte, sie trüge Flügel, fand Stimme und Worte wieder und begleitete schließlich die Familie hinunter zum Gartentor.

Erst, als sie wieder ihre Gartenarbeit fortsetzte, entfaltete sich ihre Erinnerung an den gestrigen Abend, als öffne sich eine einst vielfach zusammengelegte und sicher verschlossene und geheime Karte – ‚eines Schatzsuchers Karte', dachte sie, belustigt zunächst, ernsthaft dann. Nicht einen Augenblick lang bezweifelte sie den Zusammenhang zwischen dem gestrigen Abend und dem heutigen Tag, zwischen Gebet und Erfüllung. Dabei hatte sie das Gefühl, es seien eigentlich die trostreichen Worte des Psalms gewesen, die ihre Gedanken, ihren Wunsch, die visualisierten Szenen seiner Erfüllung dorthin getragen hatten, woher solche Worte kamen, sie in die Liebe getragen hatten, die sich dem Propheten einst offenbarte. Sie befestigte solche Gedanken überhaupt nicht an den Dogmen der Religionen oder Konfessionen. So wie Konrad glaubte auch sie an die große göttliche Liebe allein, die den Menschenkindern weder Versuchungen noch Strafen zudachte.

Nachmittags, als Friederike vor dem Geräteschuppen im Hang ihre Arbeitsschürze ausschüttelte, flatterten zwei Geldscheine in die Wiese. In ihrer Beglückung allein darüber, dass sich ihr Gebet auf so wunderbare, so sonderbare Weise erfüllte, hatte sie das Geld, den Anlass ihrer Bitte, tatsächlich vergessen! Sie betrachtete die Scheine, musste sich lange besinnen und begriff es allmählich (obwohl sie sich nicht daran zu erinnern vermochte, wann über die Höhe ihres Honorars gesprochen worden war): Für zwei Kinder und für jeweils zwei Stunden galt die Bezahlung. Vierfach hatte der Wunsch sich erfüllt.

‚Dieses Geld, das für mich und in meiner jetzigen Lage eine große Summe ist', dachte sie, als sie hinüberging zum Haus und ihren früheren Gedanken aufgriff, ‚ist wie ein Staubkorn des größeren Schatzes, zu dem sich ein Weg öffnete gestern Abend. Wir Menschenkinder sind Gotteskinder, und unser Erbteil ist der schöpferische Gedanke. Ich ahnte, aber wusste es nicht, ich weiß es jetzt.', und dachte ‚Goldstaub', während sie die Scheine sorgfältig in ihrer Börse verwahrte.

Nur Dankesworte fielen ihr ein während ihres Abendgebets.

Seltsam, es fällt mir jetzt ein, lieber Leser, nach Jahren und Jahren fällt es mir ein, wessen Gedanke es war, über den gesprochen wurde, damals, an einem „Radioabend" in meiner Kindheit, als Worte mich so sehr berührten, dass ich sie nicht mehr vergessen wollte und sie nach der Sendung (soweit ich mich ihrer erinnern konnte) in mein Schulheft schrieb, die zitierten Worte des Sokrates: „Mit einer ein-

zigen Bewegung des Fingers vermag der Mensch auf den äußersten Stern einzuwirken im Weltenall."

Früh am Sonntagmorgen erwachte Friederike nach einem Traum und stand auf, um das Geträumte zu betrachten und nicht zu vergessen: Sie war einen Hang hinaufgestiegen und bemerkte oben, dass er eine ausgedehnte, fast vollkommene Kreisform bildete, die an den Innenseiten gleichmäßig abfiel bis hin zur stillen Oberfläche eines dunklen Sees. Auf dem Kamm des Hanges, auf diesem Rund, standen Gestalten, jede hoch aufgerichtet, weise Männer, wusste Friederike im Traum, deren weißes, langes Haar bis auf ihre langen weißen Gewänder fiel, sodass es so aussah, als trügen sie weiße Mönchskutten oder Kapuzenmäntel. Die Weisen blickten ihr entgegen, und sie bemerkte, dass sie selbst weiße Kleider oder Tücher trug, und bedeuteten ihr durch verhaltene Gesten, hinabzusteigen ins Wasser und den See zu durchschwimmen bis zur gegenüberliegenden Seite. Sie hatte das Gefühl, dass Konrad hinzugetreten sei zu dem Kreis, wie ein Schatten, ein Schemen nur, und wie einer, der eben vorübergeht, kurz stehen bleibt, schaut; aber dann, als ihre Blicke sich trafen, schaute er wie bei ihrer ersten Begegnung, mit ernsten, wissenden Augen. So schön und still lag der dunkle Spiegel da unten, dass Friederike ihr Gewand abnahm und fallen ließ und diese Entscheidung durch ihre innere Stimme und durch den Blick ihrer Augen den Wächtern, den Weisen mitteilte. Die wandten ihre Gesichter einander zu, und Friederike gewahrte den Ausdruck von Zustimmung in ihren Mienen, während sie der Wasserfläche entgegen abwärtsstieg, nackt, und hineinglitt ins schöne Element und an ihrer Haut seine Frische, seine Weichheit spürte. Sie schwamm in ruhigen Zügen und schwamm Schleifen und Bögen, halb über, halb unter dem stillen Spiegel, und indem die Gestalten dort oben, als sei für sie ein Vorgang beendet, sich abwandten, sich entfernten oder verblassten, wurde ihr ohne Worte, wie durch einen Gedanken nur, übermittelt, dass sie eine Prüfung bestanden habe.

‚Es ist ein Traum von der Liebe zum Leben', dachte Friederike, ‚von einem schönen Leben im Einklang mit den Dingen und mit mir selbst. Hätte ich weiterhin das Gewand getragen und wäre, so bekleidet, an das andere Ufer geschwommen, dann wäre ich aufgenommen worden in ihre Reihen, dann hätte ich die Schwelle zum jenseitigen Leben hin überschritten. Ohne nachzudenken, ohne ein Hin und Wider zu erwägen, habe ich mich im Traum für mein hiesiges Leben entschieden.'

Sie begann wieder zu lesen. Nach mehreren Tagen und Wochen wurde ihr bewusst, dass es ihre Kinderbücher waren, die sie zögernd aus den Regalen nahm, die sie betrachtete, las und manches Mal nochmals las, und dann war ihr, als begänne sie lesend ihr Leben noch einmal, lesend und staunend wie ein Kind.

XXV

Wenn sie sich ruhig verhielte, dachte Friederike, wenn sie keinen Arm höbe, die Hände nicht rührte, nicht die Füße, die Beine, wenn sie ihm nicht widerspräche und ihm durch einen halben Blick nur, eine winzige Neigung des Kopfes bedeutete, dass sie ihn wahrnahm, dass sie ihn weder bestätigte noch in Frage stellte, wenn es ihr gelänge, sich auf diesem schmalen Grat, auf diesem dünnen Hochseil unter äußerster Beherrschung zu halten und selbst diesen Willen zur Beherrschung nicht merkbar werden zu lassen für ihn, dann würde sie diese Stunden, in denen Philipp hier wütete, vielleicht überleben.

Für einen Moment blickte sie in das Grau vor dem Küchenfenster – ein gleichgültiges Grau an diesem Novembertag – und hatte einen Sekundenbruchteil zu lange dahin geblickt, denn Philipp schwankte heran, hob den Arm, schlug mit der flachen Hand in ihr Gesicht, schrie: „Ich wollte dich, du blöde Kuh!", taumelte weiter bis zur Küchentür, die zum Flur hin offen stand, wandte sich, schrie: „Dich wollte ich, du blöde Kuh!", war neben ihr, schlug, schrie: „Du warst bei Mutter!", schlug, stolperte in den Flur.

Sie hatte nicht ein Mal geschrien, nicht ein Mal die Hand an die Wange gehoben. Was geschehen war, war so unfassbar, dass beim ersten Schlag zu dem Schreck, dem Entsetzen, dem Schmerz eine große Verwunderung trat und sie tatsächlich für einen Moment hierhin und dorthin schaute mit erstaunten, weit geöffneten Augen und nicht begriff, dass die Dinge um sie her anscheinend dieselben geblieben waren, obwohl in die Welt eine Wunde geschlagen war. Wund war nicht die Haut ihrer Wangen, die glühte und brannte, nein, wund war die Innenhaut ihres Gesichts, als hätte die harte Hand da eine Schutzschicht abgerissen und als gäbe es nur noch das rohe blutende Fleisch. Und schrecklich war, dass die Hautfetzen abwärts fielen durch den Hals, die Schultern und in den Leib und auch deren Innenhaut mit sich nahmen, sodass Friederike meinte, die Glut dieser nackten Wände werde ihre Organe einschmelzen und das Herz zu einem Ballon wachsen lassen; es klopfte so langsam und laut. Sie hätte stöhnen, sich krümmen, hätte schreien und rennen mögen, durch den Garten, die Straßen, und bezwang sich. Sie mussten in ihr bleiben, der Schmerz und die Angst, keine Regung durfte der, der da tobte, bemerken, nur dies, einzig dies: Nichts war geschehen. Sie wusste, dass sie, würde sie fliehen, schneller wäre als er, und wusste ebenso, dass keiner seiner Schritte in seiner Trunkenheit berechenbar war und dass er, würde er sie, die Fliehende, durch eine seiner nicht vorhersehbaren Bewegungen zu fassen bekommen, sie in gesteigerter Wut rücksichtslos überwältigen würde. Sie musste überleben, sie musste hier, gebannt auf den Küchenstuhl, überleben, auch das Haus musste überleben, denn überließe sie es Philipps Hass, dann wäre es so, als würde sie Konrad diesem Hass überlassen. Für einen Augenblick war ihr, als sähe sie Rauch aufsteigen aus verkohlenden Trümmern.

An ihrer Haltung hatte sich nichts verändert. Die Finger umklammerten immer noch den hölzernen Rand der Sitzfläche ihres Stuhls, nebeneinandergesetzt standen noch immer ihre Füße am Boden, eng waren die Knie zusammengepresst. Jetzt klirrte Glas in der Kammer im Flur, Flaschen schlugen gegeneinander. Drei oder vier Kartons mit Weinflaschen lagerten dort; die hatten Konrad und sie im Herbst des vergangenen Jahres in einem Weingut an der Ahr eingekauft.

Bereits stark betrunken war Philipp an diesem Sonntagmittag bei ihr erschienen, kurz vor ihrem Mittagessen; sie hatte soeben über die Bratkartoffeln in der Pfanne, die auf der warmen Herdplatte stand, frische Kräuter gestreut. Sie hatte das Auto gehört, das gegen ihr Gartentor schrammte, die Gestalt gesehen, die, stolpernd, halb stürzend, dann wieder taumelnd, näher kam, hatte wie fiebrig überlegt, wen sie anrufen könnte zu ihrer Hilfe, war stehen geblieben am Fenster, als hätte ein Bann sie gelähmt, und hatte unter diesem Bann ihm die Haustür geöffnet, bevor er sich mit Gewalt Einlass verschaffen würde. Er hatte sie angeblickt, als müsse er sich besinnen, wer vor ihm stand; kurz war ein Erstaunen über seine Züge gelaufen, das ihn für einen Augenblick schweigen ließ. Im Haus war sie vorangegangen und in die Küche, die ihr, sie wusste nicht, weshalb es so war, als der sicherste Ort erschien. Hier saß sie, wie gefesselt an ihren Stuhl, seit seiner Ankunft.

Jetzt kam er zurück aus der Kammer, stellte drei Flaschen Rotwein im offenen Fach des Küchenschranks ab, wandte sich zu ihr, als habe er im Vorbeigehen etwas vergessen, schlug mit der flachen Hand in ihr Gesicht, redete, murmelte oder brüllte ununterbrochen. Alle Flaschen waren geöffnet, wahllos trank er daraus, indem er den Flaschenhals an den Mund ansetzte, Wein und Speichel rannen über Kinn und Hals. Er brüstete sich mit errungenen Siegen in seinem Beruf als Rechtsanwalt, malte Szenen geplanter Vorhaben, „die das Land erschüttern würden", wie er ihr zuschrie, in gewaltigen Bildern aus und begleitete seine Rede mit heftigen, ruckartigen Bewegungen des Kopfes, der Schultern, der Arme und Hände, als seien die aus Holz geschnitzt und würden von einem Puppenspieler geführt, der durch die Übertreibung jeder Geste seiner hölzernen Figur diese der Lächerlichkeit preisgibt. So, dachte Friederike, indem ihr seltsamerweise Szenen alter Filme vor Augen traten, so bewegten sich auf ihren Podien Diktatoren, die ihre Parolen über die Volksmenge brüllten und einhämmern wollten in deren Köpfe. Philipp schien zusammenbrechen zu wollen wie unter großer Last und Not, „Wohin" verstand Friederike und „vorbei ist Münster, aber wohin", und als ihre Verwunderung hierüber in ihre Augen glitt, verkehrte sich sein Stöhnen in ein schreckliches Lachen. Sie rührte sich nicht, sie atmete flach, sie versuchte unter Anstrengung ihre Gedanken wieder zu fesseln, dass sie nicht noch einmal in ihren Blick, ihre Miene träten. Diese Gedanken aber, erkannte Friederike verwundert, schufen in ihr einen geheimen Raum, einen Schutzraum gleichsam, hinter dessen Wänden Widerstandskraft erwachte und dieses zu denken möglich war.

Indem er eine andere Flasche ergriff und hob, hielt er inne in der Bewegung, sein Blick schien sich nach innen zu richten, als suche er ein Bild oder einen Eindruck in der Erinnerung, taumelte an ihr vorbei bis zur Kammer, hatte die Flasche in seiner Hand anscheinend vergessen; eine rötliche Spur begleitete seinen Weg. Er hatte gefunden, was er zuvor entdeckt und wieder vergessen hatte, kam mit einer Flasche Whiskey zurück, an deren Hals die Glückwunschkarte der Kollegen Konrads anlässlich seines Geburtstags hing, riss die ab, ließ sie fallen, trank in langen Zügen. Sie erkannte, dass ein Schrei in Philipp sich lösen wollte, er keuchte, verschluckte sich, hustete, schwenkte die Flasche. Nicht nur Friederikes Beherrschung verhinderte jede Bewegung, Angst vor seiner zunehmenden Unberechenbarkeit lähmte sie; sie war, so schien es ihr, hier auf ihrem Stuhl erstarrt zu einem Ding, aus dem das Leben wich, und jede Minute war wie ein Jahr, das über sie strich. Philipp schrie und stieß die Hand mit der Flasche hin zu ihr, bis vor ihr Gesicht: „Das braucht ein Mann! Kapierst du das, Weib? Du blöde Kuh! Das braucht ein Mann, ein Mann wie ich! Wie ich." Seine Stimme war in solche Höhe gestiegen, dass sie kreischte, sich überschlug und in einem Heulen, dann einem Wimmern erstarb.

Ihr Leben, ihr Wille zu überleben, kehrten zurück. Sie fand und betrat wieder den schmalen Grat der höchsten inneren Wachsamkeit und blickte ihn nicht an und blickte nicht fort. Ohne ihren Augen einen Ausdruck zu geben, blieb ihr Blick in seiner Nähe, begleitete seinen wirren Weg kreuz und quer durch den kleinen Raum. Philipp schien ruhiger zu werden. Er murmelte, sabberte ein wenig, nahm dann und wann einen Schluck aus der Whiskeyflasche, deren Inhalt zur Neige ging, und Friederike tat hin und wieder eine kleine leichte Bewegung, legte also eine Hand auf den Tisch, verschob um Millimeter ihr Wasserglas, ließ die Hand ruhen, lehnte sich auf ihrem Stuhl für einen Moment nach vorn und nahm behutsam wieder die vorherige Haltung ein. Sie spürte, dass sie jetzt sehr geringe, nur angedeutete Lebenszeichen von sich geben müsse, denn auch ihre Erstarrung könnte für ihn Anlass sein, im nächsten Augenblick in Raserei zu verfallen. Sie entspannte ihr Gesicht, gab ihm, glaubte sie, weichere Züge, ließ auch ihre Augen einmal über ihn laufen, so selbstverständlich, als sei er ein häufiger Gast. Er nahm ihre ausgesandten winzigen Zeichen auf, gelassener wurden Gestik und Mimik, er stolperte manchmal, fing sich wieder, sprach mit sich selbst, und sie begleitete dies mit kaum merklicher Geste oder Wendung des Kopfes. Es war beinahe so, als unterhalte man sich über tagtägliche Dinge und als habe man immer schon so miteinander gelebt. Ein Lächeln zog ein in sein Gesicht, und seine Augen schienen in der Ferne etwas wahrzunehmen, das ihn mit Zufriedenheit erfüllte.

Sein Blick kehrte zurück, lief wie abwesend über die Dinge ringsum – es war, als ob Philipp erwachte, aber noch gefangen wäre im Traum –, er schien etwas zu suchen, schien nachzudenken, setzte die Flasche ab auf dem Küchentisch und machte sich auf, so sah es aus für Friederike, einen Weg ins Ungewisse zu gehen. Er stolperte, fiel gegen Tisch und Schrank, zog weiter, einmal schlug sein Ellbogen gegen ihr Gesicht, da blieb er stehen, verneigte und entschuldigte sich, wobei er sich schwer auf den Küchentisch stützte, tat noch einige Schritte, war im Flur und hielt dort an vor der Wand, gleich hinter der Küchentür. Wasser floss, und sie blickte erschrocken um sich, dann hin zum Flur. Sie sah Philipps abgespreiztes Bein neben dem Rahmen der Tür, seinen zur Seite angewinkelten Arm und auf den Bodenfliesen eine hellgelbe Lache, die sich verbreiterte und aus der jetzt ein Rinnsal zur Haustür hin lief.

Es galt, wusste Friederike, weiterhin die Beherrschung aufrecht zu halten, die ihr das Leben gerettet hatte bis zu dieser Sekunde, doch in ihrem Kopf begann sich etwas zu drehen. Ekel, Zorn, Empörung und, zu ihrer Verwunderung, Mitleid erhoben sich in rascher Folge und Wiederholung. Sie bemerkte, dass ihre Kiefermuskeln sich spannten, um ihr Gesicht in Ruhe zu halten, denn sie sah, dass Philipp seine Haltung veränderte.

Keiner ihrer Gedanken, vermutete sie, war zu ihm gedrungen. Sie sah jetzt auch sein Gesicht, seinen geradeaus gerichteten Blick, da er den Oberkörper, der schwankte, nach hinten geneigt hielt. Dort an der Wand, die mit der an sie anschließenden die ‚Telefonecke' bildete im Flur, hing Paul Klees Bild „Nächtliche Blumen", und Friederike sah, dass Philipp versuchte, seinen immer wieder ihm entgleisenden Blick dahin zu richten. Sie liebte das Bild. In ihrer Schulzeit hatte sie ein Referat zum Werk des Malers geschrieben, hatte sich hineingedacht, hineingefühlt in seine Arbeit, hatte viel gelesen dazu und war fasziniert gewesen von einem Gedanken darin – dem zur Struktur als bildnerischem Gestaltungsmittel, jenem Element in seiner Kunst, durch welches er in seiner Malerei zu Aussagen zu gelangen versuchte über das Wesen der Dinge, über das Sein hinter dem Schein. Und jenes Bild, das im Flur über dem Telefontischchen hing, „Nächtliche Blumen", war ihr als ein Beispiel erschienen für Klees Arbeit, die verborgene filigrane Urschrift zu erforschen und sie in die künstlerische Aussage zu übersetzen.

Sie schrak zusammen. Dass sie hieran jetzt dachte! Aber nur Sekunden, so schien es, waren vergangen, denn Philipp stand dort in gleicher Haltung. Das Rinnsal am Boden hatte die Haustür erreicht. Ihr war, als müsse sie dieses Bild dort an der Wand schützen, dass es keinen Schaden erlitte in diesen Stunden, und es erschien ihr seltsam, dass sich dort im Flur gleichsam zwei Welten begegneten und dass der innere

Schmerz nachgelassen hatte, als sich ihre Gedanken dem schönen Kunstwerk zuwandten.

Vorsichtig und wie mit verdecktem Blick schaute sie hinüber zu Philipp. Er schloss umständlich seine Hose mit dem Knopf am Bund, den Reißverschluss nicht, hob beide Hände, nahm das Bild so behutsam, wie es ihm möglich war, von der Wand und schob es unter den linken Arm. Sie hatte die Augen bereits niedergeschlagen, um keinen einzigen ihrer Gedanken hinaustreten zu lassen in eine unschöne Welt, um Philipp nicht merken zu lassen, dass sie an anderes dachte als an ihn. Schlingernd und stolpernd kam er zurück in die Küche, ließ das Bild auf den Küchentisch gleiten und vergaß es anscheinend schon. Noch hielt das hauchdünne Netz scheinbaren Friedens.

Sein schweifender, zielloser Blick fand Halt, als er auf den Herd und die Pfanne dort fiel. Er griff mit der Hand hinein in die Bratkartoffeln, versuchte, sich die Scheiben in den Mund zu stopfen, das meiste fiel an ihm herab auf den Boden. Er schluckte, hustete, spie Angekautes dort aus, wo er stand. Er keuchte, schrie, schrie zerfetzte, kaum noch verstehbare Worte: „Ist das ein Essen für einen Mann? Einen Mann wie mich?", ergriff den Stiel der Pfanne, schleuderte ihren Inhalt heraus. Die gebratenen Scheiben, die Kräuter glitten abwärts an den blau-weißen Kacheln der Wand und an den Glasscheiben des Küchenschranks. Indem er dies wahrnahm, kehrte kurz ein klareres Bewusstsein in ihn zurück, er blickte beschämt, setzte auch die Pfanne ab auf dem Herd, doch im nächsten Moment schlug die Scham um in Hass, der sein Gesicht verzerrte.

Friederike spürte, dass ein Damm in ihm brach, und spannte, ohne ihre Haltung zu ändern, die Muskeln, um aufzuspringen oder um sich ihm zu entwinden oder um Schutz zu suchen im Winkel neben dem Küchenschrank oder hinter der Tür – sie wusste: Nur Eines galt, nur

Eines zählte. Es galt, ihr Leben zu retten. Nur diesen einen Gedanken durfte es in ihr geben. Philipp war stärker als sie, aber sie war hellwach.

Er tat einen Schritt zu ihr hin, glitt aus auf dem Fett am Boden, verlor das Gleichgewicht und stürzte gegen den Tisch, der sich zu seiner Seite hin neigte. Das Wasserglas, die Whiskeyflasche fielen neben seine Füße, zerbrachen, das Bild erreichte soeben die Kante des Tisches. Ein Schrei entfuhr ihr – der eine, der einzige Schrei zu jedem heute erlittenen Schmerz – und sie sprang auf, hielt das Bild. Dies, dass sie es verteidigen würde wie ihr Leben, dies hatte sie nicht erwartet, und jetzt hatten sich die Gewichte zwischen ihnen verschoben. Auch Philipp schien es zu spüren. Er entriss ihr das Bild, schmetterte es zu Boden, feine Glassplitter spritzen aus dem Rahmen heraus in die Höhe und fielen nieder. Tränen stürzten aus ihren Augen.

Er begriff, worüber sie weinte. Seine Hände fassten zu und packten ihre Oberarme. Durch die Tränen hindurch sah sie in ein dunkelrotes wutverzerrtes Gesicht, auf dem das Fett aus der Pfanne glänzte und Reste von Kartoffeln und Kräutern klebten. Die Hände schüttelten sie, ihre Tränen flossen, tief in ihr setzte ein Beben ein und erschütterte ihren Körper in unkontrollierbaren Schüben. Seine Hände fassten härter zu, schüttelten sie stärker, das Gesicht, die hasserfüllten, geröteten Augen näherten sich, er schrie: „Du heulst um ein Bild! Heul' doch um mich! Um mich!" Undeutlicher wurde die Stimme, Wutschreie durchsetzten sie, „Wohin", verstand Friederike wieder, verstand auch „nicht mehr Münster". Seine Hände schoben sich aufwärts. Da ließ sie sich fallen.

Sie ließ sich fallen, und ihre Augen schlossen sich. Sie fiel nicht zu Philipp hin und nicht zu Boden. In der allerhöchsten Angst hatte sie Gott gerufen, Gott, das Leben, die allmächtige Liebe, hatte ihm und sich selbst ohne einen Laut von sich zu geben die Worte zugerufen, zugeschrien, die sie begleitet hatten seit ihrer Jugend, hatte sich hineingestürzt und hineinfallen lassen in die Stimme des Propheten: „Der Herr ist mein Hirte."

Der Ruf erfüllte sie und umgab sie, und sie glaubte, in eine Tiefe zu sinken, in der die Worte sie umrauschten und hielten und trugen wie ein großes Meer oder ein großer Wind und dann keine Worte mehr waren. Stille umgab sie, und sie war eins mit ihr. Sie schwebte körperlos, schwerelos in der Stille und war ein winziges Licht oder ein Lächeln, und es gab kein Maß der Zeit.

Durchlässig wurde der Raum der Stille, Geräusche und Laute traten ein, und um dieses Licht oder Lächeln bewegten sich Schatten, sanft, kamen näher und legten sich aneinander, fügten sich zu ihrer Gestalt und gewannen Festigkeit. Sie spürte ihren Leib, ihre Glieder, und sie öffnete ihre Augen, in denen noch das Lächeln lag und das Licht. Freunde umstanden sie, und am Boden saß, gegen den Küchenschrank gelehnt, eine Gestalt, saß Philipp, ihr Schwager, anscheinend verletzt, denn auf seiner Anzughose breitete sich über der Hüfte ein dunkler Fleck aus, ein Blutfleck wahrscheinlich, denn der Stoff zeigte dort einen Riss.

Es war seltsam, dass Philipp in Holweis war und in ihrem Haus und hier in der Küche auf dem Boden saß, und seltsam war, dass Lisa, ihre Freundin, bei ihr Hausarbeit tat, nämlich Scherben zusammenkehrte, und überhaupt seltsam war, dass Freunde sich hier versammelt hatten und sie immerzu anblickten, ja, beobachteten. Darüber stieg in ihr ein kleines Gelächter auf, der Verwunderung oder der Überraschung, und löste sich, so leicht, als ob Wellen an ein Ufer anschlügen, aber niemand sonst lachte, und sie dachte, dass heute vielleicht Sonntag sei und keiner von ihnen arbeiten müsse und man sie habe überraschen und besuchen wollen, und fragte: „Ist heute Sonntag?" Sie blickte in erschrockene und ratlose Augen, hörte ein Flüstern: „Der Schock, das ist der Schock", und ihr Blick lief umher im Raum und fand das Bild auf dem Boden. Sein Rahmen war aufgesprungen an einer Ecke, das Glas fehlte, aber es selbst war heil geblieben.

Es waren nur wenige Sekunden vergangen seit ihrem Erwachen aus der Stille, und jetzt, im Anblick des Bildes, begann die Erinnerung wiederzukehren. Sie hob ihre Hände gegen den Hals, als wollte sie sich vergewissern, dass da nicht noch andere Hände wären, rang für einen Moment wirklich nach Luft, stand dabei immer noch an demselben Platz wie bei Philipps Überfall, schwankte ein wenig und schüttelte den Kopf, als man sie halten wollte. Sie hob vorsichtig das Bild auf vom Boden, legte es auf den Tisch und setzte sich auf den Küchenstuhl. Ihr Blick fiel auf Philipp, und ihre Hände umfassten den Rand des Stuhls, ihr Körper spannte sich, als sei der Alptraum der vergangenen Stunden nicht vorbei. Indessen hatte Walter, der Arzt und Freund, das Haus erreicht, war in die Küche getreten und schaute zuerst nach dem Verletzten, der Fragen nicht zu beantworten vermochte, endlos Unverständliches murmelte und dann und wann in ein schwaches Geheul ausbrach.

Als Friederike endlich begriff, dass dieser Mann hilflos am Boden eher lag als saß, wich die Spannung aus ihr, aber ein Beben ergriff ihren Körper, ein Beben, erinnerte sie sich, das eingesetzt hatte, als Philipps Hände sie gegriffen und geschüttelt hatten und das sich jetzt endlich lösen wollte von ihr. Während Walter sich ihr zuwandte und eine große Schwäche Friederike nun überschwemmte, näherte sich der Klang eines Martinshorns; Christine, Walters Frau, hatte den Krankenwagen gerufen. Friederike wurde zum Sofa im Musikzimmer geführt, Lisa, die Freundin, blieb bei ihr. In der Küche – bis zu den beiden Frauen hin war es zu hören – gab es einigen Tumult, als Philipp abtransportiert werden sollte und sich zur Wehr zu setzen versuchte, aber die Männer vom Notdienst beherrschten ihre Arbeit; bald verklang in der Ferne das Signal des Einsatzwagens.

Es waren um Friederike jetzt alle versammelt, Walter und Christine, Lisa, Manfred und Margret Minden, und während jeder seinen Teil berichtete zum heute Erlebten, erwachte in Friederike wieder dieses kleine Licht oder Lächeln, das sie, umrauscht von den prophetischen Worten und in der Stille schwebend, gesehen hatte oder selbst gewesen war. Es war eine Wohltat, fühlte sie, hier liegen und die Anspannung der vergangenen Stunden weichen lassen zu dürfen aus Körper und Geist, umgeben von Freunden, von deren Stimmen. Sie selbst sprach nicht, vernahm aber und begriff die Worte:

Manfred und Margret Minden hatten der trüben Witterung wegen ihren täglichen Abendspaziergang rund um das Dorf in die frühere Stunde verlegt, hatten Philipps Auto erkannt am Gartentor (er war ja oft genug in Holweis gewesen), die Beschädigungen gesehen und entschieden, dass Manfred vor Ort bleiben und Margret von zu Hause aus vorsorglich Walter, den Arzt, informieren solle, denn diese beiden feinen Menschen, Manfred und Margret, die Philipp manches Mal begegnet waren oder ihn erlebt hatten – in den Dorfstraßen, beim Bäcker, in Antonios Gaststube – misstrauten diesem Menschen, dem Schwager ihres „Cousinchens", zutiefst. Nach einer Weile des Wartens war Manfred hinaufgegangen zum Haus, hatte es aus einem Gefühl heraus, wie er betonte, vermieden, sich bemerkbar zu machen, die unverschlossene Haustür leise geöffnet und die Küche in eben dem Augenblick betreten, als Philipps Hände sich über Friederikes Schultern hinweg und aufwärtsgeschoben hatten. Mit zwei Schritten war er bei ihnen gewesen, hatte mit seinem schweren Körper Philipp beiseitegedrängt, woraufhin der ins Schwanken geraten, auf dem verschmutzten Boden ausgeglitten und mit der Hüfte auf eine scharfkantige Scherbe der Whiskeyflasche gefallen war.

In der Zwischenzeit, berichtete Margret, habe sie telefonisch nicht Walter, der zu einem Notfall gerufen worden war, aber Christine erreicht und auch Lisa noch angerufen; gemeinsam waren die drei Frauen eingetroffen am Haus. Sie hatten Manfred dort vorgefunden, der Friederikes Schultern hielt und ihr zusprach mit Worten wie: „Wach auf, Mädchen. Es ist vorbei. Komm zu dir, Cousinchen", worauf Friederike nicht reagierte; und sie hatten erleichtert festgestellt, dass Philipp nicht mehr in der Lage gewesen war, sich selbstständig zu erheben. Dann, bemerkte Lisa, habe Friederike endlich die Augen geöffnet und um sich geblickt und ihren Besuchern die Frage gestellt: „Ist heute Sonntag?"

Darüber erhob sich nun ein Gelächter der Erleichterung, der Befreiung, und einer bestätigte es dem anderen, welch ein Glück, welch ein Zufall es gewesen war, dass Manfred und Margret ihren Spaziergang heute früher angetreten hatten als üblich. Friederike, die sich bei dem Wort „Zufall" aufgerichtet hatte im Sofa, suchte nach Worten hierzu, aber da erhob und verabschiedete sich Walter, der wegen des Notdienstes zu Hause erreichbar sein musste, seine Frau folgte ihm kurze Zeit später, um das Abendessen vorzubereiten für die Familie, und Margret sagte: „Jetzt räumen wir erst einmal auf."

Natürlich war ihre Rettung kein Zufall, dachte Friederike.

Es war später Abend, und sie war wieder allein. Flur und Küche waren aufgeräumt und geputzt. Gemeinsam hatten sie zu Abend gegessen, Manfred und Margret, Lisa und sie, Friederike, denn Manfred war für eine Stunde nach Hause gegangen und mit dem Wagen und einer großen Schüssel mit warmem Kartoffelsalat und heißen Würstchen zurückgekommen. Lisa hatte in der Küche den Tisch gedeckt, und dies war, erkannte Friederike dankbar, gut überlegte Absicht gewesen von ihrer Freundin: Der Alptraum, er war vorbei, die Küche war wieder Friederikes Küche, und die gemeinsame Stunde am Abendbrottisch hatte sie dies fühlen und merken lassen mit jedem Satz, der gesprochen wurde, mit den Handgriffen, die sie tat und die von Mal zu Mal leichter und selbstverständlicher wurden.

Während des Essens hatte das Telefon geschellt; Walter hatte sich nach ihrem Befinden erkundigt und erwähnt, er habe Philipps wegen den behandelnden Arzt im Krankenhaus angerufen, ihn unterrichtet, dass der Patient bei ihm, Walter, in Behandlung gewesen und vermutlich Alkoholiker sei und habe ihn gebeten, den Mann über Nacht beobachten zu lassen. „Du kannst ruhig schlafen heute Nacht", hatte Walter betont, und das hatte tatsächlich wie eine ärztliche Anweisung geklungen.

Sie war müde, aber zu Bett gehen wollte sie nicht. Etwas war zu tun; sie spürte es mehr, als dass sie es wusste. Schon seit einer Weile ging sie auf und nieder im Flur, der in seinen Ausmaßen, mit den schönen Bildern und der ‚Telefonecke' wieder einem freundlichen Zimmer glich. An der Schwelle zur Küche, deren Tür offen stand, blieb sie stehen für einen Moment, immer wieder, als sei da eine nicht sichtbare Wand, und begriff, als sie sich wiederum wenden wollte, worauf sie gewartet hatte.

Mehrmals, obwohl ihr von Walter Ruhe verordnet worden war, hatte sie in den vergangenen Stunden die Küche betreten, aber da waren die Freunde um sie gewesen mit ihren Aufräumarbeiten, und sie selbst hatte zu ihnen gehört während der vielerlei Aktivitäten. Jetzt war sie allein, und im Haus war es still. Sie atmete tief ein, als müsse sie ein Prüfungszimmer betreten, überschritt die Schwelle, verzögerte ihren Schritt und spannte ihre Sinne zur Wahrnehmung dessen, was geschehen war in der Küche und was sich auch jetzt noch im Raum – vielleicht unsichtbar und unhörbar – verbarg oder bewegte. Der brennende Schmerz in ihr war geringer geworden, aber noch immer zu spüren.

Sie saß auf dem Stuhl, auf dem sie heute so lange gesessen hatte, und ließ die heutigen Stunden mit Philipp ablaufen vor ihren Augen, so, als betrachte sie eine Vorstellung auf der Bühne eines Theaters. Indem sie die Ängste der an den Stuhl gebannten Friederike wahrnahm und nachfühlte mit allen Sinnen, war ihr, als seien sämtliche Szenen in ihrem Fortgang solche der Angst, einer schrecklichen Angst, die ausging von Philipp, die er nicht zu ertragen, nicht auszuhalten vermochte und die ihn schreien und wüten ließ. Sie erinnerte sich der Berichte Konrads über sein Elternhaus und sah das grimmige Kind Philipp so nah vor Augen, als hätten beide, der Mann und das Kind, eben erst ihre Küche verlassen.

Sie trat ans Fenster und blickte hinaus in die Dunkelheit. Nein, kein Zufall war ihre Rettung gewesen. Über Zeit und Raum hinweg wirkte die allmächtige Liebe, die von ihrer Not gewusst, ihren Ruf erwartet und in die Herzen der Freunde den Wunsch gesenkt hatte, ihren Spaziergang früher als üblich anzutreten. Dies aber, sagte sich Friederike, waren dürftige menschliche Erklärungen und Gedanken, denn tausend Wege, dessen war sie sich sicher, wusste die Liebe, dem zu antworten, der sie rief.

Sie verließ die Küche, ging durch den Flur, in dem das Bild fehlte, fand es im Musikzimmer auf dem Flügel und erinnerte sich, dass Lisa es dahin gelegt hatte, um es vor weiteren Beschädigungen zu schützen. Der Mond, dessen Scheibe nicht zu sehen war in dem Bild, war es, dachte sie, der die Blumen beschien, und von seiner Position aus blickte auch der Betrachter auf die Pflanzengestalten, blickte wie in ein nah vor seine Augen gezaubertes Traumbild, in welchem das weiße Mondlicht dem weißen Geheimnis in den Gewächsen nachspürte.

Sie dachte, es ruhe in jedem Wesen dieses Geheimnis – in ihr, den Freunden wie auch in Philipp. Hatte sein unsteter Blick nicht versucht, Halt zu finden an dem Bild vor ihm im Flur, hatten seine Hände es nicht behutsam von der Wand genommen, und hatte er es nicht so unter seinem Arm getragen, als wollte er es bewahren, als gäbe es für ihn darin vielleicht eine Antwort? In dieser späten Stunde und nach einem Tag des Schreckens, der Angst und der Rettung nahm sie Philipp auf in ihr Abendgebet, und als ihr vor ihren geschlossenen Augen Philipps

Gestalt wie von reinem Weiß oder vom Mondlicht betastet erschien, ließ sie ihren Blick lange Zeit darauf ruhen.

Seltsam war, dachte sie nachher, dass in ihr der brennende Schmerz verflogen war und dass die Grenze zwischen den beiden Welten, von denen sie gemeint hatte, sie seien sich begegnet in jener Szene im Flur, durchlässig geworden war. Sie wusste, sie würde die Küche wieder so selbstverständlich wie an allen vorhergegangenen Tagen betreten und diese Nacht ruhig schlafen.

XXVI

Zu Beginn der letzten Woche dieses Monats war es morgens ungewöhnlich kalt im Haus. Friederike hatte vergessen oder den Gedanken daran nicht zulassen wollen, dass, wie jedes Jahr zu Beginn des Winters, der Heizöltank gefüllt werden musste. Wie ein innerer Kälteschub nun durchfuhr der Schreck Hirn und Herz, denn angespartes Geld, um die zu erwartenden Kosten für Heizöl begleichen zu können, besaß sie nicht; die Höhe der Raten zur Rückzahlung der Hypothek, mit welcher Philipp das Haus belastet hatte, erreichte fast die der monatlichen Rente, die sie seit ihres Mannes Tod erhielt, und der kleine Überschuss diente nur dazu, das Konto bei der Brühler Bank allmählich und nur sehr langsam wieder auszugleichen.

Friederike fragte sich, ob Philipp sie bewusst in den Abgrund der Armut hatte stoßen wollen. Sie erinnerte sich seines erstaunten Blicks, als sie ihm die Haustür geöffnet hatte an jenem Sonntagmittag. Hatte er erwartet, sie in einem der schrecklichen Stadien des sozialen Abstiegs vorzufinden, abgemagert, verhärmt oder in schlechter Kleidung? Die Höhe der ihr verbleibenden finanziellen Mittel für den Lebensunterhalt lag unterhalb jener Grenze, die allgemein (das wusste sie durch Walter) als „Armutsgrenze" bezeichnet wurde.

Sie tat ihre Arbeit an diesem Montagvormittag wie gewohnt, verrichtete also ihre Hausarbeit, kehrte auch altes Laub von der Terrasse und den steinernen Stufen fort, bereitete die Unterrichtsstunden für den Nachmittag in der Musikschule vor, aber wie ein an kurzer Kette gehaltenes Tier spürte sie ihre Ohnmacht, ihre Hilflosigkeit, denn jeden Handgriff, jeden Gedanken vollzog sie nur unter Mühe gegen den Widerstand der beklemmenden Sorgen.

Auf dem Weg zur Arbeit sprang an der Tankstelle ihr Auto nicht wieder an, doch zu dem Betrieb gehörte eine Werkstatt, sodass Friederike den Wagen dort stehen ließ; ein Geselle fuhr sie nach Mürlen. Lisa holte sie dort ab am Abend und begleitete sie auch in die Werkstatt, da sie Friederikes Sorgen um die Höhe der Reparaturkosten ahnte. Fast so teuer wie das Heizöl, erfuhren die beiden Frauen, würde die Instandsetzung des Wagens werden. Während der Heimfahrt bemerkte Friederike, dass in ihrer Schultasche die Geldbörse fehlte. Die hatte nach der Bezahlung des Benzins am Mittag den Rest des Geldes aus dem Privatunterricht enthalten, den Betrag, der für den wöchentlichen Einkauf ausreichen musste. Von zu Hause aus rief sie in der Werkstatt an, um zu fragen, ob sie die Börse an der Kasse liegen gelassen habe, aber es meldete sich da niemand mehr. Alles entglitt ihr, dachte sie, und fühlte sich zu schwach, um etwas anderes zu denken. Keine Andacht war möglich, kein Ruf zu Gott aus der Not.

Ihren Mantel hatte Friederike über einen Küchenstuhl geworfen, die Tasche daneben abgestellt. Ohne an ein Abendbrot zu denken, wanderte sie durch die kalten Räume, erreichte das Schlafzimmer, nahm warme Decken aus dem Schrank und zog die über sich, als sie sich auf ihrem Bett zusammenrollte. Das Federbett unter ihr und die Wolldecken über ihr nahmen die Körperwärme auf, ihre Glieder entspannten, die Beine streckten sich, und sie lagerte sich bequemer; wie in eine warme Schale gebettet, dachte sie, lag sie da. Die Gedanken lösten sich von den Sorgen, und es war keine Schale, in der sie lag, sie wusste, es waren zwei Hände, große, gute Hände, die sie bargen und hielten. Leiser Friede zog ein in ihr Herz; es würde Lösungen geben, ja, sie waren nah, so nah wie die guten Hände.

Sie erhob sich, suchte wärmere Kleidungsstücke zusammen und hüllte sich damit ein, spürte Hunger und ging in die Küche. Da lag noch ihr Mantel über dem Stuhl, und als sie ihn aufhob, um ihn zur Garderobe zu tragen, schwang die eine Seite in solcher Weise hin und zurück vor ihren Augen, als sei sie durch etwas beschwert. Ein freudiger Schreck fuhr in Friederikes Herz, und sie griff in die tiefe Tasche, fühlte das Leder der Börse, fasste sie und presste sie an sich. Das nach dem Tanken ihr verbliebene Geld war vorhanden, und das hieß, dass sie vor dem kommenden Wochenende würde einkaufen können. Keinen Hilferuf, ihren Dank sandte sie in den Himmel.

Sie bereitete ihr Abendessen zu – Rührei mit Kräutern, eine Scheibe Brot mit Schmalz, einen Apfel, den sie in Spalten schnitt – und trug es ins Esszimmer. Diese Mahlzeit hatte kaum Geld gekostet, denn die Kräuter und der Apfel kamen aus dem Garten, die Eier hatte sie an dem kleinen Hühnerhof außerhalb des Dorfes zum halben Preis bekommen, ‚Knickeier' nannte man sie im Ort, weil sie kleine Beschädigungen an der Schale aufwiesen; nur für das Brot und das Schmalz hatte sie den regulären Preis gezahlt. Ja, sagte sie sich, sie berechnete ihre Ausgaben genau, aber noch niemals zuvor hatte sie, wie es jetzt täglich geschah, so häufig an Geld gedacht, denn die Einnahmen aus den Privatstunden mussten Woche um Woche ausreichen für die Kosten von Nahrung, Benzin und einigen wenigen notwendigen Dingen; von ihrem Konto in Mürlen wurden die regelmäßig wiederkehrenden Abgaben abgebucht. Sie ernährte sich vorwiegend von den eingelagerten Kartoffeln (von Manfred und Margret) und Äpfeln und den ‚Knickeiern'; Schmalz und Speck lieferten dazu das Fett; lange schon war es her, dass sie ein Stück Fleisch oder Fisch gegessen hatte.

Sie erinnerte sich an diesem Abend auch des schrecklichen Tages, als sie mit ihren Kollegen an einer Veranstaltung der Musikschule von Hellerheim teilgenommen hatte. Dieser Ausflug, hatte sie vor ihrer Zusage zur Teilnahme überlegt, würde kein Geld kosten, weil sie mit ihrer Kollegin würde mitfahren dürfen. Vor der Heimfahrt aber war beschlossen worden, zum Abschluss dieses Tages gemeinsam ein Restaurant im Ort zu besuchen. Während man nun also dem Lokal näher und näher gekommen war, hatte sie immerzu an das wenige Geld in ihrer Börse denken müssen, das für den Wochenendeinkauf soeben reichte, und die Beine waren ihr schwer geworden. Beim Blick auf die Preise in der Speisekarte (die durchaus die üblichen waren für einen Landgasthof) hatte sie Tränen gespürt in ihren Augen, Tränen der Hilflosigkeit, ihre Verzweiflung war wie ein Stein in ihren Magen gefallen, hatte Übelkeit hervorgerufen, eilig hatte sie den Toilettenraum aufsuchen müssen. Niemand, auch die Bedienung nicht, war darüber verwundert gewesen, dass sie nur ein Glas Tee bestellt hatte.

An jenem Abend, dachte Friederike, während sie in kleinen Bissen, die sie sorgfältig kaute, ihre Mahlzeit aß, an jenem Abend in Hellerheim war sie an die Grenze des engen Bereichs gestoßen, in welchem sie sich mit ihren finanziellen Mitteln bewegte, und dieser Anstoß hatte nicht nur körperlichen Schmerz bewirkt bis zur Übelkeit hin, sondern gleichermaßen inneren Schmerz und Verzweiflung und Scham. Sie hatte sich ja bereits daran gewöhnt, sich in solch engem Raum zu bewegen, hatte Entbehrungen akzeptiert, so, als sei dies nun ihr gewöhnlicher Alltag, und hatte sogar an manchen Tagen ihr verstummtes Herz sich öffnen lassen, wenn sie sich zu einem Klavierspiel, vormittags oder abends, an ihren Flügel setzte, oder wenn sie vor dem Einschlafen eines der Bücher aus ihrer Jugend aufschlug.

Im Zusammensein mit anderen Menschen jedoch, die von einem Ausflug am Wochenende, von einer Reise, einem Konzert- oder Theaterabend erzählten oder von anderen Dingen, die sie sorglos taten, weil die finanziellen Mittel vorhanden waren, spürte sie die eigene Gefangenschaft; und die Stimmen der anderen klangen dann so, als würde in einem Nebenzimmer gesprochen und als wären es fremde Stimmen und als gäbe es in der Wand zu ihr, Friederike, hin keine Tür. Dann kroch Einsamkeit in ihr Herz, kroch wie Nebelfäden durch die großen und kleinen Blutgefäße, spann das Netz aus in ihr Hirn, drang sogar ein in die Zellen der Augen und schien ihr Gewebe weiter und dichter zu spinnen, bis das Zimmer, dessen Türen und Fenster sich lautlos verriegelt hatten, gefüllt war mit Einsamkeit und selbst die Fenster und Türen nur noch Wände waren. Auch heute Abend, auch jetzt, in dem kalten Esszimmer und in dem sparsamen Licht der Lampe in der Leseecke, spürte sie die undurchdringbaren Wände, die sich aufgerichtet hatten um sie. Sparsamkeit konnte ihr jetzt nicht mehr helfen, morgen würde es noch kälter sein im Haus, die Außentemperaturen bewegten sich knapp über null Grad.

Sie trug das Geschirr in die Küche, dachte, dass sie innere Ruhe fände im Gebet und wusste, dass es ihr nicht gelänge, in die Stille des Glaubens zu finden, wandte sich dennoch zum Musikzimmer hin, setzte sich dort in ihr Sofa, rückte den Körper in anscheinend bequeme Lage und versuchte vergeblich, jene Voraussetzungen zu schaffen für eine Andacht, die sie damals (zu Anfang Oktober war es gewesen, als sie Privatschüler suchte) in die Selbstvergessenheit geführt hatte im Anblick der allmächtigen Liebe.

Aber jetzt kroch die Kälte aus ihren Füßen hinauf in den Körper, und sie musste sich in eine Wolldecke hüllen; und jetzt stand der Betrag für das Heizöl drohend vor ihren Augen und auch schon der für die Reparatur ihres Autos. Dann wieder versuchte sie, Wege zu erkennen, über welche das benötigte Geld zu ihr gelänge, obwohl sie doch glaubte, dass die göttliche Weisheit ihre Not kannte und die Lösung bereithielt für sie. Diese innere Stimme aber klang so dünn und fremd wie die Stimmen hinter den Wänden ihres verschlossenen Zimmers.

Sie warf die Decke beiseite, stand auf und wanderte unruhig auf und ab in ihren Räumen. ‚Ich kann mich nicht besinnen, weil die Sorge so groß ist, weil die Lösung so eilt', sagte sie sich und lief umher im Musikzimmer, im Esszimmer, in der Küche, im Flur, trat auch ein ins Gästezimmer, das überhaupt nicht mehr beheizt worden war, weil dort die Kartoffeln und Äpfel in breiten, aufeinandergesetzten Holzstiegen lagen. Hier blieb sie stehen. Es war der Geruch in diesem Raum, der sie hielt. Sie roch den bitteren Geruch von Erde und den süßen des Obstes, und es schien ihr, als sei dies der Geruch des irdischen Lebens, des Lebens aus Süße und Bitternis.

Indem sie nun still atmete, sich mit dem Rücken an den Türrahmen lehnte, über die gestapelten Stiegen blickte und der Geruch mit jedem Atemzug zunahm an Würze und Deutlichkeit, da zogen die Vorwürfe, die sie gegen sich selbst erhoben hatte, davon wie Herbstnebel vor dem steigenden Tag, da verloren die Sorgen an Gewicht und stellten eine Aufgabe dar, die vor ihr lag und die sie zu lösen habe. Sie verließ das Zimmer und schloss die Tür, behielt den Geruch von Süße und Bitternis im Gedächtnis.

Im Esszimmer blieb sie stehen, sie suchte in ihrer Erinnerung einen Vers aus den Worten des Propheten Jesaja. Er war Konrads Taufspruch, und ihr Mann hatte ihn ihr genannt, nachdem sie beide, noch wohnhaft in Brühl, entschieden hatten, in die Eifel und in die Nähe seines neuen Arbeitsplatzes zu ziehen. Das Vorhaben war ihr groß und abenteuerlich erschienen, aber Konrad hatte eines Abends aus einer Mappe ein mit schöner Schrift versehenes Blatt genommen und ihr den Text vorgelesen: „Ehe sie rufen, will ich antworten; wenn sie noch reden, will ich hören." Zwei Immobilienobjekte hatten sie bald darauf besucht und besichtigt, und das dritte war das in Holweis gewesen.

Die Worte des Jesaja, dachte Friederike und vergaß die Kälte um sie her, hatten sich in des Kindes Seele geschrieben, hatten auch den Mann nie verlassen, und heute begriff sie die Zeichen, die sie bemerkt hatte an Konrad, wenn sie beide die Immobilienanzeigen in der Wochenendausgabe der Tageszeitung durchlasen, begriff seine Zuversicht, wenn sie zur Besichtigung eines Hauses oder Anwesens fuhren, und den Ausdruck seiner Augen, die auf ein Wiedererkennen warteten, so, als habe er ihrer beider künftiges Haus schon einmal gesehen oder ein Erkennungszeichen dazu – vielleicht die mächtigen Eichen. Diese stille Gewissheit, sagte sich Friederike, war Teil seines Wesens, nie hatte sie bemerkt, dass er sich darum bemühte, so wie sie sich über diesen Tag hinweg bemüht hatte, zu ihr zu finden.

Sie sah die Worte des Jesaja vor ihren Augen, sie sprach sie nach, leise, und wusste, dass der Prophet eine Wahrheit aussprach, und wusste zugleich, dass ihr heute der Glaube an diese Wahrheit nicht möglich war. Aber sie war ruhiger geworden. Nicht immer gelang es dem Menschen, sich selbst, so erdenschwer, zu vergessen im Glauben; nicht immer gelang es, der allmächtigen Weisheit das scheinbar Unlösbare zur Lösung anzuvertrauen.

Später ging sie, wie es ihre Gewohnheit geworden war seit sie allein lebte im Haus, vor dem Schlafengehen noch einmal durch alle Räume. Im Esszimmer blieb sie dieses Mal stehen, betrachtete die Möbel, schaltete auch die Lampe ein über dem Tisch und ließ ihren Blick ruhen auf jedem Stück. Fast alle Teile hier hatten Konrad und sie vor ihrem Umzug nach Holweis erworben, die Truhe unter dem Fenster im Lager eines Antiquitätenhändlers gefunden, ihrem Vermieter in Brühl den großen Esstisch abgekauft, der von bequemen Korbsesseln umstanden war, in denen man auch nach dem Essen gern sitzen blieb. Indem Friederikes Blick auf den schönen Stühlen lag, öffnete sich vor ihren Augen die Sicht in die hell ausgeleuchtete Weite des Verkaufsraums in einem Einrichtungshaus in Bonn, in welchem Konrad und sie eher müßig als suchend spähend umhergeschlendert und plötzlich stehengeblieben waren. Obwohl auf die Sessel kein Schatten fiel, schien Dämmerung über ihnen zu liegen wie eine Verzauberung. Sie waren allesamt von gleicher Form, aber in verschiedenen dunklen Farben lackiert, in gedeckten Farben, die so wirkten, als missachteten die Möbel ihre Beschauer, als wollten sie sich deren Blicken entziehen und dennoch die Glut ihrer Farben – weinrot, moosgrün, nachtblau, schwarz – behaupten und so Jene erwarten, von deren Erscheinen sie wussten. Friederikes Hand hatte nach Konrads Hand gegriffen und einen Gegendruck erhalten; und der Zauber wirkte fort bis heute. An der den Fenstern gegenüberliegenden Wand stand der breite Esszimmerschrank aus schwarz gebeizter Eiche, dessen Türen und Senkrechtleisten strenge geometrisierende Muster zeigten, die dem mächtigen Möbelstück Eleganz und Schönheit verliehen; ihn hatten sie auf ein Inserat hin erworben. Der große Teppich, der bis auf einen Rand für Schrank und Truhe die gesamte Fläche des Fußbodens einnahm, war ein Geschenk ihrer Mutter zum Einzug ins Holweiser Haus gewesen. Nur die Teile in der Leseecke – ein niedriges Tischchen, zwei Sessel, ein gepolsterter Schemel – hatten schon in ihrem Häuschen bei Brühl gestanden; und alle Teile passten, obwohl die Zusammenstellung ungewöhnlich erschien, schön zueinander.

Indem Friederike das eine, dann das andere Stück betrachtete, einmal und noch einmal, lenkte sie ihren Willen mit einem einzigen Gedankensprung fort von Sorgen und hin zum Überleben, fühlte sich in leichte Lüfte gehoben, in denen der Besitz von Dingen nicht galt und die Trennung von ihnen schmerzlos geschah. Solch einen Moment hatte sie vor Kurzem erlebt, vor wenigen Monaten erst, als sie die Hälfte der Zutaten für ein Abendbrot zurück in die Kammer getragen hatte, um mit ihren Sparmaßnahmen sofort nach den Auskünften ihrer Bank zu beginnen; und sie wusste, dass sie die Esszimmermöbel verkaufen musste.

Ihr war, als befände sie sich durch ihren Gefühls- und Gedankensprung auf einem in sie eingeprägten Weg – nicht auf dem, den sie den Tag über versucht hatte zu finden – aber auf dem für sie einzig erreichbaren, an den sie sich halten würde. Morgen schon, am Dienstag, und möglichst für die Mittwochsausgabe der Zeitung, würde sie das Inserat aufgeben.

Am Ende dieser Woche, am Samstagabend, saß Friederike mit ihrem Abendbrot am Küchentisch neben der Heizung, die sich langsam erwärmte; am Vormittag war das Heizöl geliefert worden. Ihr Auto stand unterhalb des Grundstücks am Gartenzaun, repariert und mit neuen Prüfplaketten versehen. Die Rechnung dazu war bezahlt, die für das Heizöl würde sie in der kommenden Woche über ihr Konto begleichen, und auch dann bliebe noch Geld übrig für den Dezember und Januar, Monaten, denen sie mit Sorge entgegengeblickt hatte, da in den Weihnachtsferien der Unterricht an der Musikschule und auch die meisten Privatstunden ausfielen, aber gestern, am Freitagmittag, waren die Esszimmermöbel abgeholt und bezahlt worden. Nicht einmal ein Inserat hatte Friederike aufgeben müssen.

Auf seltsame, ihr kaum begreifbare Weise waren die Stunden des Dienstagvormittags verstrichen. In der Frühe war ihr eingefallen, dass sie weder den Namen der Zeitung, noch den Sitz der Redaktion kannte, dass sie also ins Dorf und zum Bäcker laufen müsse, um dort die heutige Ausgabe zu kaufen. Aber unentschlossen und wie gelähmt hatte sie das Vorhaben hinausgeschoben, auch daran gedacht, hinüberzugehen zu Manfred und Margret Minden, um bei ihnen einen Blick in die Zeitung zu werfen, oder bei den beiden anzurufen, damit sie ihr die Telefonnummer durchgäben, hatte sich vor Erklärungen dazu gescheut, dann wieder Dinge vorgefunden im Haus, die sie zuvor noch zu ordnen hätte und die dennoch unerledigt geblieben waren. Getrieben und tatenlos zugleich, war sie von Zimmer zu Zimmer gelaufen, hatte Dinge angefasst und liegen lassen, und obwohl die Kälte deutlicher zu spüren war als am Tag zuvor, waren die Stunden dahingegangen, ohne dass sie das Haus verlassen oder zum Telefonhörer gegriffen hätte.

Kurz vor Mittag, bevor sie von ihrer Kollegin abgeholt wurde zum Unterricht, war sie in überstürzte Geschäftigkeit verfallen, hatte das Telefonbuch durchblättert nach einem Hinweis zur Tageszeitung, hatte hastig Notizen zur Unterrichtsvorbereitung in ihr Heft gesetzt und nach einem Geschenk gesucht für die Kollegin, die sie in dieser Woche zur Arbeit abholte, hatte in der Kammer die Töpfchen mit Marmelade, die sie im Sommer gekocht hatte, gefunden, zwei ergriffen, und eines war ihr entglitten und am Boden zersprungen, und sie hatte geschwind die Tür geschlossen, um sich später um die Scherben zu kümmern, denn mit eindringlichem Hupen hatte sich unten vor dem Gartentor bereits die Kollegin gemeldet.

Friederike, die in der Küche ihr Abendbrot aß, legte eine Hand an die Heizung, die neben ihr schon ein wenig Wärme abstrahlte, um sich zu vergewissern, dass ihre Wahrnehmung sie nicht täuschte und es nun tatsächlich wärmer werden würde im Haus, und lehnte sich erleichtert zurück im Küchenstuhl.

Erschöpft aber und ratlos hatte sie sich zurückgelehnt im Autositz, als sie beide am Dienstagmittag zur Arbeit fuhren. Stunden waren vertan und verloren, Tage sogar verloren, denn erst für die Samstagsausgabe der Zeitung wurden wieder Inserate angenommen. Sie hatte der Kollegin, die vom Wochenende berichtete, kaum zugehört, bis zu dem Moment, als das Wort „Esszimmer" gefallen war.

Langsam, sehr langsam war das Wort eingesickert in sie, hatte sich befestigt an Begriffen, die seit gestern in ihren Gedanken kreisten – an ‚Heizöl', ‚Auto und Reparatur', an ‚Esszimmer' dann. Eine große Verwunderung war gekommen und hatte sie schweigen und schauen lassen mit Augen, die zu erfassen gesucht hatten, dass sich fügen wollte, was ihr als kaum lösbar erschienen war.

Von einem neuen Esszimmer, das bei ihr eingerichtet werden sollte, hatte die Kollegin gesprochen und soeben – und Friederike hatte sich ihr zugewandt – sogar ein wenig bedauernd hinzugefügt: „Aber ein so schönes, wie du es hast, wird es wahrscheinlich nicht werden." Friederike hatte nach Worten gesucht, niedergeschaut, schließlich leise hervorgebracht: „Ich will meines verkaufen" und war wieder von diesem schrecklichen Husten überfallen worden, wie es ihr häufig geschah in Momenten innerer Bewegtheit. Nur noch der Besuch der Kollegin und ihres Mannes (der ihr Esszimmer nicht kannte) war für den nächsten Abend verabredet worden, bevor der Unterricht an den Instrumenten begann.

Friederike hatte ihr Abendbrot beendet, verließ die Küche und wandte sich dem Esszimmer zu. Der Raum war gesäubert und aufgeräumt: Gestern, gleich nach der Abfahrt des Möbeltransporters, hatte sie Ordnung geschaffen und die Kisten und Körbe mit den Dingen aus Schrank und Truhe an die Wand unterhalb der Fenster gerückt. Das Zimmer zu betreten, sich da aufzuhalten, hatte sie schon eben versucht, als sie ihr Tablett mit dem Abendessen zur Leseecke getragen hatte. Sie hatte versucht, das Zimmer anzusehen und anzunehmen als einen Raum, in dem es, gemäß ihrer Entscheidung, jetzt nur wenige Möbelstücke noch gab – das Tischchen mit zwei Sesseln, Schemel und Leselampe – und die Deckenlampe noch gab, den ‚Kronleuchter'. Der war ein Kunstwerk, ein feines Gewirr aus verschlungenen zarten, silbrig schimmernden Armen mit winzigen Lichtquellen darin, und war kurz nach ihrem Einzug ins Haus gekauft worden. Sie hatte ihn eingeschaltet, als sie eintrat ins Zimmer und sein Licht rasch wieder gelöscht, denn ohne die Nachbarschaft von Esstisch, Stühlen und Schrank führte er da oben ein einsames Leben und beleuchtete nur die Leere.

Durchs dämmerige Esszimmer hatte sie ihr Tablett zur Leseecke getragen, war stehen geblieben am Tischchen und hatte sich nicht zu rühren gewagt, weil sie Blicke gespürt hatte hinter ihrem Rücken, weil sie gewusst hatte, dass sich an den langen, leeren Wänden Schatten aufgestellt hatten, Schattengestalten, deren Augen auf sie gerichtet gewesen waren, so, als hätte sie ein Verbannungsurteil gesprochen über jedes einzelne Möbelstück. Mit gesenktem Kopf war sie zurückgekehrt in die Küche, und der Weg von der Leseecke bis zur Tür war ihr unter den Blicken der schweigenden Schar als so beklemmend, so bedrohlich erschienen wie der Weg durch ein Niemandsland oder durch die Todeszone eines Grenzgebiets.

Friederike durchquerte wieder den Flur, legte auch hier eine Hand an die Heizung, spürte die Wärme, sagte sich eindringlich, um jede andere innere Stimme zum Schweigen zu bringen, dass unterhalb des Gartens ihr Auto stehe, fahrbereit, dass sie innerhalb weniger Tage es erreicht habe, von weiteren Schulden oder Abzahlungsvereinbarungen frei zu sein, und schaltete, indem sie das Zimmer betrat, auch den Kronleuchter ein und war gewappnet, der Leere zu begegnen. Sie ließ ihren Blick über die Wände laufen, duldete keine Schattengestalten und sah keine Schatten, sah nur helle Flächen dort, wo Bilder gehangen hatten, denn die hatte sie gestern abgenommen und zu den Kisten und Körben gestellt.

Sie saß seit einer Weile in einem der beiden Sessel. Nur das Licht der Leselampe brannte und fiel, der dichten Bespannung ihres Schirmes wegen, in engem Kreis, erhellte ein wenig den Boden vor ihren Füßen, beleuchtete matt die schönen Holzdielen, die Anton Burgwaechter hier wie in allen Wohnräumen hatte verlegen lassen und die unter Friederikes Blick hinausliefen in die Novemberdunkelheit und da draußen nicht mehr ein Fußboden von langen Dielen, sondern eine Straße waren; und es war dort in der Ferne auch nicht November.

Die Straße draußen war staubig und heiß, und auf der Straße gingen zwei Frauen, das waren ihre Großmutter und ihre Mutter, die nach langer Wanderung hinaus in die ländlichen Gebiete außerhalb der Stadt heimwärts zogen, jede mit einem Sack beladen, der in Spalten geschnittene Rüben enthielt und für den sie ein Schmuckstück oder einen anderen kleinen, wertvollen Gegenstand, der ihnen erhalten geblieben war nach Krieg und Flucht, hergegeben hatten; und die Säcke waren ihre Kopfkissenbezüge gewesen, und die Frauen gingen unter ihrer Last ungebeugt. Friederike begann zu weinen und weinte, bis sie die dritte Frau sah, sich selbst sah auf der staubigen Straße mit einem Sack auf der Schulter, und sie hatte, wie die anderen beiden, soeben etwas ihr Kostbares getauscht gegen einen Sack, gefüllt mit Zeug zum Überleben.

Sie wanderte wieder umher in den Räumen, sie öffnete, sehr bewusst, die Tür, die sie ins Gästezimmer führte, und sagte sich, indem sie den Geruch aufnahm von Erde und Äpfeln, dass Süße und Bitternis, Trauern und Hoffen, manches Mal gemeinsam wirkten. Sie sagte sich, dass, würde sie das Zimmer einst wieder einrichten können, es ihr auch wieder gelänge, schöne Möbelstücke zu finden und zusammenzustellen, die aber fremde Teile sein würden. Denn die Wochen vor dem Umzug nach Holweis waren ausgefüllt gewesen mit Freude, Erwartung, mit Liebe; jedes Teil der in dieser Zeit erworbenen Esszimmermöbel hatte den Glanz dieser Tage bewahrt, und nun gab es keine Berührung mehr des Herzens durch sie.

So, wie den beiden Frauen auf der staubigen Straße, die ein Teil hergegeben hatten, an dem ihr Herz hing, so war es ihr nun ergangen. Niemals hatte sie die Frauen begleitet, doch die Mühsal des Tages bei deren Heimkehr gelesen in den müden, dennoch beherrschten Gesichtern, und diese beobachtete Beherrschtheit hatte den Schmerz in der Brust des Kindes vervielfacht. Indem Friederike, an den Türrahmen des Gästezimmers gelehnt, den Duft einsog von Erde und Äpfeln, wusste sie, dass Glaube und Andacht ihr einen leichteren Weg offenbart hätten, dachte an jenen Sommertag, als ihre ersten privaten Klavierschüler mit den Eltern im Garten erschienen, dachte an die Rettung vor Philipps Gewalt, an die wiedergefundene Geldbörse vor wenigen Tagen und wusste auch, dass der Strudel der eingeprägten Bilder aus Krieg, Flucht, Angst und Not wie ein unterirdisch wühlendes Gewässer sich, nachdem Konrad gestorben war, befreit hatte aus dem Dunkel und sie gegriffen und mit sich genommen hatte.

Mit Staunen und einem Erschauern erkannte sie zugleich die große Güte, die sie begleitet hatte auch auf diesem Weg: Sie lebte, sie arbeitete. Dinge fügten sich; leicht und wie selbstverständlich hatte sich der Verkauf der Möbel vollzogen, nicht einmal der Preis, den sie angesetzt hatte, war verhandelt worden. Güte wirkte und umwebte sie auch in dieser Stunde, hatte ihre Schritte hierhin geführt, zu diesem Raum. Dieser Duft, ach, diese verschiedenen Düfte, die sich zu einem Duft mengten, klärten den Blick, ließen die verschiedenen Wege und die Spuren darauf erkennen, ließen Ursache und Wirkung erahnen. Würde sie, fragte sie sich, das tiefer in sie eingeschriebene Gesetz der göttlichen Liebe, das sie auf vielfache Weise empfand, befreien können von ihm auferlegten Schatten, sein Wirken immer wieder bejahen können? Würde sie die Pfützen, die Strudel, die Ströme der Ängste und Nöte, dieses scheinbare Schicksal, so überwinden?

Noch immer atmete sie diesen Duft, und die Bitternis sagte, dass es Trauer gebe und Schmerz, und die Süße versprach, zu antworten, ehe sie riefe.

XXVII

Als Anton Burgwaechter am Nachmittag des ersten Weihnachtstages an Friederikes Haustür klopfte und, nachdem ihm geöffnet wurde, eintrat in den Flur, der mit seinen schönen Bildern und Möbelstücken den Gast freundlich begrüßte, da war es nicht sein erster Besuch in dem Haus, von dem er sich vor nahezu sechs Jahren – nach dem Telefonanruf seines Maklers am Silvestermorgen 1980 – verabschiedet hatte. Wenn er zu einem Wiedersehen mit Antonio und seiner Familie oder dem „heiligen Georg" in die Eifel gefahren war, hatte er mit Valérie, seiner Frau, zuweilen auch Konrad und Friederike besucht; und in seinem Herzen hatte sich niemals Wehmut geregt, sondern Freude, sein ehemaliges Haus so schön eingerichtet zu sehen und darin Menschen zu wissen, die ihm gefielen. Valérie war dieses Mal in Bad Godesberg geblieben; ihr Bruder war mit seiner Familie dort schon vor Weihnachten eingetroffen, würde über Silvester bei ihnen bleiben, und für zwei oder drei Tage, so war es verabredet worden, sollten die Geschwister Zeit haben füreinander.

Seit Konrads Beerdigung war Anton Burgwaechter nicht mehr in Holweis gewesen, hatte heute während seiner Wanderung über verschneite Wege an diesen Tag gedacht, den Frühlingstag, als die ersten Schwalben über den Köpfen der Trauernden auf dem Holweiser Friedhof durch einen hellen Himmel flogen, und hatte an einen anderen Tag gedacht, als er hier gewandert war durch Schnee, an Amelies zehnten Todestag, ihrer beider zehnten Hochzeitstag, als er Stunde um Stunde gewandert war durch dichtes Weiß und später, als er auf seinem Sofa schlief, das Weiß gesehen hatte im Traum.

Heute trug er unter dem Arm einen Weihnachtsstollen, ein mächtiges Stück von drei oder mehr Kilogramm, das er nach der Begrüßung immer noch im Arm behielt und anscheinend, meinte Friederike, vergessen hatte, wie auch ihr Hinweis, es abzulegen auf dem Küchentisch, überhört worden war, denn jetzt wandte er sich, im Flur nur kurz um sich blickend, dem Esszimmer zu und trat da ein durch die offen stehende Tür. Eine so starke freundliche Bestimmtheit aber ging aus von dem Mann, der die Regeln, die für einen Besucher gelten mochten, missachtete, der seinen Wintermantel nicht abgelegt hatte, im linken Arm den Stollen und in der Hand seine Handschuhe hielt und voranschritt in den Raum, dass ihre auflodernde heiße Scham, ein ausgeräumtes Zimmer nur präsentieren zu können, wie ein Strohfeuer erlosch, dass sie sich dem fügte, was geschah, und sich innerlich diesem Menschen anvertraute. Sein Schritt wurde zögernder, er sprach nicht, schien etwas empfinden oder nachempfinden zu wollen, blieb sogar für einen Moment schweigend stehen und wandte sich nun, wie von einer Idee beseelt, der Leseecke zu.

Den Stollen legte er ab auf dem Tischchen, Mantel und Handschuhe auf dem gepolsterten Schemel, fragte: „Darf ich?", und setzte sich in einen der Sessel. Als sei seine ruhige Sicherheit auf Friederike übergegangen, entsann sie sich ihrer Gastgeberpflichten, erinnerte sich, dass Burgwaechter schwarzen Tee gern trank, bemerkte: „Ich bin in der Küche", und kam bald darauf mit Teekanne und Geschirr zurück. Während der Stollen angeschnitten, der Tee eingeschenkt wurde, fiel wiederum kein Wort, und ihrer beider Schweigen machte, dass es still wurde in Friederike, dass sie nur hin und wieder zu Anton Burgwaechter blickte, wenn er einen Schluck Tee oder einen Bissen von dem guten Stollen nahm. Es fiel ihr ein, dass der Mann sich überhaupt nicht umgeschaut hatte im leeren Zimmer, und auch jetzt war sein Blick wie in schläfriger Wachsamkeit in weite Fernen gerichtet oder in die Tiefe seines Empfindens und Denkens. Die Zeit, so schien es, verging nicht mehr, sie dehnte sich aus zu einem Augenblick, groß und voll leiser

Stimmen, in welchem das, was einst war und einst sein wird, in Ruhe zusammenfindet.

„Was geschehen ist, verlangt keine Scham", sagte Anton Burgwaechter. Er schaute Friederike an und fügte, als wolle er seine Aussage einem Kind erklären, hinzu: „Sie brauchen sich hierfür nicht zu schämen", wobei sein Blick kurz in das Zimmer wies, so, als sei dessen Zustand der Leere eine Nichtigkeit.

„Jeder im Dorf weiß Bescheid", fuhr er fort, „jeder weiß, dass Ihre Möbel verkauft und neue nicht geliefert wurden. Die Reaktionen der Menschen hier reichen – wie üblich – von Sorge und Mitgefühl über Bewunderung bis zu Häme und Spott." Schamröte war während seiner ersten Worte in Friederikes Wangen gestiegen, dennoch hatte Burgwaechter weiter gesprochen, hatte den Blick nicht abgewandt, seine Stimmlage nicht verändert, und die sichere Benennung dessen, was sie bewegte, eben noch bewegt hatte, als er das Zimmer betrat, erweckte ein Gefühl der Freiheit in ihr, das sie durchlief und in ihre Züge ein Lächeln trug.

Beide schwiegen.

Als sei in sein Nachdenken eine Erinnerung getreten, wandte sich Burgwaechter mit rascher Bewegung ihr zu, sagte: „Morgen Mittag sind Sie und ich von Antonio zum Weihnachtsessen eingeladen", und schaute schon wieder fort und schien nicht zu bemerken, dass in Friederikes Züge Protest und Entsetzen traten, dass sie nach Worten rang, bis sie schließlich hervorstieß: „Nein, das will ich nicht, nein! Ich will nicht der Neugier der Menschen dort ausgesetzt sein!" Ein kurzer Blick, ernst und voller Verständnis, traf ihre Augen, ihr Herz, als er noch sagte: „Ich hole Sie um 12 Uhr ab." Wieder war Schweigen.

Dann begann Burgwaechter zu sprechen. Er sprach von den Erzählungen Eichingers, seines Freundes, über dieses Gebiet der Eifel, als er, Burgwaechter, vierzigjährig und also vor dreißig Jahren, sein Amt an der Universität in Bonn angetreten hatte, und wie seltsam und unaufhörlich Eichingers Worte über diese Landschaft, ihre Flora, über Holweis nachgewirkt hatten in ihm.

In Friederike wurde es still. Scham und Protest, sogar die täglich sie begleitenden Sorgen verloren ihre Gesichter; sie verblassten vor den Bildern, die sich in ihr erhoben, sanftmütig und heiter, Bilder wie vergessene Fotografien, die aus den Schatten der Jahre traten, durch ihre Hände glitten: Konrad und sie, gebeugt über die Zeitungsanzeigen der Immobilienmakler; zwei Fahrten zu Angeboten, die sie ablehnten schon nach kurzer Besichtigung; ihre dritte Fahrt und Konrads erwartungsvoll geweitete Augen –

„Sechs Jahre vergingen", sagte Anton Burgwaechter, „bis ich zum ersten Mal in diese Region und nach Holweis kam." Nach einer Pause, die Friederike nicht störte, sprach er weiter und begann so: „Vor siebenundzwanzig Jahren – es war Januar, und es fiel der erste Schnee jenes Winters – habe ich meine Liebe verloren." Er schien seinen Worten nachzuhorchen, sie zu überdenken und sagte deutlich: „Ich hatte meine Liebe verloren." Er sprach über Amelie, über die erste Begegnung am Ufer des Rheins unter den Zweigen der Weiden, sprach über ihre Kindheit, über die Zeit ihres Beisammenseins und über den Tag ihres Todes, den Hochzeitstag.

Die Sorgen, die Nöte, sie hatten sich endgültig abgewandt, waren in ihre Schattenbereiche geglitten, denn in Friederikes Herzen begann es zu leuchten. Sie lächelte, sie weinte, während Burgwaechter sprach, jede klare, ungeschmückte Aussage, die er tat, berührte ihr Herz, jede Pause, die er einlegte, ließ den Nachhall der Worte zu, und in einer dieser Pausen war es, dass sie hierüber die feinen Strukturen vor sich sah, die Elemente in den Aussagen des Malers, die auf das Wesen der Dinge hindeuten.

In der winterlichen Dämmerung, die einen Raum füllte, der seine Möbel verloren hatte, gewann das Leuchten in ihr an Stärke. Es leuchtete die Liebe zu Konrad in ihrem Herzen, es leuchtete das Glück, diese Liebe bewahren zu dürfen. Dankbarkeit für das Geschenk der erlebten Jahre erfüllte sie, Dankbarkeit durchströmte sie, Dankbarkeit Anton Burgwaechter gegenüber, der über sein Leben, seine Liebe, seine Trauer über Amelies Tod so sprach, als benenne er auch ihr Glück, ihre Trauer.

Mit wenigen Worten sprach er über die Zeit seiner inneren Einsamkeit, mit leisen, tastenden Worten über seine Fahrten nach Holweis, seine Wanderungen, über den Zauber, den das Land auf ihn ausgeübt hatte, und über das Vorhaben, sein Haus hier zu bauen, das tatsächlich keine Entscheidung von ihm verlangt hatte, sondern ein in ihm ruhendes Ja gewesen war, ein über lange Zeit gehütetes Ja. Über jenen wundersamen Tag sprach er, als er helles, wirres Haar, ein helles, zartes Gesicht entdeckt hatte hinter den Steinen der Gartenmauer, sprach leiser, doch akzentuiert – und Friederike sah wieder die feinen Strukturen in der Malerei vor Augen – , sprach darüber, wie der Gedanke ‚Amelie' ihn hatte erschauern lassen, und wie er da ein Kind vorgefunden hatte, einen Knaben, wie sein verstummtes Herz einen Ruf aus dem Herzen des Kindes empfangen und dem Ruf geantwortet hatte.

Im Zimmer war es dunkel geworden. Friederike schaltete das Licht der Lampe am Lesetisch ein, Anton Burgwaechter erinnerte sich eines weiteren Geschenks, das er mitgebracht hatte, griff in die eine, dann in die andere Tasche seines Mantels auf dem Schemel und hielt zwei schöne gelbe Wachskerzen in den Händen. Friederike erhob sich und stellte beide auf den niedrigen breiten Sims unter dem Fenster neben der Terrassentür, an dem keine Körbe und Kisten standen, und entzündete sie. Weiches, beinahe goldfarbenes Licht erstrahlte – wie die damals wieder erwachte Liebe in Burgwaechters Herzen, wie die Gewissheit der Liebe in ihr, Friederike, und als sie dieses dachte und sich umwandte zu ihm, lächelnd über die allzu deutliche, dennoch so schöne Sinnbildlichkeit des entzündeten Lichts, gewahrte sie auch auf Burgwaechters Zügen ein Lächeln, als hätten ihn die gleichen Gedanken gestreift.

Auch Anton Burgwaechter erhob sich, jedoch nicht, wie Friederike für einen Moment bedauernd dachte, um aufzubrechen. Er griff einiges Geschirr, sagte: „Ich bringe das in die Küche", ließ Teekanne, Tassen und Stollen stehen, kam zurück, trat zu ihr ans Fenster und blickte hinaus in die Dämmerung, in der sich die Gestalten der Dinge noch schattenhaft unterschieden in einem matten weißlichen Licht, das aus dem Schnee zu steigen schien.

Indem nun Friederike zum Tisch hintrat, das Tablett mit dem Stollen nahm und es durch das Zimmer zur Küche trug, war ihr, als bewegten sie und ihr Besucher sich in vorgegebener Choreographie nach nicht hörbaren, aber geahnten oder gefühlten Klängen und als sei dieses Zwischenspiel aus kleinen Gesten und Tätigkeiten gleichsam kontrapunktierend angesetzt, um den Wert des zuvor Geschehenen und den des nachher Geschehenden ungeschmälert gelten zu lassen. Das gesamte schöne und seltsame Spiel, dachte sie, in welchem sie sich bewegten, in welchem sie sprachen und schwiegen, geschah aber in natürlichster Weise und zugleich in höchster Aufmerksamkeit eines jeden. Es hatte begonnen, als Anton Burgwaechter das Haus betrat und jegliche Formalität vermied, als er nur zu lauschen, zu empfinden schien, und es erinnerte sie an Momente in Andacht und Gebet, wenn sie die Zeit vergaß, wenn die überirdischen Harmonien sich zu offenbaren begannen.

Sie setzten sich wieder. Burgwaechter fuhr fort zu sprechen, er erzählte von seinen Tagen und Jahren mit Siegfried, er wählte tastend Worte zu den Zeiten des stillen Wartens, der Ahnung und zu der durch das Kind wieder erwachten Liebe in ihm, die ihn später zu Valérie geführt hatte. Seine Worte tropften wie Wohltat auf die Wunden in Friederikes Seele, in ihrem Herzen. Sie atmete tief, wenn er Pausen des Schweigens einlegte. Lasten glitten von ihren Schultern.

Das Gefühl, das sie durchdrang, erinnerte sie an Augenblicke mit Konrad – wenn er den Arm um sie gelegt, seine Hand sie gehalten hatte und jede Berührung Schutz und Stärkung gewesen war in ihrer Welt, in die immer wieder undeutbare Ängste traten – und war doch nicht das gleiche. Dieses, das heute aufstieg in ihr, das sie durchlief, das die Fasern und Zellen ihres Körpers zu stärken, sogar die Ströme ihres Denkens und Fühlens zu begradigen, zu heilen schien, trat hervor aus tieferen Tiefen: Es wuchs aus ihr selbst. Es wuchs aus ihr selbst, wiederholte sie sich staunend, und sah in der Schwärze der Tiefen Helles aufglänzen in Perlenform, in Perlenschimmer, jedes ein Kosmos der Energien, ein winziges Wunderwerk, das seine Impulse bis an die Ränder der Schwärze aussandte.

Ihr Blick fiel auf die Reihe der Körbe und Kisten, die den Eindruck der Leere in diesem Zimmer nicht milderten, sondern betonten. ‚Das sieht so aus', dachte sie, ‚als bereitete ich meinen Auszug vor', und bemerkte sogleich, dass sie diesen Gedanken, der sich ihr schon häufig hatte nähern wollen, aber zurückgewiesen worden war von ihr, zum ersten Mal in sich nachwirken ließ. Aber noch war die Zeit zur Verwirklichung des Gedankens nicht da; sie war sich sicher: Käme diese Zeit, dann würde sie es wissen, es spüren.

Sie empfand, stellte sie verwundert fest, keine Angst vor diesem möglichen Schritt. Sie hatte Stärkung, Klarheit, Freiheit erfahren. Nicht durch Grübeln, nicht durch hastiges Planen und enttäuschtes Verwerfen war es geschehen, sondern durch Innehalten von Augenblick zu Augenblick, wenn Burgwaechter sprach oder schwieg, wenn er seine Worte gewissenhaft und behutsam wählte und sein Schweigen andauern ließ, um die Phasen des Erlebten zu betrachten und den nächsten Gegenstand seiner Gedanken zu erforschen.

Friederike war sich sicher, dass Anton Burgwaechter selten, vielleicht noch niemals, in solcher Weise über sein Leben gesprochen hatte, wie es heute geschah, und dass es für ihn dafür einen einzigen Grund nur gab: einem Menschen, ihr, zu helfen. Sie hätte ihm gern eine Antwort gegeben, und als sie hierzu nach einem Ansatz suchte, fiel ihr der Tag ein, als sie auf einem kleinen Sandplatz neben der Landstraße nach Münster eine Pause eingelegt, im Auto gesessen und dem alten Mann nachgeschaut hatte, der ihr hatte helfen wollen, der dann weiter gewandert war über die Wiesen, im ruhigen Gleichmaß seiner Schritte. Wie ein atemloses Laufen waren ihr die Stunden der Fahrt erschienen und die Metallteile des Wagens wie Käfigstäbe, aus denen es kein Entrinnen gab in die Welt da drüben. ‚Jetzt gibt es keine Käfigstäbe', hätte sie zu Burgwaechter gesagt, aber ihr fiel etwas anderes ein.

„Bitte kommen Sie mit", sagte sie, ging voraus zum Gästezimmer, öffnete die Tür und trat einen Schritt zurück. Ihre Bewegungen waren ruhig und sicher. Anton Burgwaechter blieb stehen auf der Schwelle, sprach nicht. Indem sie beide schwiegen, schien der Duft im Raum an Intensität zu gewinnen. Von Süße und Bitternis, dachte Friederike, sprach dieser Duft – und sprach von mehr, das sie heute deutlich empfand, denn noch immer bewegten sie und Anton Burgwaechter sich in diesem Spiel, in dem die Sinne andere, feine, Impulse aufnahmen – so, wie in diesem Augenblick, da Süße und Bitternis aufzusteigen schienen in überirdische Sphären, in denen es Zeitspannen nicht mehr gab und auch keine Gegensätze. Hatte Burgwaechter ihre Gedanken gelesen? Er legte für einen Moment die Hand auf ihre Schulter, nickte ein Mal.

Sie gingen zurück und setzten sich wieder.

XXVIII

Sie hätte ihm gern von ihren Gebeten, den Wundern erzählt (dem Erscheinen ihrer ersten Privatschüler, der Rettung vor Philipps Gewalt); sie hätte ihn gern befragt zu Nachahmungen von Denk- und Verhaltensweisen der Eltern durch ihre Kinder. Sie hätte gern zu ihm wie zu einem Vater gesprochen, aber es gab in ihr kaum eine Vorstellung davon, wie das zu geschehen habe. Heute, in der Anwesenheit Anton Burgwaechters und in der Erfahrung des Innehaltens, fühlte sie Trauer, dass sie nahezu vaterlos aufgewachsen war, und als diese Trauer größer wurde, begann sie zu sprechen, anders als sie es vorgehabt hatte:

Bei ihrer Geburt 1943 war der Vater als Offizier „im Felde" gewesen, dann gefangen genommen worden und aus Russland heimgekehrt, als sie zwölf Jahre alt war. Sie und Franziska, ihre Schwester, hatten den Vater – den männlichen Beschützer, den starken Kameraden – herbeigesehnt, der aber, geschwächt und nicht mehr gesund, die Sehnsucht der Kinder nicht zu erfüllen vermochte. Plötzliches Erschrecken wie in der Erwartung eines ihm gleich zugefügten Schmerzes war in seine Augen getreten, wenn sie oder die Schwester den „Vati" hatten berühren, umarmen wollen, und eine große Müdigkeit dann, unter der sein Blick zurückzuweichen und in vergangene Zeiten gerichtet schien. Wenn sie sein Bild heute suchte, sagte Friederike, dann habe sie zunächst den Einband eines aufgeschlagenen Buches vor Augen, eines der zahlreichen historischen Bücher, hinter dem sein Gesicht sich verbarg, er sich verbarg. Die Mutter hatte für ihre Töchter ebenso wenig Zeit wie vor der Heimkehr des Vaters, als sie durch Klavierunterricht und Büroarbeit in einer Schrauben- und Nietenfabrik den Lebensunterhalt der Familie bestritt, denn nun benötigten der Vater und Ferdinand, der kleine Bruder, 1956 geboren, so viel Zuwendung, dass für die Mädchen wenig übrig blieb.

Sie schwieg. Worüber sprach sie denn? „Ich wollte etwas anderes sagen", bemerkte sie, blickte scheu zu Anton Burgwaechter hin und erkannte Aufmerksamkeit, Wachheit in seinen Augen. „Bitte sprechen Sie weiter", sagte er.

Ein Erstaunen durchflutete sie, dann die Freude der Gewissheit: Sein waches Interesse an ihr und ihrer Geschichte war begründet in seiner Liebe zu jeglicher Erscheinung der Schöpfung. Wieder, wie zu Beginn seines Besuchs, empfand sie das Gefühl der Freiheit. Sie wusste, warum sie von der Kindheit sprach, besann sich einen Moment und setzte neu an:

„Ich erhielt Klavierunterricht durch meine Großmutter mütterlicherseits seit meinem vierten Lebensjahr, gemeinsam mit Franziska, meiner Schwester." Es folgte eine Pause. Etwas ergriff sie, wollte betrachtet werden. Die nächsten Worte sprach sie wie in Andacht. „Dieses Klavier, schwarz und schön, versehen mit zwei goldfarbenen Kerzenleuchtern an seiner Front, hatte den Bombeneinschlag und die für mich, das Kind, unübersehbar große Zeit der Angst, des Schreckens, die in den Gesichtern der Menschen um mich her geschrieben stand, unversehrt überlebt. Es war ein unverwundbarer Freund und mehr." Wieder trat eine Pause ein, dann fuhr sie fort:

„Das Klavier stammte aus dem Elternhaus meiner Großmutter in Oberhausen, Oberhausen-Sterkrade. Sie erhielt es als Hochzeitsgeschenk. Meine Mutter spielte darauf schon bevor sie ein Schulkind war. Als Großmutters Mann 1916, im Ersten Weltkrieg, gefallen war und sie mit ihrer kleinen Tochter in das Haus ihrer verheirateten Schwester zog, erhielt es dort einen Platz in dem großen Wohnzimmer. Abends wurde gemeinsam musiziert; Großmutter spielte Klavier, der Schwager Geige, die Schwester besaß eine schöne Singstimme. Großmutter lebte dort noch während des 2. Krieges."

„Meine Mutter heiratete 1938. Ein Jahr später wurde mein Vater in das damalige ‚Protektorat Böhmen und Mähren' versetzt. Da er sich während der Kriegsjahre an der Front befand, besuchte Großmutter ihre Tochter oftmals für mehrere Wochen, wie auch im Frühjahr 1945. Wir flohen in den letzten Apriltagen – zwei Frauen, zwei kleine Mädchen und ein deutscher Soldat mit einem Krümperwagen der Wehrmacht. Wir fuhren, wurde mir erzählt, in den Städten durch brennende Straßenzüge. Wir hörten Menschen schreien. Wir sahen Menschen rennen oder niedersinken. Wir versteckten uns im Wald und lagen auf moosigem Boden, der unter den nahen Bombeneinschlägen bebte."

Friederike bemerkte, dass ihre Stimme zurückzusinken schien in ein stoßweises Flüstern und atmete tief, streckte den Körper, und Anton Burgwaechter sagte: „Wir wollen neuen Tee kochen", nahm die Teekanne vom Tisch, und Friederike folgte ihm in die Küche. ‚Wir befinden uns noch immer in dem Spiel', dachte sie, ‚das mit seinem Eintreten in das Haus begann. Wir bewegen uns im Augenblick wieder in einem Zwischenspiel. Aber gleicht die Art meiner Aussage denn der seinen, die Prägnanz und Klarheit besaß? Mir ist, als spräche ich stolpernd, unzusammenhängend und atemlos.' Sie dachte auch: ‚Wie würde ein Maler hierzu die Linien führen, die Farben einsetzen?', und indem sie an Kompositionen des Malers dachte, suchte sie Vergleiche zu Kompositionen in der Musik, aber da summte das Wasser im Kessel, Burgwaechter goss den Tee auf, und sie kehrten zurück in den stillen Schein von Leselampe und Kerzen.

Friederike hatte ihr letztes Wort nicht vergessen: ‚Der moosige Boden, der bebte – '

„Wir kamen nach Sterkrade. Das Haus von Großonkel und Großtante war fast ganz zerstört. Die Menschen waren gerettet worden. Gerettet worden war auch das Klavier. In Oberhausen wurden uns zwei Zimmer in der Wohnung einer Familie mit ebenfalls zwei Kindern zugewiesen. In einem der Zimmer standen vier Betten und eine Waschkommode, in dem anderen ein Ofen, eine schmale Kommode, übereinander gesetzte Kisten, die einen Esstisch darstellen sollten und unsere geretteten Habseligkeiten enthielten, und bald nach unserem Einzug auch das Klavier."

Nach einer Weile sprach sie weiter: „Ich wusste nicht, was das ist, ein Klavier. Lange Zeit blieb es geschlossen, doch sein sanfter Glanz, die schimmernden Leuchter deuteten auf Besonderes hin. Auf ihm durfte niemals etwas abgestellt oder abgelegt werden. Ich weiß noch, dass meine Großmutter einmal den Klavierdeckel hob und ich Weißes und Schwarzes darunter sah, das sie mit den Fingerspitzen berührte, ohne dass ein Geräusch erklungen wäre, und die schwarze Tür wieder senkte. Sie erzählte uns Kindern von den Abenden im Haus ihrer Schwester, an denen musiziert worden war, und ich vermochte nicht zu begreifen, wovon sie sprach. In seiner Schönheit hütete das Klavier also ein Geheimnis, dachte ich. Konnte es singen? Manchmal strich ich heimlich mit den Fingern über den Klavierdeckel, über diese schwarze Tür, leise und sanft, und wünschte, es erwecken zu können. Aber es löste sich keine Stimme, kein Klang aus dem dunklen Holz."

„Es schwieg bis zu dem Weihnachtsabend im folgenden Jahr. Franziska und ich waren für eine Weile in das eiskalte Schlafzimmer geschickt worden. Die seltsame Erregung der Erwachsenen hatte sich mir mitgeteilt und ließ mich die Kälte vergessen. Töne erklangen, liefen und überliefen einander, Singstimmen erklangen, und meine Mutter rief unsere Namen. Ich trat ein in einen nur von Sternenlicht beleuchteten nächtlichen Himmel. Dieser Himmel, das waren miteinander laufende, miteinander spielende Klänge in einem Raum, in welchem die Lichter zweier Kerzen, die in den goldschimmernden Leuchtern standen, noch in den tiefsten Winkeln Lichtreflexe hervorriefen. Großmutter saß am geöffneten Klavier, und ihre Finger liefen über die weißen und schwarzen Dinge, die sich senkten und wieder hoben. Großmutter und Mutter sangen „Süßer die Glocken nie klingen", und Franziska stimmte in den Gesang mit ein. Ich hätte auch gern gesungen, kannte den Text aber nicht und hätte auch gar nicht singen können, denn in meinem Hals saß ein Zerren und Würgen. Es stieg höher, und ich weinte."

„Das Weinen hörte überhaupt nicht mehr auf. Als alle schwiegen, als die Erwachsenen und Franziska und das Klavier schwiegen, bemerkte Großmutter meine Tränen. Ich hatte das Gefühl, dass sie wusste, warum ich weinte. Sie zog mich zu sich heran und legte den Arm um mich. Das geschah selten, es war nicht üblich. „Das war so schön, dass du weinen musstest, nicht wahr, meine kleine Friederike", sagte sie. „Wir haben ein Weihnachtsgeschenk für euch", verriet meine Mutter. Sie erklärte uns, dass wir von nun an durch Großmutter Klavierunterricht erhielten. Es gab auch für jedes Kind einen Teller mit Bonbons und Äpfeln und Nüssen und für uns Schwestern gemeinsam ein Päckchen mit vier Buntstiften in verschiedenen Farben und einen Malblock dazu. Darüber versiegte mein Weinen. Ich war noch nicht vier Jahre alt, und es ist das erste Weihnachtsfest, an das ich mich erinnere."

Friederike blickte zu Anton Burgwaechter hin. Interessierte ihn denn, fragten ihre Augen, ihre Geschichte noch immer? Er gab ihren Blick zurück, äußerst aufmerksam und, wie es ihr schien, erwartungsvoll. Er sagte: „Alles beginnt in der Kindheit. Sprechen Sie weiter! Ich bin neugierig und gespannt."

„So wurde Weihnachten für mich das Fest der Liebe", sagte sie, „und Liebe, das waren die Läufe der Klänge, das war die Umarmung durch meine Großmutter und war das Geschenk, lernen zu dürfen, solche Musik zu spielen. Beglückende Liebe und beglückende Musik waren eins in meinem Kinderherzen."

„Ich war begabt. Seit meinem sechsten Lebensjahr unterrichtete meine Mutter mich allein. Sie ist ausgebildete Pianistin und Musiklehrerin.

Ich übte täglich. Der Unterricht und das tägliche Spiel haben, denke ich heute, mir das Leben gerettet. Ich war häufig schwach und benommen vor Hunger, manches Mal längere Zeit krank, doch die Freude am Klavierspiel belebte mich, und Freude, wünschte ich, würde auch meine Mutter durch mein Spiel erfahren. Sie hatte die vierköpfige Familie zu ernähren und zu erhalten. Ihre Disziplin ließ nie nach, aber ich hatte das Gefühl, dass diese Disziplin, vielmehr der Wille dazu, an ihren Kräften zehrte, dass sie auf etwas wartete, das sie mit neuem Mut erfüllte. Ich sagte, dass Umarmungen unüblich waren, und so genügte mir ein freudiger Blick von ihr, wenn ich ihre Erwartungen erfüllte. In jeder neuen Woche gab es zwei Stunden, meine Klavierstunden, in denen meine Mutter nur mir allein nahe war und ich ihr die Ergebnisse meines Übens präsentierte. Liebe und Musik waren untrennbar in mir verbunden. Liebe und Musik haben mir das Leben gerettet."

„Der ‚liebe Gott', zu dem wir im Tischgebet und im Abendgebet sprachen, war da, war aber fern. Nicht er, nein, die Menschen, dachte ich, hatten Wolkentürme geschaffen aus Rauch und dem Nachhall des Kriegsgelärms, die ihn verbargen. Ich hatte jedoch das Gefühl, dass es eine überirdische Liebe gäbe; ich hatte Sehnsucht nach ihr. Der Pfarrer und die Lehrerin halfen mir nicht."

Anton Burgwaechter nickte. Er sagte: „Und doch hat Ihnen etwas geholfen." Er kannte solche Erfahrungen auch aus seiner Kindheit, dachte Friederike und beschloss, nicht von den wütenden, drohenden, den schmerzlichen Worten des Pfarrers in der Kirche zu sprechen, die sie manches Mal hatten weinen und Mutter und Großmutter entscheiden lassen, Kirchgänge mit den Kindern zu vermeiden, und bemerkte dazu nur: „In den Gottesdiensten war mir, als sängen die Stimmen, die sich gemeinsam erhoben, klagende Melodien, aber dieselben Kirchenlieder klangen anders zu Hause. Blicke der Freude begegneten sich." Burgwaechters Augen deuteten Verständnis an. Sie würde, beschloss sie, sich kurz fassen in der Schilderung eines Ereignisses aus einer Religionsstunde in ihrem ersten oder zweiten Schuljahr; aber sprechen darüber wollte sie, wollte sprechen über dies, das sie noch niemals in Worte gefasst hatte; vielleicht gelänge es ihr heute.

„Ich war sechs oder sieben Jahre alt", sagte sie, „die Lehrerin hatte die Leidensgeschichte Jesu erzählt. Er habe, sagte sie, die Sünden aller Menschen auf sich genommen und dafür die Todesstrafe erlitten, damit wir in der Liebe Gottes, des Vaters, blieben. Ich weinte. Es weinte sonst niemand. Die Lehrerin bemerkte mein Weinen nicht; fünfzig oder sechzig Kinder saßen im Klassenzimmer. Meine Banknachbarinnen riefen die Lehrerin. Sie fragte mich, ob ich Schmerzen hätte. Ich nickte und wies auf Stirn und Brust, denn hinter meiner Stirn saß das Grauen und in der Brust das Mitleiden wie ein großer Stein. Sie begriff, was ich meinte, legte eine Hand auf meine Schulter, sagte leise: ‚Er hat es doch aus Liebe getan.' Diese Worte verstärkten mein Weinen."

„Es fiel mir aber keine Sünde ein, die ich begangen hätte. Es gab also, dachte ich, eine Schuld in mir, geheimnisvoll, dunkel, die ich nicht kannte. Ich wollte auch nicht, dass jemand für mich so grauenvoll litt und starb. Ich wollte nicht schuld sein an Jesu Tod. Von nun an trug ich zweierlei Lasten: die einer nicht erkennbaren, anscheinend aber vorhandenen Schuld und die der angstvollen andauernden Selbstbeobachtung und der Prüfung meiner Gedanken, Worte und Taten, um nur keine Sünde zu begehen. Als ich älter geworden war, dachte ich, dass ich damals meine Unschuld des Glaubens verloren hätte."

Anton Burgwaechter hatte seine letzte Bemerkung nicht vergessen. Er wiederholte sie: „Und doch hat Ihnen etwas geholfen." Friederike bestätigte seine Vermutung durch einen Blick, nickte und fuhr fort: „Als ich acht Jahre alt war, zogen wir um in eine größere Wohnung. Franziska und ich erhielten ein gemeinsames Zimmer. In meiner Schwester erwachte die Angst. Nachts, wenn sie hochsprang im Bett, schrie und gegen die Wand schlug, weil sie wieder träumte, eingeschlossen zu sein in einem brennenden Haus, dann lag ich in meinem Bett neben ihrem Bett still auf dem Rücken, um einen möglichen Angriff auf mich abwehren zu können."

„Eines Nachts wollte ich meine Angst vor dem, das mir geschehen könnte, besiegen. Ich hielt die Augen geschlossen. Ich dachte an die Liebe. Ich dachte allein an die Liebe, die mich umfangen, durchdrungen und erhoben hatte an meinem ersten erinnerten Weihnachtsabend. Die damals vernommenen Klänge, die sich spiegelnden Lichter begannen, sich zu vervielfältigen in einem dunklen Raum, der ohne Begrenzung war, ohne Wände und Zimmerdecke. Über mir und um mich her gab es nur samtschwarzen Himmel, so nah, dass ich hätte hingreifen können zu seinen Sternen, den Lichtern. Wenn Franziska schwieg und wieder schlief und meine Mutter, die ihre Tochter beruhigt hatte, zurückgekehrt war in ihr Schlafzimmer, fand ich die Klänge, die Sterne wieder. Sie waren mir näher noch als zuvor, waren ein vielstimmiger Klang und Sternenstaub, goldener Staub, und waren auch, ich sah es, in mir. Sie stäubten und schwebten in Harmonie miteinander in mir. Da wusste ich, dass ich unversehrt bliebe."

„Sie haben sich selbst geholfen", sagte Anton Burgwaechter, „ganz allein und als Kind haben Sie sich Ihren Glauben zurückerobert." „Er ist nicht sicher in mir verankert", wandte Friederike ein, „nicht so, dass er ein Anteil meiner Wesensart wäre. Ich muss nachdenken, mich besinnen, bis ich in die Tiefe des Glaubens finde. Es gelingt nicht immer." Sie bemerkte, dass Burgwaechter nach der Formulierung einer Antwort suchte, wollte ihre Aussage jedoch ergänzen. „Ich glaubte und glaube, dass mein Mann und ich zueinander geführt wurden durch Gottes Liebe. Gläubig zu sein war in Konrad, meinem Mann, tatsächlich ein Anteil seines Wesens. Ich verließ mich im Laufe der Jahre auf ihn, ich vertraute ihm, mehr als mir selbst. Über Konrad war ich mit Gott verbunden." "Liebende werden zueinander geführt durch das Gesetz der Liebe", sagte Anton Burgwaechter und schwieg, blickte, so schien es, verwundert auf die eigenen Worte, als habe er sie zitiert und besinne sich nicht auf ihren Ursprung, hatte Friederikes Bemerkung jedoch nicht vergessen und wandte sich hin zu ihr.

„Jetzt sind Sie allein", sagte er. Sie spürte keinen Schmerz, während die Worte nachhallten in ihr. Zuversicht schwang in seiner Stimme, so, als eröffne sich ihr die Möglichkeit, einen gesicherten, verlässlichen Weg des Glaubens allein zu finden. Beide schwiegen. Friederike spürte, dass Burgwaechter nachdachte, dass er das bisher Gesagte in eine Ordnung zu bringen versuchte. Endlich sprach er. Er sagte: „Es geschah in Todesangst. Es ist gut, jenen dankbar zu sein, die solches bewirken." Sie musste nachdenken, bis sie verstand, was er meinte: Er sprach von den Nächten in ihrer Kindheit, als die Schwester schrie und sie, Friederike, ihre Rettung gefunden hatte in der Betrachtung der Liebe. Sie antwortete nicht. ‚Jenen dankbar zu sein', dachte sie und neigte den Kopf als Zeichen, dass sie zugehört und verstanden habe.

In ihre Gedanken war ein anderer Gedanke getreten: der zu dem seltsamen Spiel, in welchem sie sich bewegt hatten seit seiner Ankunft. Indem sie sich fragte, ob es noch andauere, dieses Spiel, hörte sie Burgwaechters Stimme. Er hatte etwas zitiert, ein Gedicht wahrscheinlich, denn der Reim war ihr aufgefallen. Nicht alle Worte hatten sie erreicht, aber diese: ‚schläft, Lied, träumen, Zauberwort'. Soeben stellte er eine Frage: ob sie das Gedicht, ob sie den Titel kenne. Die vernommenen Worte fügten sich in ihr zusammen zu ihrer Ordnung. Leise sprach sie den Text des Gedichtes von Eichendorff. Sie wusste auch den Titel. „Wünschelrute", sagte sie. In Burgwaechters Augen leuchtete Freude auf. „Wünschelrute", wiederholte er, „immer wieder wollte ich nachschauen und vergaß es auch immer wieder." Seine Stimme klang bewegt und begeistert. Er wiederholte den Titel flüsternd. Er sagte noch: „Das ist wunderbar", und schwieg in der Betrachtung seiner Gedanken. ‚Das Spiel dauert an', dachte Friederike.

Er hatte nicht vergessen, worüber sie zuvor gesprochen hatten, und wiederholte: „Es geschah in Todesangst. Es ist gut, jenen dankbar zu sein, die solches bewirken." „Ich liebe meine Schwester", sagte sie. Sie hatte hingeblickt zu ihm und bemerkte ein kleines Lächeln, das sich auf seine Lippen legte. Sie ahnte: Seine Gedanken hatten weitergegriffen – über jene Menschen, die man offensichtlich liebte, hinaus.

Es fiel ihr der Abend ein, an dem sie nach seiner Raserei, seinem Überfall Philipp aufgenommen hatte in ihr Gebet und er ihr in ihrer Andacht wie von reinem Weiß oder von Mondlicht betastet erschienen war. Sie spürte und wusste, dass mit ihrer Rettung vor ihm ihr Glaube gestärkt worden war. Sie erzählte Burgwaechter davon. Während sie sprach, formte sich in ihr ein Gedanke, und sie sprach ihn flüsternd aus: „Dann geschähe alles, alles aus Liebe –". Sie horchte ihrer Stimme nach; Verwunderung und Frage schwangen mit in den Worten.

„Man kann es denken," sagte Anton Burgwaechter ebenso leise. Seine Stimme verstärkte sich, als er weiter sprach: „Ich denke es, wenn ich mir das Wunderwerk des Planeten Erde und des Kosmos vor Augen führe. Ich denke es, wenn ich mit den technischen Hilfsmitteln des Naturwissenschaftlers das mit bloßem Auge nicht erkennbare Wunderwerk eines Mikrokosmos betrachte. Ich sehe Schönheit, ich erkenne Ordnung und Harmonie, ich bestaune Weisheit; ich fühle, dass diese ein Geheimnis verbindet, ein Urgrund, aus dem sie entstanden und entstehen: das Geheimnis der Liebe." Er unterbrach sich und blickte Friederike an. „Sehen Sie", sagte er, „die Gedanken des Kindes Friederike und meine Gedanken nähern sich einander an."

„Ich habe in meinem Denken das Wort ‚Gott' durch ‚Liebe' ersetzt", fuhr er fort, „ist Liebe Energie? Es gibt für sie keine physikalische Messvorschrift." Für einen Moment schloss er die Augen mit solcher

Bestimmtheit, als wolle er ungestört tief in sein Hirn oder Herz hinein spähen. „Demut", sagte er und blickte geradeaus in das Dunkel vor den hohen Fenstern, „sie ist der Schritt hin zum Erkennen der Wahrheit, der Wahrheit dieser Liebe. Ich erkenne die Größe meiner Verantwortung mir selbst und der Schöpfung gegenüber. Mit schöpferischem Geist begabt, besitze ich in jedem Augenblick die Freiheit der Entscheidung. Ich trage die Verantwortung für den aus den Tiefen geschöpften Gedanken, für das in die Lüfte geworfene Wort."

Friederike erschauerte; nach einer Pause des Nachdenkens sagte er: „Der Mensch ist jung im Vergleich zu dem Alter des Planeten, auf dem er lebt. Nach Milliarden von Jahren in der Entstehungsgeschichte der Erde sind an einem der Lebewesen, die sich auf ihr bewegen, folgende Veränderungen zu bemerken: Es verlängern sich an ihm seine Hinterläufe, es richtet sich auf. Die Wirbelsäule wird doppelt-S-förmig, das Gehirn beginnt sich zu vergrößern, der Schädel verändert seine Form, es fehlt der Schwanz, das Becken wird schwerer: Carl von Linnés im Jahre 1758 – also ein wenig später auf der Zeitleiste der Evolution – so bezeichneter Homo sapiens."

Anton Burgwaechter unterbrach sich und warf Friederike einen kurzen Blick zu, der sie fragte, ob sie seine Bemerkung über die Zeitleiste so verstand, wie sie gemeint war. Der erwartungsvolle, ja, beinahe ungeduldige Ausdruck in ihren Augen ließ ihn fortfahren, zunächst mit einer Bemerkung zu dem zuvor Gesagten: „Dies ist der heutige Stand unseres Wissens." Eine kurze, beinahe wegwerfende Geste hatte die Worte begleitet, so, als sei es im Augenblick nicht von Belang, wenn die Forschung weitere Erkenntnisse gewänne, denn er sagte: „Die Genesis, das 1. Buch Mose, das 1. Kapitel vor allem, ist in meinen Augen Poesie. Dem unermesslich großen Wunder der Schöpfung begegneten die Dichter – wer immer sie waren – in Ehrfurcht, in Demut, oder sie wurden zu Dichtern im Anblick des Wunders. Ihre Aussagen über Gottes

Sechstagewerk stehen für mich nicht in Widerspruch zu denen der Naturwissenschaft; die Bibel spricht ja häufig in Gleichnissen."

„Nun", fuhr er nach kurzer Weile fort, „was tut er, der sich aufgerichtet hat und um sich blickt? Er tut zunächst, was seine Verwandten tun: Er atmet, er sucht sich Nahrung, er sucht oder baut sich Höhlen, pflanzt sich fort. Die Vergrößerung seines Gehirns", sagte Anton Burgwaechter, „entwickelte sich weitaus später als sein aufrechter Gang." Immer wieder blickte er Friederike an, während er sprach. Sie hatte daher überhaupt nicht das Gefühl, dass er doziere, nein: Er hatte empfunden, dass sich in ihr Fragen bewegten, die sie noch nicht präzise einzugrenzen und zu formulieren wusste; er versuchte, diese Fragen zu erraten, vielleicht zu erkennen, sich ihnen zu nähern.

„Homo sapiens", sagte er, „er beobachtet seine Umwelt. Er stellt sich Fragen, sucht Erklärung und Antwort. Er nimmt ihm Unerklärbares wahr und denkt sich Wesen, die im Verborgenen wirken, denkt sich Götter. Er identifiziert seine Gefühle und strebt nach Glück gemäß seinem jeweils eigenen Wesen. Er empfängt und gibt Liebe, er erfährt Hass, führt Kämpfe und Kriege. Er setzt in Sprache und in künstlerischen Ausdrucksformen um, was er erfährt, erlebt, was ihn bewegt. Er stellt Fragen: Woher komme ich? Wohin gehe ich? Wer bin ich, warum bin ich? Er erhofft eine Antwort. Sehnsüchte durchlaufen ihn, Sehnsüchte nach einem Ort, einer Heimat des Friedens, der Liebe. Woher rührt diese Sehnsucht? Ist sie ihm eingeschriebene Erinnerung an Eden? Das Paradies, das er verließ? Dann und wann erheben sich aus den Millionen der Menschen Denker, die zu diesen Fragen Antworten geben. Andere, die viele ‚erleuchtet' nennen, treten hervor, und Glaubensgemeinschaften, Religionen, entstehen durch jene, die ihnen folgen. Denn die Sehnsucht des Menschen nach dieser Heimat ist groß. Sie ist nicht nur die nach einem Leben, nach einem Sein, in Eden, vielmehr auch die nach der Gewissheit über seine Identität. Sie ist", sagte

Anton Burgwaechter, „die Sehnsucht nach einem Spiegelbild, einem Spiegelbild aber der höchsten und vollkommensten Art, einem Bild hinter dem Spiegel gleichsam, das ihm sagt, wer er ist, woher er kommt, wohin er geht und worauf er sein Streben richten sollte."

Friederikes Augen hatten sich geweitet in Staunen, in Freude. Leise, wie in Erinnerung an weit zurückliegende Zeit, sagte sie: „Wir sehen jetzt durch einen Spiegel in einem dunkeln Wort; dann aber von Angesicht zu Angesicht. Jetzt erkenne ich's stückweise; dann aber werde ich erkennen, gleichwie ich erkannt bin." „Bitte sagen Sie das noch einmal", kam es ebenso leise von Anton Burgwaechter her. Sie wiederholte die Worte. „Aus Paulus' Brief an die Korinther", fügte sie hinzu. Dann blickte sie auf und in seine Augen. ‚Es ist wunderbar', dachte sie, ‚dass dieser kluge und erfahrene Mann so begeistert, so glücklich schauen kann wie ein Kind, das soeben unverhofft beschenkt worden ist'. „Sagen Sie mir, wo ich es da finde", bat er, und sie nannte die Bibelstelle: „1. Korinther 13, Vers 12", die er in ein Notizbuch einschrieb, das er seiner Jackentasche entnommen hatte. Jetzt blickte er lebhaft um sich, Friederike erwartete eine weitere freudige Bemerkung, und Anton Burgwaechter sagte: „Ich habe Hunger. Haben Sie ein Stück Brot für mich?"

XXIX

Erst, als sie schon in der Küche standen, fiel Friederike ein, dass sie nicht vorbereitet war auf einen Besuch, nicht darauf, einem Gast ein Abendbrot anzubieten. Ratlos schaute sie zu Anton Burgwaechter hin, der in der Mitte des Raums stehen geblieben war und seinen Blick auf dem Kühlschrank ruhen ließ, dessen Tür einen Spalt breit offen stand. Schon vor zwei Monaten hatte sie ihn ausgeschaltet, um Strom zu sparen. Das wenige, das kühl gehalten werden sollte, verwahrte sie draußen auf der Fensterbank. Sie wies mit vager Handbewegung dahin. Sie fand keine Worte. Alles, alles fiel ihr mit einem Mal wieder ein: die rasche Folge der Auskünfte von Finanzamt, Bank, Versicherung und jedes immer tiefere Erschrecken hierüber; ihre verzweifelten, bis ins Detail ausgeklügelten Sparmaßnahmen; die tägliche Angst vor unerwarteten, jedoch notwendigen Geldausgaben; Philipps schrecklicher Überfall.

Der Husten kroch aus der Tiefe ihrer Lunge, ihres Herzens, ihres Leibes, aus seinen Verstecken in ihrem Hirn hervor und in Hals und Rachen und klang, als keuche, als belle ein angeschossenes Tier seinen Schmerz in die Nacht. Zwei Hände hielten ihre Schultern. Der Husten ließ in dem Augenblick nach, als sie zu ihrer Verwunderung dachte: ‚Jetzt hat mein raues Gebell das schöne, seltsame Spiel zerrissen'; und der Erschütterung folgten Tränen, die das fliehende Bild zu begleiten schienen. Sie versiegten, als in ihr ein Tönen aufstieg, das klar und schön in den Raum hineinschwebte. Für einen Moment glaubte sie, das b-a-c-h-Thema der Schlussfuge aus Bachs Orgelwerk zu erkennen, dachte: ‚Wer hat denn die Schallplatte aufgelegt?' und vernahm schließlich nur noch ein Klingen, das leiser wurde und schwieg und dennoch nicht verloren war.

Eine Hand löste sich von ihrer Schulter, die andere schob sie sacht zu einem Küchenstuhl hin. Indem sie sich setzte, blickte sie auf. „Ich kann nichts Besonderes anbieten zum Abendessen", sagte sie, „nur Brot und Schmalz." „Um so besser", sagte Anton Burgwaechter. ‚Es ist ja heil geblieben, das Spiel', dachte Friederike, und sie, die manches Mal beim Musikhören auch Zeile um Zeile der Kompositionen mitlas, glaubte, Noten und Notenlinien zu sehen, ein Notenblatt, wie ihr verkaufter Esszimmerteppich so groß oder größer, über das die Zeichen der vernommenen Klänge eilten und das Herbe, das Raue ergriffen, es zerlegten und zerspalteten zu kleinsten Elementen und die schwebenden und schwimmenden Teile einfügten in das große und schöne Netzwerk aus Linien und Achsen.

Anton Burgwaechter und Friederike saßen am Küchentisch. Burgwaechter verzehrte sein drittes Schmalzbrot. „Dieses köstliche Brot muss man aus der Hand essen", hatte er gesagt. Jetzt lehnte er sich zurück, legte beide Handflächen auf das Holz des Tisches und blickte sie an. Das Bildwerk des ausgespannten Notenblattes glitt in die Ferne; ihre Augen, ihre Aufmerksamkeit waren auf ihren Gast gerichtet.

„Wir wissen heute", sagte Anton Burgwaechter, „dass sich die frühesten Erfahrungen – also vielerlei Reize – einprägen in das Gehirn des jungen Kindes, dass sie als Informationen gespeichert werden, sich vernetzen, Konditionierungen des Menschen bewirken. Sie haben"; sagte er, „aus Ihrer Kindheit erzählt. Es gab Gefahr – Lebensgefahr –, kaum Nahrung, Kälte, ein wenig Liebe und in Ihnen gab es Angst, Hunger und die Sehnsucht nach größerer Liebe. An manches erinnern Sie sich, vieles liegt verborgen in Ihnen. Etwa vierzig Jahre später gibt es in Ihrem Leben ähnliche Erlebnisse und Ihre entsprechenden Reaktionen. Ich bin nicht Neurophysiologe und nicht Psychiater, aber ich denke, dass Sie auch diese gegenwärtige Situation überstehen – nämlich so, wie die damalige Zeit", Burgwaechter legte eine Pause ein, warf einen Blick hinüber zum Esszimmer und schaute wieder Friederike an, „überstehen", wiederholte er, „durch Ihren Willen, dies zu überstehen, also indem Sie nachahmen, was Sie durch Ihre Mutter lernten, indem Sie die damaligen Überlebensstrategien Ihrer Mutter, die sich einprägten in das Gedächtnis des Kindes, heute anwenden. Sie haben, denke ich, solche Überlegungen bereits geführt – und weitere. Solche, die mit größerer Angst verbunden sind."

Als Friederikes Augen sich dieses Mal weiteten und als sie Burgwaechter anstarrte mit diesen Augen, in denen das Entsetzen stand, da schwieg er und hielt ihrem Blick stand. Aber es lag ja nur Güte in seinen Augen, erkannte sie, dazu eine große Klarheit, und wiederum erhob sich das Gefühl der Freiheit in ihr, Mut erwachte – kein von Konrad oder von einem anderen Menschen geliehener Mut – und sie sprach aus, was sie bisher nicht einmal in Gedanken gewagt hatte zu formulieren, mühsam und stockend erst, als hole sie grobe Steine aus einem Brunnenschacht: „Die Wiederkehr. Ich habe Angst vor der Wiederkehr. Ich habe Angst, in endloser Wiederholung erleben zu müssen, was ich jetzt erlebe." Sie unterbrach sich, besann sich ihres Mutes, sprach flüssiger. „Oft habe ich Angst", sagte sie, „dann im Widerstand zu ermüden, das Unheil als Heimat anzusehen und wiederum größere Ängste zu entwickeln und dadurch anderes Unheil herbeizurufen. Hiob sagt: ‚Was ich befürchtet habe, ist über mich gekommen.'"

Anton Burgwaechter fragte nicht, wo er das Zitat fände. Er antwortete anders, als Friederike es erwartet hatte: „Ich sagte: ‚Jetzt sind Sie allein.' Ich sagte auch: ‚Alles beginnt in der Kindheit.' Zunächst möchte ich wissen, was nach dem Tode Ihres Mannes geschah." Sein sachlicher Tonfall machte, dass Friederike sich kurzfasste, als sie von Philipps Ankunft im Haus an Konrads Todestag sprach, seiner häufigen Anwesenheit bei ihr während der folgenden Wochen, von den Dokumenten, die sie unterzeichnet hatte, von Philipps Fernbleiben nach seinem Überfall auf sie in ihrem Badezimmer und von den Auskünften des Finanzamts, der Bank und des Versicherungsinstituts, bei dem Luzias Ausbildungsversicherung abgeschlossen worden war. Burgwaechter griff an seine Jackentasche in der er das Notizbuch verwahrte, besann sich, bat sie, diese letzten Informationen zu wiederholen, und schloss halb die Augen, während Friederike sprach, als präge er sich die Worte ein.

„Sie hatten den Verlust Ihres Mannes nicht akzeptiert; Sie übertrugen Ihr Vertrauen in ihn auf seinen Bruder, wollten durch ihn Ihrem Mann nahe sein. Ich versichere Ihnen", er legte eine Pause ein, als prüfe er seinen Gedanken und wiederholte: „Ich versichere Ihnen: Sie werden solche in immer höhere Höhen wachsenden Ängste nicht zulassen, denn dies haben Sie nicht gelernt. Es gibt für Sie kein Vorbild hierfür, und in Ihnen besteht nicht der Wille, dahin zu mutieren. Ein anderer Wille in Ihnen ist stärker." Er schwieg.

Friederike wunderte sich, wie knapp er seine Antwort formulierte, dann begriff sie: Es ging um Freiheit und um Entscheidung. Die ‚größere Angst' wurde im Verlauf solches Denkens gleichsam eine Figur, ein Stein in einem Spiel, das an ein Brettspiel erinnern mochte, die anderen Ängste wurden dessen Gefolge, und man konnte ebenso andere Figuren einsetzen in das Spiel, auch eine führende nämlich mit ihrem Gefolge, eine, die einen anderen Namen trug: ‚Mut' oder ‚Freiheit', dachte Friederike, ‚Friede' vielleicht oder ‚Weisheit', ‚Freude'. Oder ‚Liebe'? War die mit dem Namen ‚Liebe' benannte die Hauptfigur, und waren die anderen ihre Gefährten, ihre Kinder, herausgetreten aus ihr, sich spiegelnd in ihren Facetten?

Eher zu sich selbst als an ihren Gast gewandt, sagte sie: „Wir müssen uns entscheiden." Sie schaute Anton Burgwaechter an, aus dessen Augen weder Bestätigung noch ein Verneinen sprach, und sagte, ihren Blick gegen das Fenster richtend, hinter dem von ihrem Platz am Küchentisch her nichts als Dunkelheit lag, nochmals, aber wie tastend:

„Wir müssen uns entscheiden." Und sie sagte: „Tag für Tag, von Augenblick zu Augenblick müssen wir uns entscheiden für das eine oder das andere Spiel. Diese Freiheit", fügte sie zögernd hinzu, „ist beängstigend." „Aus der Angst vor der Verantwortung für sich selbst suchte sich der Mensch zu allen Zeiten schon seine Götter", bemerkte Anton Burgwaechter und schwieg. „Götter", wiederholte Friederike. Sie hatte ihn verstanden. Sie atmete tief, und Ruhe und Mut erwachten und durchdrangen sie. Wie schnell die scheinbar starren Gerüste der Ängste zusammenbrachen, wie mächtig der Strom der Liebe war, der die splitternden Trümmer mit sich nahm und davontrug.

Anton Burgwaechter erhob sich, trat an das Fenster und blickte hinaus. Der schneebedeckte Hang lag im Licht der unzähligen Sterne. Die Äste der Eichen hoben sich schwarz und wie in unendlicher Geduld ihnen entgegen. Friederike war neben ihn getreten. Sie schaute hin zu den großen Bäumen. Burgwaechters Blick wanderte über den Schnee. Friederike wandte sich, räumte den Küchentisch ab und bereitete Tee aus Brennnesselblättern, die sie im Sommer gepflückt und getrocknet hatte. Sie nahm die Teekanne, Burgwaechter die Tassen. Es gab keine Worte. Die Stille war schön. Sie gingen ins Esszimmer und setzten sich in die Sessel am Lesetisch. Auf dem Fenstersims brannten die beiden Kerzen.

‚Ich habe mich selten so wohlgefühlt', dachte Friederike, ‚ich glaube, ich habe mich in meinem Leben noch nie so wohlgefühlt wie heute in diesen Stunden'. Dunkelheit zog ein in den Raum und schob seine Wände beiseite. Es schien, als wollten die Lichter von Leselampe und Kerzen erlöschen für einen Moment, als glitte ihr Strahlen zu einem Ursprung zurück, wo an ihnen eine Verwandlung geschah und sie zu winzigen Teilchen zerstäubte, die sich jetzt lösten von ihren Plätzen, so leicht, als ließen sie eine zufällige Herberge zurück, umher schwebten und in die Weite der Dämmerung und des Dunkels zogen. ‚Mir ist', dachte Friederike, ‚als könnte ich auf einmal alles verstehen', und hörte

Anton Burgwaechters Stimme, eines jungen Anton Burgwaechters Stimme, als antworte er ihr aus großer Ferne: „Alpha und Omega", hörte sie, „Anfang und Ende sind gleich", und gar nicht seltsam war, dass der junge Anton Burgwaechter seine Worte sang. In der Tiefe der Dunkelheit versanken die Lichter, Schwärze herrschte, still und schön wie die schwärzeste Nacht, in der nichts mehr gilt, bis die Träume kommen. Friederike schaute. Lichtpunkte glommen auf in der Finsternis, leuchtende Punkte, und erhellten das Dunkel. Einst gehörte oder gelesene Worte traten auf ihre Lippen, und sie sagte sie zögernd, als entziffere sie eine kaum noch erkennbare Schrift: „Der uns das Pfand, den Geist, gegeben hat", und sah, dass die Lichter sich sammelten und verdichteten zu einzelnen Schwärmen. „Der uns als Unterpfand – ", klang ein Nachhall, klang wie gesungen, und weitere Worte folgten, die vorbeiglitten an ihr, weil ihr Horchen der Melodie nur galt und ihr Schauen den leuchtenden Scharen, die sich zu ihrem jeweiligen Ort im Raum hinbewegten, und sie fragte sich für einen Moment, ob deren Heimat hier sei in Leselampe und Kerzen oder dort, wohin sie gezogen und woher sie zurückgekehrt waren. Der Nachhall verflog, es gab keinen Laut. Es gab nur das Unerklärbare, und seltsam war, dass eben dieses Wundersame ihr Gefühl von Freiheit und Klarheit verstärkte.

Das nächste, was sie dachte, war: ‚Ich bin nicht Konrad, und meine Geschichte ist nicht seine Geschichte. Seine Geschichte könnte die Worte seines Taufspruchs als Titel tragen: „Ehe sie rufen, will ich antworten; wenn sie noch reden, will ich hören", und über meiner stünde: „Süße und Bitternis", und diese Worte würden alles enthalten an Freude und Zufriedenheit, an Angst und an Zweifel. Ich bin mir sicher, dass sich die frühen Eindrücke von Angst und Not auswirken bis heute, Anton Burgwaechter hat es erklärt, als er von den Konditionierungen des Kindes sprach, und vollkommen sicher bin ich mir auch, dass mein Glaube und mein Wille zu glauben mir immer wieder Zuversicht schenkten und mich heraufgehoben haben aus der Tiefe. Ich habe es als Kind erlebt, ich habe es erlebt, als ich Konrad kennenlernte, und im vergangenen halben Jahr habe ich es erlebt. Und ich glaube, dass dieser Teil von mir, der Zuversicht ist, mir heute diese schönen Stunden geschenkt hat. Es ist ja Weihnachten. Aber was war es denn, das eben wie Musik und wie Nachhall klang, als meine Sinne nur der Melodie und den wandernden Lichtern folgten?'

Ihr Blick ging zu Anton Burgwaechter hin, der soeben seine leere Teetasse ergriff, um sie an den Mund zu führen, innehielt und mit gesammelter Miene niederschaute, als müsse er sich von Traumbildern lösen und wieder einfinden in dieses Gespräch, und Friederike fragte sich, indem sie Tee nachschenkte, was es gewesen war, das ihn verwunderte, doch da besann er sich schon und sprach:

„Ich glaube an den Geist der Liebe und Weisheit. Meine Arbeit hat mich diesen Glauben gelehrt. Manchmal finde ich in der Bibel Gedanken, die ich selbst gedacht habe, und bin voller Freude; manches Mal bin ich stumm vor Glück im Angesicht eines für mich neuen Gedankens. Wären wir, Sie und ich, Religionswissenschaftler, dann könnten wir auch aus den Büchern und Schriften anderer Religionen als allein aus der Bibel zitieren. Aber letztlich", sagte er und senkte und hob den Kopf, als schöpfe er einen Gedanken aus großer Tiefe, „letztlich geht es nicht um diese oder jene Schriften der Religionen. Es geht um mich selbst, es geht darum gläubig zu sein." Anton Burgwaechter schwieg, und während dieses Schweigens fand das Wort ‚gläubig' seinen Widerhall in Friederikes Herzen. Jetzt fuhr Burgwaechter fort: „Ich sagte soeben: ‚Der uns aber dazu bereitet hat, das ist Gott, der uns als Unterpfand den Geist gegeben hat'. Das schreibt Paulus in seinem 2. Brief an die Korinther; ich weiß nicht, wo genau es da steht, aber dies ist einer der Verse, die sich mir eingeprägt haben."

Friederike hatte sich ihm zugewandt, mit stillem Blick, verwundert, die Worte noch einmal zu hören und sagte – es klang wie ein Echo beinahe: „ ‚Der uns aber dazu bereitet, das ist Gott, der uns das Pfand, den Geist, gegeben hat'. So steht es in meiner Luther-Bibel." „Auch die vorhergehenden Verse sind schön", sagte Burgwaechter, „worin Paulus von der Sehnsucht des Menschen nach seiner himmlischen Heimat spricht." Er schwieg, und Friederike antwortete nicht, denn ihr war, als zöge hin und wieder ein Leuchten wie der Abglanz der Lichter umher im Raum, dann sprach er ihn nochmals, diesen Vers, wiederholte eindringlich und leise: „Als Pfand, als Unterpfand", suchte, wie es schien, Worte, sagte: „Das ist, das ist –", und in den kleinen Moment seines Zögerns hinein ergänzte Friederike flüsternd, als zitiere sie aus einer Traumsequenz: „Alpha und Omega", und Burgwaechter fuhr rascher fort: „Der Geist. Der dauernd erschaffende Geist. Anfang und Ende sind gleich."

Eine Pause folgte; er dachte nach, sehr konzentriert wieder, wie es schien, und dieser äußerst gesammelte Wille teilte sich auch Friederike mit. „Sie sprachen von Notlagen und Rettung", sagte er, „Sie sprachen von Wiederholung; aus Ihren Worten spricht die Sehnsucht nach Liebe, die brennende Sehnsucht, ihrer gewiss zu sein." „Dies", sagte sie und bemerkte, dass ihre Stimme heller klang als zuvor, „mag die eigentliche Ursache sein für die Wiederkehr. Vielleicht sehne ich unbewusst Missstände herbei, um durch Gebet oder Andacht die göttliche Gnade, die Liebe wieder zu erfahren, um mir ihrer immer wieder gewiss zu sein, Beweise zu erhalten." „Alpha und Omega", sagte Burgwaechter, „Gott meditiert. Alles entsteht aus Gottes Meditation. Der Mensch und der Stein und die Pflanze am Weg sind Meditationen Gottes." Seine Lider senkten sich, es war, dachte Friederike, als blicke er auf einen weit zurückliegenden Tag, einen außergewöhnlichen Tag, wie es schien. ‚Pflanze und Stein am Weg –', hatte er nicht ähnlich gesprochen, als er von seinem ersten Besuch in dieser Region erzählte?

In Friederikes erwachten Mut mischte sich Freude. Seine Worte klangen wider in ihr. „Bewusst und unbewusst", sagte sie, „erschaffen wir unser Leben mit dem Geist, der uns gegeben ist", und Anton Burgwaechter blickte auf. Sie erzählte ihm von jenem Samstagnachmittag im Sommer, als nach ihrem Gebet am vorhergehenden Abend, nach ihrer Andacht, die ersten Privatschüler mit ihren Eltern im Garten erschienen waren. Er schwieg lange, und Friederike stellte ihm keine Fragen, fragte aber sich selbst, worüber er nachdenken mochte. Sie warf einen kurzen Blick zu ihm hin. Aber er dachte nicht nach, begriff sie. Er blickte nieder, er war entspannt, aber wachsam. Diese wachsame Geduld, in der er einen Gedanken, vielleicht auch ein Ereignis, zu erwarten vermochte, in der er Ansätze eines Gedankens erwog und prüfte, bewirkte gewiss, sagte sie sich, nicht allein in ihr dieses Vertrauen; er war ein Mann, der Verantwortung übernahm und trug. Er besaß Demut. Seine Demut galt dem, das er „Gott" oder „Liebe" nannte, das sich in den Erscheinungen des Lebens offenbarte. Friederikes Blick senkte sich. Die Bilder jenes Sommertags, von dem sie gesprochen hatte, bewegten sich vor ihren Augen.

„Ich habe mich innerlich gefragt", sagte sie und hatte sich Burgwaechter zugewandt, „ob an jenem Tag ein Wunder geschehen sei", und sein Blick sandte Bestätigung. „Sie hatten sich entschieden", sagte er, „Sie hatten sich entschieden, die Lösung Ihres Problems anzunehmen – Liebe anzunehmen. Es ist ein Gnadenakt dessen, der uns den Geist gegeben hat, dass wir uns unseres freien Willens bewusst werden." Friederike war bewegt; sie hatte Burgwaechters Worte verstanden. „Wir sind nicht ausgeliefert", sagte sie, „nicht einmal uns selbst." Nach einer Weile sagte sie: „Das Leben führt uns immer wieder hin zum Glauben." Indem Burgwaechter antwortete, schien es ihr, als habe er diesen Gedanken erwartet. Er sagte: „Die frühe Konditionierung des Kindes ist prägend, aber nicht festgeschrieben. Wir können lernen. Wir können neue Konditionierungen einleiten und bewirken; die Macht ist uns gegeben. Wir können neue Spuren legen." Sein Blick ging fort von ihr und dorthin, wo Dämmerung lag und Dunkel, und in Dämmerung und Dunkel hinein sagte Friederike: „Ich lerne, Liebe anzunehmen. ‚Wie im Himmel, also auch auf Erden' betete ich doch schon so oft." „Immer wieder", sagte Anton Burgwaechter, „sollten wir dieses Wort betrachten." Friederike wunderte sich nicht über die Schlichtheit seiner Aussage. Die Schlichtheit machte ‚Das Wort' umso wertvoller.

Es war spät geworden. Die beiden Kerzen auf dem Fenstersims waren fast bis zur Hälfte heruntergebrannt. Friederike blickte in die Flammen. „Lernen, mich selbst zu lieben, auch meine – ", sagte sie und unterbrach sich. Die Worte ‚Mängel' oder ‚Fehler' blieben unausgesprochen, denn ein feiner schimmernder Schweif oder Streifen, schön wie ein Lächeln, zog in den Raum und hob sich vor ihren Augen in die Höhe empor, wo er verglomm.

‚Die Zeit, sich zu verabschieden, ist gekommen', dachte sie und bewegte sich schon ein wenig im Sessel und schaute zu Burgwaechter hin. Er rührte sich nicht, ja, er widerstand, so schien es, dem Zeichen des Aufbruchs, unbeirrt, und sie lehnte sich wieder zurück und senkte den Blick und fand Worte, die gesagt worden waren und nach weiteren Worten verlangten. „Es ist gut, jenen dankbar zu sein, die solches bewirken", hatte Burgwaechter gesagt, als sie von der Kindheit, von den Nächten neben der Schwester gesprochen hatte, von der Rettung vor der Angst im Gebet, und es kamen ihr Erstaunen wieder und ihre geflüsterten Worte, und die Worte traten über ihre Lippen: „Dann geschähe alles, alles aus Liebe –"

„Denken Sie sich eine Zeit über das Universum hinaus", sagte er, „denken Sie an den Beginn und Verlauf aller Schöpfung bis heute und wieder darüber hinaus. Wenn Sie denken, was ich denke, wenn Sie denken, dass Liebe, Weisheit, Schönheit, Harmonie die Impulse der Schöpfung sind, dann können Sie es glauben. Sie sagten: ‚Das Leben führt uns immer wieder zum Glauben.' Das ist ein Gedanke, den ich mit Ihnen teile, denn wir werden geboren, um uns zu entfalten, um unsere Seele zu entfalten, um die Schatten von ihr zu lösen. An einigen Stellen in der Bibel heißt es: ‚Einer trage des Anderen Last'. Auch das scheinbare Übel, das uns begegnet, kann für uns sinnvoll sein." „Das scheinbare Übel", sagte Friederike, „es hat mich im vergangenen halben Jahr zu Gebet, zu Andacht geführt. Fast hätte ich vergessen, dass ich allein die Verantwortung trage für mich. Philipp, mein Schwager, war mein Lehrmeister und weiß es nicht." Dies war nicht bitter und keinesfalls ironisch gemeint. „Dieses Wissen ist für ihn noch in der Ordnung der Harmonien verborgen", sagte sie und erwartete im Stillen eine Bestätigung.

„Wir müssen diesen Gedanken nicht erörtern", sagte Anton Burgwaechter, „Ihr Schwager allein ist es, der sein Leben zu leben hat." Dann sagte er einen Satz, der Friederike erschauern ließ: „Wir wissen nicht, wer er ist, der zu uns tritt aus der Ferne der Zeiten – eine Seele, bekleidet mit Menschengestalt, mit scheinbarem Unheil beladen, um erlöst zu werden und um uns zu erlösen." Friederike senkte den Kopf. Sie schwieg. „Das Unheil hat also seine Ursache in mir selbst – ", sagte sie schließlich und sagte es zögernd, weil sie an den Beginn aller Schöpfung dachte und an fernere Zeiten, von denen Burgwaechter gesprochen hatte. „Wir werden zueinander geführt", fuhr sie fort, „wir streben hin zueinander, unbewusst zumeist, weil wir Erlösung ersehnen oder zu Erlösung verhelfen?" „Man kann es denken", wiederholte Burgwaechter seine früheren Worte, „wir werden geboren, um uns zu entfalten. Unter meinen Kollegen, auch in anderen Ländern, auf anderen Kontinenten, befinden sich manche, die ähnlich oder ebenso denken. Es gibt einen Gedankenaustausch rund um den Globus." Er unterbrach sich, blickte nieder; es war sehr still.

Auch Friederike senkte den Blick, denn ein Bild von großer Schönheit hatte sich vor ihre Augen gehoben, ein Ausschnitt des Weltalls, in dem der blaue Planet schwebte, von Gedanken, hell wie Kometenspuren, umkreist. „Das Zauberwort heißt ‚Liebe' ", sagte sie. Anton Burgwaechter hatte sie verstanden. „Es schläft auch in uns, das Lied", sagte er. Sie antwortete nicht. Sie vernahm Klänge, die sie noch niemals gehört hatte und die ihr dennoch nicht fremd erschienen und hörte jetzt Burgwaechters Stimme, die so anders klang und so leicht, als sei sie dieser Melodie entstiegen: „Und hier, in einem Raum, der seine Einrichtung verloren hat, begegnen sich heute Gedankenwege, die nicht verloren sein dürfen und nicht verloren sein werden. Ihre Haltung Ihrem Schwager Philipp gegenüber ist ungewöhnlich; Ihre Denkweise ist außergewöhnlich. Sie sinnen nicht auf Vergeltung, Sie wünschen ihm keine Strafen. Sie erkennen sein Leid, sehen, dass er im Dunklen wandert und in der Verzweiflung." Friederike unterbrach ihn; gedankenverloren sprach sie Worte nach, die einst Konrad gesagt hatte: „Wahrscheinlich haben die Besitzhungrigen, die Machthungrigen auch ihre Ängste und größere. Ihre ‚Hölle' ist hier, nicht im Jenseits." Sie blickte Burgwaechter an und ergänzte: „Das sagte Konrad vor langer Zeit."

Ernst sah er sie an, eindringlich klang seine Stimme: „Ich spreche nicht von Ihrem Mann, nicht von Vergangenem; Friederike Serresheim, ich spreche von Ihnen." Ein kurzes Schweigen folgte, dann sprach er weiter: „Sie besitzen Demut. Sie bewegen sich in Demut vor der Schönheit der überirdischen Wahrheit. Sie erleben Ihres Schwagers Verbrechen und segnen ihn im Gebet." Er schaute hin zu der Dunkelheit in den Fenstern, und Friederike fragte sich, worüber er nachdenken mochte. Jetzt fuhr er fort: „Mancher Ihrer Mitmenschen wird Ihr Verhalten als unbegreiflich empfinden, als dumm, als krank vielleicht oder als –?" Eine kurze Handbewegung schien die unausgesprochenen Worte als überflüssig bezeichnen zu wollen. Friederike spürte überhaupt keine Verlegenheit. Ein beinahe unwilliges Kopfschütteln begleitete ihre Antwort als sicheres Zeichen für ihn, dass sie solchen Gedanken abwehrte, sich von ihm nicht berühren ließe: „Ich habe Zorn und Hass gespürt, aber sekundenlang nur. Unweigerlich ging mein Blick auf Philipp sogleich über das Augenscheinliche hinaus, ich sah die verwundete, leidende, verzweifelte Seele, und mir war, als empfände ich einen Schmerz doppelt, als empfände ich Philipps und meinen eigenen Schmerz zugleich. Der eine wie der andere Schmerz löste sich von mir in der Andacht, im Gebet für ihn und zerging zu nichts. Ich empfand das Gefühl der Freiheit, ich war, spürte ich, im Innersten unverletzt, und ich wusste, dass die Lösung im Unendlichen bereits bestand – für ihn wie für mich."

„Wieder ein Stück Himmel auf Erden."

Eine Weile lang begriff Friederike nicht, woher diese Stimme gekommen war, die von einem Stück Himmel gesprochen hatte, aber dann erweckte der Widerklang in ihr die Erinnerung an des jungen Anton Burgwaechters Stimme, die ‚Alpha und Omega' sagte und ‚Anfang und Ende sind gleich', während schwebende Leuchtpunkte den Raum durchstreiften.

Leise, fast flüsternd sprach sie weiter, mit niedergeschlagenen Augen, sprach in Bildern, so, als prüfe sie in äußerster Vorsicht, welche Worte gesagt werden durften und was zu verschweigen war, um das Geheimnis, das Große Geheimnis, heil zu lassen, um es Ihm zu überlassen, wann und in welcher Weise es in die Welt träte. „Ich glaube an die himmlischen Harmonien und in diesem Sinne an Gerechtigkeit hier", sagte sie, „und ich denke an die Gezeiten des Meeres und an die Gezeiten des Lebens. Auch zu mir, glaube ich, wird nach der Zeit der Ebbe die der Flut wiederkommen." In Burgwaechters Blick fand sie beherrschte Wachsamkeit, fand jetzt ein Verstehen, fand Freude. Übers Erkennen und Wiedererkennen sprachen diese Augen ihr gegenüber, und es fiel Friederike ein, was Burgwaechter ihr berichtet hatte über sein Warten und Schweigen bevor er sein Haus bauen ließ, bevor er ein Kind vorfand an den Steinen der Gartenmauer, das eine Hand in seine Hand schob.

Als er sich verabschiedete, sagte Anton Burgwaechter: „Also morgen um zwölf Uhr." ‚Das schöne Spiel dauert an bis jetzt', dachte Friederike. „Ich freue mich", sagte sie.

Ich freue mich, Leser, dir in diesem Augenblick zu begegnen:
Noch gilt der Nachhall der Worte.
Es gilt Besinnung. Erwartung gilt.
Ich brach auf, um ein Spiel zu besuchen.
Der Weg zum Sandplatz dort oben
ist gefüllt mit Nacht.

Bleib' bei mir.

XXX

Der Weg zum Sandplatz dort oben war gefüllt mit Nacht, und nur ein großer Vogel, auf dessen Gefieder ein Mondstrahl fiel, glitt ohne Flügelschlag über den Pfad und verlor sich in der Schwärze des bewaldeten Hanges, und da erst begriff ich, dass es nicht ein Nachtvogel gewesen war in gleitendem Flug, sondern ein Bildnis, dreiflügelig, ohne Erdenschwere und schön.

Meine Finger hielten nur noch einen kleinen Stapel der Seiten, denn inzwischen hatte ich doch den größeren Teil abgelegt auf der Bank, und als ich die vom zuletzt ununterbrochenen Lesen müde gewordenen Augen wieder öffnete und hinschaute auf die Blätter, die ich noch hielt und die sich verschoben hatten in meinen Händen, da fiel mein Blick auf das untere Blatt und dort auf die erste Zeile, und ich konnte die Augen nicht von ihr lösen.

Endlich schaute ich auf. Auf den Gräbern schliefen die Blumen. Sie hatten die Köpfe gesenkt oder die Blütenblätter übereinander geschoben. Baum- und Buschzeilen zeichneten sich überdeutlich ab vor dem Abendhimmel, der das Licht dieses Tages, so schien es, verwahrte. Er war, ich weiß es noch, vollkommen klar, der Himmel; es gab keine Wolke, kein Wölkchen, es gab keine Sonne mehr und noch keinen Mond, keinen Stern. Es gab die erste Zeile auf der Seite unter den anderen Seiten, es gab fünf Wörter: ‚Die Nachricht kam am Abend.'

Heute Morgen, dachte ich, hatte ich Staub und Asche zusammengekehrt in dem kleinen Stall hinter meinem Haus, das einmal das Haus der Mathematiklehrerin gewesen war. Es hatte einen Ruf in mir gegeben, aufzubrechen zu einem Spiel. Fünf Wörter hatte es gegeben, die mich bannten. Und ein Wiedererkennen hatte es gegeben in der Begegnung mit Maria, dem Kind, ein Erwachen, eine Heimkehr. Weit dehnte sich eine stille Freude aus in mir. Ihr Schein berührte die erinnerten Bilder der Kindheit – die Schatten und Wundmale ebenso leicht wie die Szenen der Momente des Glücks – und gewährte einen Blick auf das Wunder ihrer Versöhnung. Und drüben, dachte ich, hinter dem Waldrand, wartete mein Häuschen, warteten weiße Seiten, warteten die Augen der Freunde aus meiner Kindheit auf mich für ein Spiel, das kein geheimes mehr zu sein brauchte. Viele Menschen, über die ich gelesen hatte in den vergangenen Stunden, waren Begleiter gewesen auf meinem heutigen Weg.

Als ich das Blatt, auf das ich so lange geschaut hatte, ablegte, dachte ich: ‚Das seltsame, schöne Spiel dauert an', hatte fast vergessen, dass es Friederike gewesen war, die dieses gedacht hatte, hob die in meinen Händen verbliebenen Seiten und las.

An einem Samstagmorgen im März des folgenden Jahres, 1987, vier Wochen vor Ostern, eilte Joseph, der Postbote, der an den Leiden und Freuden der Menschen, die er belieferte, innigen Anteil nahm, die Stufen hinauf zu Friederikes Haustür, klopfte ungeduldig, rief: „Nachricht von Ihrer Tochter!", blieb erwartungsvoll stehen und schaute mit freudig geweiteten Augen auf die Frau in der Tür, die den Brief entgegengenommen, aber nicht geöffnet hatte, sondern mit flacher Hand an ihr Herz gepresst hielt. Da schlug Joseph die Augen nieder und blickte lächelnd wieder auf. „Ich wollte ihn gleich heraufbringen", sagte er, „ihn nicht unten in den Kasten am Tor einwerfen." In den Schotterweg bog ein Wagen ein, die Zwillinge wurden zum Klavierunterricht gebracht. „Sie haben mir eine große Freude gemacht, Joseph, danke", sagte Friederike. Als er den Kindern begegnete, blieb er stehen und griff in eine Jackentasche. Jedes erhielt eine Süßigkeit. Für Kinder und Hunde, wusste Friederike, hielt Joseph stets Naschwerk bereit.

Wiederum – wie während des Gesprächs mit Anton Burgwaechter – trat das Bild des älteren Mannes, der an ihre Windschutzscheibe geklopft und Hilfe angeboten hatte, vor ihre Augen. Sie sah seinen heiteren Blick. Sie sah den gemächlichen Schritt, das ruhig schwingende Pendel seiner Gestalt in der Weite der Wiesen, die bis an den Horizont reichten.

,Es gibt, so scheint mir, Menschen', dachte sie ,die im Einklang leben mit sich selbst und der Welt, die sie umgibt. Vielleicht sind sie Engel, vielleicht sind sie erlöst. Sind sie erlöste Seelen, auch sie bekleidet mit Menschengestalt, wie es Anton Burgwaechter so schön sagte, um einen Abglanz der himmlischen Harmonien in das irdische Leben zu tragen?' Die Kinder stiegen soeben den Gartenweg hinauf zu den Terrassenstufen, Joseph lief den Weg hinunter. Am Gartentor wandte er sich um, winkte. Friederike winkte.

Sie saß mit dem ungeöffneten Brief in der Hand in der Leseecke des Esszimmers in dem Sessel, in welchem sie während Burgwaechters Besuch gesessen hatte. Es war Mittag, sie war wieder allein; die Zwillinge waren soeben von den Eltern abgeholt worden. Sie betrachtete den Briefumschlag, sie wendete ihn in den Händen, mehrmals strich sie mit einem Finger über die Handschrift.

Post von ihrer Tochter war in den vergangenen zehn Monaten selten gekommen, noch seltener ein Telefonanruf. Aber auch sie, Friederike, hatte seit den bösen Ereignissen im vergangenen Jahr kaum mehr gewusst, was sie Luzia hätte mitteilen können, ohne sie mit Sorgen zu beladen. Sie öffnete den Brief und las.

Sie komme zu Ostern nach Hause, schrieb Luzia, sie habe sich bisher nicht für ein Studium, einen Beruf entschieden, habe das Angebot erhalten, ein weiteres Jahr als Au-pair-Mädchen bei dieser freundlichen Familie zu verbringen, die übrigens herzlichste Grüße sende an Friederike und an deren Mutter, Clara Minden, an die man sich gern erinnere. ,Wenn Du aber, meine liebe Mama', so endete der Brief, ,mich zu Hause benötigen solltest, lehne ich das Angebot ab. Erst einmal werde ich vier Wochen bei Dir sein. Tausend Küsse, Deine Luzia.'

Friederike hob den Briefbogen an ihre Lippen, sie küsste die Worte der letzten Zeile. Sie spürte, wie sich ihre Augen mit Tränen der Sehnsucht füllten.

Vier Wochen später, am Ostersamstag, befanden sich Friederike und Luzia auf der Heimfahrt von Köln nach Holweis; vom Frankfurter Flughafen aus war Luzia mit dem Zug bis Köln gefahren. Als sie den Stadtverkehr hinter sich gelassen hatten und auf die Autobahn auffuhren, begann Luzia die Fragen zu stellen, die Friederike erwartet hatte: Welche Schwierigkeiten es gewesen seien, die ihre Mutter angedeutet habe in ihren Briefen; ob die behoben seien; welche Ursache es gegeben habe?

Friederike sprach so, wie sie es sich vorgenommen hatte, sprach, wie sie zu Anton Burgwaechter gesprochen hatte, als er sie während seines Besuchs am ersten Weihnachtstag hierzu befragte. Sie berichtete der Reihenfolge nach, was geschehen war vom Anruf aus dem Finanzamt an bis hin zu dem Verkauf der Esszimmermöbel. Luzia, entgegen ihrer sonstigen Art, unterbrach sie nicht mit stürmischen Fragen, und Friederike schaute scheu hin zu ihrer Tochter.

Luzia weinte. Über ihr erstarrtes Gesicht rannen Tränen, und Friederike verringerte die Geschwindigkeit der Fahrt, suchte mit den Augen die Abfahrt zu einem Rastplatz, den ein Hinweisschild angezeigt hatte, parkte abseits der wenigen Fahrzeuge, die da standen, und hob ihre Hände zu Luzia hin, strich über deren Schläfen, das Haar. Luzia schluchzte auf, rief: „Liebe Mama, meine liebe Mama, was hast du erleben müssen!" und umarmte die Mutter und war keineswegs mehr ein Kind, sondern eine junge Frau, die soeben nach langer Abwesenheit heimgekehrt war, sich jetzt von der Mutter löste, sie anblickte und sagte: „Mama, du hast dich verändert. Wie gefasst du sprichst! Du bist erwachsen geworden." „Auch meine Tochter ist erwachsen geworden", sagte Friederike.

In beider Augen trat soeben ein Lächeln, aber da verfinsterte sich schon Luzias Miene, ihr Zorn über Philipps Machenschaften entflammte, ihre Empörung entlud sich in Schmähworten, in Mimik und Gestik, bis sie hervorstieß: „Und Großmama? Was sagt Großmama dazu?" Hoffnung schwang mit in ihrer Stimme. Von dem Besuch in Münster hatte Friederike nicht gesprochen, jetzt berichtete sie, und Luzias Lippen pressten sich gegeneinander, ihre Augen verengten sich zu Spalten, sie schlug mit der Faust gegen die Wagentür. „Und Omi, Deine Mutter? Und Franziska, und Ferdinand?", fragte sie schließlich, aber Friederike schüttelte den Kopf. Mutter und Geschwister, sagte sie, habe sie nicht belasten wollen; die Mutter beziehe eine Pension durch den verstorbenen Vater, besitze keine Ersparnisse; Franziskas, der älteren unverheirateten Schwester Arbeitskraft und Einkommen fließe den Kranken in den verschiedenen ostasiatischen Gebieten zu, wo sie seit drei Jahren als Ärztin wirkte; Ferdinand, der jüngere Bruder, der Geodäsie studiert hatte, werde in diesem Sommer seine Cindy heiraten, sie erwarte das erste Kind, werde ihr Studium der Architektur dennoch beenden, Ferdinand habe an der Universität eine Assistentenstelle erhalten, die junge Familie suche jetzt eine größere Wohnung. „Und weißt du, Luzia", schloss sie ihre Antwort ab, „ich möchte von niemandem Geld, geschenktes oder geliehenes, erhalten. Mit Papas Rente zahle ich monatlich die Hypothek ab; ich verdiene jetzt auch mehr Geld als früher:" Acht Privatschüler habe sie schon, erklärte sie, an der Musikschule gebe sie mehr Unterricht, sie habe sogar etwas gespart. Sie schwieg ein wenig verstört; Luzia schaute sie so sonderbar an. ‚Ich wollte ein Kind trösten', dachte Friederike, ‚aber Luzia ist kein Kind mehr'.

Am nächsten Morgen, dem Morgen des Ostersonntags, erwachte Friederike später als gewöhnlich. Es war ein halbes Erwachen, ein Anhalten, ein Zögern an der Grenze zwischen Traum und Tag. Ein ungewisses Licht, das eine Tageszeit verschwieg, durchdrang matt die Fenstervorhänge, und noch lag Friederike so, wie sie im halben Erwachen gelegen hatte. Sie fühlte: Sie war nicht allein. Sie tastete mit der Hand zur anderen Seite des Bettes, aber neben ihr war das Bett leer. „Konrad", sagte sie und horchte ihrer eigenen Stimme nach, schwieg lange, sagte: „Luzia." Sie hätte so liegen bleiben mögen, in diesem Zimmer, in diesem Haus, in dem es jetzt nicht nur Erinnerung gab, sondern seit gestern wieder einen Menschen, den sie liebte. Schlief Luzia noch? Es war sehr still im Haus. Sie schlug die Decke beiseite; sie freute sich auf das Frühstück mit ihrer Tochter.

Auf dem Küchentisch lag ein großes Blatt Papier, mit breitem Stift war darauf geschrieben: ‚Liebe Mama, ich war an Papas Grab, jetzt fahre ich zu Großmama nach Münster'. Nach einer Weile der Verwunderung und der hin- und herlaufenden Gedanken schaute sie aus dem Fenster; Luzia war mit Friederikes Wagen gefahren.

Der Tag war dunkel, leicht windig und wärmer als die vergangenen Tage. Viele Male lief Friederike an die Fenster, von denen aus sie hinunter auf den Schotterweg blicken konnte, warf sich ebenso oft vor, ihren klaren Verstand verloren zu haben, denn Luzia würde ihr Vorhaben nicht aufgeben, würde nicht gleich wieder zur Haustür eintreten, nein, sie würde, wie immer, einen einmal gefassten Plan ausführen, mit vollem, unbändigem Einsatz. Sie sah Konrads Mutter vor sich, die streng aufgerichtete Gestalt in der Tür des Hauses, den abweisenden Blick, sie hörte die harte Stimme: „Du bist unerwünscht. Du hast deinen Mann betrogen. Durch dich habe ich meinen Sohn verloren. Philipp hat mir alles gesagt. Auch ihm hast du dich hingeben wollen. Ich will dich nie wiedersehen", und die Worte und Bilder begannen, sich mit gedachten, geahnten Worten und Bildern aus Luzias heutigem Besuch bei der Großmutter zu vermengen. Wenn sich diese beiden Frauen, dachte Friederike, die ältere Frau und die junge Frau, die sich so sehr glichen in ihrem Temperament, wenn diese beiden sich trafen nach dem, was durch Philipp geschehen war, dann –

Sie wandte sich ab vom Fenster, griff im Flur nach ihrem Regenmantel und verließ das Grundstück durch die obere Gartenpforte. Der Himmel schien aufklaren zu wollen. Nur noch Wolkenschatten wanderten über die Hänge und über den Waldboden durch kahles Geäst; Friederike war in nördliche Richtung gelaufen. Einen dunklen, stillen Wald hätte sie sich heute gewünscht, einen Wald, in dem man – hielt man sich nicht an die breiten Wege – gleichsam von Zimmer zu Zimmer ging, einen Wald mit Tunneln und Nischen unter dichtem Laubdach, wo sie hätte ruhiger atmen, die fliegenden Gedanken hätte sammeln können.

Heute herrschte Unruhe im Wald. Es war der bisher wärmste Tag des Jahres. Die über den Winter daheim gebliebenen Singvögel probten in Geduld und unermüdlich ihr Frühlingslied, der Eichelhäher schrie seinen Warnruf „Rätsch, rätsch!", schien auch Friederikes Weg zu begleiten; hin und wieder blitzte das Blau-Weiß an seinen Flügeln auf zwischen Stämmen und Ästen wie ein Gelächter oder wie ein schneller, heimlicher Wink, ihm ins Unbekannte, Unentdeckte hinein zu folgen.

Es krachte. Der Wald hinter ihr krachte, als würde mit einem Mal alles Holz dort geschlagen. Friederike stand still, wandte sich, verwundert und vor Verwunderung ganz ohne Angst. Ein Rudel Hirsche, fünfzehn bis zwanzig mächtige männliche und weibliche Tiere, brach durch das Unterholz, schien den Menschen seitab nicht zu sehen, stürmte geradeaus in offenes Gebiet und lenkte hin zu dichtem Nadelwald im Nordosten. Es war Friederike, als begänne ihr Herz nach einem Stillstand erst jetzt wieder zu schlagen und als schlüge es lebendiger als zuvor. Sie glaubte, ein Knistern und Summen zu spüren in ihren Adern und schaute sich um. Noch erschien der Wald auf den ersten Blick wie ein Winterwald, aber am Boden entfaltete sich in Flecken Grünes; hier und da schauten aus altem Laub die zarten Gesichter der Buschwindröschen hervor.

Bis zu ihr hinauf trug der leichte Wind aus Südwest dann und wann ein Glockengeläut. Es war also schon Mittag, und es war Ostersonntag. Auf geradem Weg, quer durch den Wald, quer über Wiesen, wanderte sie nach Hause. Angst und ratlose Unruhe waren gewichen. Sie waren gewichen, als ihr Herz spürbar zu pochen begann und ein Summen und Knistern durch ihre Adern lief. An der geöffneten Gartenpforte blieb sie stehen. Ihre Gedanken hatten sich geklärt: Sie wusste, dass sie sich um Luzia nicht zu sorgen brauchte; Luzia war jung, innerlich gefestigt und stark, und sie würde heute nicht unvorbereitet auf ihre Großmutter treffen. Aber sie selbst, sie, Friederike, war verstört bis in die tiefste Kammer ihres Herzens hinein in dem Gedanken an Konrads Mutter. Mit weit geöffnetem Herzen, aus dem die Liebe zu Konrad auch dessen Mutter entgegenströmte, war sie einst der Älteren begegnet und hatte deren mütterliche Liebe empfangen. Seit jenem Tag im vergangenen Sommer aber herrschten in ihr Empörung, Ratlosigkeit und Trauer.

Im Haus angekommen, ging sie gleich in die Küche. Gestern hatte sie vormittags, ehe sie Luzia am Bahnhof abholte, ein Ragout für das heutige Mittagessen zubereitet und es im Kühlschrank, der seit der vergangenen Woche wegen des Besuchs wieder eingeschaltet war, verwahrt. Sie nahm davon eine kleine Portion, wärmte die auf, aß am Küchentisch, kochte Kaffee, füllte einen großen Becher mit dem heißen Getränk, trug ihn zum Lesetischchen im Esszimmer und setzte sich. Seit Burgwaechters Besuch war dieser Platz in ihrem Haus für sie ein guter Ort.

Sie blickte hin zu den hohen Fenstern; dann und wann nahm sie einen Schluck Kaffee. Draußen war es dunkler geworden, und auch im Raum herrschte Dämmerung. Sie stand auf und entzündete die beiden

Kerzen, die Burgwaechter zu Weihnachten mitgebracht hatte und die nur noch Kerzenstümpfchen waren, aber gewiss noch ihr Licht schenken würden für eine Besinnung, eine Andacht. ‚Luzia', sagte sie sich, ‚wird heute in Münster nicht erleben, was ich erlebt habe. Was ich erlebt habe, gehört nur in meine Geschichte. Es gilt, tiefer zu schauen. In der Liebe und den Facetten der Liebe, an die ich Weihnachten dachte wie an die Figuren in einem Spiel, in welchem es um die Freiheit geht der Entscheidung, in der Liebe soll sich spiegeln, was in meiner Begegnung mit Konrads Mutter geschah.'

Sie schloss die Augen. Sie suchte ein Wort, bei dessen Betrachtung sich ihr der Weg öffnen würde zu tieferem Schauen, aber da war die Saite in ihr schon berührt durch ein Wort aus den soeben gedachten Worten, sandte klingende Impulse in ihr Herz und Gemüt, und ihr Geist erkannte, ihre innere Stimme formte die Laute, langsam, sorgsam, und ließ Zeichen sich fügen an Zeichen vor ihren geschlossenen Augen. Sie sprach die Worte flüsternd und in äußerster Klarheit: „Wir sehen jetzt durch einen Spiegel in einem dunkeln Wort; dann aber von Angesicht zu Angesicht. Jetzt erkenne ich's stückweise; dann aber werde ich erkennen, gleichwie ich erkannt bin." Hinter den schwarzen Zeichen stiegen weiße Flammen aus weißer Glut.

Ich muss meinen Bericht unterbrechen, lieber Leser, so, wie ich mein Lesen in diesem Augenblick unterbrach. Ich sah die Schrift, die schwarzen Zeichen, vor weißer Glut und weißen Flammen, und sah die Schriftzeichen beben, als erbebten sie in ihnen verliehener Macht, als sei ihnen von weißer Glut, weißen Flammen her Seele und Geist gegeben und deren wirkende Kräfte. Sokrates lehrte, dass die Bewegung eines Fingers einen Stern beeinflussen könne. Die kabbalistischen Schriften des jüdischen Volkes hüten das Wissen von den Mächten, die jedem Schriftzeichen des hebräischen Alphabets innewohnen. Wortsterne, dachte Maria, das Kind, trüge es in den Händen. Ich weiß noch, dass Maria, das Kind, schaute und lauschte und tiefer schaute und länger lauschte und Klänge, dann Laute vernahm. Ich weiß noch, es ging um etwas, das Maria als Wahrheit empfand. Ich weiß noch, es ging um Verantwortung.

Noch einmal wollte Friederike den schönen Vers sprechen, aber sie brauchte ihn nicht zu sprechen, er stand ja vor ihren Augen – schwarze Zeichen über weißem Feld – und jetzt hätten es ebenso ihr fremde Schriftzeichen sein können für diese Worte, die kein Material mehr, auf das sie gesetzt worden wären, brauchten, denn es war Friederike, als durchdringe sich Dunkles und Helles und wäre wie Rauch oder Atem.

Sie atmete, atmete Rauch oder Atem, und in Rauch oder Atem hob sich ein Bild, das zeigte die halb geöffnete Tür eines Hauses und eine Frau in der Tür, in leuchtendes Schwarz gekleidet, das bei mancher Bewegung in dunklem Rot erglänzte und, so schien es, solch ausstrahlende Macht besaß, dass neben der Gestalt in der Tür eine zweite erstand, eine männliche Gestalt, und es war, als entzünde sich das Schwarz und das Rot in raschem Wechsel jeweils am andern, jetzt an Philipp, an seiner Mutter jetzt.

Seitab bewegte sich ein Schatten oder ein Nebel, und als Friederike erkannte, dass sie es war dort in der Nähe der beiden, da waren Haustür und Haus und Philipp und seine Mutter verschwunden, war der Schatten oder Nebel gefüllt mit Leben und war sie, Friederike, und um sie her breitete sich eine Wiese bis in die Ferne. Weit fort in der Ferne, für einen Augenblick nur zu sehen, schwang gleichmäßig wie ein Pendel eine im Schreiten sich wiegende Gestalt vor der flimmernden Horizontlinie. Sie ließ sich nieder in der Wiese, und auf ihrem Schoß, in ihren Armen hielt sie ein Kind, das Kind Friederike, über dessen helles Gesicht, über dessen klaren Blick mancherlei Schatten liefen, das Gesicht dann verhüllten, die Augen trübten. Geneigt über das Gesicht des Kindes las sie in den Schatten von der Sehnsucht des Kindes nach Liebe, nach geschenkter, nicht durch Fleiß und Bravsein verdienter Liebe.

Sie las von dem Entsetzen des Kindes, das hörte, was Großmutter und Mutter sprachen, im dunklen Zimmer, am Abend. „Im vierten Kriegsjahr wussten wir, wie alles enden würde. Hast du es deinem Mann gesagt, dass du euer drittes Kind hast abtreiben lassen?" „Er weiß es nicht." ‚Ver-treiben', übersetzte sich das Kind das eine unbekannte Wort und sah in der Nacht und in den folgenden Nächten das vertriebene Kind, durch Wälder und Wüsten irrend. Groß war dieser Schatten, und über viele Jahre blieb die Frage: ‚Und wenn ich dieses Kind gewesen wäre?' Sie las von Enttäuschung und Trauer im Herzen des Kindes nach der Heimkehr des Vaters, der vor liebevoller Annäherung erschrak, aber noch einmal, ein letztes Mal, erwachte zu Freude und Stolz, als der Sohn geboren wurde: „Ein Sohn, mein Sohn!" Mancherlei Schatten wanderten über das Kindergesicht, bis das Bild zurückglitt in seine Heimat aus Rauch oder Atem.

‚Die Sehnsucht nach Liebe', dachte Friederike, ‚ist unsere größte Sehnsucht'. Sie öffnete für einen Moment die Augen. Die Kerzen brannten mit stiller Flamme, die Wolkendecke draußen schien sich gesenkt und geschlossen zu haben, erste Regentropfen setzten sich auf die Fensterscheiben. In ihnen spiegelte sich das Kerzenlicht, und es war, als sei die Zeit zwischen Burgwaechters Besuch und dem heutigen Tag aufgehoben, als wollten die winzigen Lichter gleich umherschwärmend den Raum durchstreifen. Sie dachte: ‚Die Schatten auf meinen Augen, ich weiß es jetzt, trübten meinen Blick auf den anderen. Ich möchte schauen mit klaren Augen'. Sie saß still, sie wartete, ihre Lider schlossen sich. Sie schaute in die rauchige Tiefe.

Helles klärte sich in der Tiefe zu einem Weiß, das durchsichtig wurde und unendlich leicht, als seien alle nur denkbaren Barrieren gefallen vor ihrem Blick, vor ihrem „Blick durch einen Spiegel" klang es wie ein Widerhall aus vergangenem Tag. In diesem durchsichtigen, unendlichen Weiß fand Friederike sich selbst, nicht als Bild oder Skizze, sondern als unendlich leichten, vollkommenen Schöpfungsgedanken. Ein Glücksgefühl quoll tief in ihr auf, ließ sie erschauern, und sie lehnte sich zurück im Sessel und ließ ihren Blick nicht abseits gleiten.

Die Tiefe begann sich zu weiten, umgab sie und dehnte sich aus – ‚bis an die Enden der Welt und darüber hinaus', dachte sie – und in ihrer schwebenden Mitte blickten sie einander in die Augen: Philipp und seine Mutter und sie, Friederike. Sie blickten einander an wie in erster Begegnung, tauschten Gedanken, Gefühle, ohne Gebärde und ohne Worte, schienen Einverständnis zu erreichen und wandten sich hin zu ihrem jeweiligen Weg, während Rauch aufzog, die Gestalten verhüllte. Und im Rauch oder Atem war das Wissen um Worte und galt ihnen, galt Philipp, seiner Mutter und ihr, Friederike: „Wir wissen nicht, wer er ist, der zu uns tritt aus der Ferne der Zeiten – eine Seele, bekleidet mit Menschengestalt, mit scheinbarem Unheil beladen, um erlöst zu werden und um uns zu erlösen."

Sie fühlte es mehr, als dass sie es dachte: Sie hatte es zugelassen, neben Philipp, neben seiner Mutter nur wie ein Schatten, ein Nebel zu sein; sie hatte sich selbst verleugnet und war dennoch ohne Schuld. Denn es gab keine Schuld, es gab nur Hunger und Armut in ihrer Kindheit und die Sehnsucht nach Liebe; und es gab das unzerstörbare lichte und schöne Weiß. ‚Immer wieder will ich hieran denken, hierhin schauen', dachte sie, ‚ich will neue Spuren legen, neue Konditionierungen, wie Burgwaechter es nannte, bewirken.'

Sie spürte eine Schwere ihrer Glieder und hob die Beine auf das Polster des Schemels. Ihre Augen hinter den geschlossenen Lidern ermüdeten, als Rauch oder Atem sich verdichtete wie zu nächtlichem Dunkel. Eine Stimme begleitete sie in den Schlaf: „Wir wissen nicht, wer er ist …" Wessen Worte waren es gewesen?

Friederike schlief tief.

XXXI

Sie stand am Küchentisch und betrachtete, was sie zusammengetragen hatte, als seien ihr diese Dinge fremd, aber willkommen. Traumverloren tat sie dies und heiter und besann sich ohne Eile auf jeden zu vollziehenden Handgriff, erprobte die Bewegungsabläufe wie um sie zu erlernen – zu erlernen, einen Laib Brot in Scheiben zu schneiden, die Scheiben zu bestreichen und zu belegen. Mehrere sollten es werden, denn nebenan, auf dem Fußboden im Esszimmer, saß Siegfried, von Aktenordnern umgeben, und hatte soeben erfreut „Ja, gern" gesagt, als sie nachgefragt hatte, ob er eine Kleinigkeit essen möge.

Er hatte in der Tür zum Esszimmer gestanden – die Haustür war selten verschlossen – und leise und in Geduld an den Türrahmen gepocht, wiederholt ihren Namen nennend: „Friederike, Friederike Serresheim, Friederike." Im Erwachen hatte sie zunächst die Dämmerung im Raum wahrgenommen, sich zweier Lichter von Kerzen erinnert und lange dorthin geschaut, wo die Flammen erloschen waren. Währenddessen hatte die Stimme an der Tür weitergesprochen, eine männliche, angenehme, behutsame Stimme, die ihr Zeit ließ zu erwachen und zu verstehen, wer sie besuchte: „Siegfried, Siegfried Schuster. Wir sahen uns Weihnachten. Bei Antonio in der Gaststube. Ich saß eine Weile bei Ihnen, bei Ihnen und Anton Burgwaechter." Sie hatte, erinnerte sich Friederike, sich aufgerichtet im Sessel, umgeschaut, dann die Leselampe eingeschaltet und war aufgestanden, unschlüssig, wohin sie sich wenden sollte, und war, gefolgt von ihrem Besucher, hinüber zur Küche gegangen, hatte da erst wieder gewusst, wen sie erwartete. „Ich warte auf meine Tochter", hatte sie mit vagem Seitenblick hin zu Siegfried bemerkt und einen langen forschenden Blick empfangen. „Friederike", ruhig und entschieden hatte seine Stimme geklungen, „ich möchte die Unterlagen ansehen, die mit Ihrem Schwager Philipp zu tun haben."

Bereitwillig, aber verwundert, hatte sie ihn ins Esszimmer geführt, die Deckenlampe, den „Kronleuchter", eingeschaltet und jene Kiste, die ihre Akten enthielt, in die Mitte des Zimmers geschoben. Indem sie wieder die Küche betreten hatte, war ihr eingefallen, was Burgwaechter ihr während seines Besuchs am ersten Weihnachtstag zu Siegfried erzählt hatte: er sei nun Rechtsanwalt, er arbeite in einer angesehenen Kanzlei in Trier.

Sie blickte über den Küchentisch. Zu einem Berg schon häuften sich belegte Brote auf dem Tablett; auf deren Anzahl hatte sie nicht geachtet. Gleich, überlegte sie, würde sie Siegfried fragen, ob er Tee oder Kaffee tränke, und begann, in der Küche aufzuräumen. ‚So tief habe ich geschlafen', dachte sie und versuchte, sich darauf zu besinnen, was zuvor gewesen war. ‚Ich bin durch den Wald gelaufen, ich habe –'

Die Haustür flog auf, fiel krachend zu. „Mama, es war ein Fest!" Luzias Stimme schallte durchs Haus, sie hätte Friederike in jedem Zimmer erreicht. „Ein Fest, Mama!" Luzia stand in der Küche, sie strahlte. In der Küchentür erschien Siegfried und blieb dort stehen. „Für mich", fragte Luzia, „woher wusstest du denn –?" und hatte schon ein belegtes Brot gegriffen und hineingebissen. Sie wandte sich um, sie sah Siegfried.

Die beiden jungen Menschen blickten einander an, Friederike blickte ihre Tochter an. Einen Augenblick lang sah sie durch Luzia hindurch sich selbst: Sie saß an einem Klavier, die Flügeltür des Cafés stand weit offen, und sie spielte aus Mussorgskis Komposition „Bilder einer Ausstellung" den letzten der zehn Sätze, als ein Kätzchen in den Raum eintrat und zu ihr auf die Klavierbank sprang.

Schon häufig hatte sie hieran gedacht, aber heute war die Erinnerung so deutlich, so von Gefühl begleitet, dass sie glaubte, die bernsteinfarbenen Augen des Kätzchens zu sehen und in Konrads bernsteinfarbene Augen zu blicken, die dunkler geworden waren, als er sich über sie geneigt und gehalten hatte. Auch Luzias Augen waren bernsteinfarben; sie vermochten zu sprühen wie Sternenschauer und tiefen Seen zu gleichen bei Nacht. Hier, neben dem Küchentisch, stand sie vor ihr, ihrer beider Tochter, eine junge Frau, von ihrer Gestalt her kleiner als die Eltern, feingliedrig und von Ausdauer und Stärke. Ihr lockiges Haar fiel fast bis auf die Schultern, leuchtete manches Mal in nächtlichem Schwarz, manches Mal in Bronze und Braun und war wie von dunklem Gold überschwemmt, wenn Sonnenlicht darauf fiel.

Sie blickten sich an, die beiden, als hätten sie einander noch niemals zuvor gesehen und versuchten dennoch, sich zu erinnern, sich nicht nur der seltenen Begegnungen in Holweis zu erinnern, sondern dessen, das jenseits messbarer Zeiten lag. Dunkles war in beider Augen getreten, Ernst oder Trauer vielleicht. Friederike senkte den Blick; fünfundzwanzig vergangene Jahre waren für einen Moment ausgelöscht.

Luzia bemerkte die Brotscheibe in ihrer Hand; bald saßen alle drei am Küchentisch, die Höhe des Berges aus Brotschnitten nahm in Geschwindigkeit ab. Luzia berichtete kurz und zusammenfassend: Sie hatte sogleich die Großmutter mit Vorwürfen wegen ihres Verhaltens gegenüber Friederike überhäuft, Philipps Untaten benannt, die Großmutter diese bestritten. „Aber das hat sie nicht lange durchgehalten!", rief Luzia und schlug entschieden mit der flachen Hand auf den Küchentisch. Lichter erglühten und verglommen in rascher Folge in ihren Augen.

Heiterkeit erwachte in Friederike, ein Gelächter stieg in ihr auf, ein helles Gelächter, und sie ließ ihm seinen Lauf, und Luzia stimmte mit ein, lachte aus Lebensfreude und über sich selbst, und Siegfried lachte, weil der Bann der Verzauberung brach, deren Ursache aber heil ließ und schön. Durch ihr Gelächter, das sie in Schüben immer neu erschütterte, entfaltete sich in Friederike eine große Klarheit, die sie hellhörig, hellsichtig zu machen schien für Luzias, für Siegfrieds Gelächter und für sie selbst, denn – obwohl sie noch immer nicht hätte sprechen können im Auf und Nieder der dreierlei Stimmen – denn sie wusste es jetzt, sie sah es deutlich, wodurch sie in Schlaf gefallen war: Tief, so tief war ihre Andacht gewesen.

„Schließlich", sagte Luzia, „hat Großmama geweint. Ich solle mir keine Sorgen machen um die Kosten meiner Ausbildung, sagte sie, für mich sei gesorgt. ‚Keinen roten Heller nehme ich an von dir', habe ich gesagt, ‚wenn du dich nicht bei Mama entschuldigst'. Da war ich aber schon aufgestanden und bin zur Haustür gegangen. Ich weiß wirklich nicht", sagte sie und schaute ihre Mutter, schaute Siegfried an, „warum ich ‚roter Heller' sagte."

Die drei am Küchentisch blickten einander an, ein wenig verwundert und ratlos, und schon wollte sich das eben verstummte Gelächter wieder erheben, als Luzia sagte: „Wir sollen Großmama in vierzehn Tagen besuchen. Ich war schon fast auf der Straße, als sie mich rief. Sie war atemlos und verzweifelt. Wir haben uns umarmt, wir haben geweint. Sie küsste mich viele Male. ‚Mein gutes Kind, du liebes Kind', sagte sie."

In Friederikes Augen standen Tränen der Befreiung, der Erlösung, Siegfrieds Augen strahlten in tiefer Freude. Dann schien es, als müsse er sich darauf besinnen, weshalb er gekommen war. Bald hatte er sich gefasst, er sagte: „Das ist ein guter Zeitpunkt. Bis dahin habe ich die Unterlagen gesichtet und Nachforschungen angestellt. Ich komme mit." Friederike wollte einen Einwand vorbringen, fand aber keine Worte; von Luzia erhielt er einen kühlen Blick.

Siegfried erhob sich und trat hinter seinen Stuhl. Aufrecht und frei stand er da, und der Raum der Küche schien sich zu weiten. Er sprach zunächst nicht; er legte diese kleine Spanne des Schweigens ein, die den Zuhörer aufmerksam und erwartungsvoll werden lässt. „Friederike", sagte er, neigte und hob wie sie grüßend den Kopf und blickte sie offen an, „verzeihen Sie meine Eilfertigkeit. Bitte erlauben Sie mir, Ihnen zu helfen. Bitte erlauben Sie mir, dies aus Freundschaft zu tun." Er hatte seine rechte Hand leicht erhoben zu einer Geste, die Friederike wie zugleich bittend und schenkend erschien. „Ich denke", sagte er ruhig und setzte sich wieder, „ich denke, folgendermaßen vorzugehen –"

Seinen Ausführungen folgte Friederike nicht. Sie hatte verstanden, dass Siegfried helfen und kein Honorar erhalten wollte, und sie wusste, dass es nur Anton Burgwaechter gewesen sein konnte, zudem vielleicht noch Antonio, der mit Siegfried hierüber gesprochen hatte. Wichtiger aber war ihr, was hier – ihrem Denken und Glauben nach – wirklich geschah. Luzias kühler Blick hatte sich gewandelt zu einem der Aufmerksamkeit, dann und wann lief eine kleine Verstörung darüber hin, deren Ursache gewiss nicht im Inhalt des Vortrags lag, und ließ sie die Augen niederschlagen. Für einen Moment schwieg Siegfried dann, vermochte aber sein Schweigen so darzustellen, als legte er eine Denkpause ein, und dies – sie erinnerte sich Burgwaechters Berichts über ihn – hatte er in der Jugend wegen seiner Sprechschwierigkeiten erfolgreich geübt. Er richtete auch sogleich seinen Blick auf einen beliebigen Gegenstand im Raum, um sich zu sammeln, und fuhr in seiner Rede fort.

Von dem zarten, blassen Kind, dachte Friederike, von dem Burgwaechter gesprochen hatte, einem Kind mit hellem krausem Haar, blauen hellen Augen, war nichts oder kaum etwas mehr an ihm aufzufinden. Er war hochgewachsen, schlank, aber nicht mager, das einst rundliche Kindergesicht hatte sich deutlich gestreckt, zeigte auffallend regelmäßige Züge und hätte streng und unnahbar gewirkt, wenn nicht die Augen, die er immer wieder zu sachlichem Ausdruck zwang, sie an Kinderaugen denken ließen, an neugierige, kluge, heitere Kinderaugen. Das Haar war dunkler geworden, goldblond. Die sparsamen Handbewegungen erschienen ihr schön bemessen, dennoch nicht geprobt. Ein Gedanke stieg in Friederike auf, der in ihren Blick eine Verwunderung, ein

Erstaunen, dann ein Lächeln trug: Den Rat, Rechtsbeistand zu suchen, hatte sie abgelehnt und jeden weiteren Gedanken hieran von sich gewiesen, aber ein Rechtsanwalt war erschienen, war ungerufen erschienen und bot seine Hilfe an.

Siegfried ging inzwischen zu Erläuterungen des Gesagten über, wandte sich dabei, vermutlich, weil Friederike ihn zwar anblickte, aber keinerlei Reaktion zeigte, Luzia zu und begann ein Gespräch, in das sich bald Persönliches mischte. Es fiel Friederike auf, dass Luzia von ihrer Zeit in Argentinien sprach, nicht aber davon, möglicherweise dort ein weiteres Jahr zu verbringen. Als Siegfried nach ihren Berufsplänen fragte, zögerte sie und sagte schließlich zu Friederikes Erstaunen: „Vielleicht werde ich Orgelbauer, so wie Papa." Ein Lächeln trat in Siegfrieds Gesicht. „Wie schön", sagte er. Luzia sah das Lächeln, schaute nieder, schaute auf, sandte wieder ihren kühlen Blick wie einen Verweis und sagte: „Vielleicht werde ich ein weiteres Jahr in Argentinien verbringen." Siegfrieds Lächeln vertiefte sich.

‚Sieben Jahre Altersunterschied', dachte Friederike, ‚sind in dieser Lebensphase tatsächlich noch deutlich bemerkbar.' Er würde ein Jahr und länger warten können, hatte ihr sein Lächeln gesagt.

Vierzehn Tage später fuhren sie nach Münster; Siegfried hatte darauf bestanden, dass Friederike und Luzia in seinem Wagen mitführen. Friederike saß hinter den beiden; es war schön, dem auf- und absteigenden Verlauf der Stimmen zu folgen. Worte waren der Fahr- und Verkehrsgeräusche wegen kaum zu verstehen, und sie horchte auch nicht darauf, was die beiden sprachen. Heitere Gelassenheit und fast hellsichtige Klarheit erfüllten sie, seit sie in das Weiß geblickt hatte, in welchem alles schwebte, in welchem sie schwebte, eine „Meditation Gottes". Das waren Burgwaechters Worte gewesen.

Sie hörte ihren Namen, jetzt Konrads Namen, horchte auf; es war ihre Tochter, die sprach. „Und weißt Du", sagte Luzia zu Siegfried, „Mama ist – wie Papa – während des Krieges geboren. Als Mama zwei Jahre alt war, erlebte sie Angst und Flucht, Armut und Hunger." Nach einer Pause, nicht länger als ein schneller, gezielter Blick, antwortete Siegfried. Friederike lauschte, ihr Atem stockte. Er sagte: „Der Krieg ist vorbei. Es ist Friede."

Eine Kammer der Stille schloss sich um Friederike und blieb, bis im lautlosen Raum ein Echo erklang, sie umkreiste, berührte, und sie hörte ihre eigene Stimme, ihre geflüsterten Worte, die Frage am Abend jenes Tages, als sich das Unheil ihr offenbarte: „Ist der Krieg denn noch nicht vorbei?" Die Frage verhallte; es blieb, was sich erhob in der Kammer der Stille und ihre Wände jetzt sprengte: die Antwort.

„Noch nie", sagte Siegfried, als sie am Abend wieder in Holweis beisammensaßen, „noch nie hat mir eine Verhandlung so viel Freude gemacht." Luzias Antwort weckte ein tiefes Glücksgefühl in ihrer Mutter: Luzia schaute auf, ernst, offen, wahrhaftig und sprach leise aus, was sie dachte: „Du bist genial, Siegfried." Sein Blick flammte auf in Freude, Luzias Augen antworteten still.

„Ich habe noch nie teilgenommen an einer Verhandlung", sagte Friederike, „aber ich denke, dass es zu der heutigen kaum vergleichbare gibt." Er dankte mit einer Neigung des Kopfes und bemerkte wie nebenbei: „Es war, wir wissen es, keine Verhandlung; es war ein Gespräch, an dem jeder seinen Anteil hatte." Friederike schwieg. ‚Ein Gespräch oder ein Spiel, an dem jeder seinen Anteil hatte', dachte sie und glaubte, für einen Augenblick durch ein geöffnetes Fenster und durch die Krusten der Dinge draußen und durch die Dinge selbst hindurch zu blicken in das lichte, leichte Gewebe des ‚Schönen Spiels', denn dieser Gedanke hatte sie seit dem Gespräch mit Anton Burgwaechter nicht mehr verlassen. Auch heute, so schien es ihr, hatte ein jeder – die Mutter in Münster, Siegfried, Luzia und sie selbst – tastend und wachsam gesprochen, geschwiegen und agiert, als gelte es, sich einer klugen Dramaturgie zu entsinnen, die dieses Spiel zu einem guten Ende führen würde.

Sie saßen an diesem Abend im Musikzimmer beisammen: Luzia auf der Bank am Flügel, Friederike in der Mitte des Sofas, Siegfried auf dem Schreibtischstuhl, den er zum Zimmer hin gewendet hatte. Sie waren still, und sie waren heiter. Bei Antonio hatten sie zu Abend gegessen. Siegfried war für einen Moment zu ihm an die Theke getreten und hatte zwei oder drei Fragen beantwortet. Antonio hatte zufrieden genickt, später gelächelt.

„Wir bilden ein gleichseitiges Dreieck, wenn man sich Verbindungslinien zwischen uns denkt", sagte Luzia. Die beiden andern schauten verwundert. Luzia, wusste Friederike, liebte Mathematik und Musik gleichermaßen. „In dessen Mitte sich unsere Gedanken und Worte begegnen", sagte Siegfried. „Aus dessen Mitte Gedanken und Worte zu uns steigen", sagte Luzia, „das habe ich in einem von Papas Büchern über Zahlensymbolik gelesen." Siegfried schaute sie aufmerksam an.

‚Luzia', dachte Friederike, ‚ergeht es ebenso wie mir. Nicht während der Heimfahrt, nicht während des Abendessens bei Antonio wagten wir, es zu begreifen oder gar darüber zu sprechen, was in den Stunden in Münster geschah. Wir wagten es nicht, um noch nichts des Geschehenen anzutasten, um nichts zu zerstören, um das Gute, das Wundersame wirken zu lassen bis es Wirklichkeit geworden ist in uns'. Kaum hatte sie dies gedacht, war – wie seltsam – die Furcht erloschen.

„Sie waren glänzend vorbereitet, Siegfried", begann sie, „Sie sprachen frei, mit klarer Stimme, der hin und wieder eine Spur sanften Tonfalls beigemischt war; und eben dies wirkte bezwingend, es war wie –"

„Wie Magie", ergänzte Luzia und schaute mit großen Augen. „Manchmal warfen Sie einen Blick in ein jeweiliges Dokument", fuhr Friederike fort, „wie um darauf hinzuweisen, dass Ihre Angaben belegbar seien. Von allen Dokumenten hatten Sie Kopien anfertigen und diese Kopien beglaubigen lassen, um sie meiner Schwiegermutter zu übergeben." „Und Großmama", sagte Luzia, „wollte sie nicht annehmen. ‚Das ist nicht nötig', sagte sie, aber du hast sie inständig gebeten, sie zu behalten. Großmama war tief beeindruckt." Luzia lachte, sie schüttelte ihr Haar; auch von ihr, dachte Friederike, begann die Anspannung zu weichen. „Als du, Luzia", sagte Siegfried, „ihre Hand nahmst, als du sagtest: ‚Großmama, es wird alles gut', da schmolz das schon brüchig gewordene Eis in ihr vollends." Luzia wandte sich ihrer Mutter zu: „Und dann, Mama, umarmtest du sie. Du sagtest: ‚Philipp ist krank. Er benötigt Hilfe'. Großmama weinte und begann zu erzählen."

Sie schwiegen. Jeder, glaubte Friederike zu spüren, dachte daran, was er im Wohnzimmer in Münster erlebt und erfahren hatte:

Einige Wochen nach Friederikes Besuch bei ihrer Schwiegermutter war ein langjähriger Mitarbeiter in der Kanzlei bei der alten Dame erschienen, hatte um ein Gespräch gebeten. Er hatte Unregelmäßigkeiten im Rechnungswesen festgestellt, war dem nachgegangen und auf ein Konto gestoßen, über das allein Philipp verfügte. Die festgestellten Fehlbeträge waren dort eingegangen. Die Mutter hatte die Konten der Kanzlei umgehend ausgeglichen und mit ihrem Sohn gesprochen.

In Münster hatte Philipp nicht bleiben können. Ein Studienkollege ihres Mannes hatte ihn in seiner Kanzlei in Frankfurt untergebracht, ihm aber zum Jahresende gekündigt. „Der Alkohol, Philipp ist Alkoholiker", hatte seine Mutter gesagt, „er blieb in Frankfurt. Etwas in ihm, so schien mir, war zerbrochen. Ich sorgte für seinen Unterhalt. Am Ostermontag, einen Tag nach deinem Besuch, Luzia, kam er zu mir. Er hatte einen Arzt aufgesucht, sich eine Klinik für den Entzug empfehlen lassen. Er sprach verworren und rätselhaft über etwas, das er dir, Friederike, und dir, Luzia, angetan hätte. Ich habe nicht nachgefragt. Er bat mich, ihn in die Klinik zu bringen; er besaß keinen Führerschein mehr. Zehn Tage später, vor vier Tagen, sind wir zu dieser Klinik gefahren."

Als Friederike an dieser Stelle des Berichts den Kopf gesenkt, „Konrads Todestag" geflüstert hatte, war auch die Stimme der alten Dame leiser geworden: „Ja, Kind, an Konrads Todestag habe ich seinen Bruder in die Klinik gebracht." Sie hatte gefasst gewirkt, gestärkt durch Entscheidungen, die gefallen waren, berührt von Hoffnung. „Ach, Kinder", hatte sie gesagt und anscheinend Siegfried, der ihr als Rechtsanwalt und Freund der Familie vorgestellt worden war, in ihre Anrede mit einbezogen, „ich habe dies alles geahnt, und ich wollte es nicht wissen. Meinen geliebten Sohn Konrad, meinen geliebten Mann habe ich verloren, Philipp ist mir geblieben."

In dem Augenblick, als Friederike gedacht hatte: ‚Anton Burgwaechter müsste hier sein', hatte sich Siegfried erhoben, war mit leichtem Schritt zu der alten Dame getreten, hatte sich verneigt und gesagt: „Bitte nehmen Sie, verehrte Frau Serresheim, meine aufrichtige Teilnahme entgegen." Sie hatte aufgeschaut, ihm ihre Hand entgegengehoben zum Händedruck. Er hatte ihr in die Augen geschaut und ihren Blick festgehalten, während er weitergesprochen und diese winzigen Pausen eingelegt hatte, welche die Aufmerksamkeit eines Zuhörers unmerklich einforderten: „Friederike Serresheim hat den Ehemann verloren. Luzia Serresheim hat den Vater verloren. Friederike hat den Schwiegervater, Luzia den Großvater verloren. Friederike und Luzia sind hier. Friederike und Luzia lieben Sie. Ihr Sohn Philipp hat sich aus eigener Kraft für Heilung entschieden."

„Es klang wie eine Beschwörung", sagte Luzia. „Eine wirksame Beschwörung", sagte Friederike, „Deine Großmutter trat zu mir und bat um Verzeihung." „Es ist alles erreicht", sagte Siegfried, „die Summe deiner Ausbildungsversicherung, Luzia, wird auf dein Konto überwiesen, und du sollst sie annehmen, so, wie deine Mutter die Entschuldigung annahm. Die durch Philipp aufgenommene Hypothek, die auf dem Haus liegt, wird abgelöst, die dem Brühler Konto entnommenen Beträge werden Ihnen, Friederike, überwiesen. Diese Summen werden Philipps Erbteil entnommen. Die Zahlung einer Entschädigungssumme, eines ‚Schmerzensgeldes', wie Ihre Schwiegermutter sagte, haben Sie, Friederike, abgelehnt. Konrads Erbteil aber soll dereinst Ihnen und Luzia zukommen." Luzia zitierte die Worte ihrer Großmutter an Siegfried beim Abschied: „ ‚Unserer Kanzlei täte ein junger, gescheiter Kopf sehr gut'. " Siegfried lächelte, blickte nieder.

Friederike schloss halb die Augen. Wieder ertönten diese drei Worte in ihr, „Es ist Friede", tönte es. Es klang, als tropften aus einer fernen Melodie in wundersamer Verwandlung Worte, und ihr war, als sänken sie in sie ein wie ersehnter Regen in Erde. Sie blickte auf, weil vom Flügel her leise Stimmen kamen, verhaltenes Gelächter. Luzia summte ein Lied, schlug dazu die Tasten an und forderte Siegfried auf, es ihr gleichzutun, was zumeist misslang und beide erheiterte. Luzia bemerkte Friederikes Blick, rief mit heller Stimme: „Er erhält seine erste Klavierstunde!", und wandte sich schon wieder Siegfried und dem Flügel zu.

Friederike verließ die beiden, durchquerte das Esszimmer ohne dort Licht einzuschalten, legte sich im Flur einen Mantel um die Schultern und trat hinaus auf die Terrasse. Sie setzte sich in den Stuhl, der nah an der Hauswand stand, und hob die Füße auf einen zweiten. Die Nacht war still. Friederikes Geist stieg in klare Höhen auf, und sie blickte auf Tage, auf Stunden: auf jenen Tag, als das Unheil zu ihr getreten war, auf Stunden der Andacht, auf schwebende, einen Raum durchstreifende Lichter. Sie glaubte, einen Hauch von Süßem und Bitterem auf den Lippen zu spüren, vernahm auch Worte: „Wir wissen nicht, wer er ist, der zu uns tritt aus der Ferne der Zeiten –", vernahm: „aus Liebe". Sie dachte, dass die Bereiche des äußeren Lebens und die der Andacht untrennbar miteinander verbunden seien, dass innerer Friede äußeren Frieden bewirke, dachte: ‚Anfang und Ende sind gleich'.

XXXII

So lange hatte ich nicht mehr gelesen. Ich schaute auf von den Seiten, die ich wegen des schwindenden Lichts immer näher an meine Augen herangeführt hatte, und legte die Hände, die nur noch wenige Blätter hielten, in den Schoß. Der Mond hob sich über die Hanglinie im Osten. Lautlos lag das Land. Die Beete der Gräber gehörten der Nacht, die weit über die Horizonte hin reichte.

Friederike stand vor mir. Den Stapel der Papiere, der zwischen uns auf der Bank gelegen hatte, schob sie soeben in ihre Mappe ein. Ohne dass sie dies verlangt hätte, reichte ich ihr die Seiten, die ich noch hielt; auch ich war aufgestanden. Das Mondlicht, so war mir, umschloss uns so hell, als sei der Trabant, der Begleiter der Erde, für einen Augenblick wie im Spiel hinabgeglitten auf seinen Planeten. Nur sein schimmerndes Licht sah ich vor meinen Augen, bis es zerfloss und matter werdend über die Wege lief und über die schlafenden Beete der Gräber. Friederike war fort. Auf einem der Wege knirschte der Kies; dann war es still.

Der Zauber des Augenblicks wirkte nach und sandte wie der ins Wasser geworfene Stein Wellen aus, Wellen tiefer Freude und großer Klarheit. ‚Das schöne Spiel‘, dachte ich, ‚ist ohne Anfang und Ende. Es liegt an mir, daran teilzuhaben.‘ Ich setzte mich; eine Weile noch wollte ich bleiben.

Der Nachthimmel mit seinen tausend mal tausend Sternen war nähergekommen. Ich hob ihm mein Gesicht entgegen und glaubte, ein Geriesel kühler Sternensplitter auf der Haut zu spüren. Mir fiel ein, dass ich nicht sicher wusste, wie Friederikes Aufzeichnungen endeten. Hatte ich, fragte ich mich, die wenigen Blätter im schon schwindenden Licht wirklich wieder so zueinander gelegt, dass ich die letzte Seite gelesen hatte?

So nah war das Angesicht des Nachthimmels über mir, dass es mir schien, als liefe dort, wie in meinem Hirn, Gedanke hin zu Gedanke. Friederike hatte dieses jenseitige Weiß erblickt – eine Offenbarung der vollkommenen Freiheit eines schöpferischen Geistes. Anton Burgwaechter ersetzte das Wort „Gott" durch „Liebe". Unendlich groß war die Liebe, die alles durchwebte, zu der hin in Freiheit Demut sich neigte, aus der Verantwortung sich in Freiheit erhob.

Durch das Meer der Sterne ging ich über die Wege zwischen den Beeten der Gräber bis zur Pforte, legte meine Hand auf das Holz des Törchens, das mich, wusste ich noch, an das Stück eines Gartenzauns erinnert hatte, schob es auf und blieb stehen auf seiner Schwelle, denn vor meinen Augen schlug sich für den Moment eines Wimpernschlags ein schwerer Vorhang weit auf, so weit, dass dunkelrote Falten wie Wellen in die Nacht hineinspülten und in ihr verschwanden. Der Nachthimmel hatte sich in die Höhe gehoben. Mein Herz pochte. Ich schaute.

Die Dorfstraße lag im warmen Licht der altertümlichen Laternen. Die unregelmäßigen Pflastersteine, abgeschliffen von Füßen, Rädern, glänzten wie zutage geförderte Juwelen. Häuser und Häuschen, zum Großteil aus Fachwerk gebaut, mit Blumenkästen und -töpfen vor Fenstern und Türen geziert, stiegen rechts den Hang hinauf. Links folgte die niedrige Mauer dem Straßenverlauf, und ich betrachtete ihre Steine, die Fugen, sah vor mir schwere, staubige Hände, die jeden Brocken gehalten, gewendet, niedergelegt, behauen, aufgenommen und an seinen Platz gesetzt hatten. Ich legte meine Handfläche an einen Stein und berührte, meinte ich, ein lebendiges Wesen, sehr alt und von ungebrochener Stärke. Am Ortseingang, dort, wo die Straßenbeleuchtung begann, stand mein Auto am Fahrbahnrand, verschönt durch das Licht der Laternen, und dort – wie seltsam, dass ich es nicht bei meiner Ankunft bemerkt hatte – zweigte ein schmaler Weg von der Straße ab.

Obwohl kein Hinweis dafür zu sehen war, glaubte ich zu wissen, dass der Pfad hinaufführte auf einen Hügel, auf dessen Höhe sich eine weite, in der Mitte ebene Senke dehnte, und ihr Bild glitt am Ende dieses Tages noch einmal vor meine Augen: Unter dem Mondlicht, das jedes Sandkorn, jedes Staubkorn in ihr berührte, war sie gedacht, war sie gemacht aus Weiß, einem beinahe durchsichtigen, einem jenseitigen Weiß. Das Bild senkte sich in mein Gedächtnis, und ich fühlte und begriff, dass es keine Grenzen der Wahrnehmung gab.

Ich schloss die Pforte, trat bis in die Mitte der Straße und meinte, das Geräusch meiner Schritte – es klang, als würde sacht auf das Fell einer Trommel geschlagen – durchdränge die Stille bis in die Häuser hinein und träte ein in die Träume der Schläfer. Ich stieg die Straße hinan und erreichte nach ihrer Biegung bald das Ortsende, spähte tief in die Schatten, und aus der Dunkelheit wuchsen nicht das Band der Fahrbahn und die bewaldeten Hänge zu seinen Seiten hervor, sondern endlose Gänge, die Gänge, die Korridore des Internats. Sie waren leer; Maria, das Kind, hatte sie verlassen. Im leisen Wind sich wiegendes Schattengeflecht unterm Mondschein verschloss die Wunde.

Langsam ging ich die Dorfstraße wieder hinab. „Es ist schön, das Spiel", sagte ich und horchte dem Klang der Worte nach, wünschte, dass sie sich wie Wurzelwerk eingrüben in die Nacht.

Dann und wann blieb ich stehen und lauschte: Mir war, als vernähme ich Schritte, Stimmen.

Leser, warst auch Du unterwegs?

In Dankbarkeit für die Hilfe, Unterstützung und Ermutigung nenne ich

Beyer, Bernhard, Erftstadt, Grafik, und Christine Beyer
Fasen, Hubert, Oberbettingen (RLP), Orgelbaumeister
Fieberg, Andreas, Bonn
Gassen, Rainer Maria, Bonn
Gilles, Peter, Üxheim (RLP), Schreinermeister, und Ellen Gilles
Haubrichs, Dominik, Bonn, Orgelbau Klais
Hilgers, Hans Leo, Üxheim (RLP), Ortshistorie
Dr. Kelbch, Alexander, Meteorologisches Institut der Universität Bonn
Kleber, Wolfgang, Darmstadt, Kantor, Organist und Komponist
Koch, Karl-Heinz, † 2014, Orgelbau Klais Bonn
Mayer, Alois, Daun, Ortshistorie (RLP)
Meyer, Hermann-Josef, Pfarrer, † 2019
Mitglieder des Literaturkreises Gerolstein
Oellers, Norbert, Bonn, Germanist
Rewers, Helmut, Pater, Afrikamissionare Weiße Väter
und meinen Sohn Thomas A. W. Bock

Mein besonderer Dank gilt Herrn Hans Weingartz, Kid Verlag.

Über die Autorin

Barbara Hundgeburt, 1943 in Prag geboren, wuchs im Ruhrgebiet auf und lebt nach vielen Jahren in Bonn und seiner Umgebung jetzt in der Eifel. Nach mehreren Veröffentlichungen (Gedichte, Kurzgeschichten, Erzählung) ist „Weiß" ihr erster Roman.

Foto: Christine Beyer